HEYNE <

Das Buch

Angie, eine aufstrebende junge PR-Assistentin, sieht ihre große Chance gekommen, als ihre Chefin Lucy tagelang nicht im Büro erscheint. Bald schon steckt sie mitten in einem von Lucys Großprojekten: einer Werbekampagne für eine Gothic-Kosmetiklinie. Zur Intensivierung des Kundenkontakts besucht sie einen Club, der von allerlei bizarr kostümierten Anhängern der Nacht frequentiert wird. Als Angie dem charismatischen Eric begegnet, ahnt sie freilich nicht, dass es sich bei ihm um einen echten Vampir handelt. Erst als Lucy tot und in merkwürdig blutleerem Zustand in ihrem Appartement aufgefunden wird, bekommt Angie es mit der Angst zu tun. Doch Eric kann sie zu diesem Zeitpunkt längst nicht mehr widerstehen ...

»Ein großartiger Debütroman!« *Romance Readers Connection*

Die Autorin

Eine Schwäche für Vampire hatte Clare Willis schon immer. Doch nach dem College gehorchte sie zunächst der Vernunft und versuchte es mit einem »richtigen Job« – ehe eines Tages die Leidenschaft fürs Schreiben und die Begeisterung fürs Übersinnliche mit aller Macht durchbrachen. Die Autorin schreibt und lebt mit ihrer Familie in San Francisco.

CLARE WILLIS

Die Sehnsucht der Unsterblichen

Roman

Aus dem Englischen
von Julia Paiva Nunes

WILHELM HEYNE VERLAG
MÜNCHEN

Das Original ONCE BITTEN
erschien bei Zebra Books, New York

FSC
www.fsc.org
MIX
Papier aus verantwortungsvollen Quellen
FSC® C014496

Verlagsgruppe Random House FSC–DEU–0100
Das für dieses Buch verwendete FSC®-zertifizierte Papier
Holmen Book Cream liefert Holmen Paper, Hallstavik, Schweden.

Vollständige deutsche Erstausgabe 08/2011

Printed in Germany 2011
Umschlagillustration: © Franco Accornero, via Agentur Schlück GmbH
Umschlaggestaltung: Nele Schütz Design, München
Satz: IBV Satz- und Datentechnik GmbH, Berlin
Druck und Bindung: GGP Media GmbH, Pößneck
ISBN: 978-3-453-77266-3

www.heyne.de

Der erste Biss

Eric schob mich hinüber zu einem der mit Vorhängen abgetrennten Bereiche. Er hob mich mühelos hoch und legte mich auf das Sofa, dann zog er den Vorhang zu. Meine linke Hand hatte er die ganze Zeit nicht losgelassen, und nun nahm er meinen Arm und fuhr mit seiner Zunge über die Innenseite meines Handgelenks. Ich erbebte förmlich vor Lust, obwohl er mich kaum berührte. Ich schloss die Augen und spürte, wie seine Lippen meine Wange streiften. Erst fühlte es sich so kühl an, dass ich kurz zusammenzuckte, doch gleich darauf empfand ich nur noch Wärme. Seine Küsse bewegten sich sanft über mein Gesicht hin zu meinem Hals. Ich atmete tief seinen Duft ein, der mich durchflutete wie eine Droge und dabei all meine Hemmungen, all meine bewussten Gedanken hinwegfegte. Erics Hände glitten unter mein Kleid und erkundeten meinen ganzen Körper. Sie erweckten meine Nerven zum Leben.

»Angela, gib dich mir hin, und ich werde all deine Träume erfüllen.« Seine Stimme schien aus meinem tiefsten Inneren zu kommen. *Hat er das wirklich gesagt?*

»Ja, ja, Gott, ja …« *Habe ich das wirklich gesagt?*

Seine Lippen streichelten mein Gesicht, meine

Arme, meinen Hals. Ich fühlte seine Zähne auf meiner Haut, kratzend und brennend wie winzige Glassplitter, aber der Schmerz war ebenso köstlich wie die Lust. Mein Körper streckte sich ihm entgegen, um ihn zu empfangen. Ich war überwältigt von dem Verlangen, ihm näher zu sein, mit ihm zu verschmelzen, damit nichts uns jemals wieder trennen könnte.

Dann plötzlich ein Schmerz, spitz und scharf …

Erstes Kapitel

Ich lernte meinen Vampirlover an einem Mittwoch kennen.

Fast hätte ich an diesem Tag mein Schicksal verschlafen, aber wenn ich es verpasst hätte, wäre dann nicht *das* mein Schicksal gewesen? Sonst nahm ich den Bus zur Arbeit, aber da ich spät dran war, fuhr ich mit meinem Mini bis auf den Parkplatz neben unserem Bürogebäude in der Innenstadt von San Francisco und nahm die horrenden Gebühren von drei Dollar für zwanzig Minuten in Kauf. In der Mittagspause würde ich dann auf einen billigeren Parkplatz fahren. Nachdem ich meinen Wagen in eine winzige Parknische bugsiert hatte, die ausschließlich einem so elfengleichen Fahrzeug wie meinem Platz bot, blieb ich stehen, um einem Segelboot nachzuschauen, das unter der Bay Bridge vorbeiglitt. Die Sonne funkelte auf dem Wasser, das Boot, die Brücke und die Frau im Bikini, die auf dem Deck des Segelboots lag – ein Bild zum Einrahmen. Es war der zweite Mittwoch im Oktober, die Zeit, in der die Kenner unter den Touristen nach San Francisco kamen, weil sie wussten, dass wir dann das beste Wetter hatten. Auf einem Segelboot die Arbeit zu schwänzen, war leider keine Option. Also tröstete ich mich mit der Aussicht auf ein Mittagessen in einem sonnigen Straßencafé. Ich hatte noch keine Ahnung, dass es für ziemlich lange Zeit das letzte Mal sein würde, dass ich das Sonnenlicht genießen konnte.

Ich ging durch die Drehtür von 555 Battery und winkte Clive zu, dem schweigsamen Security-Mann. Der Aufzug war so vollgestopft wie die U-Bahn in Tokio, also entschied ich mich, die drei Treppen zu meinem Büro hinaufzulaufen. In großen Buchstaben stand auf der geschwungenen Glaswand in der Lobby der Name meines Arbeitgebers: *Hall, Fitch und Berg*, Werbeagentur. In manchen Kreisen waren wir auch bekannt unter dem Kürzel *HFB* (und manchmal auch als *Heel, Fetch, and Beg* – »Hinflitzen, Zuschnappen und Betteln«, da wir den Ruf hatten, einfach alles zu tun, um einen Kunden zu ergattern). Wenn Sie auf der Suche nach Softdrinks oder Waschpulver die Gänge eines Supermarkts durchkreuzen und sich dabei spontan an ein oft gehörtes Werbejingle erinnern, ist es höchstwahrscheinlich von uns.

Theresa, die kaufmännische Assistentin, stand vor ihrer Büronische und knabberte am Fingernagel. Sie lief auf mich zu, ihre zehn Zentimeter hohen Absätze klapperten auf dem polierten Betonboden.

»Ach, Angie, gut, dass du hier bist. Die Kunden kommen in fünfzehn Minuten, Lucy ist immer noch nicht da, und Kimberley und Les sind in Dicks Büro und warten auf *dich*.«

»Lucy ist immer noch nicht da?«

Meine Chefin, Lucy Weston, war die letzten zwei Tage nicht zur Arbeit gekommen, ohne irgendjemanden zu informieren. Das war äußerst untypisch für sie, allerdings nicht völlig unerhört bei *HFB*. Letztes Jahr war eine überarbeitete Kontakt-Gruppenleiterin zum Kaffeetrinken gegangen, um zwei Wochen später ihre Kündigung aus Puerto Vallarta zu schicken. Also hatte sich niemand groß Sorgen wegen Lucy gemacht, denn wir alle waren viel zu sehr damit beschäftigt, den Kunden ihre Abwesenheit nicht spüren zu lassen. Ich war am Vorabend bis um elf Uhr im Büro geblieben und hatte am Projekt *Unicorn Pulp and Paper* gearbeitet. Deshalb hatte ich heute auch verschlafen.

Theresa schüttelte den Kopf. »Nein, keiner hat was von ihr gehört.«

»Ruft dann heute jemand bei der Polizei an?«

»Mary aus der Personalabteilung kümmert sich drum, aber zuerst ruft sie noch irgendwelche Freunde oder Verwandte an, vielleicht hat Lucy ja irgendjemandem gesagt, wohin sie will.«

Ich hegte insgeheim die Hoffnung, dass mein heutiger Kundenkontakt über die reine Vertuschung von Lucys Abwesenheit hinausgehen könnte, also war ich zugegebenermaßen sogar ein bisschen dankbar, dass sie nicht da war.

»Welchen Raum nehmen wir?« Ich ging auf mein Büro zu, Theresa kam hinterher.

»Mir hat keiner was gesagt«, antwortete sie. »Normalerweise organisiert Lucy die Raumbelegung mit mir.«

»Welche Räume sind frei?«

»Hammett ist gerade belegt. Kerouac und Ferlinghetti sind frei.«

»Kerouac ist in Ordnung. Bau die Leinwand auf und stell ein paar Snacks bereit, okay?«

»Was meinst du, was sie trinken wollen?«

Die naheliegendste Antwort konnte ich mir nicht verkneifen. »Wie wär's mit frischem Blut?«

Theresa lachte pflichtschuldigst und eilte Richtung Kerouac-Raum davon.

Den Witz hatte ich mir erlaubt, weil es sich bei unseren neuen Kunden um Vampire handelte. *Macabre Factor* bestand aus einem Gothic-Pärchen Anfang zwanzig, die der Vampirklubszene in San Francisco angehörten. Begonnen hatten sie mit der Herstellung von Make-up, das sie auch selbst verwendeten: kalkweiße Foundation mit leichtem Blaustich, feiner roter Liner, mit dem die Adern am Hals nachgezogen werden, und falsche Fingernägel in den Farben grün, grau und blau. Als sie dann aber mit echten Vampirzähnen und topasfarbenen Augen ankamen, begannen ihre Freunde und Bewunderer, sich um die Produkte zu reißen. So entstand schließlich ein richtiges Business mit Kosmetik, hergestellt in Schweden, Kontaktlinsen aus China und einem Exklusivvertrag mit einem Zahnarzt in Los Angeles, der falsche Vampirzähne anfertigte und sie einsetzte wie Zahnkronen.

Ich hetzte durch den Flur zu meinem Büro. Alle Kontakt-Assistentinnen bei uns hatten richtige Büroräume, im Gegensatz zu den kleinen Büronischen der anderen Mitarbeiter. Deshalb fühlten wir uns auch sehr erwachsen, aber neben jeder Bürotür befand sich ein kleines Glasfenster, damit unsere Chefs uns im Vorbeigehen kontrollieren konnten.

In den letzten zwei Jahren hatte sich *Macabre Factor* ausschließlich darauf konzentriert, die Produkte über ihre Webseite an Gleichgesinnte zu verkaufen. Doch vor kurzem hatten die Firmengründer beschlossen, den Kundenkreis zu vergrößern, und da sich in dieser Saison viele der beliebtesten Fernsehsendungen um die eine oder andere untote Kreatur drehten, kam die Marktforschung zu dem Schluss, dass sie sich die perfekte Zeit ausgesucht hatten. Ich war mir nicht sicher, woher sie das Kapital nahmen, denn *Macabre Factor* war eine kleine Firma, aber es sollte eine richtig große Markteinführung werden.

An diesem Morgen wollten wir unsere ersten Entwürfe für die Werbekampagne vorstellen. Wäre Lucy da gewesen, hätte mein Job darin bestanden, sehr früh am Morgen aufzutauchen und meinen Computer hochzufahren, als Back-up für den Fall, dass Lucy etwas vermasseln könnte. Ihr dann während des Pitch aufmerksam zuzuhören und alle Details zu liefern, die sie vielleicht vergessen haben könnte, und darauf zu achten, dass vor jedem eine volle Kaffeetasse stand. Im Hintergrund hatte ich schon sehr viel Arbeit in dieses Projekt gesteckt, und so hoffte ich, dass Dick mir die Präsentation überlassen würde, nachdem Lucy nicht anwesend war. Es kam mir in den Sinn, dass ich entsetzliche Schuldgefühle haben müsste, sollte Lucy irgendetwas Schlimmes zugestoßen sein. Eigentlich fühlte ich mich jetzt schon schuldig.

Ich warf meinen Mantel über den Aeron-Bürodrehstuhl und schob den Stapel Illustrationen beiseite, die ich gestern Nacht durchgeackert hatte. Das Logo für *Unicorn Pulp and Paper* bestand aus einem Einhorn, das auf einer 500-Blatt-Packung Kopierpapier surft. Für die neue Kampagne wollten wir ihm eine neue Persönlichkeit geben. Zur Auswahl standen nun ein klassisches Einhorn, ein pummeliges Einhorn, ein fies dreinblickendes Einhorn mit einem Horn wie ein Bohrer und ein engelsgleiches Einhorn mit einem Horn wie eine umgedrehte Eistüte. Letzte Nacht hatte ich geträumt, dass das fiese Einhorn das engelsgleiche Einhorn aufspießte wie einen Kebab.

Ich fuhr meinen Computer hoch. Der ganze Bildschirm war übersät mit Dateien, genauso wie mein Schreibtisch und der Boden hinter mir mit Papieren, also war ich kaum überrascht, als ich den Ordner für *Macabre Factor* nicht gleich fand. Als er jedoch nach längerem Suchen immer noch nicht auftauchte, bekam ich wirklich Panik. Ich hatte fünf Jahre als Schauspielerin gearbeitet, bevor der drohende Hungertod mich in die Werbebranche trieb. Damals gehörte es zu meinen größten Ängsten, ich könnte meinen Text vergessen. Immer wieder stellte ich mir vor, wie ich dastand und stumm und reglos wie ein Schlaganfallopfer in die Bühnenbeleuchtung starrte. Und diese Situation hier war das Werbeagentur-Pendant.

Ich öffnete mein E-Mail-Programm und durchsuchte die 283 Mails in meinem Posteingang. Wir hatten die Illustrationen für *Macabre Factor* Dutzende Male zwischen Kundenbetreuern und Kreativabteilung hin und her gemailt, aber keine Spur davon in meinem E-Mail-Account. Nun beschlich mich ein ganz anderes Gefühl. Dieses Mal war es Argwohn. Ich erlaubte mir ein Schimpfwort, das ich aufgrund meiner guten Erziehung niemals hätte verwenden dürfen, aber ich war allein, und in diesem Fall war es gerechtfertigt.

Es wäre möglich, dass ich aus Versehen eine Datei gelöscht hatte, das hätte mir zugegebenermaßen passieren können. Aber ich war ganz sicher nicht 283 E-Mails durchgegangen, um dabei jede einzelne zu löschen, die etwas mit *Macabre Factor* zu tun hatte. Nein, es war klar, dass jemand meine Arbeit sabotiert hatte.

Dick Partridges Büro lag drei Türen von meinem entfernt. Ich klopfte an und trat ein, ohne eine Antwort abzuwarten, schließlich war ich sowieso schon spät dran. Als Vizepräsident für Konsumgüterwerbung hatte Dick sich ein geräumiges Eckbüro mit Fenstern verdient, mit Blick auf die sich drehenden Zahnräder des Fortschritts in den Gebäuden auf der anderen Straßenseite. Es war zwar nicht gerade das Panorama der San Francisco Bay, aber dennoch viel schöner als meine nackte Wand. Darüber hinaus hatte er Platz für einen runden Tisch und vier Stühle, auf denen bereits Dick, Les und Kimberley Platz genommen hatten.

»Guten Morgen, Angie«, sagte Dick mit einem demonstrativen Blick auf seine Armbanduhr. »Ich gehe davon aus, du hast einen triftigen Grund für deine Verzögerungstaktik, also lassen wir es gut sein, oder?«

Das mussten wir wohl, denn ich hatte keine Ahnung, wovon er sprach.

Dick Partridge redete, als hätte er Wattebäusche in der Nase und einen Stock im Sie-wissen-schon, er verwendete die längsten Wörter, die er nur finden konnte, um die einfachsten Dinge auszudrücken. Unglücklicherweise hatte er sich heute auch noch für ein schweinchenrosa Oxford-Hemd entschieden. Er sah aus wie ein Pickel kurz vor dem Platzen.

Neben ihm saß, eifrig schreibend, meine Kontakt-Assistenz-Kollegin Kimberley Bennett. Sie war außerdem meine Zimmergenossin, obwohl wir niemals gemeinsam arbeiteten, da Kimberley sich an Arbeitszeiten hielt, die in meinen Augen zu früh waren, um noch gesund zu sein. Kimberley sah aus wie die Hollywood-Ausgabe einer Werberin: schulterlanges blondes Haar (gefärbt, aber nicht so, dass man es sieht), große blaue Augen und eine Figur wie eine Eieruhr. Um das Bild zu vervollständigen, trug sie so kurze Röcke und so hohe Absätze, dass es aussah, als liefe sie auf Stelzen. Der gerade geschnittene schwarze Rock, den ich anhatte, endete vernünftigerweise auf mittlerer Wadenhöhe und streifte den Schaft meiner schwarzen Lederstiefel. Wozu in einen Wettbewerb treten, wenn das Ergebnis sowieso schon feststeht.

Les Banks, der Grafiker, blickte von seinem BlackBerry auf und schenkte mir ein Nicken und ein Lächeln. Les war ein »Kreativer«, deshalb durfte er sich eine gewisse Lässigkeit im Auftreten erlauben, die man bei den Kontaktern niemals tolerieren würde, die auch »die Anzüge« genannt wurden. Heute trug er schwarze Jeans und ein schwarzes T-Shirt mit einem grinsenden Totenkopf. Seine kurzgeschorenen braunen Haare ließen einen perfekt ovalen Kopf erkennen, an beiden Ohren hingen breite goldene Ohrringe, und unter seinem Kinn befand sich ein winziges Rechteck aus Gesichtsbehaarung: Als ich es zum ersten Mal sah, dachte ich, es sei das Ergebnis nachlässigen Rasierens, erst später wurde mir klar, dass es sich um ein modisches Statement handelte. Insgeheim fand ich, dass Les ziemlich gut aussah. In langweiligen Meetings malte ich mir manchmal aus, wie sich seine zentimeterkurzen Haare wohl auf meinem Bauch anfühlen würden. Trotz meiner Misere brachte ich ein Lächeln für Les zustande.

»Was hab ich verpasst?« Ich versuchte, unbekümmert zu klingen.

»Wir sind gerade erst zusammengekommen«, sagte Dick. »Wie ihr alle wisst, treffen die Kunden jeden Moment ein. Vielleicht hätten wir das Treffen verschieben sollen, aber es konnte natürlich niemand ahnen, dass Lucy nicht da sein würde. Apropos Lucy, ich bin sicher, dass niemand sich hier anmaßen würde, ihre Aufgaben an sich zu reißen, aber wenn sie morgen nicht zurück ist, müssen wir überlegen, wie wir ihre Kunden aufteilen. Ich habe schon ein Meeting für zehn Uhr im Ferlinghetti-Raum angesetzt, das wir natürlich absagen, wenn Lucy auftaucht, wovon wir ausgehen. Also, Kimberley und Angie, ich schätze, das wird eure Chance für ein Solo. Seid ihr bereit?«

Kimberley ergriff das Wort, noch bevor ich den Mund aufmachen konnte. »Oh ja, Dick, die Präsentation ist komplett fertig.«

»Ich würde ja gerne dabei sein, aber ich muss mich um einen Großkunden kümmern«, sagte Dick. »Also werdet ihr drei heute Morgen *Macabre Factor* übernehmen.«

Kimberley sah Dick mit Augenaufschlag an. »Dick, wenn Lucy nicht hier ist, muss irgendjemand die Leitung übernehmen. Ich erkläre mich freiwillig bereit. Ich habe schon die Marktforschung koordiniert, und ich bin am besten mit dem Kunden vertraut. Und ich habe die ganze Präsentation hier in meinem Laptop, es kann sofort losgehen.«

Kimberley war am besten mit dem Kunden vertraut? Ich fluchte innerlich, aber ich konnte ihr trotzdem nicht wirklich etwas vorwerfen. Wir beide hatten seit Monaten in Lucys Sträflingskolonne geschuftet, kein Wunder, dass auch sie einen Ausbruch geplant hatte. Der einzige Unterschied war, dass sie auf Kollateralschäden keine Rücksicht nahm. Aber ich konnte nichts tun, ohne wie eine Neiderin, eine Nörglerin oder eine Petze dazustehen.

Ich blickte Les an und wartete nur darauf, dass er sein Gratisticket für das Damen-Schlammcatchen einlöste, das nun beginnen sollte, aber er war damit beschäftigt, mit einer Stiftkappe seine Fingernägel zu reinigen. Ich machte mir im Geiste eine Notiz, nie wieder von ihm zu fantasieren.

Dick zögerte keine Sekunde. »Ich schlage vor, ihr macht die Präsentation zusammen. Zwei Köpfe sind besser als einer.« Er winkte uns mit den Handrücken zu. »Los, fangt an. Man darf die Kunden nicht warten lassen. Obwohl, es sind ja Vampire, ich vermute mal, sie sind *unveränderlich*.« Sein schelmischer Blick ließ vermuten, dass es ein Witz sein sollte, also lachten wir alle. Kimberley packte ihren Laptop und eilte zur Tür hinaus.

Im Flur sah ich, wie Les in die falsche Richtung lief, nämlich zur Kreativabteilung und nicht zum Kerouac-Raum.

»Les, kommst du nicht mit?«

Er drehte sich um. »Hör zu, Angie, ich hab alle Hände voll zu tun mit einem anderen Kunden. Meinst du, du könntest es diesmal ohne mich schaffen?«

Sein Gesichtsausdruck war leidend. Ich hatte noch nie zuvor bemerkt, dass seine haselnussbraunen Augen von dunklen Streifen durchzogen waren wie bei einer Katze, aber da er mich so eindringlich anstarrte, konnte ich es nicht übersehen. Die meisten Kreativen waren chronisch in Verzug, wohl das

Markenzeichen des Künstlers, der gezwungen wurde, in einer Perückenfabrik zu arbeiten. Les hatte mich allerdings noch nie um einen Gefallen gebeten. Ich fragte mich, warum er jetzt damit anfing.

»Ja, in Ordnung, aber nur, wenn du versprichst, dein Handy anzulassen, falls es noch Fragen gibt, die nur du beantworten kannst. Ist das fair?«

»Ich schulde dir was. Und, Angie, bitte sag Dick nicht, dass ich nicht dabei war, okay?«

Er überraschte mich mit einer kurzen Umarmung, bevor er über den Flur weitereilte.

Als ich zum Meeting kam, waren Kimberley und die Gründer von *Macabre Factor* bereits versammelt und tauschten, unter einem Foto von einer Wolke aus Zigarettenrauch mit Jack Kerouac mittendrin, Liebenswürdigkeiten aus. Ich kannte zwar die offiziellen Namen der Kunden von den zahlreichen Verträgen, die wir unterzeichnet hatten, Douglas und Marie Claire Paquin, aber sie bestanden darauf, mit ihren *Noms de sang* angesprochen zu werden, Suleiman und Moravia. Diese Vampire schienen mir nicht zu der Sorte zu gehören, die das Tageslicht meidet. Obwohl es erst neun Uhr früh war, hatten sie so wache, strahlende Augen wie die Kandidaten bei einer Gameshow.

»Guten Morgen, Suleiman, Moravia«, beeilte ich mich zu sagen. »Es tut mir so leid, dass ich zu spät bin.«

»Nein, bitte, machen Sie sich keine Gedanken«, antwortete Suleiman, während er sich über meine

Hand beugte. »Theresa hat uns einen sehr angenehmen Empfang bereitet.«

Suleimans Akzent war britisch und noch irgendetwas anderes, vielleicht indisch. Sein schwarzes Haar war von seinem leicht zurückgewichenen Haaransatz aus mit glänzendem Haargel zurückgekämmt, wahrscheinlich mit dem Gel aus ihrer Produktlinie »Sleek«. Er hatte dunkle Augen mit dichten Wimpern, seine Haut war leicht olivenfarben. Sein Outfit schien dem Bühnenstück »Hedda Gabler« entlehnt: ein Gehrock mit Nadelstreifen, Paisley-Weste und eine rote Seidenkrawatte, befestigt mit einer Krawattennadel aus Perlmutt. Es wirkte ungewöhnlich, aber nicht übertrieben, und obwohl ich mich davor hüten wollte, war ich fasziniert. Außerdem hätte ich gerne gewusst, wo er seine Kleidung kaufte.

Einmal, als Lucy die Kunden mit »die Vampire« bezeichnet hatte, war sie von Moravia sofort berichtigt worden.

»Es heißt nicht ›Vampire‹, wir sprechen von *Menschen mit Vampir-Lifestyle*.«

Seither verwendeten wir stets die politisch korrekte Bezeichnung, zumindest, wenn die beiden anwesend waren. Ich nahm an, *Vampir-Lifestyle* bedeutete, sich schwarz anzuziehen, Nightclubs zu besuchen, Gothic-Musik zu hören und Bloody Mary zu trinken. Obwohl ich nie zuvor in einem Vampirklub gewesen war, glaubte ich zu verstehen, warum die Mitglieder diese Lebensform gewählt hatten. Eine ungewöhnliche Rolle zu verkörpern, öffnete dir den Zugang in eine glamouröse Welt, die völlig anders war als dein eigenes alltägliches Leben. Du erkanntest sofort, wer dazugehörte und wer nicht. Ich konnte die nächtlichen, von Kaffee befeuerten Gespräche gar nicht mehr zählen, die ich mit anderen Schauspielern darüber geführt hatte, wie anders (und besser) unser Leben war, im Gegensatz zur langweiligen Nine-to-five-Welt. Natürlich widerrief ich diese Behauptungen, als ich die Raten für mein Auto nicht mehr zahlen konnte, aber dieses Bedürfnis, sich als etwas Besonderes zu fühlen, verstand ich dennoch nur zu gut.

»Wird Lucy heute Morgen auch dabei sein?« Moravias Hauchstimme unterbrach meine Träumerei.

Die Personalabteilung hatte uns bereits gestern mitgeteilt, was wir sagen sollten, bis wir über Lucys Verbleib definitiv Bescheid wussten: Lucy sei »unvermeidlicherweise verspätet«.

»Lucy ist diesen Morgen unvermeidlicherweise verspätet«, antwortete Kimberley. »Aber Angie und ich können es kaum erwarten, Ihnen das großartige Konzept zu präsentieren, das wir für Sie vorbereitet haben.«

Moravia nickte, lehnte sich auf ihrem Stuhl zurück und gab einen Blick auf ihren Ausschnitt frei. Ihre perfekt gerundeten Brüste hatten die Größe kleiner Cantaloupe-Melonen. Würde man einen Bleistift in ihr Dekolleté stecken, er würde aufrecht stehen bleiben. Moravia ähnelte Elvira, der Königin der Nacht, die man jedes Jahr zu Halloween auf Werbeplakaten (nicht von uns) in Spirituosengeschäften bewundern konnte. Ihr langes schwarzes Haar war in der Mitte gescheitelt und fiel locker ihren Rücken hinab. Ihr kunstvoll geschminktes Gesicht war die perfekte Werbung für die Produkte ihrer Firma, mit durchsichtig schimmernder weißer Haut, schwarz geränderten Augen, bei denen sogar Cleopatra neidisch werden könnte, und saftig roten Lippen. Moravia würde vielleicht unscheinbar wirken, wenn man sie in dem Moment erwischte, in dem sie gerade aus der Dusche kam, aber dann würde man wahrscheinlich nicht auf ihr Gesicht blicken. Die beiden waren die perfekten Models für ihre Marke, und darin bestand auch unser Pitch.

Kimberley warf die erste Illustration auf die Leinwand: Suleiman und Moravia fahren in einem roten Ferrari-Cabrio aus der Auffahrt eines transsylvanisch aussehenden Schlosses auf einen Berg. Suleiman lächelt Moravia an, sie lacht mit zurückgeworfenem Kopf, ihre Haare fliegen im Wind. Beide tragen Sonnenbrillen, die Vampirzähne sind deutlich zu sehen. Moravia trägt ein klassisches Vampira-Kleid mit gezackten Ärmeln, Suleiman eine Playboy-Smokingjacke. Der Slogan unter dem Bild lautete: »Sie werden für immer leben. Achten Sie darauf, gut auszusehen.« Am unteren Bildrand tropften die Buchstaben der drei Worte *Macabre Factor Cosmetics* in einer spinnenartigen Gothic-Schrift die Seite hinab.

Dieselbe Kombination aus Stil und Schenkelklopfer-Humor zog sich auch durch die restlichen Illustrationen: Auf einer Party im Hollywood-Stil prostet sich das Pärchen mit Gläsern zu, die mit einer roten Flüssigkeit gefüllt sind; die beiden gleiten auf Skiern einen Berg hinunter, gekleidet in helle Parkas, und ihre roten Lippen leuchten im Schnee; die beiden auf einem Pferderennen, vor der Sonne geschützt mit riesigen Hüten. Kimberley erklärte die Kampagnenlogistik – Magazine, Webseiten und Blogs, Markteinführung in ausgewählten Kosmetikläden und Kaufhäusern –, und ich half ihr dabei, genauso wie ich sonst Lucy half, und lieferte relevante Details und Statistiken.

Schließlich war es vorbei, es herrschte Stille. Jetzt kam der Moment der Wahrheit.

Zweites Kapitel

Weder Suleiman noch Moravia sagten lange Zeit ein Wort. Schließlich nahm Suleiman einen tiefen Atemzug. »Tja, Sie haben uns zweifellos attraktiv aussehen lassen. Aber ich glaube, das ist es nicht, worum es uns geht. Es sieht letztlich so aus, als würden wir versuchen, zu *ihrer* Gesellschaft zu gehören, und nicht umgekehrt. Ich meine, die Leute sollen eher mehr von der dunklen Seite angezogen werden. Das ewige Locken des Vampirs sozusagen.«

Moravia fiel mit ein. »Ja, Sully hat Recht. Unser Zielpublikum ist wirklich nicht die Abschlussball- oder Junior-League-Klientel. Und, ehrlich gesagt, die meisten von uns gehen nicht Skifahren. Zu große Sonnenbrandgefahr.«

Ich stand auf, um die Projektionswand zu schließen, mit der Bewegung versuchte ich, mein Unbehagen zu verbergen. Wie war es möglich, dass Lucy in den letzten Monaten mit diesen Leuten zusammengearbeitet hatte und nicht wusste, was sie eigentlich wollten? Ich tröstete mich mit dem Gedanken, dass wir dieses Problem nicht hätten, wenn sie mich mit ihnen hätte sprechen lassen, aber ich wusste, das musste nicht zwangsläufig wahr sein. Manchmal musste der Kunde erst einen Pitch sehen, um festzustellen, was er *nicht* wollte, und das half ihm, sich über seine Wünsche klarzuwerden. Es war trotzdem unangenehm und ein bisschen peinlich.

Kimberley räusperte sich. »Sie wissen, ich bin voll und ganz Ihrer Meinung«, sagte sie. »Angie und ich haben uns eigentlich etwas, äh … Ausgefalleneres vorgestellt, aber *Lucy* war sich sicher, dass Sie das hier lieben würden. Wir beide haben noch einige andere großartige Ideen für Sie. Gute Werbung haben wir im Blut.« Sie kicherte über ihren Scherz.

Ich hielt den Kopf gesenkt. Kimberley zog vor den Kunden über Lucy her. Falls Lucy nach ihrer Rückkehr davon Wind bekommen sollte, wollte ich nicht, dass sie dachte, ich wäre mit von der Partie gewesen.

Suleiman fiel mit enthusiastischer Stimme ein. »Ich finde, es wäre eine tolle Idee, wenn Sie beide in den Klub kommen, sich mit der Szene vertraut machen und ein paar unserer Freunde kennenlernen. Ich wette, einige von ihnen würden bestimmt gerne bei der Kampagne mitmachen. Warum kommen Sie nicht einfach heute Abend vorbei?«

Moravia lehnte sich über den Tisch, als wollte sie uns ein Geheimnis anvertrauen. Ihr Busen drohte, aus ihrem Ausschnitt zu springen. »Nur noch eine Sache. Wenn Lucy heute noch zurückkommt, na ja, wenn Sie also vielleicht unser Date heute Abend für sich behalten könnten … Nicht, dass wir Lucy nicht mögen würden, überhaupt nicht, aber wir finden, Sie beide haben eine solche Chance verdient.«

Suleiman nickte. »Wir sehen ja, wie es mit ihr so ist«, sagte er spitz.

Es gab etwas, das wir Kontakter-Telepathie nannten, eine subtile Form der Körpersprache, mit der wir während der Anwesenheit von Kunden kommunizierten. Ich versuchte, unbemerkt herauszufinden, wie Kimberley über den Vorschlag dachte, aber sie schien ihren Radar abgestellt zu haben.

»Wir versuchen natürlich zu kommen«, sagte ich, »wenn nicht heute, dann ein andermal. Wir müssen erst unsere Terminkalender befragen. Warum schreiben Sie uns nicht schon mal die Adresse auf?«

Suleiman zeigte auf Kimberley, die gerade Stifte auf einem Notizblock anordnete.

»Fragen Sie Kimberley, sie war schon mal dort.«

Kimberley und ich begleiteten Suleiman und Moravia nach unten in den Empfangsbereich. Auf dem Rückweg im Aufzug und durch den Flur wartete ich, dass Kimberley etwas sagen würde. Ich hatte mir das Szenario schon vorgestellt – Kimberleys tränenreiche Beichte, gefolgt von meiner großzügigen Vergebung. Lucy hatte uns beide an der kurzen Leine gehalten, aber durch ihre Abwesenheit waren wir nun beide frei. Kimberley hatte sich für den machiavellistischen Karriereförderungsansatz entschieden. Ich hingegen war von einem Pfadfinder und einer Sonntagsschullehrerin großgezogen worden und war nicht einmal fähig, am Kiosk zwei Zeitungen zu nehmen, wenn ich nur eine bezahlt hatte. An Kimberleys Stelle wäre ich von Schuldgefühlen gepeinigt und würde auf die erstbeste Gelegenheit warten, mich von dieser Last zu befreien. Aber Kimberley schien keine derartige Verpflichtung zu verspüren. Als wir an ihrem Büro ankamen, ging sie ohne ein weiteres Wort an mich hinein. Bevor die Tür zuging, schlüpfte ich hinterher.

»Du warst also schon mal im *House of Usher*?«, fragte ich. »Wie ist es da?«

»Ich bin mir nicht sicher.« Sie schob eine strohblonde Haarsträhne vor ihrem Auge beiseite. »Es war dunkel.«

»Wann warst du denn dort? War es mit Lucy?«

»Ja, ich glaube schon. Aber was hältst du davon, heute Abend in den Klub zu gehen? Es sieht so aus, als wollten Suleiman und Moravia uns eine Chance geben, ihr Projekt zu übernehmen.«

»Ich weiß nicht, Kimberley. Es kommt mir nicht richtig vor, solange Lucy nicht da ist. Wir sollten das wohl besser verschieben und abwarten, bis sie auftaucht, bevor wir uns den nächsten Schritt überlegen.«

»Angie, Angie, Angie.« Kimberley schüttelte den Kopf. »Deshalb mag ich dich, du bist so … nett. Riechst du denn nicht die Gelegenheit?« Sie kam näher. »Du und ich, wir wissen beide, dass Lucy uns niemals vorwärtskommen lassen würde. Ich hoffe, es geht ihr gut, und ich bin sicher, dass es so ist, aber das hier ist unsere Chance.«

Ich war überzeugt, dass sie eigentlich *»meine* Chance« sagen wollte, aber ich ließ sie weiterreden.

»Wenn wir jetzt Initiative zeigen, bin ich sicher,

dass Dick es bemerken wird. Dann können wir vielleicht über Lucys Kopf hinweg etwas mehr Verantwortung bekommen.«

Das Glänzen in ihren Augen war das einer Katze, die gerade eine hinkende Maus entdeckt hatte. Es gefiel mir sehr, dass sie ständig »wir« sagte. Mir war klar, dass sie sich nicht traute, allein ins *House of Usher* zu gehen, da die Einladung uns beiden gegolten hatte. Doch angesichts der Vorkommnisse heute Morgen musste ich mich darauf einstellen, dass sie sich irgendetwas ausdenken würde, um mich auszubooten.

»Okay, gehen wir hin«, sagte ich. »Wenn jemand uns das Blut aussaugen will, können wir uns gegenseitig verteidigen.«

»Auf jeden Fall.« Kimberley rollte die Augen.

»Ach, übrigens«, ich versuchte, den Einwand wie einen losen Gedanken klingen zu lassen, »was du heute Morgen zu Dick gesagt hast ...«

Sie wischte sich einen imaginären Fussel vom Jackett.

»Ich weiß, wir beide haben uns von Lucy ziemlich kontrolliert gefühlt, und es sah schon aus wie eine gute Gelegenheit, mal deine Arbeit vorzuzeigen, aber ehrlich, was du da gemacht hast, war echt daneben.«

Kimberley runzelte ihre perfekten Augenbrauen und neigte den Kopf, als versuche sie, eine Fremdsprache zu verstehen. »Mir scheint, du willst mir wegen irgendwas Vorwürfe machen, Angie.«

»Jemand hat alle Dateien und E-Mails zum Projekt *Macabre Factor* von meinem Computer gelöscht.« Ich nahm mein ganzes Schauspieltalent zusammen, um drohend und anklagend zu wirken.

»Jemand? Willst du behaupten, dass ich es war? Woher sollte ich dein Passwort kennen?«

»Es ist mein Geburtstag.« Erst vor kurzem hatte ich meinen achtundzwanzigsten Geburtstag gefeiert. Theresa brachte am Ende des Tages einen Kuchen mit, alle sangen *Happy Birthday*, dann aßen die Männer den Kuchen, während die Damen Cola light tranken.

»Theresa hat mir gesagt, weder du noch Lucy seien heute Morgen da, also habe ich mich selbst um die Sache gekümmert. Und als du aufgetaucht bist, warst du nicht vorbereitet. Was deinen Computer betrifft, der ist organisiert wie dein Büro oder dein Schlafzimmer. Kein Wunder, dass du die Dateien verschlampt hast.« Sie lächelte und ruckte das Köpfchen wie ein Vogel. »Ich werde dir einen Gefallen tun und vergessen, dass wir dieses Gespräch hatten. Übrigens passe ich ein paar Tage auf das Haus meiner Eltern auf, ich bin also nicht in der Wohnung. Treffen wir uns doch einfach im *House of Usher*, sagen wir um dreiundzwanzig Uhr? Ich glaube, da geht es erst ziemlich spät los.«

»Wie willst du dich dann umziehen?«

»Ich habe ein paar Klamotten bei meinen Eltern. Und dann gibt es immer noch Moms Kleiderschrank.«

»Okay, dann treffen wir uns im Klub.« Als ich ging, zog ich die Tür sanft hinter mir zu. Ich wusste nicht, was ich denken sollte. Vielleicht hatte ich Kimberley zu Unrecht verdächtigt, vielleicht war der Datenverlust eine Computerpanne oder ein riesiger, dummer Fehler meinerseits. Und selbst wenn ich die Präsentation fix und fertig auf meinem Laptop gehabt hätte, war ich mir nicht sicher, ob ich dazu fähig gewesen wäre, das Projekt auf diese Weise an mich zu reißen, wie es Kimberley getan hatte, ohne auch nur einen Gedanken an die Gefühle anderer zu verschwenden. Kimberley hatte mich bereits im Bereich Ehrgeiz übertroffen, und jetzt musste ich feststellen, dass wir auch in puncto Skrupellosigkeit nicht gleich gelagert waren.

Zurück in meinem Büro räumte ich meine E-Mail-Dateien auf, bis der blaue Hintergrund meines Desktop so klar war wie der tahitische Ozean. Dann sortierte ich sämtliche Papiere auf meinem Schreibtisch. Dennoch fand ich nichts zu *Macabre Factor*, also schrieb ich Kimberley eine reuevolle Mail, ob sie mir die Kopien schicken könnte. Damit ging fast der gesamte Morgen drauf, und so beschloss ich, etwas früher in die Pause zu gehen, um mein Auto umzuparken und das Mittagessen im Freien einzunehmen, das ich mir selbst versprochen hatte.

In der Lobby im Erdgeschoss stieß ich beinahe mit Steve Blomfelt zusammen. Er trug einen makellosen aschgrauen Anzug und ein weißes Hemd, das so kräftig gestärkt war, dass es aussah, als sei es aus Papier. Während sich andere Männer einfach nur ihre Krawatten banden, kannte Steve den Unterschied zwischen einem Windsorknoten und einem einfachen Knoten und setzte beide Varianten je nach Krawattenstoff ein.

»Gehst du schon?«, fragte er. »Hat eines der anderen Kinder dir deine Buntstifte geklaut?«

Steve war ein Meister der gespaltenen Persönlichkeit – geschniegelt und seriös mit den Kunden und eine absolute Oberzicke mit Freunden und Kollegen. Er war außerdem der Mensch, den ich in diesem Spiegelkabinett, das wir als Büro bezeichneten, noch am ehesten als Freund bezeichnen konnte. Steve war fünfunddreißig, sieben Jahre älter als ich, aber erst seit zwei Jahren in der Werbebranche. Vorher hatte er als Reisebürokaufmann Reisen für Schwule gebucht, bis das Internet seinen Job überflüssig gemacht hatte. Auch das hatten wir gemeinsam – wir beide hatten eigentlich etwas ganz anderes machen wollen, hatten es aber nicht geschafft, unseren Lebensunterhalt damit zu verdienen.

»Hey, Steve, schön, dass ich dich treffe. Ich würde dich gern um einen Gefallen bitten. Kennst du meinen Kunden *Macabre Factor*?«

»Du meinst Lucys Kunden, oder?« Steve grinste böse.

»Lucy ist immer noch nicht zurück, Steve. Niemand hat sie bis heute gesehen.

Steves Lächeln verschwand, er sah nun besorgt aus. »Das ist seltsam. Ich hoffe, es geht ihr gut.«

»Ja, ich auch«, sagte ich und fühlte mich sofort schuldig.

»Dein Kunde also, Angie?«, ermunterte er mich.

»Sie haben unsere ersten Ideen abgelehnt. Anscheinend stellen sie sich eine Werbung mit normalen Leuten vor, die sich für den Vampir-Lifestyle begeistern, und nicht Suleiman und Moravia im normalen Leben. Sie wollen, dass Kimberley und ich heute Abend in einen Klub kommen. Ihr Vorschlag ist, Leute aus dem Klub als Models zu nehmen.«

»Das könnte funktionieren. Zumindest in New York und L.A. Bei Paducah, Kentucky, bin ich mir nicht so sicher.« Steve richtete sein welliges schwarzes Haar, aber es saß bereits perfekt. »Obwohl, ich nehme das zurück. Alle Teenager aus Paducah werden hierherziehen, wenn sie die Werbung sehen.«

»Das Verrückte daran ist, dass sie behaupten, Kimberley sei schon mit ihnen in dem Klub gewesen, aber sie hat es mir oder anderen gegenüber niemals erwähnt.«

»Wahrscheinlich war es nicht der Rede wert. Ich war auch schon an den unmöglichsten Orten, um mit einem Kunden ein Schwätzchen zu halten. Stell dir vor, ich auf einem Baseball-Spiel!« Er schauderte. »Kunden sind launisch, Angie. Das weißt du doch. Sie wachen eines Morgens auf und beschließen, dass Tanzbären die beste Möglichkeit sind, ihr Produkt zu verkaufen. Geh mit ihnen in diesen Klub. Vielleicht siehst du dort etwas, was Kimberley nicht gesehen hat.«

»Kannst du nicht mitkommen?«

»Heute Abend? Nein, tut mir leid, ich habe ein Date. Was ist mit Kimberley?«

»Oh, *sie* geht hin. Du würdest nicht glauben, was sie heute Morgen getan hat, Steve. Es ist so, als sei sie völlig durchgedreht, seit Lucy nicht da ist.« Ich trat einen Schritt näher an Steve heran und senkte die Stimme. »Ich schwöre, sie war an meinem Computer und hat meine *Macabre-Factor*-Dateien gelöscht. Und danach hat sie Dick gebeten, sie den Pitch heute Morgen machen zu lassen.«

»Was hat sie gesagt, als du sie darauf angesprochen hast?« Er machte eine Pause und verengte die Augen. »Du *hast* sie doch angesprochen, oder?«

»Ja, hab ich. Sie hat natürlich alles abgestritten.«

»Also, alles was du weißt, ist, dass sie versucht hat, die Leitung bei der Präsentation zu übernehmen? Das ist doch nicht durchgedreht, Miss Angie. Das nennt man ehrgeizig. Vielleicht könntest du ja was lernen von Kimberleys, ähm ... Initiative?«

»Steve, was ich an der Schauspielerei gehasst habe, war, dass man für jeden Job mit irgendjemandem vögeln oder irgendjemanden reinlegen muss, entweder so oder so. Ich mache es aber lieber auf die ehrliche Weise.«

Steve rollte so heftig mit den Augen, dass seine Iris fast verschwand. »Angie, du bist wirklich zu gut für diese Welt. Lass uns zum Mittagessen gehen, bevor ich eine Insulinspritze brauche.«

Ich packte Steve beim Ärmel. »Steve, glaubst du, ich sollte nervös sein, weil ich dort hingehe?«

»Zum Mittagessen?«

Ich knuffte ihn in den Arm. »Nein, in den Klub.«

»Warum?«

»Na ja, Lucy ist nicht da. Und diese Typen sind, sie sind …«

»Poser.« Er schnaubte. »Schätzchen, Lucy geht es gut, ich bin sicher. Vielleicht hat sie einfach beschlossen, dass sie das Werbebusiness satt hat und ab jetzt Ziegen in Mendocino hüten will. Ich wäre hier auch schon längst weg, wenn ich mich nicht mit Haut und Haar Master Card und Mistress Visa verschrieben hätte. Nebenbei gesagt, dieser Klub ist ein öffentlicher Ort, es werden eine Menge Leute da sein. Geh und hab Spaß. Aber lass dir bloß nicht die Krypta zeigen.«

Eines wusste ich: Selbst wenn ich nicht hinginge, Kimberley würde es tun. Sie würde mir das Projekt unter den Füßen wegziehen, und ich könnte nur meine Naivität dafür verantwortlich machen.

Am Abend, kurz bevor ich das Büro verließ, fragte ich bei Theresa nach. Niemand hatte etwas von Lucy gehört. Mary aus der Personalabteilung hatte bei der Polizei angerufen, sie waren zu Lucys Haus im Außenbezirk der Stadt am Ozean gefahren. Sie hatten in die Fenster hineingeschaut und keine Zeichen von Verwüstung entdeckt. Da keiner außer uns die Polizei informiert hatte, wollten sie als Erstes ihre Schwester in St. Louis kontaktieren und erst dann ins Haus eindringen.

Als ich zu Hause ankam, warf ich mich auf die Wohnzimmercouch gegenüber vom Fenster. Bei dem Blick hinaus musste ich immer daran denken, wie glücklich ich mich doch schätzen konnte, ein Apartment in den Pacific Heights, der schönsten Gegend in San Francisco, zu haben. Die Aussicht auf die Inseln Angel und Alcatraz war, als blickte man in ein Juwelenkästchen, Smaragde lagen verstreut auf dem blauen Samthintergrund der San Francisco Bay, umrahmt von der Golden Gate Bridge.

Bevor ich Kimberleys Mitbewohnerin wurde, hatte ich allein im umgebauten Dachstuhl eines heruntergekommenen dreistöckigen viktorianischen Hauses im Excelsior-Distrikt gewohnt, zwischen einem Laden, in dem man Schecks in Bargeld umwandeln konnte, und einem Popeye Chicken. Nachts flackerte die rote Popeye-Reklametafel in Zwei-Sekunden-Intervallen in meinen Träumen auf.

Trotz des offensichtlichen Charmes dieses urbanen Lebensstils, als ich in unserem Büro eine Anzeige im elektronischen Anschlagbrett fand, mit der jemand für achthundert Dollar im Monat einen Mitbewohner für eine Zweizimmerwohnung in Pacific Heights suchte, dachte ich, ich sei gestorben und im Himmel gelandet. Oder zumindest in Kansas, wo Wohnungen wahrscheinlich immer noch weniger als zweitausend Dollar im Monat kosten, der durchschnittliche Preis für ein Einzimmerapartment in San Francisco. Ich brauchte einige Zeit, um dahinterzukommen, warum die Miete so günstig war. Doch als ich es wusste, schien es mir immer noch ein guter Deal zu sein.

Es stellte sich heraus, dass das Haus Kimberleys Vater, dem plastischen Chirurgen Edward Bennett, gehörte, neben einigen anderen. Kimberleys Mutter war Mitglied der High Society, sie stammte aus einer alten Familie aus San Francisco, den Prestons. Trudi Preston Bennetts Leute waren im Goldrausch von 1849 nach Westen gekommen. Edward Prestons Wurzeln waren um einiges weniger tief, aber das hielt die Familie nicht aus den Society-Seiten des *Chronicle* heraus. In der In-Gesellschaft von San Francisco war man bei weitem nicht so penibel auf Stammbäume bedacht wie in den Großstädten der Ostküste. Das konnte man sich hier auch nicht leisten, da die Stadt noch vor hundertfünfzig Jahren bis zum Hals im Schlamm steckte.

Die Bennetts wollten nicht, dass ihr edles Töchterchen allein lebte; eigentlich wäre es ihnen am liebsten gewesen, sie würde bei ihnen im elterlichen Haus residieren, einem mit Säulen verzierten Haus im neu-georgianischen Stil hoch über den Pacific Heights. Der Kompromiss bestand darin, dass sie in der Nähe wohnen durfte, solange sie aus Sicherheitsgründen eine Mitbewohnerin hatte. Ich war mir nicht sicher, warum sie mich ausgewählt hatte, da ich etwa so viel Sicherheit bieten konnte wie ein Chihuahuahündchen. Ganz zu schweigen von der Tatsache, dass wir so unterschiedlich waren, wie zwei Menschen nur sein können.

Kimberleys Kleidung war nach Farbe sortiert und hing von hell nach dunkel geordnet in ihrem Schrank. Ihre Schuhe waren sauber übereinandergestapelt, von jedem Paar klebte ein Foto auf dem dazugehörigen Karton. Meine Kleidung ordnete sich selbst, wenn ich sie auf den Boden warf, und oft suchte ich zehn Minuten, um von einem Paar Schuhe, das ich anziehen wollte, den zweiten zu finden. Aber solange sich das Chaos nur auf mein Zimmer beschränkte, funktionierte unser Arrangement.

Drei Monate nachdem ich bei ihr eingezogen war, wurde Kimberley von der Hightech-Abteilung in meine versetzt, die Konsumgüterabteilung, mit Lucy als Chefin. Dadurch entstand etwas mehr Gemeinsamkeit, als auch nur eine von uns gewollt haben konnte, aber es schien stets, als machten wir das Beste daraus, zumindest bis zum heutigen Showdown. Immerhin war *Macabre Factor* zum Glück der einzige Kunde, den wir uns teilen mussten.

Ich machte mir ein Sandwich und eine Tüte Mikrowellen-Popcorn, Hauptnahrungsmittel meiner Diät. »Wir« aßen nicht im Wohnzimmer, also blätterte ich in der Küche durch Kimberleys Modemagazine. Dann sah ich bis zehn Uhr fern, duschte und stürmte in mein Zimmer, um ein passendes Outfit für den Klub zu finden.

Ich durchwühlte meinen Kleiderschrank, zog Sachen heraus, begutachtete sie und warf sie dann auf verschiedene Haufen, mit der ehrlichen Absicht, sie später wieder aufzusammeln. Alles, was nicht schwarz war, kam nicht infrage. Zum Glück betraf dies nicht viele Stücke aus meiner Garderobe, denn die meisten meiner Sachen waren schwarz, die Lieblingsfarbe von Schauspielern und Werbern. Außerdem besaß ich viele Vintage-Stücke, die in einem Business, das dem ständig Neuen huldigte, zwar nicht allzu gut passten, aber ideal waren, um sich unter Leute zu mischen, die bodenlange Gehröcke und Smokingjacken bevorzugten. Ganz hinten in meinem Kleiderschrank wurde ich fündig: ein schönes viktorianisches Seidenkleid mit langen, eng anliegenden Ärmeln, die mit einem Dutzend winziger Knöpfe geschlossen wurden, und sogar mit einer kleinen Schleppe, die von einer kleinen Tournure am Rücken hinabfiel. Ich hatte es vor einem Jahr in einem Secondhandshop in der Haight Street gefunden und ohne Umschweife zweihundert Dollar dafür bezahlt. Die Seide war abgetragen, und das Kleid hatte einige Risse an den stark belasteten Stellen, aber das trug nur zu seiner Wirkung bei. Es war so *Arsen und Spitzenhäubchen*, dass ich nicht widerstehen konnte. Ich hatte es verehrungsvoll in meinen Schrank gehängt, hätte mir aber nie vorstellen können, dass es einmal eine Gelegenheit geben würde, bei der ich es tragen könnte.

Jetzt das Make-up. Ich besaß ein paar *Macabre-Factor*-Produkte: weiße Grundierung, schwarzen Eyeliner, einen Lippenstift mit dem Namen »Coagulate« und grünlich schwarzen Nagellack. Also wirklich, wie weit würde ich das hier treiben? Sonst trug ich gerade genug Make-up, um den Kontrast zwischen meiner blassen Haut und den dunklen Sommersprossen abzumildern. Ich puderte mein Gesicht mit meinem normalen Puder, umrahmte meine Augen mit dem *Macabre-Factor*-Stift und tuschte meine Wimpern. Zum Schluss trug ich etwas Coagulate-

Lippenstift auf, ein Rot mit einem verwirrend bläulichen Unterton.

Mein Haar sah ziemlich gut aus, dank der drei Produkte, die ich verwendet hatte, um meine Locken zu zähmen. Das McCaffrey-Haar, das ich von Großvater Seamus geerbt hatte, würde ein Werber vielleicht als »schwer zu bändigen« bezeichnen, meine Mutter nannte es widerspenstig. Als ich noch ein Kind war, standen meine Haare wie ein wuscheliger roter Heiligenschein vom Kopf ab, wenn es nicht zu so engen Zöpfen geflochten war, dass mir die Zähne wehtaten. Früher betete ich jede Nacht, dass ich am nächsten Tag mit glatten Haaren aufwachen möge. Gott hat meine Haare nie verändert, aber irgendwann schickte Er mir schließlich Glättungscreme. Ich trat vor dem Spiegel zurück und betrachtete mein Werk. Ich sah immer noch etwas zu lebendig aus, um als Vampir durchzugehen, aber ich war zufrieden mit dem Ergebnis.

Um elf befand ich mich in Hayes Valley und fuhr die Divisadero Street entlang. Hier stehen einige der schönsten viktorianischen Häuser von San Francisco. Die Gegend war zu Beginn reich gewesen, dann wurde sie für Dutzende Jahre zum Arbeiterviertel. In dieser Zeit fielen viele Häuserblocks der Stadterneuerung zum Opfer, ersetzt durch hässliche, lieblos hochgezogene Wohnblocks. In den restlichen viktorianischen Gebäuden, die schon alt und daher billig waren, mieteten sich Musikklubs, Theater und Cafés ein, die zwar arm an Geld, aber reich an Kultur waren. Doch nun, da die Immobilienpreise in San Francisco in schwindelnde Höhen gestiegen waren, gab es kaum eine Gegend, die nicht von Gentrifizierung betroffen war, und auch dieses Viertel war keine Ausnahme. Viktorianische Häuser, aufwendig zu alter Pracht des 19. Jahrhunderts restauriert, mit BMWs in der Auffahrt standen Wand an Wand mit Dollarstores und duftenden Barbecue-Restaurants.

Das *House of Usher* identifizierte ich nicht anhand der Adresse, sondern anhand der Schlange von Leuten davor, die alle aussahen, als seien sie direkt aus dem Film »Nosferatu« herausgeschlittert, und zwar aus der Schwarz-Weiß-Version. Sie alle warteten darauf, durch eine enge, unscheinbare Seitentür einzutreten in ein Haus im italienisch-viktorianischen Stil mit verblassten mehrfarbigen Wänden und einem leicht abgesackten, von Säulen umgebenen Vorbau. Ich parkte einen Block weiter und hastete zurück zum Klub.

Der Türsteher – bezeichnenderweise ein großer, bulliger Mann mit einer absurd kleinen Melone auf seinem kahlen Kopf – schickte rechts und links Leute weg und überprüfte jeden Namen auf einem Clipboard, das er in seiner fleischigen Hand hielt.

Oh, oh, Suleiman und Moravia hatten gar nichts von einer Gästeliste gesagt.

Drittes Kapitel

Ich tippte der Frau vor mir auf die Schulter. Sie trug so viel Eyeliner, dass sie aussah wie ein Waschbär.

»Gibt es eine Gästeliste?«, fragte ich.

Sie nickte. »Das hier ist ein privater Klub. Du musst auf der Gästeliste stehen, wenn du kein Mitglied bist.«

»Na ja, ich bin sicher, dass meine Freunde mich draufgesetzt haben.«

Waschbär-Mädchen lächelte mir mitleidig zu.

Der 90-Kilo-Gorilla fertigte die Menschen in der Schlange schnell ab. »Name«, grunzte er mich an.

Ich würgte atemlos meinen Namen hervor.

»Angie, okay, du kommst rein.« Der Koloss stempelte mit schillernder lila Tinte eine kleine Fledermaus auf meine Hand. Ich winkte Waschbär-Mädchen, deren Name nicht auf der Liste zu stehen schien, ungezwungen zu und ging hinein.

Ein dunkler Flur mündete in eine steile, enge Treppe, wahrscheinlich die ehemalige Dienstbotentreppe. Musik, die so laut war, dass sich meine Nackenhaare sträubten, explodierte aus den Räumen darüber. Ich konnte jetzt schon nicht mal mehr meine eigenen Gedanken hören, obwohl ich noch gar nicht oben war. Menschen drückten sich an mir vorbei, um reinzukommen, und ich ließ mich von ihrer

Bewegung mittragen. Ich versuchte, möglichst viel zu sehen und gleichzeitig so zu wirken, als wüsste ich genau, wohin ich wollte.

Die große Diele des *House of Usher* schien sich seit seiner Glanzzeit als viktorianisches Wohnhaus nicht verändert zu haben. Eine große runde Samtcouch stand in der Mitte des von Gaslichtern in einem kristallenen Leuchter nur schummrig beleuchteten Raums. Die fünf Meter hohen Wände waren stuckverziert. Breite Türen führten in fünf Richtungen. Links ging es zu den Toiletten und zur Garderobe. Die Toiletten waren nach Mädchen und Jungs getrennt, aber Männer und Frauen ignorierten die Zeichen und gingen irgendwo hinein. Ich machte mir im Geiste eine Notiz, später einmal die Jungentoilette auszuprobieren, nur um mal etwas Neues zu sehen.

Zur Rechten gab es einen winzigen Billardraum und eine lange, mit Schnitzereien verzierte hölzerne Bar. Die von hinten beleuchteten Spirituosenflaschen glimmten wie Lavalampen. Die größte Tür öffnete sich auf einen Zuschauerraum, angefüllt mit Menschen, die sich zu der ohrenbetäubenden Musik bewegten, rauchten oder einander etwas in die Ohren brüllten. Direkt vor der Bühne tanzte ein kleiner Haufen Zuschauer in wilder Selbstvergessenheit.

Die Bandmitglieder sahen nicht besonders vampiresk aus, abgesehen von der Tatsache, dass sie so bleich waren wie der Unterbauch eines Alligators. Der Gitarrist, in schwarzen Lederhosen, aber mit nacktem Oberkörper, drosch seine drei Akkorde auf der Gitarre, als ginge es um die Welt. Der Frontmann hatte lange, zerzauste schwarze Haare und trug einen Anzug, der anscheinend ausschließlich aus Stofffetzen zusammengeschneidert war. Er kroch tief geduckt über die Bühne und brüllte dabei seinen Text in unsagbarer Geschwindigkeit und Lautstärke. Ich steckte einen Finger in mein Ohr und sah nach, ob Blut daran klebte.

Dann ging ich in einen anderen Raum, der von der Bühne durch eine schwere Tür getrennt war, so dass der Lärmpegel darin fast schon erträglich war. Tische mit weißen Tischtüchern und flackernden Kerzen erzeugten eine Aura vornehmer Eleganz. Die meisten Leute in diesem Raum sahen aus wie die, die man in jedem hippen Nachtklub erwartet hätte: viele schwarze Klamotten und Lederjacken, roter Lippenstift, alle rauchten. Es kam mir ziemlich schwierig vor, einen Vampir von einem typischen nachtaktiven Schriftsteller oder Musiker zu unterscheiden. Dieselbe blasse Haut, dieselben dunklen Augenringe, dieselben ausdrucksvollen Gesichter hinter Schwaden von Zigarettenrauch.

Ich erblickte Suleiman und Moravia, die ganz hinten im Raum saßen. Kimberley saß zwischen ihnen, sie sah aus wie Casper, das freundliche Gespenst, in einem weißen, ärmellosen Kleid. Sie hätte gar nicht auffälliger aussehen können, aber ich wusste, das war ihre Absicht. Kimberley machte niemals einen modischen Fehler. Ich ging hinüber zu ihrem Tisch.

Auf der anderen Seite von Moravia saß eine Frau: erschreckend dünn, mit einem Gesicht, das nur aus scharfen Linien und Winkeln bestand, aber mit großen blauen Augen und langen Wimpern. Nase, rechte Augenbraue und den Bereich direkt unter den Lippen zierten Piercings aus goldenen Steckern und Ringen verschiedener Größen.

Suleiman erhob sich und machte seine übliche Verbeugung. »Angie, ich freue mich, dass Sie gekommen sind. Bitte setzen Sie sich.« Er bot mir den Stuhl neben der dünnen Frau an. Kimberley lächelte und hob ihr Champagnerglas, als wollte sie mir zuprosten, weil ich es so weit geschafft hatte.

Moravia konzentrierte sich auf ihren Martini, sie starrte in ihr Glas, als würde sie darin ihre Zukunft lesen. Sie schien weniger zu trinken als zu inhalieren. Ein weibliches Gespenst in schwarzem Lederkorsett nahm meine Bestellung auf, einen Cosmopolitan. Sonst trank ich Wein, aber ich hatte das Gefühl, etwas flüssigen Mut zu benötigen.

Suleiman stellte mir die blonde Frau als Lilith vor. Sie gab mir ihre Hand, die sich anfühlte wie Zweige in einem Seidentäschchen. Mit der anderen drehte sie nervös an einer Strähne ihres gebleichten hellen Haars. Jeder, der auf die Straßenkinder in den Romanen von Charles Dickens stand, würde Lilith sehr attraktiv finden. Ich überlegte, was ich sagen könnte, als sich ein Mann aus der rauchigen Dunkelheit herausmaterialisierte und den Stuhl neben mir zurückzog. Als ich ihn ansah, bekam ich Gänsehaut. Nein, mehr als das. Es fühlte sich an, als versuche meine Haut, sich von den Knochen abzulösen, um ihm näher zu sein.

Sein langes rötlich blondes Haar war hinten am Kopf zusammengebunden und umrahmte ein Gesicht mit schmaler Nase, rechteckigem Kiefer und vollen Lippen. Seine Augen waren von einem so hellen Blau, dass sie im Dunkeln zu leuchten schienen. Er sah aus, wie ich mir einen französischen Prinzen im 18. Jahrhundert vorstellen würde, wenn es keine Inzucht gegeben hätte. Sein Anzug hätte direkt aus einem Roman von Jane Austen stammen können, aus weichem mitternachtsblauen Samt, den man heute höchstens noch für Damenunterwäsche verwandte, aber an ihm wirkte der Stoff so männlich wie Lederjacke und Cowboyhut.

Dieser Mann war nicht einfach nur schön. Auf einer Highschool-Chorreise hatte ich die Mona Lisa im Original gesehen, und genau wie sie damals wollte ich ihn einfach nur anstarren. Sein Blick umhüllte mich und zog mich gleichzeitig aus, sowohl wörtlich als auch im übertragenen Sinne. Mir schien, als kenne er bereits all meine Hoffnungen, Träume, Ängste und Missetaten; es gab nichts, was ich hätte sagen können, das ihn überraschen konnte. Er hob seine Lippen zu demselben winzigen Lächeln wie Mona Lisa und wirkte dabei amüsiert und zugleich etwas ungeduldig mit den Marotten der normalen Menschen.

Ich hörte ein Geräusch, wie eine Fliege, die summend an eine Fensterscheibe knallte. Es stellte sich heraus, dass es Suleiman war, der zu uns sprach.

»Eric, schön, dass du zu uns kommst. Ich möchte dir Kimberley Bennett und Angie McCaffrey vorstellen. Das sind die beiden von der Werbeagentur, von denen ich dir erzählt habe. Ladies, darf ich Sie mit Eric Taylor bekanntmachen?«

Eric Taylor? Er hätte einen exotischen, unaussprechlichen Namen haben müssen. Aber als er meine Hand nahm und an seine Lippen führte, dachte ich nicht mehr an seinen Namen. Ich ließ für einen kurzen, aber genussvollen Moment die sexuelle Erregung zu. Eric küsste auch Kimberleys Hand, aber sie schien davon weit weniger beeindruckt. Er setzte sich zwischen uns, wandte sich aber mir zu.

»Ein schönes Kleid, das du trägst. Damit passt du perfekt hier hinein.« Er rollte das R in einem leichten Akzent, vielleicht Französisch.

»Ist das die freundliche Art, mir zu sagen, dass ich ganz offensichtlich kein Stammgast bin?«, antwortete ich. Wenn ich nervös bin, werde ich schnell etwas hochnäsig.

»Nein, natürlich nicht, nur ein kleiner Scherz. Gar nichts ist offensichtlich. Das hier ist nur ein Nachtklub. Die meisten Leute hier haben sowieso gar nichts mit dem Lifestyle zu tun, außer dass sie sich gerne schwarz anziehen und in Klubs gehen. Nein, Suleiman hat mir von dir erzählt. Er sagte, du seist fasziniert von uns.«

»Jetzt aber wirklich.« Ich war umso indignierter, als es der Wahrheit entsprach. »Ich glaube nicht, dass ich das Wort ›fasziniert‹ jemals in diesem Zusammenhang verwendet habe.«

Eric lehnte sich zu mir herüber, so dass seine Lippen nur noch ein paar Zentimeter von meinen entfernt waren. Ein voller, süßer Duft ging von ihm aus, ein Duft, den ich zu erkennen glaubte, aber nicht einordnen konnte. Definitiv kein Rasierwasser, eher etwas Innerliches.

»Aber du bist doch fasziniert, nicht wahr, Angela?«, flüsterte er mit leiser, zart streichelnder Stimme.

Ich schloss die Augen, nahm einen tiefen Atemzug und versuchte, mich zusammenzunehmen. Aber als ich einatmete, drehte es sich in meinem Kopf, als hätte ich drei Cosmos getrunken. Mit immer noch geschlossenen Augen lehnte ich mich näher an ihn, vergaß für eine Sekunde, wer und wo ich war. Ich wollte in seinen Duft eintauchen, seine Lippen küssen … Dann schaltete sich irgendwie mein Großhirn wieder ein und löste das Kleinhirn ab. Ich lehnte mich wieder zurück und öffnete die Augen, zwickte mich im Geiste und nahm einen tiefen Schluck aus meinem Glas. Eric setzte sich wieder aufrecht auf seinen Stuhl und blickte geradeaus auf die Tischrunde.

»Eric, wovon lebst du eigentlich?«, wollte Kimberley wissen.

»Hmm, wovon ich lebe, ein interessanter Ausdruck. Ich lebe eben. Aber wenn du damit meinst, was ich tue, um Geld zu verdienen, dann sage ich, ich dilettiere hier und da. Aktienmarkt, Risikokapital, Immobilien.«

Ich suchte nach einem Lächeln, um zu sehen, ob

er nur scherzte, aber sein Gesichtsausdruck war ernst. Wenn er lügen würde, dachte ich mir, würde er sicher nur einen dieser Bereiche nennen, nicht alle drei.

»Ich bin Model«, warf Lilith ein.

Diese Frau hatte eingefallene Wangen, von Aknenarben zerstörte Haut und dunkel geränderte Augen wie die meisten Models, wenn man sie von nahem anblickt. Aber eine strenge Kaffee-, Zigaretten- und Kokaindiät musste noch lange nicht bedeuten, dass sie ihr Geld auf dem Laufsteg verdiente. Es war dasselbe wie bei den Schauspielern: Die meisten Leute, die behaupten, Models zu sein, haben nicht die Lohnsteuerbescheinigungen, um dies zu bestätigen.

»Ach ehrlich, was war denn dein letzter Job?«, fragte ich, ich wollte zwar nicht gemein sein, aber ich konnte mich einfach nicht zurückhalten.

»Französische Vogue.« Lilith lächelte. Jetzt hatte sie mich. Es dürfte einige Anstrengung kosten, um den Wahrheitsgehalt der Aussage herauszufinden.

»Du solltest mir deine Karte geben«, parierte ich. »Meine Agentur bucht sehr oft Models. Ich könnte dir vielleicht ab und zu einen Job besorgen.«

Ich blickte Eric an und fragte mich, ob Lilith und ich vielleicht um ihn kämpften, ohne dass ich es selbst bemerkt hätte. Sein selbstsicheres Lächeln verriet mir, dass er das zumindest annahm.

»Wohnst du in San Francisco, Eric?«, fragte ich.

Er schüttelte den Kopf. »Leider nein. Es ist eine schöne Stadt, aber ich bin nur geschäftlich hier.«

Ich spürte einen gar nicht so kleinen Stich der Enttäuschung. »Wo wohnst du dann?«, fragte ich weiter, in der Hoffnung, es sei irgendwo in der Nähe, und mit der wachsenden Befürchtung, die Antwort könnte Paris, Tanger oder Burkina Faso lauten.

Suleiman unterbrach, bevor Eric antworten konnte, er lehnte sich vor, um sowohl zu Kimberley als auch zu mir zu sprechen. »Eric und Lilith sind zwei von den Leuten, an die ich für die Werbekampagne gedacht habe. Ich finde, die beiden sehen einfach umwerfend aus, meint ihr nicht?«

Nun ja, einer davon schon, in der Tat.

»Lilith ist Model, also hat sie schon Erfahrung«, sagte Suleiman. Lilith schenkte mir ein »Hab ich doch gesagt«-Lächeln.

»Zeigt doch mal eure Zähne, ihr beide«, forderte Suleiman sie auf.

Lilith zog ihre Oberlippe zurück, und mir entwich ein Keuchen. Sie hatte perfekte kleine Vampirzähne, etwa einen Zentimeter lang, und das in genau der Farbe ihrer restlichen Zähne. Es sah genauso echt aus wie das Gebiss der Tiger im Zoo von San Francisco.

Suleiman erzählte: «Das haben wir ungefähr vor einem Jahr gemacht. Ich weiß nicht, wo Eric seine herhat, aber die sind noch besser. Zeig mal deine, Eric.«

Erics Augen funkelten im Kerzenlicht. «Vielleicht später«, sagte er und lächelte, ohne dabei die Lippen zu öffnen.

Ich hatte plötzlich das Bedürfnis, das Thema zu wechseln. »Sag mal, Eric, woher kennst du eigentlich Suleiman und Moravia?«

»Ach, Sully und ich sind schon sehr lange befreundet. Aber lass uns lieber von dir sprechen«, sagte Eric und beugte sich erneut mir zu. Ich lehnte mich zurück. Ich war noch nicht bereit für einen weiteren Hauch seiner Magie.

»Sully hat erzählt, du machst die Werbung für *Macabre Factor*. Für welche Firmen arbeitest du sonst noch?«

Ich pickte ein paar der *HFB*-Haushaltsmarken heraus. »*Strevichnaya-Wodka*? Kennst du diese großen Werbetafeln mit der nackten Frau in der Flasche, wie in einem Flaschenschiff?« Eric nickte und blickte mich mit seinen durchscheinenden Augen an. »Ähm, *Comet-Zahnpasta*, ihr verwendet bestimmt viel Zahnpasta, und wir machen die Werbung dafür. Dann *Tangento*, ein großes Unternehmen, sie haben eine Menge Tochtergesellschaften, die du vielleicht kennst, *Adonis*-Sportkleidung, *Venus-Lingerie*. Und *Unicorn Pulp and Paper*, die stellen ... äh, Papierprodukte her.«

Oh mein Gott, ich stammele schon.

Eric lächelte. »Überhaupt nicht. Mir sind alle diese Firmen ein Begriff. Ziemlich starkes Profil.«

Ich wunderte mich über sein »Überhaupt nicht«, das in keinem Zusammenhang stand. Es schien fast, als hätte er meine Gedanken gelesen.

»Du musst sehr gut sein bei dem, was du tust«, fuhr Eric fort, »aber du bist gar nicht der Typ dafür.«

»Und was für ein Typ sollte man dafür sein?«, entgegnete ich. Ich fühlte mich, als würde er mit mir spielen, aber ich wollte auch nicht, dass er aufhörte.

»Der Business-Typ, der Nine-to-five-Typ. Du wirkst auf mich eher wie eine Künstlerin.«

»Na ja, ich war Schauspielerin. Im College habe ich Schauspiel im Hauptfach studiert.«

Eric nickte wissend. »Ja, eine Schauspielerin, das hätte ich auch gesagt. Warum hast du damit aufgehört?«

»Die üblichen drei Gründe: Essen, Kleidung und ein Dach über dem Kopf.«

Eric legte seine Hand auf meine. Seine Berührung war eiskalt, wohl weil er gerade sein Glas mit einem eisgekühlten Drink abgestellt hatte. »Möchtest du vielleicht tanzen?«, fragte er.

Obwohl ich während der Theaterausbildung jahrelanges Körpertraining genossen hatte, entsprach mein Tanzstil immer noch ausschließlich dem eines Charakter-Darstellers. Ich suchte schnell eine Ausrede. »Eher nicht. Der Vorschlaghammer ist nicht gerade mein Lieblingsinstrument.«

Eric lachte. »Nicht da drüben«, antwortete er. »Wir Insider kennen einen viel besseren Ort.«

Er hielt immer noch meine Hand und half mir aufzustehen. »Wir gehen tanzen«, verkündete er.

»Viel Spaß!«, trällerte Kimberley, wie eine Mutter, deren Tochter gerade auf ihren Abschlussball ging. Bevor wir von dannen schritten, sah ich, wie sie ihren Stuhl näher an den von Suleiman rückte. Ich wusste, ich sollte eigentlich bleiben und mich mit den Kunden unterhalten, aber seit Eric aufgetaucht war, kümmerte es mich nicht mehr wirklich, was sonst üblich war und was nicht. Lilith war damit beschäftigt, sich eine Zigarette anzuzünden, und nahm unser Verschwinden gar nicht zur Kenntnis. Wir gingen in den hinteren Teil des Raumes und durch eine Tür mit der Aufschrift »Nur für Mitglieder«.

Der neue Raum war eingerichtet wie eine viktorianische Opiumhöhle. Die Wände waren mit Samtvorhängen undefinierbarer Farbe verhängt. Ein paar Tische für jeweils zwei Personen standen an einer mit Vorhängen verkleideten Wand. Der restliche Raum war mit weiteren Vorhängen in kleine Bereiche abgeteilt, in jeder offenen Nische sah ich ein Sofa stehen, besser gesagt eine Chaiselongue mit einer Lehne hinten und an der Seite. Mehrere Pärchen tanzten zu einer Musik, die nicht unterschiedlicher hätte sein können als die der Alligator-Unterbäuche. Zu einem langsamen, hypnotischen Beat sang eine weiche, klagende Frauenstimme in einer Sprache, die ich nie zuvor gehört hatte.

Uns gegenüber tanzte eine Frau mit langen dunklen Haaren, den Rücken an eine andere Frau gelehnt. Ihr Kopf ruhte an der Schulter der Partnerin, ihre Augen waren geschlossen, auf ihrem Gesicht lag ein Ausdruck von Ekstase. Die andere Frau wog sich im Takt der Musik, streichelte rhythmisch den Körper der Dunkelhaarigen und schnüffelte an ihrem Hals. Und von allen Seiten war ich umgeben von diesem süßen, undefinierbaren Geruch. Ich hatte das Gefühl, ich würde gleich in Ohnmacht fallen. Als ich strauchelte, nahm Eric meinen Arm.

»Was meinst du?« Seine Stimme schien aus dem Inneren meines Kopfs zu kommen.

»Ich habe gehört, dass es in manchen Bars in San Francisco Separées gibt, aber das ist noch mal ganz etwas anderes.«

Ich versuchte zu scherzen, aber mir war eigentlich nicht sehr lustig zumute. Im Grunde hätte ich nicht einmal genau sagen können, wie mir zumute war, aber ich wollte, dass es nicht aufhörte. Eric führte mich in die Mitte der Tanzenden. Er hielt mich von sich weg, als seien wir in der Tanzschule. Seine linke Hand hielt meinen Arm, mit seiner Rechten umfasste er meine Taille und führte mich sanft, damit ich mich seinen Bewegungen anpassen konnte. Ich hatte zwar keine Ahnung, wie man Walzer tanzt, aber ich tat es, und fühlte mich dabei sogar graziös und anmutig. Mir wurde klar, dass ich bis dahin noch nie mit einem Mann getanzt hatte, der wirklich wusste, wie man seine Partnerin führte. Während wir tanzten, blickte Eric mir tief in die Augen, auf den Lippen sein Mona-Lisa-Lächeln. Die Anziehung, die ich fühlte, war so intensiv, dass ich am liebsten weggeschaut hätte, nur um wieder zu Atem zu kommen, aber ich konnte meinen Blick nicht von ihm lassen.

Das Tempo der Musik wurde schneller. Mit einer Bewegung zog Eric mich nah zu sich heran und drehte mich gleichzeitig, so dass ich an seine rechte Hüfte gedrückt wurde. Sein Arm schloss sich um mich, und ich fühlte jeden seiner Finger durch den dünnen Seidenstoff meines Kleides. Er drückte seine Wange gegen meine, und genauso tanzten wir nun Tango. Seine Haut war weich und seidig, aber darunter war es hart wie Marmor, der in Samt eingeschlagen war. Sein Atem war kühl und trocken, jedoch von derselben reichen, berauschenden Süße, die auch aus all seinen Poren zu strömen schien. Sein Duft war das, was Parfümhersteller seit Tausenden von Jahren nachzuempfinden versuchten: die destillierte Essenz der Anziehungskraft, undefinierbar, aber unwiderstehlich.

Als die Musik sich in eine hypnotisierende orientalische Weise verwandelte, schob Eric mich hinüber zu einem der mit Vorhängen abgetrennten Bereiche. Er hob mich mühelos hoch und legte mich auf das Sofa, dann zog er den Vorhang zu. Meine linke Hand hatte er die ganze Zeit nicht losgelassen, und nun nahm er meinen Arm und fuhr mit seiner Zunge über die Innenseite meines Handgelenks. Ich erbebte förmlich vor Lust, obwohl er mich kaum berührte. Ich schloss die Augen und fühlte, wie seine Lippen meine Wange streiften. Erst fühlte es sich so kühl an, dass ich kurz zusammenzuckte, doch dann spürte ich nur noch Wärme. Seine Küsse bewegten sich sanft über mein Gesicht hin zu meinem Hals. Ich atmete tief seinen Duft ein, der mich durchflutete wie eine Droge und dabei all meine Hemmungen, all meine bewussten Gedanken hinwegfegte. Erics Hände glitten unter mein Kleid, strichen über meinen ganzen Körper und erweckten meine Nerven zum Leben.

»Angela, gib dich mir hin, und ich werde all deine Träume erfüllen.« Seine Stimme schien aus irgendeinem Ort tief in mir zu kommen. *Hat er das wirklich gesagt?*

»Ja, ja, Gott, ja ...« *Habe ich das wirklich gesagt?*

Seine Lippen streichelten mein Gesicht, meine Arme, meinen Hals. Ich fühlte seine Zähne auf meiner Haut, kratzend und brennend wie winzige Glassplitter, aber der Schmerz war ebenso groß wie die Lust. Mein Körper streckte sich ihm entgegen, um ihn zu empfangen. Ich war überwältigt von dem Verlangen, ihm näher zu sein, mit ihm zu verschmelzen, damit nichts uns jemals wieder trennen könnte.

Dann plötzlich ein Schmerz, äußerst spitz und scharf ...

Viertes Kapitel

Mein Instinkt befahl mir, mich zu entziehen, aber mein Körper wollte etwas anderes. Er gab sich Eric hin, drückte sich näher an ihn und bot ihm jeden verletzlichen Quadratzentimeter Haut an. Vor meinen Augenlidern sah ich Farben, ineinander verschränkte rote Girlanden vor einem pinkfarbenen Himmel, als flackere ein helles Licht vor meinen geschlossenen Augen. Mit jedem Herzschlag schlugen Wellen aus Blut an meine Haut. Ich konnte die Musik nicht mehr hören und auch die Couch nicht fühlen, auf der ich lag. Alles war Eric.

Dann wurde die Welt schwarz.

Ich erwachte, auf der Couch ausgestreckt, während Eric mir das Haar aus dem Gesicht strich. Ich hörte seine Stimme, bevor ich die Augen öffnete.

»Angela, bist du wach?«

Ich hörte mich selbst nuscheln, »Ja, okay, das muss der Alkohol gewesen sein, harte Sachen bin ich nicht gewöhnt. Ich glaube, ich geh dann mal ins Bad und wasche mir das Gesicht ...«

Er versuchte, mich aufzuhalten, und sagte, ich solle ruhig liegen bleiben und mich ausruhen, aber ich glitt von der Couch und stolperte von dannen.

Kimberley und die Leute von *Macabre Factor* waren nicht mehr in der Bar, Gott sei Dank, also konnte ich, unbemerkt von allen, die mich kannten, in die Damentoilette entschwinden. Ich ging in eine der Kabinen und setzte mich auf die Toilette, ohne mein Kleid anzuheben. Der Nebel hatte sich ein wenig gelichtet, aber mein Erinnerungsvermögen war noch ziemlich trüb. Ich war vollständig bekleidet, einschließlich meines BHs und der schwarzen Strumpfhose. Mein Körper empfand das leicht schaudernde, etwas schlüpfrige Gefühl postkoitaler Entspannung, aber es gab keinerlei Hinweise darauf, dass Sex stattgefunden hatte. Zumindest nicht Sex, wie ich ihn bisher erlebt hatte. *Etwas* war passiert, etwas Mächtiges und Weltbewegendes, ich fühlte mich erregt und glücklich und empfand großes Verlangen, Eric erneut zu berühren. Gleichzeitig fürchtete ich mich vor der Macht, die er über mich hatte, war etwas verlegen, dass ich mich an den Moment des Vollzugs nicht erinnern konnte, und besorgt, weil ich alles viel zu schnell hatte laufen lassen.

Ich ohrfeigte mich selbst auf beide Wangen und befahl mir, mich zusammenzureißen. Ein Plan musste gefasst werden. Ich glaubte fest daran, dass meine Mutter Recht hatte mit ihrer Mahnung, nicht zu »locker« zu sein, und zwar nicht, weil ich irgendetwas für meinen Ehemann aufheben wollte, sondern weil die wenigen Abenteuer, die ich bisher gehabt hatte, eine demütigende Verschwendung von Zeit und Körperflüssigkeiten gewesen waren. Die darin involvierten Typen hatten mich danach wie einen ausgekauten Kaugummi behandelt. Ich wollte, nein, ich musste Eric noch einmal sehen, nur um zu wissen, dass er mich wiedersehen wollte. Unsere Begegnung bereute ich nicht, ganz im Gegenteil, aber ich hatte das Gefühl, dass ich irgendwie die Kontrolle über die Situation erlangen musste.

Ich stand auf, zog meine Strumpfhose und mein Kleid zurecht und verließ die Kabine. Ich konnte keinen der Spiegel benutzen, alle waren besetzt: der eine von einer Frau, die so schön war, dass man niemals hätte glauben können, sie sei ein Mann, bevor man ihre großen Hände erblickte, der andere von einem Paar riesiger Brüste mit einem unscheinbaren Kopf darauf, und der letzte von einem dünnen Mann, der das Auge, das nicht von einer Piratenklappe verdeckt war, mit schwarzem Eyeliner umrahmte.

In einer Lounge mit abgenutzten Samtstühlen schnupften zwei Frauen Kokain von einem gläsernen Kaffeetisch. Eine davon hielt mir den Strohhalm hin, aber ich schüttelte den Kopf.

»Ich glaube, ich hatte schon genug«, sagte ich.

Eric war noch dort, wo ich ihn zurückgelassen hatte, er saß locker auf dem Samtsofa, die Beine übereinandergeschlagen, die Arme ausgebreitet. In dem dämmrigen Licht ging ein sanfter Schein von seinem Gesicht und seinem Haar aus, wie von einer Kerze hinter einem Vorhang. Als ich näher kam, stand er auf und machte eine kleine Verbeugung, dann gab er mir meine Tasche.

»Die hast du vergessen.«

Als ich die Tasche entgegennahm, trafen sich unsere Blicke, und mir wurde erneut schwindlig. Der Strudel, der mich zu ihm hinzog, war erschreckend in seiner Intensität. Ich zwang meinen Blick nach unten auf seine Krawattennadel, eine gewundene goldene Schlange mit rubinrotem Auge.

»Also, ich muss jetzt gehen. ich fühle mich nicht ganz wohl, aber, ähm …« Ich fummelte in meiner Tasche und zog eine Visitenkarte hervor. »Aber ich würde dich wirklich gern wiedersehen, falls du darüber nachdenkst, Werbung für deine geschäftlichen Aktivitäten zu machen …« *Oh, sei endlich still!* Ich gab ihm meine Karte.

Er lächelte und steckte sie in seine Brusttasche. »Bist du sicher, dass du nicht bleiben willst?«

»Nein, ich meine, ja.« Das war echt peinlich. »Ich sollte jetzt wirklich gehen.«

Er streckte die Hand aus und strich mir eine Haarsträhne von der Wange, dann ließ er seine Finger über mein Kinn und meinen Hals hinuntergleiten und hinterließ an jeder Stelle, die er berührt hatte, ein kitzelndes Gefühl.

»Kann ich deine Karte haben?«, flüsterte ich. Anstand hin oder her, ich wollte nicht riskieren, nicht zu wissen, wo ich ihn finden konnte.

Er nahm seine Brieftasche heraus und überreichte mir eine dicke, quadratische Karte, die nicht aussah wie eine normale Visitenkarte. Ich hielt sie unter das Kerzenlicht.

Mr. ERIC TAYLOR
HARBINGER INTERNATIONAL

Ich blickte auf. »Hier ist keine Telefonnummer drauf.«

Er zuckte die Achseln. »Ich ziehe traditionellere Kommunikationsmittel vor.«

Was könnte traditioneller sein als das Telefon, fragte ich mich.

»Tinte und Papier verwendet man seit zweitausend Jahren. Das Telefon erst seit hundert Jahren.«

Da war es wieder, ein weiterer Kommentar, der klang, als hätte er meine Gedanken gelesen.

Er lachte wieder völlig aus dem Zusammenhang gerissen – es schien, als hätten wir gleichzeitig eine nonverbale Konversation.

»Lass mich dich zum Auto begleiten.« Eric hielt mir seinen Arm mit gebeugtem Ellbogen hin, eine Geste, die ich nicht mehr gesehen hatte, seit mein Vater mich auf der Hochzeit meiner Schwester zum Tanzen aufgefordert hatte.

Ich schüttelte den Kopf. »Nein, bitte nicht.« Ich konnte mir selbst nicht trauen. Was wäre, wenn er mich fragen würde, ob er mit zu mir kommen könnte? Ich drehte mich um und verließ den Raum, ohne mich noch einmal umzusehen.

Erst als ich im Auto saß und mein Gesicht im Rückspiegel ansah, entdeckte ich das getrocknete Blut auf meinem Hals, es schimmerte violett in dem fluoreszierenden Licht der Straßenlampe.

Es war wieder Morgen, und die über den Himmel ziehenden Wolken warfen Bänder von Licht und

Schatten auf mein Bett. Ich hatte nachts vergessen, die Jalousien herunterzuziehen. Um ehrlich zu sein, konnte ich mich kaum erinnern, wie ich nach Hause gekommen war. Das schwarze Kleid lag als Häufchen auf dem Boden, neben meiner Tasche, den Schlüsseln und meiner Unterhose. Mein Kopf hämmerte, Zunge und Zähne fühlten sich pelzig an, eines meiner Augen war halb zugeklebt. Meine Muskeln schmerzten, als hätte ich auf Steinfelsen geschlafen. Das Licht, das durch das Fenster fiel, schmerzte in den Augen, also zog ich mir die Decke über den Kopf.

Ich versuchte, wieder einzuschlafen, aber meine Gedanken schubsten sich herum und drängelten wie Kinder vor einem Eiswagen. Vielleicht war ich gestern betrunken und hatte einen Filmriss, dachte ich. Wie sonst ließen sich die Gedächtnislücken und der Kater erklären? Ich erinnerte mich nur an einen Drink, aber ich trank selten, also hatte ich nicht viel Erfahrung mit der Wirkung von Alkohol. Mein Verhalten war in vielerlei Hinsicht untypisch für mich gewesen – das Trinken, die Tatsache, Kunden einfach sitzenzulassen, ganz abgesehen von der Knutscherei mit einem Typen, den ich gerade erst kennengelernt hatte. Und dann das Gefühl, als müsste ich von einer Klippe springen, sollte ich ihn nicht wiedersehen. All diese Dinge – ganz und gar nicht, als wäre das ich.

Schon der Gedanke an Eric entzündete ein Verlangen, das ich seit der Junior-Highschool nicht mehr empfunden hatte. Damals glaubte ich noch an Liebe auf den ersten Blick. Die Begegnung mit ihm war buchstäblich eine atemberaubende Erfahrung gewesen. War es möglich, aus purer Erregung in Ohnmacht zu fallen? Ich schloss die Augen und erinnerte mich an den süßen Duft, die leuchtenden blauen Augen …

Zeit für eine weitere symbolische Ohrfeige auf meine Wange. Und einen Realitätscheck. *Was zur Hölle war letzte Nacht passiert?*

Ich nahm mir vor, ganz sachlich vorzugehen, und tastete meinen Körper vom Gesicht bis zu den Knien ab. Bei jedem Körperteil versuchte ich, mich genau zu erinnern, was passiert war. Ich war bemerkenswert erfolglos. Die Begegnung mit Eric blieb ein blinder Fleck. Wir hatten uns geküsst. Ich erinnerte mich an das samtige Gefühl seiner Lippen und seiner Zunge. Es hatte Berührungen gegeben, von gefühlt einem Dutzend Händen auf einmal, überall auf meinem Körper. Aber ich war vollständig bekleidet herausgekommen. War es möglich, dass ich den besten Sex meines Lebens gehabt hatte, ohne eigentlich Sex zu haben? Ich musste an den Lieblingsfilm meiner Mutter denken, »Ghost – Nachricht von Sam«, den sie mindestens zweimal im Jahr auf DVD ansah. Darin wird der Freund der Frau umgebracht, aber er kommt zurück und schläft mit ihr. Er hat keinen Körper mehr, also findet alles in ihrem Kopf statt, alles rein spirituell, irgendetwas in der Art, aber unglaublich sexy.

Doch Eric war unbestritten mit einem Körper ausgestattet. Und ich hatte eine klare Erinnerung daran, wie ich im Auto in den Rückspiegel geblickt hatte.

Ich ging ins Bad und untersuchte meinen Hals. Ich stellte mich auf die Zehenspitzen, um näher an den Spiegel heranzukommen. Da waren ein paar rostfarbene Flecken, also nahm ich einen Waschlappen und wischte sie ab. Sully und Moravia hatten nie erwähnt, dass Menschen mit Vampir-Lifestyle ihre falschen Vampirzähne verwendeten, um anderer Leute Blut zu saugen, aber warum sollten sie auch? Ich würde auch nicht auf die Idee kommen, ihnen zu erzählen, was ich im Bett treibe (natürlich gäbe es da auch herzlich wenig zu berichten). Ich säuberte meinen Hals und schrubbte weiter, denn ich war sicher, dass irgendwo eine Wunde sein musste, aber es fand sich keine.

Ich ging an Kimberleys Zimmer vorbei. Ihr Himmelbett mit der flauschigen weißen Decke und den rosa Kissen war ordentlich gemacht. Für einen Moment fragte ich mich, ob sie im Klub auch jemanden kennengelernt hatte. Dann erinnerte ich mich, dass sie auf das Haus ihrer Eltern aufpassen wollte, während diese im Urlaub auf den Bermudas waren.

In der Küche goss ich mir ein Glas Orangensaft ein und toastete eine Scheibe Brot. Mein Magen war in Aufruhr, und essen war so ziemlich das Letzte, was ich wollte, aber ich wusste, es würde mir guttun. Der Saft schmeckte seltsam, irgendwie metallisch. Ich blickte auf das Haltbarkeitsdatum, aber es war noch nicht abgelaufen. Der Toast schmeckte sandig, und ich fragte mich, ob Kimberley eine neue Gesundheitskost-Marke entdeckt hatte, aber die Tüte war dieselbe wie sonst.

Nach dem Frühstück ging ich an meinen Kleiderschrank und zog einen schlichten schwarzen Hosenanzug und eine weiße Smoking-Baumwollbluse an, in der Hoffnung, das konservative Outfit würde mein Gefühl vertreiben, eine verrückte, vampirjagende Schlampe zu sein.

***

Gerade hatte ich mich an meinen Schreibtisch gesetzt, als es an meiner Bürotür klopfte. Steve schlenderte herein, in einem grauen Anzug mit drei Knöpfen und einem blauen Nadelstreifenhemd mit einer silbrig grauen Krawatte, in seiner Brusttasche ein passendes Einstecktuch.

»Aha, die Königin der Nacht erhebt sich aus ihrem Sarg. Wie waren die nächtlichen Festivitäten?«

Das Lächeln auf seinem gebräunten Gesicht wirkte ironisch, und seine dunklen Augen blitzten schelmisch. Nicht zum ersten Mal kam mir der Gedanke, wie froh ich war, dass er schwul war, sonst hätte mich sein gutes Aussehen viel zu nervös gemacht, um mit ihm befreundet zu sein.

»Steve, du wirst es nicht glauben, was mir letzte Nacht passiert ist.«

Noch bevor ich es selbst bemerkte, sprudelte die ganze Geschichte von meinem Rendezvous mit Eric Taylor, dem Vampir-Kapitalisten, aus mir heraus. Die ganze Geschichte – abgesehen von dem Teil mit dem Blut an meinem Hals. Steve, der mich für gewöhnlich ständig unterbrach, hörte mit offenem Mund zu. Als ich fertig war, wartete ich ab und hoffte, er würde irgendetwas Beruhigendes sagen.

»Tja, ich wünschte, ich würde noch rauchen, denn das wäre ein guter Moment für eine Zigarette. Also, wirst du ihn wieder treffen?«

»Die vernünftige Antwort wäre Nein, aber um ehrlich zu sein, könnte ich das nicht behaupten. Da war etwas an ihm, er war so ...« Mir fiel kein einziges Wort ein, das ihm gerecht werden würde.

»Sag nichts mehr, Schätzchen. Wenn er nur halb so gut war, wie du gesagt hast, hätte ich etwas, woran er saugen ...«

»Dein Blut«, unterbrach ich, »ich weiß.«

Steve setzte sich und schlug die Beine übereinander, wobei lavendelfarbene Socken und glänzende schwarze Schuhe zum Vorschein kamen. »Jetzt aber mal Spaß beiseite. Du hast gesagt, du bist in Ohnmacht gefallen.«

»Ja, ich glaube schon, aber ganz sicher bin ich nicht.«

»Wie viel hast du getrunken?«

»Einen Cocktail.«

Steve wedelte mit dem Zeigefinger vor mir herum. »Das hab ich mal bei *Oprah* gesehen. Der Typ hat dir Rohypnol ins Glas geschüttet, ein Zeug, das dich völlig willenlos macht.«

»Ach komm, Steve.« Ich lachte, aber die Idee war gar nicht so weit hergeholt. Das würde zumindest den Kater erklären.

»Ich hätte letzte Nacht mit dir gehen sollen. Es ist

alles meine Schuld. Wo war eigentlich Kimberley, während dieser Schurke dich so unsanft behandelt hat?«

»Dort, wo ich hätte sein sollen. Im Gespräch mit den Kunden«, antwortete ich schuldbewusst.

»Aber zumindest geht es dir gut, oder? Es ist nichts passiert?«

Nichts, außer dass ich nicht aufhören kann, an diesen Mann zu denken.

»Wir haben Visitenkarten ausgetauscht.«

Steve lehnte sich zu mir herüber und blickte mich mit halb geschlossenen Augen an. »Es war also keine Vergewaltigung. Du mochtest ihn, nicht wahr, Prinzessin?«

»Woher soll ich das wissen, ich habe ihn ja kaum kennengelernt. Trotzdem, ich habe gleich ein Meeting und muss noch meinen Anrufbeantworter abhören. Lass uns später weiterreden.«

Er rührte sich nicht.

»Steve, ich brauche etwas Zeit für mich allein.«

»Um diesen Typen anzurufen? Tu's nicht, es ist zu früh. Du musst achtundvierzig Stunden warten.«

»Raus.«

Er seufzte schwer, aber gehorchte meinem Befehl. Er ging jedoch erst aus der Tür, nachdem er mit den Händen eine Vier und eine Acht gebildet hatte.

Ich hörte meine Nachrichten ab und durchforstete gleichzeitig meine E-Mails nach dem Namen meiner neuen Liebe, das Einzige an ihm, das langweilig war. Er hatte gesagt, er bevorzuge traditionelle Methoden, aber ich war zu süchtig nach elektronischer

Kommunikation um zu glauben, dass heutzutage irgendjemand, der jünger war als neunzig, sie nicht nutzen würde. Meine Handfläche auf der Maus war schweißnass, als ich durch meinen Posteingang scrollte.

Die erste Nachricht auf dem Anrufbeantworter kam von Les Banks, dem Grafiker, er bat mich um einen Rückruf, sagte aber nicht, worum es ging. Der Anruf kam gestern Abend um 17.45 Uhr, kurz nachdem ich das Büro verlassen hatte. Ich speicherte ihn und machte mir eine Notiz, um ihn später anzurufen. Die zweite Nachricht stammte von meiner Mutter, aufgezeichnet um 9.02 Uhr diesen Morgen.

»Schatz, ich weiß, dass du sehr viel zu tun hast, aber dein Vater und ich haben dich seit Wochen nicht zu sehen bekommen. Könntest du diesen Sonntag zum Abendessen kommen? Es gibt deinen Lieblings-Hackbraten …«

Sonst ging Liebe bei mir durch den Magen, aber so, wie ich mich heute Morgen fühlte, war Essen das Letzte, wonach mir zumute war. Dennoch speicherte ich auch diese Nachricht und machte mir eine weitere Notiz: Mom zurückrufen.

Die letzte Nachricht kam von einem Typen, der offensichtlich ein Skript herunterlas, eine Einladung zu einer Konferenz zum Thema Online-Marketing in Austin, Texas. Ich löschte sie.

Das Notfall-Meeting fand im Ferlinghetti-Raum statt, der einen schönen Ausblick auf die Bucht bot und mit Fotos des gleichnamigen Schriftstellers und Dichters dekoriert war, auf denen er vor dem City

Lights stand, dem Buchladen, den er in den 1950er-Jahren in North Beach gegründet hatte. Als ich eintraf, waren bereits alle am Tisch versammelt. Dick Partridge saß am Kopfende des Tischs, trommelte mit seinem Stift und blickte auf seine Armbanduhr.

Zu seiner Rechten saß Kimberley, die aussah, als hätte sie trotz ihrer langen Nacht keinerlei Nachwirkungen zu beklagen. Sie trug ein blaues Kostüm mit kurzärmliger Jacke, weit schlichter als sonst, vermutlich um den unglücklichen Umständen dieses Meetings Rechnung zu tragen. Am Hals hatte sie eine Kette mit einem cashewkerngroßen, wahrscheinlich echten Diamantanhänger.

Zur Linken von Dick saß Lakshmi Roy, die zweite Kontakterin in der Konsumgüterabteilung. Sie war so klein, dass es aussah, als benötigte sie einen Kindersitz. Sie stammte aus Indien und war das klassische Beispiel für eine amerikanische Erfolgsstory. Im Alter von dreißig Jahren hatte sie bereits in Yale studiert, in Hollywood gearbeitet und die großartigsten Referenzen gesammelt. Laut Steve, der für sie arbeitete, unterschied sich Lakshmis Führungsstil von Lucys wie Tag und Nacht. Lakshmi war freundlich und fair, sie war offen für Vorschläge und verteilte Lob und Anerkennung, wann immer es angebracht war. Zu ihrer Linken saß mein Kumpel Steve, der mich beobachtete, als erwarte er, dass ich aufgrund der Nachwirkungen des Rohypnol jeden Moment umfallen könnte.

Neben Steve saß Lakshmis Kontakt-Assistent, Chase Johnson, ein Verbindungsstudent, der kürzlich seinen Abschluss erhalten hatte und den Steve immer »das menschliche Bierfass« nannte. Theresa war ebenfalls anwesend, vor sich ihr geöffneter Laptop, damit sie jederzeit Notizen machen konnte. Der Ausschnitt ihres seidigen roten Hemds gab den Blick auf ihre weit vorstehenden Schlüsselbeine frei und nicht viel mehr. Ich nahm Platz neben Webster Northrup, dem Manager der Kreativabteilung. Web versuchte, kleidungstechnisch die Brücke zwischen Kreativen und Kundenbetreuern zu schlagen, er trug Levis-Dockers und geknöpfte Hemden mit hochgeschlagenen Ärmeln. Er war Mitte Dreißig und hatte ein rundes, angenehmes Gesicht mit braunen Augen, dicke schwarze Haare und einen kleinen Bauch. Ebenfalls anwesend waren ein Werbetexter und ein Medienkoordinator.

»Jetzt, da Angie auch hier ist, können wir anfangen«, sagte Dick. »Wie ihr alle wisst, ist Lucy Weston seit letztem Freitag nicht zur Arbeit gekommen. Sie hat weder angerufen noch ist sie zu Hause ans Telefon gegangen. Wir haben gestern die Behörden informiert, und sie ermitteln bereits in der Sache. Natürlich hoffen wir das Beste. Unsere Aufgabe ist nun, Lucys wichtigste Aufgaben zu verteilen, damit die Kontinuität gegenüber unseren Kunden gewahrt wird.«

Lakshmi, die mir am Tisch gegenübersaß, lächelte mir zu, ohne dabei die Lippen zu bewegen. Sie war die amtierende Königin der Kontakter-Telepathie.

»Unsere Kunden von *Macabre Factor* haben mich

diesen Morgen angerufen. Sie waren sehr zufrieden mit der Präsentation. Ich möchte Angie und Kimberley mein Lob aussprechen. Sie waren sofort zur Stelle und haben das Meeting gestern übernommen. Hervorragende Arbeit, Ladys.« Er schenkte jeder von uns ein dünnes Lächeln. »Die Kunden haben explizit darum gebeten, dass Angie ihr Projekt übernimmt, selbst wenn Lucy zurückkommt. Was auch immer du da gemacht hast, Angie, es wurde sehr gut aufgenommen.«

Ich starrte auf den Tisch, um meine Verlegenheit zu verbergen. Warum in aller Welt übertrug *Macabre Factor* mir das Projekt? Bei der Präsentation hatte ich nicht die Führung übernommen. Ganz davon abgesehen, dass der Pitch ihnen sowieso nicht gefallen hatte, und es war Kimberley gewesen, die mit ihnen im *House of Usher* zusammengesessen hatte, während ich weg war, um mit ihrem Vampir-Topmodel herumzumachen. Die einzige Person, die ich letzte Nacht beeindruckt hatte, war Eric, und ich war nicht einmal sicher, wie erfolgreich ich darin gewesen war. Als ich den Kopf wieder erhob, traf mein Blick auf den von Kimberley. Der Ausdruck in ihren Augen war pure Böswilligkeit. Ich fragte mich, ob wohl die Schlösser ausgetauscht waren, wenn ich nach Hause komme.

Fünftes Kapitel

»Lasst uns Lucys Kunden durchgehen und schauen, wann jeweils der nächste Kontakt stattfinden soll.« Dick prüfte seine Notizen. »*Unicorn Pulp and Paper Products*. Angie, ich glaube, du hast mit Lucy an *Unicorn* gearbeitet?«

»Ja, Dick, und wir haben nächsten Montag eine Präsentation.«

»Sehr gut«, antwortete Dick, »mit welchen Kreativen arbeitest du zusammen?«

»Mit mir.« Dave war unser neuester Werbetexter. Normalerweise wuchsen ihm iPod-Kopfhörer aus den Ohren, aber aus Respekt vor Dick hatte er einen herausgenommen.

»Es wäre mir lieber, wenn du dafür jemanden mit etwas mehr Erfahrung nehmen könntest. Web, kannst du für Dave übernehmen?«

»Sicher, kein Problem, Dick.« Web machte sich ein paar Notizen auf seinem Block. Dave lächelte mir ein wenig schwermütig zu, und ich erinnerte mich, dass er bei unserem letzten Brainstorming-Treffen gesagt hatte, ich hätte einen hübschen Pullover.

»*Miss Minnie's Muffins*?« Dick sagte es so, als befinde er sich gerade bei einem Aussprache-Test. »Ist das dein Projekt, Kimberley?«

Sie nickte.

»Gibt es diese Woche wichtige Termine?«, fragte Dick.

»Nein, erst nächsten Monat. Sie arbeiten an neuen Geschmacksrichtungen.« Kimberleys Ton war unterwürfig.

»Plump n' Tasty Chicken?«

Ich hob die Hand. »Freitag in einer Woche, glaube ich.«

»Okay, sprich das mit Lakshmi ab, spätestens nächsten Donnerstag.«

Dick blickte im Raum umher. »Und schließlich haben wir da noch *Tangento*. Ich glaube, du hast ebenfalls mit Lucy daran gearbeitet, oder, Kimberley?«

Tangento war einer der prominentesten Kunden unserer Agentur. Sie gaben jedes Jahr Millionen für Werbung aus, und jeder bei *HFB* wollte sein Stück vom Kuchen abhaben. Auch wenn nur wenige den Namen der Muttergesellschaft kannten, die Filialen gehörten, wie ich Eric gestern Nacht erzählt hatte, zu den bekanntesten Bekleidungsfirmen überhaupt. *Adonis Sportswear*. *Venus Lingerie*. Die Proteus-Linie für Basketballschuhe hatte den zweifelhaften Ruhm, dass Ghetto-Jugendliche dafür aufeinander schießen.

Kimberley sagte gerade: »Ja, Dick, wir haben gerade zusammen mit der Marktforschung die Studie über die Zielgruppen von *Venus* und *Adonis* fertig gemacht.«

Dick machte eine Pause und hustete in die Hand.

»Kimberley, ich möchte, dass Angie bis auf Weiteres mit *Tangento* verhandelt. Ich will, dass sie den Kunden als Kontakterin übernimmt, mit dir als fähige Assistentin, natürlich.«

Im Raum herrschte plötzlich Totenstille. Kimberley blickte mit hochroten Wangen nach unten. Dick schaute wieder auf seine Notizen, entweder, weil er nicht wusste, was er gerade getan hatte, oder weil es ihn nicht kümmerte. Ich fühlte eine schmerzhafte Mischung aus Verlegenheit, Freude und Schuld.

»Jeder von euch schickt mir bis Ende des Tages eine Mail zum Status von jedem Kunden. Vielen Dank für eure Aufmerksamkeit.« Dick versuchte, mit seinem Stift eine entschiedene Geste auszuführen, aber er flog ihm aus der Hand und traf Daves Brust.

Kimberley ging hinüber zu Les und Web und unterhielt sich mit dem Rücken zu Dick mit ihnen. Sie gingen zusammen zur Tür hinaus, Lakshmi und Theresa folgten kurz darauf.

Ich ging hinüber zu Dick, mit der Absicht, *Tangento* wieder abzugeben. Sicher, ich wollte ein paar Kunden übernehmen, aber nur weil ich es verdient hatte, nicht weil meine Chefin als vermisst galt. Außerdem musste ich auch weiterhin mit Kimberley zusammenleben. Zumindest bis ich mir eine eigene Wohnung leisten konnte.

»Dick, könnte ich dich mal ganz kurz sprechen?«

»Ja, klar, Angie.«

»Ich weiß nicht, ob ich wirklich die Zeit habe, *Tangento* den Premium-Service zu bieten, den sie verdient haben. Und außerdem ist Kimberley viel besser mit dem Kunden vertraut als ich …«

Er hob die Hand. »Ohne Lucy stecken wir personell in einer Zwickmühle. Es gibt in diesem Fall Angelegenheiten, die ich nicht in der Laune bin zu besprechen, aber sei versichert, dass ich volles Vertrauen in deine Fähigkeiten habe, Angie. Wenn du willst, dass ich dich von anderen Verpflichtungen befreie, damit du mehr Zeit *für Tangento* hast, können wir ja *Macabre Factor* an jemand anderen übergeben.«

Und meine Chance zunichtemachen, Eric wiederzutreffen?

»Nein, nein, das ist okay, Dick, das musst du nicht tun. Ich komm schon erst mal klar.« Ob ich mit Kimberley klarkäme, war eine andere Geschichte.

Ich sah den Umschlag sofort, als ich in mein Büro ging, vielleicht, weil ich am Vortag meinen Schreibtisch aufgeräumt hatte, oder vielleicht, weil ich nach etwas Derartigem suchte. Er war cremefarben, aus dickem, baumwollartigem Papier, adressiert in einer verschnörkelten kalligrafischen Handschrift, wie eine Hochzeitseinladung, aber es war kein Stempel und kein Absender darauf. Ich nahm ihn und lief den Flur entlang zu Theresas Schreibtisch. Sie blickte alarmiert auf, als ich heraneilte, also drosselte ich mein Tempo zu einem langsamen Schritt.

»Wann ist der gekommen?«, fragte ich und winkte mit dem Brief.

»Heute am frühen Morgen. Ein Kurier hat ihn gebracht.«

Ich ging mit dem Brief wieder in mein Büro und schloss die Tür. Mein Herz schlug schwer und schmerzhaft, als ich den Umschlag öffnete.

Meine liebe Angela,
es tut mir leid, wenn ich dich gestern erschreckt haben sollte. Dies war ganz bestimmt nicht meine Absicht. Wenn du mich nicht mehr wiedersehen willst, dann nimm bitte meine Entschuldigung an. Aber falls du mich sehen willst, hoffe ich, dass du mir die Ehre erweisen wirst, mich heute Abend um 22 Uhr auf der Terrasse hinter dem Ocean House zu treffen.

Ich wusste, ich sollte nicht hingehen. Der Typ lebte weit weg, war angezogen wie Oscar Wilde und hatte sexuelle Neigungen, die, na ja, gelinde gesagt seltsam waren. Warum konnte ich nicht einfach einen netten Mann kennenlernen, den ich mich nicht schämen würde, nach Hause zu meinen Eltern mitzubringen?

Vielleicht sollte ich Eric noch ein Mal treffen, um ihn endgültig aus meinem System herauszubekommen, dachte ich. Außerhalb des Klub-Ambientes würde er bestimmt aussehen wie ein gewöhnlicher Wald-und-Wiesen-Irrer, und ich könnte ihn endlich vergessen. Dann könnte ich mich ausschließlich auf meine Aufgaben konzentrieren, die nach dem Verschwinden meiner Chefin angefallen waren, was weiß Gott schon genug war.

»Schöne Rationalisierung«, würde Steve sagen, wenn er meine Gedanken hören könnte. Also, was ziehst du für dein Date heute Abend an?

In der Hoffnung, dass der Kater, den ich immer noch spürte, mit etwas Koffein verschwinden würde, ging ich hinaus, um mir einen Latte macchiato zu holen. Die voll klimatisierten Räume von *HFB* zu verlassen, war, wie eine Ofentür zu öffnen. Der Tag hatte San Francisco schizophren werden lassen, ein nebliger Morgen, der in pralle Mittagshitze übergegangen war. Ich zog mein Jackett aus und rollte die Ärmel meiner Bluse hoch. Das Sonnenlicht schien ungebührlich hell, als sei die Erde näher an die Sonne gerückt, während ich gerade mal nicht aufgepasst hatte. Ich sagte mir, es musste daran liegen, dass ich den ganzen Morgen über im Büro gewesen war, und huschte schnell ins Café.

Jeder in San Francisco behauptete, er hasste große Ladenketten und liebte die unabhängigen Geschäfte, aber wann immer ich zu Starbucks ging, standen die Leute Schlange. Lakshmi stand in der Nähe der Kasse. Von hinten sah es aus, als würde eine Zehnjährige einen großen Latte bestellen.

»Entschuldigung, kann ich mal Ihren Ausweis sehen?« Steve und ich hatten uns angewöhnt, Lakshmi ein bisschen aufzuziehen, denn im Gegensatz zu meiner Chefin hatte sie Humor.

»Wer sind Sie, die Kaffeepolizei?«, fragte sie mit gespielt finsterem Blick.

»Wusstest du, dass in Coca-Cola früher Kokain drin war?«, fragte ich. »Jetzt kriegen wir nur noch Kaffee. Wie sollen wir denn so unsere Produktivität aufrechterhalten?«

»Ja, ist es nicht Scheiße, dass unsere Regierung nicht will, dass wir als drogenabhängige Schmarotzer der Gesellschaft auf der Tasche liegen?«

»Ihr Immigranten seid immer auf der Seite der Regierung. Ihr solltet eure demokratischen Rechte ausüben und stänkern und jammern.«

Lakshmi war inzwischen vorn in der Schlange angekommen und gab mir ein Zeichen, dass sie für mich mitbezahlte. Wir bestellten beide einen großen Latte, und ich folgte ihr an einen der winzigen Tische.

»So, das war ja ein ganz schöner Coup heute Morgen«, sagte Lakshmi und blickte mich erwartungsvoll an. »*Macabre Factor* und *Tangento*. Nimmst du Anabolika oder so was?«

Ich nahm einen Schluck Milchkaffee und verbrannte mir die Zunge. Der Kaffee hinterließ einen metallischen Nachgeschmack, genau wie der Orangensaft. Ich fragte mich, ob eine meiner Zahnfüllungen Metall abgab.

»Ich weiß nicht, was Dick sich dabei gedacht hat. Ich weiß auch nicht, was sich die *Macabre Factor*-Leute dabei gedacht haben. Sie haben unsere Ideen geradezu gehasst.«

Lakshmi schüttelte den Kopf. »Aber anscheinend haben sie *dich* nicht gehasst. Sie wollten dir noch eine Chance geben.«

»Ja, aber ich habe keine Ahnung, warum eigentlich.«

»Angie, du weißt wohl wirklich nicht, wie gut du bist, oder?« Lakshmi lachte. »Aber das ist eigentlich auch eine deiner netten Seiten. Du bist die Einzige in diesem Business, die sich nicht ständig selbst beweihräuchert. Aber du bist scharf. Die Ideen, die du für *Spreckels Cereal* und *New Freedom Tampons* hattest, die waren großartig. Und die Art und Weise, wie du mit den Kunden umgehst, ist einfach hervorragend. Aber dein Licht steht zur Zeit unter dem Scheffel. Ich hoffe, es geht Lucy gut, aber mal ehrlich, es ist dein Glück, dass sie weg ist. Ich bin sicher, sie hatte dich schon im Visier, direkt nach Kimberley.«

Ich wollte mir ihre Komplimente auf der Zunge zergehen lassen, aber die letzten beiden Sätze verwirrten mich. »Was meinst du damit, sie hatte mich im Visier?«

Lakshmi wischte sich den Milchschaum von der Oberlippe. »Kimberley stand schon auf Lucys Abschussliste. Sie versuchte, sie feuern zu lassen, ganz still und leise natürlich.«

»Warum?«

Lakshmi blickte sich um, wahrscheinlich um sicherzugehen, dass um uns herum keine *HFB*-Mitarbeiter lauerten. »Tja, je nachdem, auf welche Gerüchte du hörst, hat Kimberley entweder versucht, Lucys Job an sich zu reißen und Lob einzuheimsen für Arbeiten, die sie gar nicht gemacht hat, oder Lucy ist eine unmögliche Chefin, die Kimberley nicht mal einen Bleistift spitzen lässt, ohne ihr ein

Memo darüber zu schreiben, und die versucht hat, Kimberley zu feuern, weil sie sich weigert, vor ihr zu kuschen.«

»Wow. Na ja, ich könnte mir vorstellen, dass beide Szenarien wahr sind.« Ich wollte gerade Lakshmi davon erzählen, wie Kimberley meine *Macabre Factor*-Mails gelöscht hat, aber beschloss dann, dass ich ohne Beweise keine Gerüchte verbreiten sollte.

»Kimberley verdient es vielleicht, gefeuert zu werden, und immerhin ist Lucy ihre Vorgesetzte, aber du solltest trotz allem gut aufpassen. Ich würde es Lucy schon zutrauen, dass sie jemanden entlässt, nur weil sie in ihm eine Bedrohung sieht.«

»Ach komm, Lakshmi, wer könnte in mir denn eine Bedrohung sehen?«

Lakshmi tätschelte meine Hand. »Ich sag dir nur, wie ich es sehe, Angie. Ich werde nur noch ein paar Monate hier sein, also denke ich, ich habe nichts zu verlieren, wenn ich die Wahrheit sage. Dick muss sich vor mir in Acht nehmen. Ich könnte anfangen, seine verbalen Ausrutscher zu korrigieren.«

»Was meinst du damit, willst du kündigen?«

»Ich werde heiraten.« Lakshmi sagte das in einem so nonchalanten Ton, dass ich erwartete, sie würde den Satz beenden mit ... und dann hole ich meine Hemden aus der Reinigung.

»Ich wusste nicht mal, dass du einen Freund hast«, sagte ich.

»Hatte ich auch nicht, wirklich. Es ist ein Arrangement zwischen unseren Eltern, hauptsächlich. Er habilitiert am MIT, also werde ich bald nach Boston ziehen.«

Ich hatte keine Ahnung, dass im 21. Jahrhundert noch solche Sachen stattfinden. Ich stellte mir vor, wie Lakshmi, als Geschenk verpackt, einem glatzköpfigen Mann Mitte sechzig überreicht wurde.

»Hast du den Typen schon kennengelernt?«, fragte ich.

»Ja, sicher, wir haben uns mehrere Male getroffen. Ich habe meinen Eltern gesagt, dass ich mit dem Mann einverstanden sein muss, bevor ich zustimme.«

»Aha«, sagte ich. Der Mann verwandelte sich in meiner Vorstellung in einen breitschultrigen Adonis in Radlerhosen. »Also, dann bist du in ihn verliebt?«

»Liebe kommt später, Angie. Sie wächst, wenn man eine Person kennt und zusammen ein Leben aufbaut.« Laskhmi blickte auf ihre Armbanduhr. »Ups!, ich muss wieder zurück.« Sie trank ihren letzten Rest Kaffee und stürzte hinaus.

Ich blieb noch eine Weile sitzen und überlegte. Ich hatte schon Freunde gehabt, in meiner Collegezeit hatte ich sogar zwei Jahre lang eine Beziehung. Meine Eltern hatten Andy geliebt und mehrere Anspielungen auf eine bevorstehende Hochzeit gemacht, aber nach dem Abschluss wollte Andy zum Broadway, oder zumindest in die Nähe, und ich wollte mein Glück in San Francisco versuchen. Eine Zeit lang hatten wir eine Fernbeziehung, aber dann bekam Andy eine Rolle in einem Stück, in dem er und sein Co-Star nackt auftreten sollten. Schon nach dem zweiten Auftritt betrog er mich. Es fühlte sich albern an, wütend auf jemanden zu sein, den man seit sechs Monaten nicht gesehen hatte, also machte ich offiziell Schluss. Seither gab es eine lange Trockenzeit, durchsetzt mit kurzen Regengüssen, und nun zog ein Hurrikan auf.

Worauf sollte man vertrauen, Kopf oder Herz? Einen Partner finden, den die Gesellschaft für angemessen hielt, und sich auf ein Leben vor dem Herd und vor dem Fernseher einlassen? Oder einen definitiv unangemessenen, um nicht zu sagen zwielichtigen Mann wählen, weil er dir das Gefühl gab, du seist ein Feuerwerkskörper am Nationalfeiertag?

Um ein Uhr ging ich ins *Azure Sea*, um dort Steve und die Zahnpasta-Könige zu treffen. Das Foyer war gediegen seemännisch eingerichtet, überall dunkles Holz und Schiffs-Memorabilia in Glasvitrinen. Die Kellnerin, eine junge Dame in einem entschieden nicht-seemännischen Kaschmirpullover, führte mich an unseren Tisch. Das Gebäude hatte früher einen exklusiven Männerklub beherbergt, der Speisesaal war ein ehemaliger Swimmingpool. Die gewölbte Decke zierte ein wunderschönes Mosaik aus der New-Deal-Ära: Fischer warfen ihre Netze in die San Francisco Bay aus, zu einer Zeit, als in dem Hafenviertel Fisherman's Wharf noch gearbeitet wurde, bevor es später nur noch ein Mekka für Touristen und Betrüger war.

Steve hatte uns einen hervorragenden Tisch auf

einer erhobenen Plattform organisiert, die seitlich entlang des Speisesaals verlief, dem »Sehen und gesehen werden«-Bereich. Er saß bereits mit den Kunden am Tisch, Steve auf dem besten Platz mit Blick auf die Menge, die beiden Männer rechts und links von ihm. Ich war sicher, dass Zahnpastakönig eins und zwei nicht bemerkt hatten, dass Steve sich die günstigste Position ausgesucht hatte. Nummer eins zu meiner Linken, Stanford »Stan« Ruckheiser, stand auf, stieß mit dem Bauch an den Tischrand und zog den Stuhl für mich zurück. Dann wurde meine rechte Hand mit einem feuchten Händedruck von Nummer zwei, Jacob White, umfasst, dem ich heimlich den Spitznamen »Jake the Snake« gegeben hatte, denn er war lang, sehnig und glatzköpfig, *und* er hörte sich an wie eine Klapperschlange mit seinem gehauchten Flüstern und seinem zischenden *S*.

»Ssso, Angie, Sssteve sagt, ihr habt die bessten Empfehlungen für uns, welche Stücke wir uns heute Abend ansssehen könnten«, zischelte Jake mir zu.

»Ja, dasss ssstimmt.« Steve blickte Jake direkt an, während er sprach. »Angie weiß immer, wasss passsst und wasss nicht.«

Ich unterdrückte ein Lachen. Steve hatte vor kurzem an einer Konferenz namens »Neurolinguistisches Programmieren für Vertriebspersonal« teilgenommen. Dort hatte man ihm beigebracht, die Eigenarten, Betonungen und Sprachmuster des Kunden zu imitieren, um sofort eine Beziehung herzustellen. Ich fragte mich, wie lange es wohl dauern würde, bis Jake Steve einen Schlag ins Gesicht verpassssen würde.

»Ich habe gehört, »Beach Blanket Babylon« soll lustig sein«, sagte Stan.

Ich stöhnte innerlich auf. »Beach Blanket Babylon?« Ich hatte seine Frage ernst genommen und bereits eine Auswahl an Theaterstücken getroffen, die an der Westküste ohne Beispiel waren, zumindest meiner bescheidenen Meinung nach. »Molière« im *American Conservatory Theater*, »Sam Shepard« im *Berkeley Rep*, und das Fringe Festival hatte gerade eben begonnen! Er könnte in der nächsten Woche zwanzig neue Stücke am Tag sehen. Und stattdessen entschied er sich für eine dreißig Jahre alte Varieté-Show, deren größtes Highlight eine Frau war, die einen riesigen Hut mit der vollständigen Skyline von San Francisco trug, einen Hut, der länger war als ein Auto. Als Nächstes wollte er bestimmt mit uns ins *Hooters* in Fisherman's Wharf.

Man musste mir meine Ablehnung wohl angesehen haben, denn Steve trat mich unter dem Tisch. »Ja, Stan, *Beach Blanket Babylon* ist lustig«, sagte er fröhlich. »Wir besorgen euch gerne die Tickets. Sagt mir nur Bescheid, wie viele ihr braucht.«

Stan und Jake freuten sich sichtlich über diese Nachrichten, und wir wandten unsere Aufmerksamkeit der Speisekarte zu. Unsere beiden Gäste aus dem landumschlossenen Fresno waren sichtlich beeindruckt von dem vielfältigen Fischangebot auf der Karte, während ich die Karte auf der Suche nach etwas Vegetarischem durchging. Ich war keine strikte Vegetarierin, aber ich hasste alle Sorten von Fisch. Geruch und Konsistenz erinnerten mich immer an etwas Verdorbenes. Die Leute erzählten mir ständig, was ich verpasste, also probierte ich ab und an mal eine Jakobsmuschel oder ein Stückchen Lachs und hoffte dabei, dass ich vielleicht meine Meinung ändern würde, aber es schmeckte für mich immer wie glibberiges Fleischgelee. Ich entschied mich für einen Caesar-Salat. Steve, der stets auf sein Gewicht achtete, bestellte einen Krabbensalat. Unsere beiden Gäste, die wussten, dass *HFB* die Rechnung bezahlte, bestellten Vorspeisenhäppchen und Softshell-Crab für Stan sowie Hummer für Jake. Ich rüstete mich für ein langes, stinkendes Mittagessen.

Auf vielen unserer Mittagessen mit Kunden fand eigentlich gar kein Businesstalk statt. Auch wenn ich davon ausging, dass *HFB* damit auch kräftig Steuern sparte, lag der Zweck dieser Begegnungen meist darin, das Getriebe zu ölen. Dieses Mittagessen schien mir eins von dieser Sorte zu sein: Die Vorspeisenhäppchen waren bereits verzehrt, und Steve erfreute unsere Kunden mit heiteren Geschichten über die komischen Einwohner von San Francisco, zum Beispiel über den Mann, der in seinem Haus in einer gehobenen Gegend einundsechzig Hunde hielt.

»Die Leute beschwerten sich acht Jahre lang über den Gestank, bevor die Stadt endlich einschritt. Ist das zu glauben?« Steve steckte sich eine Krabbe in den Mund und grinste strahlend.

»Apropos Gestank«, erwiderte Stan mit einer verschwörerischen Geste zu Jake, »ich habe gehört, *Tangento* ist euer Kunde. Habt ihr kein Problem mit diesem kleinen Skandal in Asien?«

Sechstes Kapitel

Steve und ich blickten einander an und versuchten verzweifelt, via Kontakter-Telepathie zu kommunizieren. Es galt herauszufinden, wer von uns wusste, wovon Stan sprach, damit wir uns so verhalten konnten, als wüssten wir, was wir taten. Es schien jedoch, als hätte keiner von uns irgendetwas gehört, aber das konnten wir auf keinen Fall durchblicken lassen.

»Oh ja«, antwortete ich. »Aber auf unsere Nachfrage hin scheint es sich nur um ein Strohfeuer gehandelt zu haben. Was habt ihr denn gehört?«

»Ich dachte, ihr wüsstet mehr darüber als ich«, antwortete Stan mit selbstgefälligem Blick. »Ich hab nur einen Artikel darüber im *Economist* gelesen.«

Steve und ich tauschten überraschte Blicke. Stan las den *Economist*?

»Es gab da so eine Sache vor ein paar Wochen«, fuhr Stan fort. »Sklavenarbeit, nicht wahr, Jake? Ich kann mich nicht genau erinnern, aber ich hätte vermutet, ihr rennt alle wie Hühner mit abgeschnittenem Kopf herum, um dafür zu sorgen, dass die Sache hier nicht herauskommt.«

Der Kellner brachte uns das Essen, und die Diskussion war zu Ende, weil man damit beschäftigt war, Schalentiere zu knacken und das Fleisch herauszusaugen. Ich arrangierte die Salatblätter und Croûtons auf meinem Teller und schrieb mir im Geiste eine Notiz, ich musste herausfinden, wovon Stan gesprochen hatte. PR-Patzer, selbst in weit entfernten Ländern, waren die Albträume, die Werbeagenturen nachts wach hielten.

Auf dem Weg hinaus machte ich einen Abstecher in den Waschraum und spritzte mir kaltes Wasser ins Gesicht. Mir war immer noch sehr übel, und der Fischgeruch beim Mittagessen war nicht gerade hilfreich gewesen.

Nach dem Mittagessen stöberte ich in meinem Büro nach handgezeichneten Illustrationen, die die Kreativabteilung für den Kunden *Plump n' Tasty Chicken* gemacht hatte. Ich konnte die Zeichnungen nirgends finden, und wieder dachte ich zuerst, es läge an meinem Organisationssystem, bis mir einfiel, dass ich sie letzte Woche Lucy gegeben hatte. Ich ging hinüber in ihr Büro, um sie zu holen.

Ich stand eine Minute lang in der Tür, es fühlte sich verrückt an. Alles war genau so, wie sie es verlassen hatte. Es hing sogar eine Strickjacke auf ihrer Stuhllehne, als wäre sie nur eben mal auf die Toilette gegangen.

»Lucy, wo bist du?«, sagte ich tonlos.

Ich öffnete ihre Aktenschublade und sah unter P nach. Lucys Arbeitsplatz war geordnet wie die Nationalbibliothek, aber es gab keinen Ordner für Plump n' Tasty Chicken. Schließlich fand ich ihn unter C, aber die Illustrationen, nach denen ich eigentlich suchte, waren nicht dabei.

Ich nahm den Hörer von Lucys Telefon ab und wählte Webs Durchwahl. Er nahm beim ersten Klingeln ab. »Hier ist Web.«

»Hi, Web, hier ist Angie.«

»Angie! Was kann ich für dich tun?« Es klang, als habe er nichts anderes zu tun, außer mit mir zu sprechen, eine bemerkenswerte Eigenschaft für einen Kollegen.

»Erinnerst du dich an diese Zeichnungen, die du für *Plump n' Tasty Chicken* gemacht hast?«

»Die Amish-Hühner, die in einem Pferdewagen fahren? Wie könnte ich die vergessen? Aber eigentlich hat Les sie gezeichnet.«

»Weißt du, wo sie jetzt sind?«

»Lucy hatte sie als Letzte. Wir sind sie am Freitag noch durchgegangen.«

»Sie muss sie übers Wochenende mit nach Hause genommen haben. Verdammt, ich brauche sie wirklich dringend. Kann ich sie vielleicht über den Server bekommen?«

»Das Konzept war richtig schön altmodisch, à la Norman Rockwell, also waren sie handgezeichnet. Es gibt bestimmt Kopien, aber ich weiß nicht, wo ich sie auf Anhieb finden könnte, und Les ist nach Hause, weil er krank ist.« Web klang sehr entschuldigend. »Aber …«

»Was?«, fragte ich.

»Ich wohne in der Nähe von Lucy, und vor ein paar Monaten habe ich mich um ihre Pflanzen gekümmert, als sie auf einer Geschäftsreise war. Sie bewahrt einen Ersatzschlüssel im Vorgarten unter einem kleinen Gipsgnom auf. Ich könnte nach der Arbeit dort vorbeigehen.«

»Ich mach es.«

»Ehrlich?«

»Du weißt doch, Web, bis jetzt war noch niemand in ihrem Haus. Meinst du nicht, jemand sollte mal nachsehen?«

»Ja, ich glaube, du hast Recht.«

»Und außerdem brauche ich die Zeichnungen unbedingt.«

Lucy lebte im Richmond District, ganz in der Nähe des Ocean Beach. Die Entfernung zu HFB war so weit wie innerhalb der Stadtgrenzen eben möglich, also fuhr ich mit dem Bus nach Hause, um mein Auto zu holen. Auf der Fahrt Richtung Ozean sank die Temperaturanzeige mit jedem einzelnen Häuserblock. In der Innenstadt waren es sechsundzwanzig Grad Celsius gewesen, hier nur noch siebzehn Grad, und es lag so viel Nebel in der Luft, dass ich die Scheibenwischer anstellte. Es gab an diesem Oktoberabend noch für etwa eine Stunde Tageslicht, doch der Nebel hatte ein künstliches Zwielicht geschaffen. Dicke Nebelschwaden zogen vorbei, es sah aus, als würde ein Riese eine Zigarre rauchen. Ich öffnete das Fenster und atmete die kalte, feuchte Luft in tiefen Zügen ein. Zum ersten Mal an diesem Tag fühlte sich mein Kopf klar an, und mein Magen beruhigte sich.

Das Ocean House, wo Eric mich treffen wollte, lag nur ein paar Häuserblocks entfernt von hier. Ich hatte noch nicht wirklich entschieden, ob ich hingehen würde oder nicht, aber Eric war zu keinem Zeitpunkt des Tages weit von meinen Gedanken entfernt gewesen. Ich hatte darüber nachgedacht, was Steve über die Date-Rape-Droge Rohypnol gesagt hatte. Es schien sehr einfach zu sagen, dass Eric nicht der Typ dafür war, aber eigentlich wusste ich doch gar nicht, *was* für ein Typ er war, oder? Ich konnte diese Theorie nicht völlig abstreiten, angesichts der Symptome, die ich hatte, aber *warum* hätte er mir Drogen verabreichen sollen? Um mich zu vergewaltigen? Das ergab nur wenig Sinn, schließlich bin ich freiwillig mit ihm mitgegangen. Und wenn ich nicht ohnmächtig geworden wäre, hätte ich wahrscheinlich sogar Sex mit ihm gehabt, angesichts der selbstvergessenen Hingabe, die ich empfunden hatte, als ich mit ihm zusammen war.

Es gab natürlich andere Erklärungen für das Unwohlsein, das mich befallen hatte, aber diese Erklärungen waren lächerlich, unmöglich. Das Einzige, das vielleicht zutreffen könnte, war, dass es eine Droge geben könnte, von der ich nie gehört hatte, die den Effekt hatte … die einen den Appetit verlieren und die Sonne meiden ließ. Aber vielleicht bekam ich ja nur eine Grippe und fühlte mich deshalb so schrecklich. Oktober war von jeher der Beginn der Grippesaison.

All meine komplizierten Gedankengänge und meine verzerrte Logik führten nirgendwohin. Ich musste zugeben, dass ich nicht in der Lage war, klar über diesen Mann nachzudenken, da ich ihn so verzweifelt wiedersehen wollte. Zum Glück hatte ich Lucys Haus erreicht und konnte nun meine Gedanken für eine Weile anderen Dingen zuwenden. Sie wohnte im Seal Rock Drive, dem westlichsten Punkt von San Francisco, an den man gehen konnte, bevor man in den Ozean fiel. Der Nebel hier roch nach Salz und Tang, und ich hörte das Bellen der Robben auf dem entfernten Felsen, der dieser Straße ihren Namen gab.

Das Haus war ein beigefarbenes stuckverziertes Gebäude mit schwarzen Fensterläden vor den Frontfenstern. Alle Häuser des Blocks sahen gleich aus, aber Lucy hatte ihres geschmackvoll verschönert. Die Fensterläden und der ornamentale Gusseisenbalkon unter dem Fenster verliehen dem Haus ein Flair von New Orleans, bevor Hurrikan Katrina die Stadt verwüstet hatte. Ordentlich gestutzte Hecken umsäumten einen etwa fünf Quadratmeter großen grasbewachsenen Vorgarten, aber die Vegetation hatte schwer mit der marinen Umwelt zu kämpfen. Der Nebel war hier so allgegenwärtig, dass die meisten Häuser mit einem grünen Schimmelfilm überzogen waren, als stünden sie in einem Aquarium.

Die vordere Eingangstür erreichte man durch einen Laubeneingang, der so stark mit Farnen und Grünlilien bewachsen war, dass ich daran denken musste, dass Lucy wohl eine Machete brauchte, um auf diesem Weg in ihr Haus zu kommen. Ich schob die Pflanzen beiseite und suchte nach dem Gnom, als mir plötzlich jemand von hinten auf die Schulter tippte. Ich sprang förmlich auf vor Schreck, und mir entfuhr ein kleiner Schrei.

»Entschuldigen Sie, sind Sie eine Freundin von Lucy?«

Ich drehte mich um und erblickte die Zwillingsschwester des Gnoms, eine alte Frau, etwa 1,50 Meter groß, in einem hellgrünen Jogginganzug. Ihre faltigen Wangen waren kreisrund mit Rouge bemalt, ihren Kopf zierte ein rot gefärbter Heiligenschein. Sie hielt eine Zeitung in der Hand, die noch in Plastikfolie eingewickelt war.

»Ich bin Ida, Lucys Nachbarin. Ich habe die Zeitung für sie eingesammelt. Man muss die Zeitung abbestellen, wenn man in den Urlaub fährt, sonst lockt man nur die Diebe an. Ich habe ihr das schon öfter gesagt.«

»Okay, danke, Ida, ich nehme die Zeitung für sie mit.« Ich nahm die Zeitung an mich.

»Die restlichen Zeitungen liegen vor dem Vordereingang. Wann kommt Lucy eigentlich zurück?«

Die ältere Dame sollte man nicht unnötig beunruhigen. »Ich denke, in den nächsten paar Tagen. Ida, ich werde ihr sagen, dass Sie nach ihr gefragt haben.«

»Okay«, sagte sie über die Schulter, als sie ging, »und vergessen Sie die Zeitungen nicht. Damit lockt man nur Diebe an.«

Nach einer Minute Suche entdeckte ich den Gnom mit Strumpfmütze und unbekümmertem Gesichtsausdruck.

Als ich den Schlüssel ins Schloss steckte, hatte ich eine Offenbarung. Ich war nicht nur herübergekommen, um die Grafiken für *Plump n' Tasty Chicken* zu holen. Ich hatte gehofft, das Geheimnis um Lucys Verschwinden zu lüften. Ich wollte einen Hinweis finden, etwas, das den plötzlichen Aufbruch erklären würde, ein Lotteriegewinn, ein Brief von einem Freund, von dem niemand von uns wusste, oder ein Jobangebot aus Neuseeland. Dann könnte ich mich von dem Schuldgefühl befreien, das mich überkommen hatte, weil ich in der Arbeit im Eiltempo befördert wurde.

Ich öffnete die Tür und legte den Schlüssel auf einen alten Rollschreibtisch neben dem Eingang. Zu meiner Rechten lag das Wohnzimmer, zu meiner Linken befanden sich zwei Türen, von denen ich annahm, sie führten zu den Schlafzimmern. Das Bad lag gegenüber von mir. Ich ging nach rechts.

Das Wohnzimmer war sehr modern – maulwurfsgraue Wände, Eames-Stühle, ein kastenartiges Sofa, zwei abstrakte Schwarz-Weiß-Gemälde und ein Flachbildfernseher über dem Kamin. Lucy verdiente ganz offensichtlich mehr Geld als ich, viel mehr, wenn sie dieses Haus auch noch besaß und nicht zur Miete hier wohnte. Alles war Lucymäßig aufgeräumt und ordentlich, nur die Sonntagszeitung lag ausgebreitet auf dem Couchtisch, darauf standen zwei gebrauchte Kaffeetassen. Ich ging die Zeitungen in meiner Hand durch. Vier Stück, von Montag bis Donnerstag. Wahrscheinlich ist Lucy irgendwann am Sonntag aufgebrochen. Ich legte die Zeitungen auf den Tisch und schauderte. Es war kalt in diesem Haus, noch kälter als draußen.

Aus der Küche drang ein säuerlicher Geruch. Ein paar Cheerios schwammen in einer Schüssel Milch, die inzwischen verdorben war. Ich öffnete ein paar Schränke, obwohl ich mich seltsam dabei fühlte. In den Schränken befand sich schwarzes Geschirr, alles war quadratisch, sogar die Schüsseln. Dann bemerkte ich Lucys BlackBerry auf der Anrichte, und mein Magen zog sich zusammen. Lucy ging nirgendwohin ohne ihr CrackBerry. Ich nahm es und hörte mir, nur mit einem winzigen Anflug von Schuldgefühl, ihre Nachrichten an. Sie hatte drei gespeicherte Nachrichten und vierzehn neue.

Das Datum der ersten gespeicherten Nachricht war der vierte Oktober um 10.12 Uhr. »Hi Lucy, hier ist Henley vom Salon, ich wollte dich nur an deinen Termin erinnern, am sechsten Oktober um elf Uhr bei Sasha, für eine komplette Beinenthaarung mit Kaltwachs.«

Als Nächstes hörte ich eine bekannte Stimme, hauchig und tief. »Hi Lucy, hier ist Moravia. Ich weiß, du wolltest morgen in den Klub kommen, aber ich glaube, es ist besser, wenn du nicht kommst. Sully und ich wollen zuerst mit dir reden. Bitte ruf mich gleich an, wenn du das hier hörst.« Diese Nachricht war am Donnerstag um 19.45 Uhr eingegangen, also fast genau vor einer Woche.

Die dritte stammte von Samstag, dem sechsten Oktober, 9.15 Uhr.

»Lucy, hier ist Les. Bist du da? Bitte geh ans Telefon. Wir müssen reden, oder ich muss mit dir reden, bitte ruf mich an. Ich liebe dich.«

Boah! Das war mal eine Enthüllung. Les und Lucy verliebt? Bei der Arbeit hatte ich nicht das Geringste davon mitbekommen. Ich hörte mir die Nachricht noch einmal an und bemerkte die Verzweiflung in Les' Stimme. Ein Hauch von Eifersucht löste sich aus einer ungeprüften Region meines Gehirns. Ich stellte mir Les' sehnigen, tattoobedeckten Rücken vor, sein von wilder Leidenschaft verzerrtes Gesicht, während Lucy hinter seinem Kopf ihren BlackBerry checkte.

Die neuen Nachrichten stammten von verschiedenen Leuten bei *HFB,* die sich fragten, wo Lucy steckte, als Erstes Dick um zehn Uhr am Montagmorgen. Unter den anderen Anrufern waren Kimberley, Web, Theresa und Mary aus der Personalabteilung.

Ich hörte ein Geräusch an der Vordertür und ging ins Wohnzimmer, den BlackBerry immer noch in der Hand. Jemand steckte einen Schlüssel ins Schloss. In der Annahme, es sei Lucy, rannte ich los, um die Tür zu öffnen. Doch vor mir stand Les, als hätten meine Fantasien ihn auf irgendeine magische Weise hergeführt. Er steckte schnell den Schlüssel in seine Tasche.

»Was machst du denn hier?«, fragte ich mit einer Stimme, die ganz sicher nicht höflich war. »Ich dachte, du seist krank.«

»Ich habe gehört, dass du herkommst, und ich finde nicht, dass du allein hier sein solltest, also dachte ich mir, ich komme vorbei und sehe nach, ob alles in Ordnung ist.«

Allerdings war eher mit Les etwas nicht in Ordnung. Er war nervös und federte unruhig auf seinen Fußballen. Er sah blass aus, seine Augen waren blutunterlaufen.

»Web hat dir also erzählt, dass ich herkomme. Kannst du mir dann helfen, die Sachen zu finden?«

»Was zu finden?« Les schien deutliche Konzentrationsprobleme zu haben.

»Die Grafiken für *Plump n' Tasty*, erinnerst du dich?«

»Ich weiß nicht, wo sie sind.«

»Dann gehe ich selber suchen. Ihr Arbeitszimmer ist wahrscheinlich hier hinten.« Wenn Les so tun wollte, als sei er nie hier gewesen, warum sollte ich ihn stoppen?

Ich ging in den hinteren Bereich des Hauses, Les in Richtung Küche. Hinter der ersten Tür lag Lucys Arbeitszimmer, dominiert von einem L-förmigen Eichentisch. Auf der Tischplatte lag nichts außer einem Mauspad und einem Kabel, wahrscheinlich für Lucys Laptop. Die Aktenschublade unter dem Tisch schien lediglich persönliche Unterlagen zu enthalten. Eine Reihe leuchtend bunter Aktenordner waren sauber beschriftet, unter anderem mit »Autoversicherung«, »Krankenversicherung« und »Steuer«.

Ich war auf dem Weg zurück in die Küche, um Les zu sagen, dass ich die Zeichnungen nicht finden könne, als ich plötzlich Geräusche im Nebenzimmer hörte. Was machte Les in Lucys Schlafzimmer? Ich ging durch den Flur und öffnete die Schlafzimmertür. Der kleine Raum war von einem Himmelbett aus Eichenholz fast vollständig ausgefüllt. Lucy lag auf der hellblauen Bettdecke, gekleidet in ein langes weißes Seidennachthemd. Ihr blasser Körper leuchtete wie ein Glühwürmchen in einer Sommernacht.

Siebtes Kapitel

Ich musste sie nicht erst berühren, um sicher zu sein, dass sie tot war. Ihre Haut war bläulich grau und schien sich über ihren Knochen verdickt und verfestigt zu haben, als wäre sie von einer dünnen Schicht Kerzenwachs überzogen. Ihre Gesichtszüge, zu Lebzeiten angenehm weich, hatten sich verschärft, ihr Kopf sah aus wie ein mit Haut überzogener Totenschädel. Aber ihr Körper war entspannt, die Hände lagen locker zu ihren Seiten. Ein leichtes Lächeln lag auf Lucys Lippen, als hätte sie einen schönen Traum. Ein Fenster stand offen, es war ziemlich kalt im Raum, und trotzdem konnte man den Verwesungsgeruch deutlich wahrnehmen. Ich schlug die Hände vors Gesicht und unterdrückte das Bedürfnis, gleichzeitig zu würgen und zu schreien.

Les war neben dem Bett auf die Knie gesunken, hielt seinen Kopf mit den Händen und gab ein Geräusch von sich, das halb Stöhnen und halb Weinen war. Ich legte ihm die Hand auf die Schulter. Er sprang auf, als hätte ich ihm einen Elektroschock verpasst, blickte mich kurz an und rannte dann hinüber zu Lucys Kleiderschrank. Er riss die Tür auf und wühlte in Lucys Kleidung herum.

»Les, was machst du denn da?«, stammelte ich.

Er antwortete, indem er mehrere Hemden herauszog und sie zu einem Bündel verschnürte. Eines davon war ein rot-oranges Batik-T-Shirt, das ich im Büro schon an ihm gesehen hatte.

»Was machst du denn damit? Du kannst hier nicht einfach Sachen wegnehmen.«

Les schien mich nicht zu hören. Er ging hinüber zum Abfalleimer am Bett und blickte hinein. Er hob die Bettdecke an und sah unter dem Bett nach. Mit einem Kleenex öffnete er Lucys Nachtschränkchen. Er nahm eine Handvoll Kondome heraus und steckte sie in seine hintere Hosentasche. Dann wischte er das Nachtschränkchen mit dem Kleenex ab.

»Les, bist du verrückt? Hier ist ein Verbrechen passiert. Wir sollten sofort den Notruf wählen.«

Les packte mich am Arm, zog mich ins Wohnzimmer und schubste mich ziemlich unsanft auf die Couch. Als ich in sein Gesicht blickte, hatte er Tränen in den Augen. Da erst merkte ich, dass auch ich in Tränen aufgelöst war.

»Angie, du musst mir glauben, ich weiß, wie das jetzt aussieht. Aber ich habe Lucy nicht umgebracht, ich wusste nicht einmal, dass sie tot ist. Ich bin nur rübergekommen, um ein paar meiner Sachen zu holen.«

»Und ich wusste nicht mal, dass ihr beide befreundet wart!« Mir war, als würde ich gleich in Ohnmacht fallen. Ich senkte den Kopf und hörte Les' Stimme gefiltert durch meine Knie.

»Wir waren zusammen, irgendwie. Lucy wollte nicht, dass es in der Agentur jemand erfährt.«

Ich hob den Kopf. »Okay, aber das erklärt nicht, warum du versuchst, Beweise zu vernichten.«

»Ich war am Freitagabend hier. Wir haben uns gestritten, und sie hat mich rausgeworfen.«

»Worüber habt ihr gestritten?«

»Sie hat sich total in dieses Vampir-Ding reingesteigert. Bluttrinken und noch anderes durchgeknalltes Zeug. Und dann hat sie versucht, mich ebenfalls dazu zu bringen, aber ich habe Nein gesagt. Ich habe sie gewarnt, dass es gefährlich werden kann, aber sie hat nur gelacht.« Les rieb sich die Nase mit dem Handrücken. »An dem Abend hat sie mir dann erzählt, dass sie jemand anderen kennengelernt hat und deshalb Schluss machen will. Sie hat gesagt, er sei ein »echter Vampir«, nicht so ein Poser wie die, mit denen sie vorher zu tun hatte. Ich war natürlich völlig aufgelöst. Vielleicht habe ich auch Dinge gesagt, die ich besser nicht gesagt hätte. Als sie dann nicht zur Arbeit kam, dachte ich, es sei meinetwegen. Sie hat gesagt, dass sie mich niemals wiedersehen wollte.« Er blickte mich flehentlich an.

»Hast du erwartet, dass so etwas vielleicht passieren könnte?« Ich deutete mit der Hand in Richtung Schlafzimmer.

»Ja, natürlich«, schrie Les. »Aber was hätte ich denn machen sollen? Wenn sie auf so übernatürliches Zeug abfährt, wie hätte ich sie denn davon abbringen können?«

Ich nahm ein paar tiefe Atemzüge, um ruhig zu bleiben, und blickte auf zu Les. Er sah völlig verzweifelt aus, aber alles, was er erzählte, konnte genauso gut eine Lüge sein, mit der er sein Verbrechen vertuschen wollte.

Ich sprach mit ganz ruhiger Stimme. »Les, wir müssen die Polizei holen.«

Les sprang auf mich zu und packte meine Hand. Ich zwang mich, sie ihm nicht sofort zu entreißen. Ich wollte nichts tun, was ihn noch mehr aufregen könnte.

»Angie, du musst mich hier rauslassen. Ich schwöre, ich habe nichts mit dieser Sache zu tun. Aber wenn die Polizei rausfindet, dass ich hier war, kann ich gar nichts mehr erklären. Ich weiß, wie das läuft. Sie werden schon einen Weg finden, mir das hier anzuhängen, auch wenn ich es nicht war.«

»Das wird so nicht passieren.«

»Niemand außer dir weiß, dass wir zusammen waren. Wenn ich also meine Sachen zusammenpacke und nach Hause gehe, werden sie nicht ihre Zeit damit verschwenden, mit mir zu reden. Bitte, Angie, lass mich gehen.«

»Les, ich muss die Polizei holen.«

Les ließ meine Hand los und ballte die Fäuste. Einen Moment lang dachte ich, er wollte mich schlagen.

»Bitte, lass mich nur diese Sachen ins Auto bringen, dann rufen wir an.« Les wartete nicht auf meine Antwort, sondern packte stattdessen das Kleidungsbündel, das er aus Lucys Schlafzimmer geholt hatte, und rannte zur Vordertür. Sekunden später hörte ich Motorengeräusche. Als ich aus dem Fenster blickte, sah ich ein Auto davonrasen.

Ich ging hinaus und wählte den Notruf. Geister aus Dunst und Nebel umwaberten mich, während ich auf die Polizei wartete.

Innerhalb von Minuten trafen Notarzt und Polizei ein. Die Sanitäter gingen wieder, nachdem sie bestätigt hatten, was ich über Lucys Zustand bereits wusste. Die Polizei verscheuchte eine kleine Gruppe Nachbarn, die vor dem Haus zusammengekommen waren, und bat mich, bis zum Eintreffen der Kriminalkommissare in einem Polizeiauto Platz zu nehmen. Ich beobachtete, wie sie den Vordereingang mit gelbem Klebeband versiegelten. Schließlich erschienen zwei Männer. Sie waren die Ersten, die Zivilkleidung trugen, also ging ich davon aus, dass es die Kriminaler seien. Ich stieg aus dem Auto, um sie zu begrüßen.

Die beiden waren das klassische ungleiche Paar. Einer war ein hübscher Hispanoamerikaner Mitte dreißig in einem schick geschneiderten Anzug, wahrscheinlich nicht Armani, aber auf jeden Fall eine ziemlich gute Fälschung. Sein unbewegliches schwarzes Ken-Puppen-Haar erinnerte mich an Steves. Der weiße Mann neben ihm muss in seiner Jugend einmal gut ausgesehen haben, aber die Zeit war nicht vergangen, ohne deutliche Spuren zu hinterlassen. Er schien Mitte sechzig zu sein, hatte dünnes rötliches Haar mit Graustich, eingesunkene blaue Augen und die Wangen einer Bulldogge. Sein schäbiges blaues Sakko mit angelaufenen Goldknöpfen spannte sich über seinem prächtigen Bauch.

Bulldogge schüttelte mir die Hand, es fühlte sich an, als trüge er einen Baseballhandschuh. »Ich bin Inspector Sansome vom San Francisco Police Department, und das ist Inspector Trujillo. Wir möchten Ihnen ein paar Fragen stellen.«

In diesem Moment trat einer der uniformierten Polizisten zu den Kommissaren. Trujillo sagte ein paar Worte zu ihm und ließ mich mit Sansome allein, der sagte: »Vielleicht ist es für Sie bequemer im Polizeiwagen?« Ich nickte.

Inspector Sansome knöpfte sein Sakko auf, bevor er sich auf den Rücksitz gleiten ließ. Plötzlich stellte ich mir die Frage, ob ich nicht besser einen Anwalt angerufen hätte. Auf dem Rücksitz eines Polizeiautos befragt zu werden, hatte in mir einen verborgenen Schuldkomplex ausgelöst. Aber Sansome lächelte mir ermutigend zu und ließ dann seine Blicke aus dem Fenster schweifen.

»Ganz schön neblig hier draußen. Keine Ahnung, wie die Leute das aushalten. Ich mag es so heiß wie möglich. Wohne im Mission District, und nach der Pensionierung habe ich vor, in die Wüste zu ziehen, nach Arizona. Ich weiß, das alles hier muss äußerst unangenehm für Sie sein, Ma'am, aber wir brauchen ein paar grundsätzliche Informationen. Ihr voller Name bitte.«

»Angela Margaret McCaffrey.«

Sansome lächelte. «Ein guter irischer Name. Sind Sie in San Francisco aufgewachsen?«

»Ja. Ich wurde nach Angel Island benannt.« Die meisten Leute amüsierten sich, wenn ich ihnen erzählte, dass meine Eltern mich nach Angel Island benannt hatten, ein kleiner, grüner, unerschlossener Felsen in der Bucht zwischen San Francisco und Marin. Da die Insel nur mit der Fähre zu erreichen war, war sie zuerst eine Immigrations- und Quarantänestation für Einwanderer aus Asien. Nach dem Zweiten Weltkrieg wurde sie vom Grünflächenamt übernommen, und die Leute kamen zum Picknicken und zum Wandern. Meine Eltern waren in Noe Valley aufgewachsen, einem irischen Arbeiterviertel, wo ganze Großfamilien in kleinen viktorianischen Häuschen mit zwei Schlafzimmern und einem Badezimmer dicht gedrängt wohnten. Meine Mutter war eines von fünf Kindern und mein Vater eines von sieben, deshalb hatten die beiden als Teenager nur wenige Möglichkeiten, sich zu treffen und dabei ungestört zu sein. So nahmen sie die Fähre nach Angel Island und waren stundenlang unterwegs, »spazieren«.

Meine Mutter stellte eine Woche vor ihrem Abschluss an der Mission High School fest, dass sie schwanger war. Ich wusste nicht, ob man dies eine Zwangsheirat nannte, aber als gute Katholiken, die sie nun mal waren, hatten sie kaum eine andere Wahl. Mom und Dad starteten von der Highschool direkt ins Erwachsenenleben. Schon elf Monate nach mir wurde meine Schwester Thea geboren (Geschwisterpärchen wie uns bezeichnete man in der Nachbarschaft als Irische Zwillinge). Also nannte man mich nach dem Ort, der meinen Eltern wahrscheinlich die einzigen Momente sorglosen

Glücks in ihrem Leben verschafft hatte. Sansome mit seinen erloschenen blauen Augen und dem Ring aus kupferfarbenem Haar auf seinem ansonsten kahlen Kopf sah aus, als würde er diese Geschichte bestimmt verstehen, vielleicht hatte er sogar etwas Ähnliches erlebt.

»Ach wirklich, das ist schön, ein Mädchen von hier. Ich komme aus North Beach«, sagte er und meinte damit ein italienisches Viertel nördlich des Stadtkerns. »Junge, Junge, in der Schule hab ich mich gefühlt wie ein Fisch auf dem Trockenen.« Er zeigte auf sein Haar, das in seiner Jugend womöglich karottenorange gewesen war. Ich konnte mir vorstellen, wie er in einem Klassenzimmer voller dunkler Köpfe aufgefallen war.

»Nun, ich schätze, wir kommen jetzt besser mal zu den Fragen.« Er schien es zu bedauern, und ich dachte mir, dass Small Talk wahrscheinlich Teil des Verhörprozesses war, ich sollte mich erst mal wohlfühlen, bevor es an die richtigen Fragen ging. Es hatte jedenfalls funktioniert. Ich fühlte eine unerwartete Kameradschaft mit dem Typen.

Er holte seinen Notizblock und einen Kugelschreiber heraus und leckte gedankenverloren an der Stiftspitze, bevor er den Stift über das Papier hielt. Dann langte er nach oben und schaltete die Innenbeleuchtung an.

»Woher kannten Sie die verstorbene Ms. Weston?«

»Wir waren Kollegen bei *Hall, Fitch and Berg*. Das ist eine Werbeagentur.«

»Haben Sie direkt mit Ms. Weston zusammengearbeitet?«

»Sie ist meine Chefin. Ich bin Kontakt-Assistentin. Sie ist Kontakterin.« Erst nachdem ich das gesagt hatte, bemerkte ich, dass ich bereits wieder in der Gegenwart sprach.

Sansome nickte und schrieb in seinen Notizblock. »Wann haben Sie Ms. Weston zum letzten Mal lebend gesehen?«

»Freitag bei der Arbeit. Aber ihre Sonntagszeitung lag aufgeschlagen auf ihrem Couchtisch. Und ihre Nachbarin Ida hat die anderen Zeitungen aufgesammelt. Könnte das nicht bedeuten, dass sie am Sonntag gestorben ist?«

»Möchten Sie einen Job bei der Polizei, Ms. McCaffrey?« Sansome lächelte geduldig. »Gute Detektivarbeit, aber ich würde sagen, Ms. Weston ist erst seit etwa einem Tag da, wo sie jetzt ist. Ich bin natürlich kein Gerichtsmediziner, aber ich mache diesen Job seit zweiundzwanzig Jahren.«

»Wie meinen Sie das, woran erkennen Sie das?«

Plötzlich blickte Sansome auf den Daumennagel seiner linken Hand und nicht mehr auf mich. »Wie lange waren Sie in der Wohnung, bevor Sie Ms. Weston gefunden haben?«

»Vielleicht zwanzig Minuten.«

Eine gefühlte Ewigkeit lang sah er mich schweigend an. Er hatte es geschafft, mich nervös zu machen, falls das seine Absicht gewesen war.

»Waren Sie beide befreundet, Ms. McCaffrey?«

»Nein, eigentlich nicht. Gute Kolleginnen, so

könnte man es vielleicht sagen.« Ich machte eine Pause und dachte darüber nach. »Lucy schien keine Freunde zu haben. Auch keine Familie, abgesehen von einer Schwester in St. Louis. Die Personalabteilung hatte Schwierigkeiten, jemanden zu kontaktieren, als sie am Montag nicht aufgetaucht war.«

Sansome notierte sich meine Antwort. »Warum sind Sie heute Abend hierhergekommen?«

»Um ein paar Papiere zu holen, die sie von der Arbeit mit nach Hause genommen hatte. Illustrationen.« Ich vernachlässigte zu erwähnen, dass ich auch gekommen war, um meine Schuldgefühle zu besänftigen.

»Mhm«, sagte Sansome. »Wusste irgendjemand, dass Sie herkommen?«

»Ja, ich habe es Web Northrup aus der Kreativabteilung erzählt. Er konnte mir sagen, wo der Schlüssel versteckt war, weil er früher mal ihre Pflanzen gegossen hatte.«

Es war Zeit, Sansome von Les zu erzählen. Er tat mir leid, aber ich hatte nicht vor, die Polizei anzulügen.

»Als ich im Haus war, kam noch jemand anderes. Les Banks, ein Grafiker von *HFB*. Lucy war mit ihm zusammen, schätze ich. Er tauchte ein paar Minuten nach mir hier auf. Er sagte, er sei gekommen, um nachzusehen, ob mit mir alles in Ordnung ist.«

»Dass mit *Ihnen* alles in Ordnung ist?«

»Ja. Er schien schockiert, als wir die Leiche fanden. Aber er hat ein paar Sachen mitgenommen, seine Hemden und anderes Zeug, damit niemand wusste, dass die beiden zusammen waren. Er meinte, die Polizei würde es falsch verstehen.«

Sansome gab mir keinerlei Andeutung, was er über diese Neuigkeiten dachte. Er nickte nur ruhig und fragte: »Hat er sonst noch etwas gesagt? Hatten er und Ms. Weston Streit?«

»Ja, er sagte, sie hätten sich gestritten, am Freitagabend. Sie wollte ihn nicht mehr wiedersehen, weil sie einen neuen Freund hatte. Er dachte, dass sie deshalb nicht zur Arbeit gekommen sei, weil sie ihm aus dem Weg gehen wollte.«

Sansom schrieb, der Stift verschwand in seiner riesigen Hand.

»Ms. McCaffrey, hatte Ms. Weston, soweit Sie wissen, Konflikte mit irgendjemandem bei der Arbeit?«

Ich machte erneut eine Pause. »Ich habe heute etwas davon gehört, dass sie vielleicht einen Konflikt mit einer anderen Kontakt-Assistentin hatte, Kimberley Bennett. Aber das war nur Klatsch und Tratsch.«

»Wer hat Ihnen das erzählt?«

»Lakshmi Roy.«

»Können Sie mir das buchstabieren?«

Als wir fertig waren, gab mir Sansome seine Visitenkarte, weiß mit einer kleinen Polizeimarke in Goldprägedruck.

»Vielen Dank, Ms. McCaffrey. Ich vermute, wir werden morgen oder übermorgen noch weitere Fragen an Sie haben. Sie sind da ja ganz schön in was hineingeraten. Und übrigens, es wäre besser, wenn

Sie Ihren Arbeitskollegen nichts davon erzählen, dass Lucy und Les zusammen waren. Wenn es ein Geheimnis ist, könnte es nützlich sein, herauszufinden, wer davon wusste und wer nicht.«

Er stieg aus dem Auto, kam herüber auf meine Seite und öffnete mir die Tür.

Ich konnte einfach nicht gehen, ohne eine Frage gestellt zu haben. »Äh, Inspector Sansome, haben Sie irgendeine Ahnung, was mit Lucy passiert ist? Wie ist sie …« Ich brachte es nicht über mich, das Wort »gestorben« auszusprechen.

Sansomes Gesicht war eine Maske professioneller Neutralität. »Wir werden es erst wissen, wenn wir den Autopsiebericht haben, und das könnte ein Weilchen dauern.«

Im Auto auf dem Weg nach Hause dachte ich über die Tatsache nach, dass ich der Polizei nichts von dem »echten Vampir« erzählt hatte, von dem Lucy Les berichtet hatte. Ich sagte mir, ich hätte es nur vergessen und würde Inspector Sansome anrufen, sobald ich zu Hause war. Erst später bemerkte ich, dass ich bereits auf dem besten Weg war zu lügen, um Eric zu schützen.

Es war schon nach meiner normalen Abendessenzeit, als ich von Lucys Haus zurückkam. Ich war nicht hungrig, aber ich fühlte mich schmutzig, müde und einfach elend. Ich duschte und zog meinen Schlafanzug an, dabei sagte ich mir stets vor, dass ich Eric diesen Abend nicht treffen wollte. Ich kletterte ins Bett und schlief ein, aber genau um 21.30 Uhr riss ich die Augen auf und schloss sie nicht mehr. Ich lag ganz still und lauschte dem elektrischen Surren meines Weckers in dem ruhigen Zimmer. Etwas Großes und Schreckliches war mir passiert. Ich wollte irgendjemandem auf den Schoß kriechen, von einem schützenden Arm umgeben sein und hören, dass alles in Ordnung und ich in Sicherheit sei. Es war nicht das erste Mal, dass ich im Bett lag und meine abgrundtiefe Einsamkeit spürte, aber es war das erste Mal, dass das Bild von jemandem in der Dunkelheit erschien, jemand, dessen Arme mich vor allem beschützen konnten.

Ich stand auf und ging zu meinem Kleiderschrank. Hätte es diese Nacht ein Erdbeben gegeben, wäre ich aus dem Schutt meiner Wohnung herausgekrabbelt und wäre mit zwei gebrochenen Beinen zum Ocean House gerobbt. Es war sinnlos zu versuchen, mich eines Besseren zu belehren. Ich musste nur wissen, was ich anziehen sollte. Eric hatte nicht gesagt, was wir machen oder wohin wir gehen würden. Zufällig war der Ort, wo ich Eric treffen wollte, ganz in der Nähe von Lucys Haus, also wusste ich, dass das Wetter dort kalt und neblig war. Ich beschloss, ein legeres Outfit würde gleich zwei Aufgaben erfüllen: Es würde mich warm halten, und ich würde angesichts unseres Rendezvous etwas nonchalanter wirken, als ich mich fühlte. Eingepackt in einen weichen Daunenparka, in meine Lieblingsjeans und Lederstiefel, fuhr ich wieder zurück gen Westen.

Das *Ocean House* war schon meilenweit sichtbar, während man sich den Great Highway aus südlicher Richtung hinaufwand. Auf den letzten Metern war es nur noch schwer vorstellbar, dass man sich noch in der Stadt befand, mit dem Ozean zur Linken und dem dichten Grün des Golden Gate Park zur Rechten. Die Straße verlief flach entlang des Ocean Beach, dann die Klippen hinauf und in eine Rechtskurve, bevor sie in den Richmond District verschwand. Direkt auf dem Felshügel, der sich an die steilen Klippen hing wie ein Affenbaby an seine Mutter, lag das Restaurant, eher bekannt für seine schöne Aussicht als für seine Küche. Ich hatte mein ganzes Leben in San Francisco verbracht und konnte dennoch an einer Hand abzählen, wie oft ich schon dort gewesen war, aber ich hatte die merkwürdige Zähigkeit dieses Restaurants schon immer bewundert. Drei verschiedene Gebäude, kunstvoll verzierte viktorianische Bauten mit vielen Türmchen und Veranden, waren zwischen 1865 und 1907 abgebrannt. Das gegenwärtige *Ocean House* hatte nicht ansatzweise dieselbe architektonische Finesse, aber es bietet denselben Ozeanblick wie seine Vorgänger. Trotzdem war es ein seltsamer Ort für eine Verabredung. Es war wahrscheinlich der letzte Ort, an dem ein echter Einwohner San Franciscos zum Essen gehen würde, aber Eric war ja ein Tourist, oder?

Gingen wir überhaupt essen? Eric hatte mich gebeten, ihn zu treffen, und zwar nicht im Restaurant, sondern dahinter. Ich ging an der Eingangstür vorbei und eine breite Betontreppe nach unten und stand nun auf einer großen Außenterrasse, direkt über dem Wasser, mit Blick auf die Robbeninsel. Es war eine typische Aussichtsplattform mit ein paar Fernrohren, in die man einen Vierteldollar einwarf, dann hineinblinzelte – und das war's. Es gab allerdings kein Panorama in dieser Dunkelheit, man sah nur die blinkenden Lichter eines vorbeifahrenden Frachters, und so war Eric die einzige Person auf der Terrasse. Aber selbst wenn sie überfüllt von Menschen gewesen wäre, hätte ich ihn sofort erkannt. Er wandte mir den Rücken zu, während er hinaus auf die schlafenden Robben blickte, aber sein Haar war unverwechselbar. Er trug es offen, es floss wie flüssiges Kupfer über die Rückseite seiner schwarzen Lederjacke.

Achtes Kapitel

Auch wenn es schien, als sei ich noch viel zu weit weg, dass er mich hören konnte, drehte Eric sich um und beobachtete, wie ich näher herankam. Ich zog den Bauch ein und versuchte, graziös zu gehen. Ich probierte verschiedene Gesichtsausdrücke aus und verwarf jeden davon. Jedes Mal wenn ich als Schauspielerin einen Raum für ein Vorsprechen betrat, hatte ich dasselbe Gefühl, eine Mischung aus Nervenkitzel, Aufregung und schierer Furcht – das Gefühl, dies könnte das Treffen sein, das mein Leben änderte.

Ich versuchte es mit einem Trick, den ich beim Vorsprechen angewandt hatte, um meine Nerven zu beruhigen. Du bist die Königin, flüsterte ich. Dieser Mann ist dein Untertan, und du bist die Herrscherin. Er ist hier auf dein Geheiß.

Der Psychotrick wirkte, denn als ich schließlich bei Eric angelangt war, hatte ich mich zu meiner vollen Länge aufgerichtet, die Schultern durchgedrückt, meinen Hals langgestreckt und mein flatterndes Herz beruhigt. Ich gab ihm die Hand, und er nahm sie und verbeugte sich, als hätten wir für diese Theaterszene lange geprobt. Aber mein Gleichgewicht geriet ins Wanken, als er seine Lippen auf meine Hand drückte und kleine prickelnde Stromschläge meinen Arm hinaufliefen.

Eric trug einen goldenen Siegelring am kleinen Finger. Der Ring sah sehr alt aus, der rote Stein war so abgenutzt, dass er matt geworden war wie Strandglas. Erics Nägel waren perfekt manikürte Ovale, vielleicht etwas zu lang für den durchschnittlichen Mann, aber perfekt zum Kraulen eines Rückens.

Er kam näher, noch immer meine Hand haltend, und blickte in mein Gesicht, als sei er auf der Suche nach etwas. Seine Augen, dieses helle, helle Blau, glühten in der Dunkelheit.

»Angela, sag mir, was passiert ist.«

Ich machte verwirrt einen Schritt zurück. »Was meinst du?«

»Ich sehe es in deinen Augen. Eine Tragödie hat stattgefunden.«

Ich blinzelte meine plötzlichen Tränen weg. »Ich war heute im Haus meiner Chefin. Sie war da, aber sie war ...« Ich schluckte schwer, »... tot.«

»Ah, Lucy Weston. Das tut mir leid.«

»Warte mal. Woher kennst du sie?«

»Du hast sie letzte Nacht erwähnt. Außerdem habe ich sie über Suleiman und Moravia kennengelernt. Sie kam manchmal in den Klub. Das ist aber traurig.« Eric wirkte verstört. Er blickte wieder hinaus auf den Ozean. Eine Robbe heulte in der Dunkelheit, eine zweite antwortete. »Hat die Polizei jemanden festgenommen?«

»Sie suchen vielleicht nach einem Typen aus unserem Büro, Les. Er war mit ihr zusammen, aber in der Agentur wusste es keiner.«

Eric hielt meine Hand gegen seine Brust. Ich konnte sein Herz schlagen hören, so stark wie eine Faust, die an eine Tür klopfte. »Warum glaubst du, dass die Polizei ihn suchen könnte?«

»Er ist mir zu ihrem Haus gefolgt und hat sich wirklich seltsam benommen. Er versuchte, alle Beweise dafür zu vernichten, dass die beiden sich kannten. Außerdem hat er mir erzählt, dass sie Streit hatten, dass sie mit ihm Schluss gemacht hatte. Sie hatte angeblich jemand Neuen kennengelernt.«

»Und, hat sie?«

Ich zuckte die Achseln. »Woher soll ich das wissen? Ich wusste nicht einmal von Les, obwohl das Ganze sich direkt vor meiner Nase abgespielt hat.«

»Solche Erlebnisse sind immer schwierig, egal wie oft du sie erlebst.«

Ich blickte zu ihm auf. »Was meinst du? Ich habe so etwas noch nie zuvor erlebt. Na ja, bei meiner Großmutter. Aber das war etwas anderes.«

»Ja, natürlich. Aber haben sie diesen Les, den sie verdächtigen, wenigstens geschnappt?«

»Nein, ich glaube nicht. Er ist aus Lucys Haus gestürzt, als ich ihm gesagt habe, dass ich nicht lügen werde. Oh Gott, Eric, wenn ich nun einen Fehler gemacht habe? Wenn er es nicht war und ich die Polizei auf seine Spur gebracht habe?« Mein Körper schüttelte sich vor unterdrückten Schluchzern.

Eric zog mich an sich, ich verbarg mein Gesicht in seinen Armen. Eine flotte Brise wehte vom Ozean, aber Erics süßer Duft überwältigte mich dennoch. Ich roch Sandelholz, Lilien, Ozeanluft, Zuckerplätzchen, Kreuzkümmel und frischen Schnee. Sobald mein Verstand einen Duft identifiziert hatte, entschlüpfte er mir wieder und machte etwas anderem Platz, etwas Reicherem und Unmittelbarem.

Ich hörte seine Stimme in meinem Ohr. »Du hast das Richtige getan für deine Freundin. Jene, die das Verbrechen begangen haben, werden dafür bezahlen.«

»Davon gehe ich aus«, antwortete ich und dachte, wie altmodisch es doch war, so etwas zu sagen, und wie sehr ich dennoch die Ansichten dahinter liebte.

Eric trat zurück und nahm mein Gesicht in seine Hände. »Angela, ich glaube, du brauchst etwas Ablenkung.« Er lächelte. »Fährst du gern Motorrad?«

Am Eingang zum Restaurant stand ein leicht zerzaustes, aber stilvoll gekleidetes älteres Pärchen vor der Speisekarte, sie blickten verwirrt drein. Als der Mann Eric erblickte, redete er sofort in französischer Sprache auf ihn ein. Die Frau stimmte ein, Eric antwortete, und es gab eine kurze Konversation, durchsetzt mit heftigem Gestikulieren. Als Eric der Dame die Hand schüttelte, blickte sie ihn an wie ein Teenager, der seinen Lieblings-Filmstar trifft.

Als wir ein kurzes Stück entfernt waren, fragte ich ihn: »Woher wussten sie, dass du Französisch sprichst?«

Sein Gesicht nahm einen Ausdruck an (die Lippen geschürzt, die Augenbrauen zusammengezogen), den auch ich als einzigartig gallisch erkannte.

»Nicht so wichtig.«

Das Motorrad, das Eric erwähnt hatte, parkte weiter unten am Hügel. Das schwarz-silberne Chassis glänzte, als sei es nagelneu. Plötzlich ergaben Erics schwarze Lederjacke und die schweren Stiefel einen Sinn, genau wie sein blauer Samtanzug im *House of Usher*. Er liebte Kostüme. Heute spielte er den Part des Hell's Angel.

»Ja, es ist neu«, sagte er. »Ich habe einen Typen mit so einer Maschine fahren sehen und beschlossen, dass ich es unbedingt ausprobieren muss. Und glaub mir, es ist genauso toll, wie es aussieht. Willst du mitfahren?«

Plötzlich sah ich das körperlose Gesicht meiner Mutter über mir schweben, es sagte: »Bist du verrückt? Ich sehe hier keine Helme, der Mann hat sozusagen zugegeben, dass er nicht fahren kann, es ist mitten in der Nacht, und du willst ernsthaft mit ihm auf ein Motorrad steigen?«

Ich wischte die Luft vor meinem Gesicht weg, als wäre dort eine lästige Mücke. »Klar, fahren wir los.«

Eric stieg auf das Motorrad und hielt es fest, während ich auf den Rücksitz glitt. Ich legte die Arme um seine Taille und drückte die Wange gegen seine lederüberzogene Schulter. Meine Füße standen kaum auf den Fußrasten, als das Motorrad sich schon unter uns aufbäumte. Ich hatte einen Moment nackte Angst, als wir den dunklen Hügel hinunterschossen. Es war, als tauchte ich in die Hölle, die Arme um den Teufel geschlungen. Ich schloss die Augen und nahm einen tiefen Atemzug. Als ich feststellte, dass ich nicht tot war, öffnete ich sie wieder und blickte nach Westen. Der Mond war fast voll und der Ozean ein tiefer schwarzer Eimer voller silberner Halbmonde. Der Strand glänzte silbergrau.

Wie intim es doch war, zusammen mit einem Mann Motorrad zu fahren. Meine Brust drückte sich gegen seinen breiten Rücken, meine Beine umschlossen seine Hüften, und meine Arme umfassten seine schlanke Taille. Seine seidigen Haarsträhnen flatterten um mein Gesicht, als wären es meine eigenen. Ich wollte meine Hände bewegen, um seine Brust zu fühlen, aber ich traute mich nicht, vor allem weil wir so schnell fuhren, dass ich Angst hatte, Eric auch nur für einen kurzen Moment loszulassen.

Die Straße schien sich unter uns zu bewegen, die Luft teilte sich vor uns, und wir fuhren durch die Nahtstelle. Ich konnte nicht nach vorne blicken, ohne dass meine Gesichtshaut nach hinten gezogen wurde. Meine Augen fühlten sich an, als seien sie ausgetrocknet und weiter in ihre Höhlen gerutscht. Wir überholten einige Autos auf der rechten Spur, als würden sie sich überhaupt nicht bewegen. Ein Autofahrer hupte hinter uns her wie ein Donner, der versuchte, den Blitz einzuholen. Ich schaute über Erics Schulter, um einen Blick auf den Tacho zu erhaschen und sah meinen Verdacht bestätigt, dass wir zehn Stundenkilometer über der Lichtgeschwindigkeit fuhren. In dem Moment erkannte ich es.

Das Reh stand mitten auf der Straße wie gelähmt

durch die blitzschnell heraneilenden Geräusche und die Lichter. Wir waren so nah dran, dass ich erkennen konnte, dass es sich um eine Ricke handelte, mit weichem weißem Pelz in den Ohren und glänzenden schwarzen Augen. Meine Füße drückten nach unten auf der Suche nach einer nicht vorhandenen Bremse. Meine Arme klammerten sich um Erics Taille, als sei es durch bloße Willenskraft möglich, nach der Kollision auf dem Motorrad sitzen zu bleiben. Ich schrie nicht, sondern wartete auf den Zusammenstoß.

Dann hörte ich Erics Stimme, nicht in meinen Ohren, sondern in meinem Kopf, als wäre es meine eigene.

Mach dir keine Sorgen, ich würde nie zulassen, dass dir etwas passiert.

Gerade als das letzte Wort in meinem Kopf verhallte, wichen wir dem Reh aus. Die Fliehkraft, die uns in Richtung Ozean drückte, war unausweichlich. Wir lagen so flach in der steilen Kurve, dass mein Bein die Straße berührte. Ich stellte mir vor, wie wir uns wie ein Kreisel auf das Meer zudrehten, bis der tiefe Sand unsere Bewegung stoppte. Aber in dem Moment, als wir fast wieder parallel zur Straße fuhren, richtete Eric das Motorrad auf. Ich fühlte mich, als hätte ich gerade ein Wunder erlebt.

Er fuhr an den Straßenrand und hielt an. Das Reh löste sich aus seiner Starre und verschwand im Dickicht. Ich hatte mich noch nie zuvor so lebendig gefühlt. Ich war überglücklich, begeistert bis in mein tiefstes Inneres. Das musste der Grund sein, warum manche Leute Fallschirm sprangen, dachte ich. Wenn man den Tod herausforderte, wusste man das Leben erst richtig zu schätzen.

Eric drehte sich zu mir herum, und noch bevor es ein bewusster Gedanke wurde, küsste ich ihn schon. Kurz schien er erschrocken, doch dann küsste er mich zurück. Als ich die Augen öffnete, schmunzelte er.

»Du bist *wirklich* tapfer, Angela. Genau wie ich gehofft habe.«

»Und weiter geht's«, sagte ich nur. »Hast du Lust, in die Half Moon Bay zu fahren?«

Wenn man jemals auf dem California Highway One gefahren war, wusste man, dass er nur die Kopfgeburt eines Verrückten sein konnte. Der Highway war eine schmale Trasse, herausgeschlagen aus steilen Klippen, die sich meterhoch über dem Pazifik auftürmten. In der Regensaison stürzten regelmäßig riesige Steinbrocken aus der Straße in den Ozean. Highway One hatte mich jedes Mal zum Nägelkauen nervös gemacht, aber heute Abend fühlte ich mich unbesiegbar, und alles, was ich sah, war Schönheit.

Eric hielt das Motorrad auf einem kleinen gekiesten Aussichtspunkt über der Half Moon Bay an. Jenseits des halbmondförmigen Strands warf der beinahe volle Mond eine silberne Glanzspur auf den Ozean, die so stabil aussah, als könne man darauf laufen. Vom Horizont aus wäre es dann nur noch ein kleiner Sprung hinauf zum Mond.

Eric nahm meine Hände in seine. »Deine Hände sind eiskalt. Du hättest mir doch was sagen können.«

»Oh. Ich habe es nicht mal bemerkt.« Seine Hände konnten allerdings keine Abhilfe schaffen. Nach zwanzig Minuten auf dem Motorradlenker fühlten sie sich an wie Eisblöcke.

»Können wir uns hier irgendwo aufwärmen?«, fragte er. »Ich fürchte, ich bin nicht vertraut mit der Gegend hier.«

Ich erinnerte mich an einen Ort, an den mein Vater sonntags nach der Kirche oft mit uns gefahren war. Wir wechselten unsere kratzigen Sonntagskleider im Auto, planschten in dem Gezeitenbecken in den flachen Riffen von Moss Beach, dann aßen wir Hamburger und Pommes frites in der *Half Moon Brewery*, bevor es wieder nach Hause ging. Diese Tage gehörten zu den schönsten meiner Kindheit.

Ich wies Eric an, noch ein paar Kilometer auf dem Highway zu bleiben, dann drückte ich seinen Arm, um ihm zu bedeuten, dass er auf den sandigen Parkplatz einbiegen sollte. Es standen nur zwei Autos vor dem Brauereigebäude aus Holz und Glas über der kleinen Bucht von Moss Beach. Ein Barkeeper spülte Gläser hinter der altmodischen hölzernen Bar im Gastraum.

»Haben Sie noch geöffnet?«, fragte ich.

»Sicher, es sei denn, es ist schon zwei Uhr nachts.« Der Barkeeper musterte müde Erics schwarzes Lederoutfit.

»Wissen Sie, ich bin früher als Kind oft hierhergekommen, und wir saßen immer auf einer Terrasse mit Schaukeln. Es gab Decken, in die man sich einwickeln konnte.«

Der Barkeeper schien sich ein wenig zu entspannen. »Ja, das gibt es unten immer noch. Es ist jetzt geschlossen, aber da Sie anscheinend unsere einzigen Gäste sind, können Sie gerne Ihre Drinks mit nach unten nehmen.«

Eric betrachtete die Speisekarte. Auf der Rückseite konnte man die Geschichte des ortsansässigen Gespensts lesen, eine Frau, die bei einem Rendezvous mit ihrem Geliebten, einem Barpianisten, bei einem Autounfall ums Leben gekommen war. Seitdem war ihr geisterhaftes Gesicht von Zeit zu Zeit erschienen, für gewöhnlich dem Restaurantpersonal, nach der Sperrstunde. Als Kind hatte ich die Geschichte geliebt.

Eric las sie und blickte mich an. »Glaubst du an Geister, Angela?«

»Nicht mal an den heiligen Geist, sehr zum Bedauern meiner Eltern«, antwortete ich. »Wenn ich etwas nicht mit eigenen Augen sehen kann, glaube ich auch nicht daran, es ist also völlig sinnlos, mich davon überzeugen zu wollen.«

Eric nickte nur und legte die Speisekarte wieder hin.

Ich bestellte einen Irish Coffee und Eric eine Scotch-Marke, von der ich noch nie zuvor gehört hatte. Wir nahmen eine Wendeltreppe nach unten zu einer Terrasse mit Blick über den Strand. Es war genau so, wie ich es in Erinnerung hatte, Adirondack-Holzstühle mit dicken Wolldecken darauf. Es gab eine hölzerne Schaukel, um die meine Schwester, mein Bruder und ich früher endlos gestritten hatten. Ich setzte mich darauf und zog eine Decke über meine Schultern, dann begann ich, sanft zu schwingen.

»Ich war nicht mehr hier seit meinem zehnten Lebensjahr. Und noch nie in der Nacht«, sagte ich. »Es ist einfach magisch.«

»Ja«, pflichtete Eric mir bei. »Magisch.«

Ich konnte kaum fassen, dass er mich ansah, während er das sagte. Mit meinen vom Wind zerzausten Haaren und der spröden Gesichtshaut, gewickelt in eine Karodecke, musste ich aussehen wie ein Riesenbaby.

»Du siehst wunderschön aus«, antwortete Eric auf meinen unausgesprochenen Gedanken und brachte damit mein Herz zum Rasen.

»Kannst du meine Gedanken lesen?«, fragte ich, um sofort darauf festzustellen, dass es nur halb im Scherz war.

»Nur wenn du es willst.«

»Dann vermute ich, dass du weißt, worauf ich als Nächstes hoffe.«

Eric kam herüber, öffnete die Decke und wickelte sie um uns beide. Ich atmete tief den Duft von Ozean und Leder und Eric ein, der mich umhüllte. Seine Lippen berührten die meinen, erst sanft, dann hungriger. Mein Blick vernebelte sich am Rand, als seien plötzlich Dunstschwaden vom Ozean aufgestiegen und würden uns einkreisen. Ich schloss meine Augen, um den Strudel von Empfindungen besser wahrzunehmen. Ich hatte das seltsame Gefühl, dass jeder Teil von mir unter Erics Berührung schöner wurde. Als seine Hand meinen Arm entlangglitt, schien er glatter, biegsamer zu werden. Das Haar, über das er strich, schien weicher zu fallen, es fühlte sich auf meiner Wange wie Seide an..

Erics Lippen setzten sich auf meinen Hals wie Schmetterlingsflügel. Ich schob meine Hand unter seine Jacke und spürte seine harten Brustmuskeln unter dem Baumwollstoff seines Hemds. Ich öffnete einen Knopf, legte meine Hand auf sein Herz und streichelte seine weiche Haut. Der Griff seiner Arme wurde fest, er zog mich an sich, und ich schmolz dahin. Die natürliche Distanz, die Menschen fühlten, selbst in den intimsten Momenten, existierte nicht länger. Wir waren zwei geschmolzene Metalle, die zusammenflossen, um zu etwas völlig Neuem zu werden. Mein einziger Wunsch war, es möge niemals enden. Als er meinen Hals umfasste, bewegte ich mich darauf zu wie eine Motte, die in eine Flamme flog. Mein Blut pulsierte im Rhythmus des Ozeans, dessen Wellen sich unter uns am Strand brachen.

Hatte ich darüber nachgedacht, zu sterben? Ehrlich gesagt, der Gedanke war mir zu keinem Zeitpunkt gekommen, und ich könnte nicht einmal jetzt sagen, ob es daran lag, dass ich Eric vertraute, oder dass mich so Belanglosigkeiten wie Leben und Tod nicht mehr kümmerten. Als er sich von mir entfernte, klammerte ich mich an ihn und versuchte, ihn zu mir zurückzuziehen, aber seine Hände auf meinen Schultern waren hart wie Eisen.

»Was ist los?«, flüsterte ich. Ich hatte eine absurde Angst, dass ich ihn auf irgendeine Weise enttäuscht hatte.

»Nein, hast du nicht. Aber es ist genug.« Er richtete sich auf und strich sich die Haare von den Schultern. Mit zwei schlanken Fingern schloss er den Hemdknopf, den ich zuvor geöffnet hatte.

Tränen brannten in meinen Augen, ich wendete mich ab, um sie schnell wegzuwischen. Ich wollte nicht, dass er mich weinen sah wie ein kleines Mädchen. Doch dann drehte er mich sanft zu sich zurück und küsste meine Stirn. Ich hörte seine Worte in meinem Kopf, während seine Lippen sich gegen meine Haut pressten.

Sei vorsichtig mit dem, was du dir wünschst, Angela, denn es könnte in Erfüllung gehen.

Bevor ich Eric fragen konnte, was er damit meinte, erschien der Barkeeper an der Tür und verkündete, dass das Lokal nun schließen werde.

Wir verabschiedeten uns und gingen zurück auf den Parkplatz. In dem hellen Mondlicht erkannten wir einen Typen auf Erics Motorrad, neben ihm stand ein zweiter, mit einem Gegenstand in der Hand, und fummelte am Motorradlenker herum. Im nächsten Moment hörten wir den Motor laut aufheulen.

»Ich geh ihn besser mal aufhalten«, sagte Eric.

Neuntes Kapitel

Ich packte ihn am Arm. »Bist du verrückt? Sie sind zu zweit. Wir gehen zurück und rufen die Polizei.«

Eric schüttelte mich ab und rannte auf die Männer zu. Ich beobachtete ungläubig, wie er den Typen auf dem Motorrad packte und zu Boden warf. Der andere, fast zwei Meter groß und mit der Statur eines Baumstamms, umfasste Eric von hinten. Der Mann am Boden stand auf und schlug Eric ins Gesicht, es gab ein entsetzliches knackendes Geräusch, das ich quer über den gesamten Parkplatz hörte. Ich hatte den Eindruck, als sei ich in einem schlechten Kung-Fu-Film gelandet. Ich rannte auf die Männer zu, dann blieb ich stehen. Eric bewegte sich so schnell, dass ich nur noch einen Wirbel von Armen und Beinen sehen konnte. Baumstamm torkelte mit einem lauten Aufprall zu Boden. Der andere wich mit erhobenen Händen vor Eric zurück und drehte sich um. Er rannte die Straße hinauf und überließ den Freund seinem Schicksal.

Ich ging mit unsicheren Schritten hinüber. Baumstamm hatte sich wie ein Embryo zusammengerollt und stöhnte leise.

»Das wird schon wieder«, sagte Eric. »Ich hab ihn kaum berührt.« Er zog ein Taschentuch aus seiner Jackentasche, aber bevor er seine Nase damit bedeckte, sah ich, dass sie aussah wie ein geplatzter Kürbis und dass Blut aus seinen Nasenlöchern strömte. Auch ein Wangenknochen sah irgendwie verrutscht aus.

»Eric, die haben dir die Nase gebrochen!«, keuchte ich.

Eric drehte sich um zum Motorrad, das auf der Seite im Schmutz lag. Mit einer Hand auf seinem Gesicht nahm er es hoch und stellte es auf den Ständer.

»Eric, wir müssen ins Krankenhaus. Deine Nase…« Ich flatterte um ihn herum und zog an dem Taschentuch. Eric packte meine Schulter und hielt mich fest.

»Angela, es geht mir gut, wirklich. Nichts ist gebrochen. Nur eine blutige Nase, das ist alles. Das gehört zum Spiel.«

Er nahm das Taschentuch ab und lächelte mich an. Nase und Wangen sahen wieder völlig normal aus, abgesehen von ein paar Blutstropfen unter den Nasenlöchern.

Ich blinzelte ungläubig und blickte ihn erneut an, aber nichts hatte sich geändert. »Eric, deine Nase war gebrochen, ich weiß, dass es so war.«

»Meine Nase ist in Ordnung, das siehst du doch. Du glaubst nur, was du mit eigenen Augen sehen kannst, das sagtest du doch, oder, Angela?«

Eric setzte mich am *Ocean House* ab, damit ich in mein Auto steigen konnte, und folgte mir bis nach Hause, um sicherzugehen, dass ich heil ankam. Ich hoffte, wir könnten uns noch einmal verabschieden, aber nachdem er beobachtet hatte, wie ich vor dem Haus parkte, winkte er und fuhr davon. Ich stieg aus dem Auto und sog die frische Brise ein, in der Hoffnung, dass sich darin noch Moleküle seines umwerfenden Dufts befanden. Er hatte nicht gesagt, wann wir uns wiedersehen würden, also war ich erneut seiner Gnade ausgeliefert. *Seiner Gnade*. Ich schauderte angesichts meiner Wortwahl.

Ich ging ins Bett, konnte aber nicht schlafen, also setzte ich mich ins Wohnzimmer, bis der Sonnenaufgang der Golden Gate Bridge seine Reverenz erwies. Ich ließ die Erinnerungen des letzten Tages an mir vorübergleiten wie eine Diashow. Lucy als schlafendes Dornröschen in ihrem weißen Nachthemd. Les, der mir sagte, sie habe einen »echten Vampir« kennengelernt. Sansome, lächelnd auf dem Rücksitz des Polizeiwagens. Erics kupferfarbenes Haar, das einen Vorhang um mich bildete, während wir den Highway entlangrasten. Das Kratzen von etwas Scharfem an meinem Hals. Eine gebrochene Nase, auf wundersame Weise geheilt. Als die Show zu Ende war, wartete ich auf die Erklärung, die all meine Fragen beantworten würde, aber sie kam nicht. Einige Worte bewegten sich am Rande meines Bewusstseins, aber ich weigerte mich, sie zuzulassen. Schuldgefühl und Angst, gemischt mit Aufregung und Glück bildeten eine Sackgasse, in der all meine Gefühle feststeckten wie in einem Flaschenhals. Ich konnte nur bis zu den nächsten fünf Minuten denken.

Als die Sonne den Raum füllte, schloss ich die Rollläden. Dann ging ich ins Bett und schlief, bis eine Polizeisirene sich in mein Bewusstsein bohrte. Ich blickte auf die Uhr. Ich würde wieder zu spät zur Arbeit kommen, nun zum dritten Mal in Folge. Ich erwog, mich krankzumelden, da ich mich tatsächlich krank fühlte, aber es schien mir besser, ins Büro zu gehen, als zu Hause Trübsal zu blasen. Ich hatte keine Kunden-Meetings, und Dick erlaubte uns einen zwanglosen Freitag in legerer Kleidung, solange wir damit nicht unseren Kunden gegenübertraten. Also zog ich eine schöne Jeans an, flache Schuhe und ein mit Perlen besticktes Kaschmir-Twinset aus den 1970er-Jahren. Selbst mit dem doppellagigen Pullover war mir noch kalt, also zog ich zusätzlich noch einen schweren schwarzen Wollmantel an.

Als ich im Büro ankam, googelte ich als Erstes Eric Taylor und *Harbinger International*. Es gab einen Chemieprofessoren an der Tulane University namens Eric Taylor, der viel zu viele Artikel in obskuren (zumindest für mich) Wissenschaftsjournalen veröffentlicht hatte. Es gab einen Firmenanwalt in New York, der sich auf öffentliche Finanzen spezialisiert hatte. Es gab einen Baseballspieler in einer hohen Liga. Es gab einen Musiker, der am Samstagabend im *Freight and Salvage* auftreten sollte. Ich betrachtete das Foto des Musikers, um sicherzugehen, dass es nicht der Eric war, an den ich dachte, und er war es auch nicht. Es gab *Harbinger Inter-*

national in Hongkong und Bangladesch, eine Firma stellte Computerteile her, die andere war eine Textilmanufaktur. Es sah aus, als hätte Eric Taylor es geschafft, den Krakenarmen des Internets zu entgehen. Schließlich googelte ich *Harbinger International* und San Francisco. Ich bekam einen Eintrag über eine Firma, die im Bereich »Internationales Immobilieninvestment und Management« tätig war.

Ich fand eine Telefonnummer und eine Adresse in Downtown. Als ich anrief, teilte mir eine intelligent klingende Frauenstimme mit, dass Mr. Taylor sich gerade in einem Meeting befinde, sie könne ihm aber gerne etwas ausrichten. Ich sagte Nein und legte auf. Die Firmenadresse war California Street, nur ein paar Blocks von *HFB* entfernt. Ich sah auf die Uhr. Ich könnte in weniger als einer Stunde hingehen und wieder zurück sein, außer, ich müsste währenddessen noch jemandem nachstellen.

Im Empfangsbereich stieß ich auf Dick, der gerade aus einem Konferenzraum kam. Er stellte sich mir in den Weg, trat verlegen von einem Bein auf das andere und blickte unglücklich drein. Mir war sofort klar, dass er wusste, was gestern vorgefallen war, und nach etwas suchte, das er zu mir sagen könnte. Schließlich nahm er meine Hand und schüttelte sie. Ich verstand, dass diese Geste für seine Verhältnisse durchaus einer Umarmung gleichkam.

»Angie, die Polizei hat mich letzte Nacht angerufen und mich informiert, dass du Lucy gefunden hast. Es tut mir sehr leid, dass du, na ja, es tut mir sehr leid. Wie geht es dir inzwischen?« Dick wischte sich über die Wange, seine Augen waren feucht, seine Rudolph-das-Rentier-Nase glühte.

»Danke, Dick, mir geht's gut.« Es ging mir zwar nicht gut, aber ich hatte den Eindruck, das sei die Antwort, die jeder von mir erwartete.

»Lucy war eine einzigartige Mitarbeiterin.«

Ich hoffe, niemand bittet dich, die Lobrede auf sie zu halten.

»Ja, das war sie, Dick. Ich wüsste nur gerne, was die Polizei wegen Lucys Tod zu dir gesagt hat. Haben sie dich über irgendjemanden ausgefragt?«

Dick runzelte die Stirn. »Sie haben einige Fragen über Lucys Arbeit gestellt, mit wem sie befreundet war, ob sie irgendwelche Konflikte mit Kunden oder sonst jemandem hatte. Ich fürchte, ich war ihnen nicht von großem Nutzen. Ich war schließlich nicht gerade Lucys Vertrauensperson.«

Ich beschloss, eine andere Methode anzuwenden. »Na ja, ich dachte nur, weil sie mich im Besonderen über Les Banks ausgefragt haben.«

Dick beugte sich vor, als wolle er mir ein Geheimnis anvertrauen. »Mich haben sie ebenfalls nach Les Banks gefragt«, flüsterte er. »Sie wollen ihn wegen Lucy vernehmen. ›Zu diesem Zeitpunkt noch kein Verdächtiger‹, so nannten sie es. Sie ›vernehmen ihn im Zusammenhang mit Lucys Tod‹, sagten sie.«

Er lächelte beinahe, aber kontrollierte sich gleich wieder. Seine Sache, wenn er auf das Vokabular von Kriminalkommissaren abfuhr.

»Also, ist Les heute zur Arbeit gekommen?«, flüsterte ich zurück. Im Stillen wünschte ich inständig, die Antwort würde Ja lauten. Ich hoffte, dass Les mit der Polizei sprechen und alles so erklären würde, dass er mit sofortiger Wirkung entlastet war.

Dick schüttelte den Kopf. »Niemand hat ihn bis jetzt hier gesehen.«

War Les weggelaufen? Ich musste krank ausgesehen haben, denn Dick sagte: »Angie, warum gehst du nicht nach Hause? Es gibt keinen Grund, warum du heute hier sein müsstest. Du stehst sicher noch unter Schock.«

Ich dankte ihm für sein Mitgefühl und sagte, die Arbeit sei die beste Medizin für mich, aber ich würde eine kleine Pause machen und einen Kaffee trinken gehen. Er nickte und ließ mich vorbei. Ich sah Theresa an ihrem Rezeptionstresen, sie blickte auf von einer Box Taschentücher, Nase und Augen waren vom Weinen so rot, dass sie aussah wie ein weißes Kaninchen mit einem Schnupfen.

»Oh, Angie«, quiekte sie, als sie mich erblickte, »du Ärmste!«

»Danke, Theresa. Mir geht's gut. Es wird eine Zeit lang dauern, für jeden von uns.«

Theresa schnäuzte sich in ein neues Taschentuch. »Lucy war immer so professionell zu mir. Sie hatte mich nie in der letzten Minute um etwas gebeten.« Sie blickte vielsagend auf die Reihe von Büros gegenüber. »Im Gegensatz zu manchen anderen hier.«

Ich schenkte Theresa ein, wie ich hoffte, mitfühlendes Lächeln, dann sagte ich ihr, dass ich für etwa eine Stunde nicht im Büro sein würde.

Mit seiner facettenreichen, rot glänzenden Fassade war das Gebäude der Bank of America eines der Hauptattraktionen im Finanzdistrikt. Vor dem Gebäude gab es eine Skulptur. Wie viele Kunstwerke hatte sie eine Wirkung, die der Künstler niemals beabsichtigt hatte. Es handelte sich um einen glänzenden schwarzen Felsblock, etwa sechs Meter hoch, der mehr oder weniger aussah wie eine geschlossene Faust. Die Skulptur stand kaum ein paar Tage, und schon taufte ein Witzbold sie »Banker's Heart«, das »Herz des Bankers«, und der Name blieb ihr erhalten. Ich berührte sie im Vorbeigehen, und ihre Kälte stach mir in die Hand. »Schwarzes Herz«, »Herz aus Stein«, alle Bilder schienen mir ein böses Omen. Ich hoffte fast schon, dass das hier nicht sein Büro war.

Ich suchte nach *Harbinger International* auf den Schildern neben den Aufzügen. Die Firma lag im 14. Stock. Der Aufzug öffnete sich vor einem Foyer mit Walnussholzvertäfelung und dicken Teppichen, die jedes Geräusch verschluckten. In dem kleinen Wartebereich befanden sich ein japanischer Tansu, drei gepolsterte Sessel und ein Couchtisch mit einer Auswahl an Magazinen, die zu einem ordentlichen Fächer angeordnet waren. Diejenigen, die ich sehen konnte, waren »Architectural Digest«, »Art and Antiquities«, »Kiplingers und Fortune«, alphabetisch sortiert.

Eine Empfangsdame saß an einem großen gerundeten Tisch, auf dem sich nichts anderes befand als eine Glasvase mit Bambus und ein paar schwarze

Steine. Sie war der Inbegriff an Professionalität, trug einen rotbraunen Hosenanzug und eine Seidenbluse, das braune Haar zu einem Dutt hochgesteckt, leichtes Make-up, Mitte vierzig. Sie war weder schön noch unattraktiv, sie sah einfach nur kompetent aus. Sie hatte ein Headset auf und telefonierte auf Deutsch. *Harbinger International* machte seinem Namen alle Ehre.

»Kann ich Ihnen helfen?« Ihr Lächeln kam schnell und verging fast genauso schnell.

»Ja, ich möchte zu Eric Taylor.« Ich versuchte, selbstbewusst zu klingen.

»Es tut mir sehr leid, aber er ist im Moment nicht im Haus. Hatten Sie eine Verabredung?«

Letzte Nacht hatte ich eine. Das war meine Ausrede für die folgende Lüge.

»Ja, hatten wir.«

Die Rezeptionistin schaute verwirrt. Sie blickte auf einen unsichtbaren Kalender unter der Tischplatte. »Und Ihr Name ist?«

»Angela McCaffrey.« Nun wünschte ich, ich hätte dem zwanglosen Freitag nicht nachgegeben. Also zog ich meinen Mantel enger um mich.

»Ich finde Sie nicht auf dem Terminkalender. Dürfte ich erfahren, um welches Anliegen es sich handelt?«

»Es geht um ein Immobiliengeschäft, es ist vor allem eine Frage der Zeit. Ich muss Mr. Taylor wirklich dringend heute sprechen. Können Sie mir seine Telefonnummer geben?«

Sie schüttelte bedauernd den Kopf. »Es tut mir

wirklich leid. Ich kann ihn zur Zeit nicht erreichen. Aber wenn Sie mir Ihre Karte geben, dann sorge ich dafür, dass er Sie so bald wie möglich anruft.«

Nichts nimmt einem schneller den Wind aus den Segeln als ausgesprochene Höflichkeit.

Zurück im Büro versuchte ich, mich auf die Arbeit zu konzentrieren, indem ich eine To-Do-Liste schrieb. Das erste Stück Papier, auf das mein Blick fiel, war jedoch ein Post-it mit der Notiz, ich solle meine Mutter anrufen, also setzte ich diese Aufgabe schuldbewusst an die erste Stelle meiner Liste. Die kunstvolle Zeichnung für *Plump n' Tasty Chicken*, den vorgeschobenen Grund für meinen Besuch in Lucys Haus, hatte ich nicht gefunden. Ich war sicher, dass man mir nicht noch einmal erlauben würde, das Haus zu betreten, um weiterzusuchen, selbst wenn ich es wollte, also war mein nächster Punkt, die Kreativabteilung zu beauftragen, neue Zeichnungen anzufertigen. Allerdings hatte Les die Illustrationen gezeichnet, und ich war überzeugt, dass ich ihn heute nicht im Haus antreffen würde. Ich fragte mich, ob die Polizei ihn wohl festgenommen hatte. Ich hoffte das Gegenteil, denn ich glaubte ihm, als er sagte, dass er es nicht war, auch wenn ich mich dabei lediglich auf mein Bauchgefühl verlassen konnte.

Der Wunsch, Les' Unschuld zu beweisen, erweckte den Detektiv in mir. Bevor es mir selbst bewusst wurde, dachte ich über die Nachrichten auf Lucys Anrufbeantworter nach und fragte mich, ob sie irgendwelche Hinweise auf den Mord enthielten. Ich blätterte meinen Notizblock auf eine neue Seite um und begann eine neue Liste mit dem Titel »Lucys Anrufbeantworter«.

Ich schrieb: »Moravia, Donnerstagabend.«

Moravia hatte am Donnerstag angerufen und Lucy aufs Band gesprochen, sie solle am nächsten Abend nicht in den Klub kommen. Warum aber sollte Moravia Lucy für Freitag absagen, um dann Kimberley und mich für Mittwoch einzuladen? Vielleicht hatte sie wirklich die Nase voll von Lucy und plante bereits, ihr Projekt jemand anderem zu geben. Oder es war etwas noch viel Persönlicheres.

Dann schrieb ich: »Les, Samstag früh.«

Les hatte mir erzählt, er habe Lucy zum letzten Mal bei ihrem Streit am Freitagabend gesehen. Wenn das stimmte, ergab es einen Sinn, dass er sie am nächsten Morgen anrief, um sich zu versöhnen. *Wenn* er Lucy umgebracht hatte, war die Nachricht ein Ablenkungsmanöver, weil er wusste, dass die Polizei den Anrufbeantworter abhören würde.

Aber wenn Les Lucy am Freitagabend umgebracht hatte, hätte Sansome sich geirrt mit seiner Theorie, Lucy sei erst seit ein oder zwei Tagen tot. Ich hatte eine Ahnung, warum Sansome das annahm und warum er mir den Grund dafür nicht nennen wollte: Lucys Leiche strömte zwar einen schrecklichen Geruch aus, aber er war noch nicht sehr stark. Deshalb hatte Sansome mich gefragt, wie lange ich im Haus gewesen war. Wäre sie schon seit fast einer

Woche tot, hätte ich den Geruch sofort nach dem Öffnen der Tür wahrgenommen.

Ich erinnerte mich an zwei Kaffeetassen auf der Sonntagszeitung. Jemand war am Sonntagmorgen bei Lucy gewesen. Nicht Les, wenn man seiner Geschichte glauben wollte. Vielleicht ihr neuer Freund. Lucy ging Anfang der Woche irgendwohin, vielleicht mit ihm zusammen, dann endete sie Mittwoch oder Donnerstag schließlich wieder zu Hause, tot.

Eine Sache, die ich tun konnte, war herauszufinden, wo Lucy am Freitagabend gewesen war. War sie noch ins *House of Usher* gefahren, oder hatte sie den ganzen Abend mit Les verbracht?

Ich rief im Büro von *Macabre Factor* an, einer höhlenartigen ehemaligen Nähfabrik südlich der Market Street. Tische mit Computern standen an den Wänden, in der Mitte des Raums türmten sich Kisten voller *Macabre-Factor*-Kosmetikartikel, die auf ihre Auslieferung warteten. Wann immer ich das Büro besuchte, fragte ich mich wieder, woher das Kapital für die Werbekampagne stammte. Suleiman hatte bei der letzten Budget-Besprechung irgendetwas von »privaten Investoren« erzählt.

Sofort erkannte ich Moravias Hauchstimme, die sich mit dem Namen der Firma meldete.

»Hi, hier ist Angie von *HFB*.«

Moravias Stimme wurde warm. »*Hallo,* Angie. Hattest du einen schönen Abend im *Usher*? Wir hatten gar keine Gelegenheit, dir Tschüss zu sagen.«

»Oh ja, das tut mir leid. Ich habe mich ein bisschen krank gefühlt, deshalb bin ich so früh gegangen.«

»Eric hat gar nicht mehr aufgehört, von dir zu sprechen.«

Ich fühlte, wie mir das Blut in die Wangen schoss, und plötzlich vergaß ich den eigentlichen Grund meines Anrufs. Warum hatte ich nicht gleich daran gedacht, Suleiman und Moravia nach seiner Nummer zu fragen?

»Ich würde Eric gerne mal anrufen. Hast du zufällig seine Nummer?«

»Ich habe überhaupt keine Nummer von ihm. Er ist schwer zu erreichen. Aber wenn ich ihn sehe, sage ich ihm, dass du mit ihm sprechen willst.«

»Das brauchst du nicht«, beeilte ich mich zu sagen. »Warum ich eigentlich anrufe … weißt du, dass Lucy die letzten paar Tage nicht aufgetaucht ist?«

»Nein, keiner hat uns Bescheid gesagt. Wir haben nur gehört, dass sie gerade nicht erreichbar ist.«

Das war ganz klar die Parteilinie, oder? Wenn Moravia etwas gewusst hätte, würde sie es mir jedenfalls nicht sagen.

»Na ja, sie wurde gefunden, also, ich habe sie gefunden, sie ist tot.«

Ich hörte Moravia scharf einatmen. »Oh mein Gott, wirklich? Das ist ja schrecklich. Wie ist sie gestorben?«

»Ich weiß es nicht genau. Die Polizei macht gerade eine Autopsie.«

»Oje, das tut mir so leid. Bitte mach dir keinen

Kopf wegen unserer Termine, wir verstehen, dass ihr eure Zeit brauchen werdet.«

Unter dem Deckmäntelchen, dass ich nun ihre neue Kontakterin war, konnte ich Moravia über ihr Verhältnis zu Lucy in den letzten paar Tagen ausfragen, ohne einfach nur neugierig zu wirken. Man könnte sogar behaupten, dass dieser Kundenkontakt auch ein triftiger Grund dafür war, Lucys Anrufbeantworter abzuhören.

»Ich glaube, es ist besser für uns alle, wenn wir einfach ganz normal weiterarbeiten.« Ich nahm einen tiefen, lautlosen Atemzug. »Was ich mich gefragt habe: Als du Lucy am Freitagabend im *Usher* gesehen hast, habt ihr irgendetwas zu der kreativen Strategie beschlossen, das ich wissen sollte? War Lucy einverstanden mit dem neuen Motto, ›normale Leute, die den Vampir-Lifestyle annehmen‹?«

Es gab ein Rauschen in der Verbindung, als würde Moravia von einem Ort zum anderen gehen. »Das war ein privates Treffen, Angie. Wir kannten Lucy schon, bevor wir Kunden von *HFB* wurden. Sie war zu einer Privatparty gekommen, die wir jeden Freitagabend im *Usher* feiern. Vor kurzem hat sie Les Banks mitgebracht.«

»Eine Privatparty? Ist nicht der ganze Klub privat?«, fragte ich und dachte dabei an die Gästeliste.

»Diese Partys sind noch etwas privater. Jedenfalls war Lucy letzten Freitag nicht da, weil die Party abgesagt wurde.«

»Oh, warum das denn?«

»Ich kann mich nicht so genau erinnern. Das kommt eben manchmal vor.«

Nachdem wir aufgelegt hatten, dachte ich noch einmal über Moravias Nachricht auf Lucys Anrufbeantworter nach. Ich erinnerte mich an jedes einzelne Wort.

»Ich weiß, du wolltest morgen in den Klub kommen, aber ich glaube, es ist besser, wenn du nicht kommst ...«

Das klang nicht so, als sei die Party abgesagt worden, es klang, als habe man Lucy ausgeladen.

Moravia hatte gesagt, dass Les und Lucy Gäste der Freitags-Partys waren. Les hatte erzählt, er hielte nichts von diesem »Vampirding«, also sagte einer von beiden nicht die Wahrheit. Ich musste unbedingt mit Les sprechen, aber ich wusste ja nicht, wo ich ihn finden könnte.

Theresa öffnete die Tür, ohne anzuklopfen. Sie schniefte noch ein bisschen und legte die Post auf meinen Schreibtisch. Hektisch durchsuchte ich die Briefe, noch bevor sich die Tür hinter Theresa schloss. Bevor ich Eric kennengelernt hatte, ließ ich meine Post tagelang ungeöffnet zu einem hohen Stapel heranwachsen, bis alles Wichtige per Fax, Telefon, SMS oder E-Mail kam. Aber jetzt war meine Post wertvoll, denn sie könnte eine Nachricht von ihm enthalten.

Meine wertvolle Post von heute bestand aus einer Ausgabe der »Adweek«, einer Wurfsendung mit der Werbung für einen Schuh-Ausverkauf mit fünfzig Prozent Rabatt bei *Nordstrom* und einem Prospekt für die Konferenz »So gelingt der perfekte Pitch« in Maui. Als ich die »Adweek« auf einen Stapel weiterer ungelesener Magazine legte, fiel ein brauner Briefumschlag heraus. Es sah aus wie normales Direktmarketing, mein Name war auf ein Klebeetikett gedruckt, aber da kein Absender und kein Poststempel vorhanden war, musste es etwas anderes sein. Ich schnappte mir den Brief und öffnete ihn.

Zehntes Kapitel

Der Briefumschlag enthielt einen dreiseitigen dreifarbigen Prospekt. Das Foto auf der ersten Seite war ein palmengesäumter Strand mit türkisfarbenem Wasser. Ein Mann lag auf dem Bauch im Sand und ließ sich von zwei asiatischen Schönheiten in Bikinis massieren. Die Bildunterschrift lautete: »Erleben Sie die Schönheit und Exotik Thailands.«

Auf den Innenseiten gab es noch mehr Bilder von Frauen und Männern. Frauen servierten Speisen an einem nur mit Männern besetzten Tisch in einem Restaurant mit Bambuswänden. Frauen trugen Seidenkleider in Juwelenfarben und tanzten, wahrscheinlich traditionelle Thai-Tänze. Noch ein Mann, bei einer Massage. Der Text dazu lautete:

Fühlen Sie die Wärme Südostasiens. Unsere Tourveranstalter bieten Ihnen den perfekten Service. Reisen Sie mit uns, und Ihnen wird jeder Herzenswunsch erfüllt. Diskret, fantasievoll und professionell. Außergewöhnliche Pauschalpakete für Gäste aus Deutschland, Japan, Kanada und USA.

Auf der Rückseite des Prospekts stand eine Adresse:

Jad Paan Travel Agency
Charoen Rat Road
Bangkok, Thailand
66 (2) 5870541
www.jadpaan.com

Ich las die Broschüre mehrmals durch, fand aber keinen Grund, warum sie ausgerechnet an mich geschickt war. Die Webseite enthielt exakt dieselben Informationen wie der Prospekt, nur mit noch mehr Bildern glücklicher Menschen, untermalt mit klingelnder Musik. Ich roch an dem Briefumschlag, in der Hoffnung, einen verräterischen Hauch von Erics Duft daran zu finden, aber er roch nur leicht nach Zigarettenrauch. Warum sollte Eric mir auch einen Reiseprospekt von Bangkok schicken? Weil er mich an exotische Orte entführen wollte, schlug mein hoffnungsvolles Herz vor. Er arbeitete im *internationalen* Immobilieninvestment, fügte mein Optimismus hinzu. Aber die Logik hatte das letzte Wort. Netter Versuch, sagte sie. Es war nur ein Prospekt, keine geheime Botschaft.

Meine Bürotür ging auf, und Kimberley trat ein, während ich noch überlegte. Ich hatte sie seit dem Großen Meeting gestern nicht mehr gesehen, als Dick mich mit der Arbeit für *Tangento* beauftragte. Ich wollte eigentlich mit ihr darüber reden, aber in all dem Chaos hatte ich es vergessen.

»Angie, hier bist du. Geht es dir gut? Ich habe von Dick gehört, dass du gestern Lucy gefunden hast.

Das muss wirklich schrecklich für dich gewesen sein. Es tut mir leid, dass ich letzten Abend nicht zu Hause war, um mit dir darüber zu sprechen.« Ihre Stirn war mit attraktiven Sorgenfalten geschmückt.

»Danke, Kimberley. Es geht mir gut, glaube ich. Ich war gestern Abend noch mit Freunden unterwegs. Um mich abzulenken. Ich konnte sowieso nicht schlafen.«

»Ich komme heute Abend wieder nach Hause, falls du ein bisschen Unterstützung brauchst. Mummy und Daddy kommen heute zurück.«

Unterstützung von Kimberley? Ich dachte darüber nach, was Lakshmi gesagt hatte, und fragte mich, ob Kimberley sich vielleicht über Lucys Tod freute.

»Danke noch mal, aber es geht mir gut, wirklich.«

»Na ja, du siehst aber nicht gut aus. Ich glaube, das Ganze war wirklich hart für dich. Du solltest nach Hause gehen und dich ausruhen.«

Jetzt, da sie dies sagte, bemerkte ich erst, dass ich heftige Kopfschmerzen oberhalb des rechten Auges hatte. Es schien irgendwie ein unangenehm heller Morgen zu sein. Ich stand auf, um die Jalousien herunterzuziehen, dann wandte ich mich meiner Mitbewohnerin, Kollegin und Gegnerin zu.

»Kimberley, schau mal, wir sollten über gestern sprechen, über das Meeting und *Tangento*. Ich möchte, dass du weißt, dass ich keine Ahnung hatte, was Dick vorhatte.«

Kimberley hielt die Hand hoch. »Keine Sorge, Angie, bitte, du musst nichts dazu sagen. Vor allem nach dem, was mit Lucy passiert ist, das ist jetzt keine Zeit für Zwistigkeiten. Wir müssen uns alle gegenseitig helfen, diese schwierige Zeit zu überstehen.«

Das wäre eine hübsche Rede gewesen, wenn sie nicht so auswendig gelernt geklungen hätte. Aber ich hatte nicht die Energie, mich zu fragen, woher Kimberleys plötzlicher Großmut rührte.

»Ich bin froh zu hören, dass die Sache für dich in Ordnung ist. Und natürlich werden wir ab jetzt in jedem Punkt zusammenarbeiten.«

Kimberley legte einen leuchtend orangefarbenen Aktenordner auf meinen Schreibtisch. Nur Lucy verwendete Aktenordner in Leuchtfarben. »Du musst das nicht jetzt gleich anschauen, wenn du nicht willst, Angie. Aber es wird dich in Sachen *Tangento* auf den neuesten Stand bringen.«

»Danke. Ich bin dir wirklich sehr dankbar.« Ich öffnete den Ordner und erkannte Lucys Handschrift. Sie war die einzige Frau, die ich kannte, die in Blockschrift schrieb, eine sehr zeitintensive Methode. Ich kannte einige Männer, die so schrieben, und ich dachte immer, der Grund dafür sei, dass sie in der Schule nur herumgealbert und deshalb den Unterricht in Schreibschrift verpasst hatten. Lucy benutzte wahrscheinlich Großbuchstaben, weil dadurch alles, was sie schrieb, wichtig aussah. Ich hörte ein Schniefen, blickte auf und war überrascht, dass Kimberley auf dasselbe Stück Papier starrte, aber mit feuchten Augen. Sofort fühlte ich mich schuldig.

»Oh Gott, es tut mir leid, Kimberley. Du bietest mir hier deine Unterstützung an, und ich habe dich nicht einmal gefragt, wie es dir geht. Ich meine, du und ich, wir haben wahrscheinlich von allen am meisten Zeit mit Lucy verbracht.«

Abgesehen von Les.

Kimberley lächelte durch ihre Tränen, der perfekte Ausdruck der Tapferkeit im Unglück.

»Ich glaube, ich stehe noch unter Schock, wie alle anderen auch. Der Schmerz erreicht uns erst später. In ein paar Tagen stehen wir wahrscheinlich Schlange für einen Termin beim Psychologen. Aber im Moment ist business as usual angesagt. Zumindest ist es nicht an uns, all ihren Kunden Bescheid zu geben.«

Das wäre der richtige Zeitpunkt gewesen, ihr zu sagen, dass ich bereits mit Moravia gesprochen hatte, aber ich schwieg.

»Ich glaube, Dick ruft heute jeden an, mit der Unterstützung von der Personalabteilung. Er will alle informieren, also müssen wir uns nicht darum kümmern, wenn wir wieder Kontakt zu den Kunden aufnehmen«, fuhr Kimberley fort, und ihre Tränen waren für den Moment vergessen. »Anscheinend gibt es ein ganzes Protokoll, das befolgt werden muss, wenn es einen Todesfall in der Agentur gibt. Die Personalabteilung hat ein Kapitel darüber in ihrem Handbuch.« Sie atmete tief ein. »Angie, wenn es dich nicht zu sehr aufregt, ich muss dich das einfach fragen: Hat die Polizei irgendeine Vorstellung, was passiert ist?«

»Nein, sie wollten mir nichts sagen. Ich habe nichts an ihr bemerkt, keine Schusswunden, oder …«

Bisswunden am Hals?

»... oder andere Wunden.«

Kimberley schauderte und wedelte mit den Händen, als würde sie Fliegen verscheuchen.

Ich nahm den *Tangento*-Ordner in die Hand. »Also, ich schätze, wir sollten uns wieder an die Arbeit machen, oder?« Mein Kopf schmerzte inzwischen so stark, dass es wohl besser wäre, ich würde nach Hause gehen.

»Was ist das?« Kimberley zeigte auf den Thailand-Prospekt, der zum Vorschein gekommen war, als ich den Ordner hochgenommen hatte. »Willst du nach Thailand?«

»Nein, gar nicht. Aber ich muss irgendwo auf dem Verteiler gelandet sein.«

Kimberley ging zur Tür. »Geh nach Hause, wenn du willst. Du solltest jetzt gut auf dich achtgeben.«

Nachdem sie gegangen war, öffnete ich erneut den *Tangento*-Ordner. Dort waren Berichte über verschiedene Zielgruppen abgeheftet, verfasst von der Marktforschungsabteilung. Die meisten Leute hatten keine Meinung zu *Tangento*, weder eine positive noch eine negative. Dies war relativ häufig so bei großen Konzernen, vor allem bei solchen, die viele Tochterunternehmen hatten. Die Leute sahen den Wald vor lauter Bäumen nicht. Allerdings hatten sie von den Tochterfirmen von *Tangento* gehört und hatten positive Meinungen darüber.

Proteus war ein Name, den wirklich jeder aus der Zielgruppe kannte – wenig überraschend, nachdem in der Hälfte der Kleiderschränke Amerikas mindestens ein Paar *Proteus*-Sneakers mit dem Dreizack-Logo standen. Die Serie Titan hingegen bediente einen Nischenmarkt, sie konkurrierten mit den Sneakers der *Hip-Hop-Mogule Clay Russell* und *Big Head Eddy* um jene Teenager, die Schuhe ausschließlich wegen ihres Markennamens kauften.

Die meisten Männer in den Zielgruppen behaupteten, *Venus Lingerie* nicht zu kennen, aber ich würde wetten, dass viele von ihnen schon mal heimlich im Werbekatalog für Unterwäsche geblättert hatten.

Tangento hatte jedenfalls eine Menge starker Marken unter seinem Dach, in den Bereichen Kleidung, Nahrungsmittel und Körperpflege.

Selbst nach zwei Jahren bei *HFB* erschien es mir immer noch seltsam, dass ein Konzern wie Tangento so viele verschiedene Tochterfirmen haben konnte. Die Könige der Industrie waren nicht mehr länger Männer, die hervorragend Waren herstellen oder verkaufen konnten, wie Mr. Ford oder Mr. Woolworth. Nein, der Vorstandsvorsitzende von *Tangento* hatte bestimmt keine Ahnung, was einen bequemen BH oder ein solides Paar Schuhe ausmachte, da ging ich jede Wette ein. Aber er wusste wahrscheinlich eine Menge über das Business des Business, zum Beispiel darüber, wie man die Aktionäre bei Laune hielt.

Die Zielgruppe hatte keinerlei Fragen bezüglich umwelt- oder arbeitsrechtlicher Probleme in anderen Ländern gestellt. Der Bericht endete mit der Schlussfolgerung, dass für *Tangento* die Zeit reif war, eine Massenmarketingkampagne zu starten, um ein günstiges Bild des Mutterkonzerns zu vermitteln und die öffentliche Wahrnehmung des Konzernnamens zu verbessern. Und nebenbei den Aktienkurs hochzutreiben, lautete die unsichtbare Fußnote.

Lucy hatte in einem Memo geschrieben, dass der Kunde empfänglich war für eine große Werbekampagne und schon gespannt war auf unsere Ideen für einen Slogan. Die Kreativen waren bereits mit einem ersten Brainstorming beauftragt. Nächste Woche mussten wir *Tangento* Bericht erstatten.

Am Ende des Ordners fand ich Faxkopien der Korrespondenz zwischen Kimberley, Lucy und Barry Warner, dem Marketing-Vizepräsident. Sein Hauptbüro lag in Houston, aber er arbeitete momentan in der San-Francisco-Niederlassung von *Tangento* und hatte dort eine Festnetznummer. Nach dreimal Klingeln nahm er ab.

»Hier ist Barry Warner.« Er hatte den stärksten Südstaatenakzent, den ich je gehört hatte, seit George W. Bush nicht mehr im Amt war. So, wie er seinen Namen aussprach, hatte er nur drei Silben.

»Hallo, Mr. Warner, hier ist Angie McCaffrey von *HFB*.«

»Was kann ich für dich tun, Angie? Und bitte, nenn mich Barry.«

Mein Name hatte ebenfalls drei Silben. Barrys Stimme war so warm und süß wie Karamellsauce, ich mochte ihn sofort. Ich fragte mich, ob das nur ein Vorurteil war, nach dem Motto »alle Südstaatler sind Gentlemen«, »Leute mit britischem BBC-Akzent sind intelligent« und »jeder mit jamaikanischem Akzent raucht Marihuana und hört Reggae«.

»Barry, darf ich fragen, ob Dick Partridge heute mit dir gesprochen hat?«

»Nein, ich hatte leider nicht das Vergnügen.«

»Gut, dann fürchte ich, dass ich die Erste bin, dir zu sagen, dass Lucy Weston, deine Kontakterin ...« Ich wünschte, ich hätte darüber nachgedacht, bevor ich zum Hörer gegriffen hatte. »Sie ist ... verstorben.«

Stille auf der anderen Seite der Leitung.

Ich versuchte es noch mal. »Es kam sehr plötzlich, wie du dir vorstellen kannst. Wir versuchen, die Situation zu normalisieren, so gut wir können.«

»Entschuldige, Angie, ich war einfach nur schockiert durch diese Nachricht. Lucy war so ein süßes Mädchen, wir alle hier haben sie einfach geliebt.«

Süßes Mädchen? Nie im Leben hätte ich mit dieser Beschreibung gerechnet.

»Danke, ich weiß das zu schätzen, Barry. Ich rufe an, um dir mitzuteilen, dass ich für die nächste Zeit Lucys Aufgaben übernehmen werde. Wir werden unser Bestes tun, dass alles reibungslos weiterläuft. Ich weiß, *Tangento* steht vor einer großen Kampagne, es ist eine wichtige Zeit für euch.«

»Na gut, Angie, du klingst wie eine Puppe, und ich freue mich darauf, dich im Team zu haben.« Puppe? Süßes Mädchen? Das warme Gefühl, das Barrys honigsüßer Akzent bei mir hervorgerufen hatte, wurde durch seine 60er-Jahre-Wortwahl restlos hinweggefegt.

»Ich glaube, wir haben in einer Woche ein Meeting, ist das richtig?« Es gab eine Pause, in der er wahrscheinlich in seinem Terminkalender nachsah. »Ich kenne eine großartige kleine Sushibar in der Nähe von euch, die servieren die unglaublichsten Unagi, die du je probiert hast.«

Mit einem männlichen Chauvinistenschwein zum Fischessen zu gehen, war nicht gerade meine Vorstellung vom Himmel auf Erden, aber es war Teil meines Jobs. Ich hatte aber immer noch eine Frage und dachte darüber nach, wie ich im Laufe unseres Gesprächs am geschicktesten darauf zu sprechen kommen könnte.

»Das klingt toll, Barry, ich freue mich schon darauf, dann lerne ich dich endlich einmal kennen. Es gibt da nur noch eine Kleinigkeit … Ein Kollege hat etwas erzählt von schlechter Publicity, Gerüchte, die vielleicht in Europa im Umlauf sind, irgendwas stand wohl im »Economist«. Seid ihr Jungs euch dieser Tatsache bewusst?«

Hör dir das an, ihr Jungs. Ich hörte mich an wie Steve, wenn er sein neurolinguistisches Programmieren anwandte.

Barry seufzte in den Telefonhörer. »Ich weiß nichts über diese spezielle Sache, Schätzchen, aber ein so großer Konzern wie der unsere bekommt jede Woche so eine Geschichte auf den Tisch. Es ist wie bei dieser Volkssage mit dem Löwen, wie hieß der noch mal, Andrew? Egal, jedenfalls hatte der Löwe einen Dorn in der Klaue, stimmt's? Du musst also nur den Dorn ignorieren und weiterhin als König des Dschungels regieren. Weißt du, was ich meine?«

Wir verabschiedeten uns. Ich massierte einen Punkt zwischen Daumen und Zeigefinger, angeblich ein Akupressurpunkt gegen Kopfschmerzen, aber der Schmerz rührte sich keinen Millimeter vom Fleck. Die Sage, die Barry gemeint hatte, war die von Androklus und dem Löwen. Der Löwe hatte einen Dorn in seiner Pranke und litt fürchterlich. Da begegnete er Androklus und streckte ihm die Pranke hin, damit dieser den Dorn ziehen konnte. Als die Römer, in der Hoffnung auf ein großes Blutbad, den entlaufenen Sklaven Androklus zusammen mit einem Löwen in die Arena des Circus Maximus brachten, erkannte der Löwe seinen einstigen Retter und weigerte sich, seinem menschlichen Freund auch nur ein Haar zu krümmen.

Dass Barry diese Fabel falsch verstanden hatte, war ein schlechtes Omen. Ich fühlte es in den Knochen, wie ein alter gichtkranker Mann, wenn Sturm im Anzug war. Irgendwo in Asien zerfleischte der Löwe *Tangento* den Sklaven Androklus. Ob Barry es wusste oder nicht, es *gab* einen »kleinen Skandal in Asien«, und die Geschichte würde wie eine Bombe explodieren, wenn wir sie nicht vorher finden und entschärfen konnten.

Ich googelte *Tangento* und bekam 1.490.000 Treffer. Der erste Eintrag war ein Wikipedia-Artikel, geschrieben in einem auffallend unparteiischen Ton, wenn man bedachte, dass jeder im Cyberspace ihn geschrieben haben könnte. Der zweite war die offizielle Webseite des Konzerns. Dann folgten zahlreiche obskure juristische Beiträge über die Fusion von *Tangento* mit *Billy Olson*, einer Modedesignfirma, ein paar neue Artikel über die Fusion und ein Artikel über die Abfindung des letzten Vorstandsvorsitzenden von *Tangento*, Edgar Raider.

Ich hatte dreißig Google-Einträge durchforstet und immer noch nichts über Probleme in Asien gefunden, als Steve hereinkam. Weil es Freitag war, trug er eine Tweedhose und einen Kaschmirpullover statt des sonst üblichen Anzugs. Er sah trotzdem aus, als hätte er gleich ein Fotoshooting – bis auf sein Gesicht, auf dem sich tiefe Sorgenfalten abzeichneten.

»Angie, es tut mir so leid, ich wollte schon früher zu dir rüberkommen, aber ich hatte ein Meeting, aus dem ich nicht herauskam. Was für ein Schock, Lucy so zu finden. Bist du in Ordnung?«

Ich nickte, aber ich fühlte, wie meine Unterlippe zitterte. Steve kam auf meine Seite des Schreibtischs und zog mich in seine Arme. Ich drückte mein Gesicht in seinen weichen Pullover, dann zog ich mich langsam wieder zurück.

»Ich bin in Ordnung«, sagte ich. »Das Ganze scheint mir irgendwie irreal.«

Steve setzte sich auf den Schreibtischrand. »Die Polizei hat mich gestern Abend angerufen und mir einen Haufen Fragen zu Lucy gestellt. Ich habe versucht, dich anzurufen, aber du warst nicht zu Hause.«

»Ich habe geschlafen. Ich glaube, ich stand unter Schock, nach alldem, was ich gesehen habe, und dann bin ich einfach nur noch eingeschlafen.«

Du lügst also wegen Eric immer noch deinen besten Freund an, nicht wahr? Sieht aus wie ein schlechtes Vorzeichen für eine Beziehung.

»Schlafen ist wahrscheinlich das Beste, was du im Moment tun kannst. Du solltest verdammt noch mal nicht arbeiten.« Steves Blick nahm die Dunkelheit in meinem Büro wahr. »Warum ist es hier so dunkel? Komm, ich ziehe die Jalousien hoch.«

»Nein, bitte nicht. Ich habe Kopfschmerzen. Hey, Steve, schau dir das mal an.« Ich zeigte ihm den Briefumschlag mit meiner Adresse und den Thailand-Prospekt. »Du warst doch früher Reiseverkehrskaufmann. Hast du eine Ahnung davon, was hier beworben wird? Irgendwas kommt mir daran komisch vor.«

Steve setzte sich und las die Broschüre durch. »Sex«, sagte er nüchtern.

»Nicht jetzt, ich habe Kopfschmerzen.«

»Sex-Tourismus.«

»Und die machen Werbung dafür?«

»Schätzchen, warst du in den letzten zwei Jahren manchmal wach? Werbeleute werben mit Sex, um alles Mögliche zu verkaufen, sogar Sex.«

»Aber warum bis nach Thailand reisen, um eine Prostituierte zu finden? Du kriegst doch auch drei Häuserblocks weiter eine.«

»Manche würden sogar sagen, du kannst sie hier in diesem Büro finden. Aber um deine Frage zu beantworten, Thailand und Südostasien haben aus der Prostitution eine Wissenschaft gemacht. Sie bedienen alles, jede Neigung, und das zu absoluten Schnäppchenpreisen.« Steve nahm erneut den Umschlag in die Hand. »Aber warum sollte jemand das hier an dich adressieren? Du hast das falsche Geschlecht, die falschen Moralvorstellungen, einfach alles. Vielleicht wollten sie es eigentlich an Andrew McCaffrey schicken.«

»In diese Agentur? Das glaube ich nicht«, antwortete ich. Ich nahm die Broschüre, betrachtete die Adresse auf der Rückseite und ging dabei im Geiste noch einmal mein Gespräch mit Barry durch. »Glaubst du, das hier könnte etwas mit *Tangento* zu tun haben?«

Steve blickte verwirrt drein.

»Erinnerst du dich nicht, was Stan Ruckheiser beim Essen über *Tangento* gesagt hat? Der ›kleine Skandal‹ in Asien? Vielleicht möchte mir jemand etwas mitteilen.«

»Was denn? Du meinst, jemand will, dass du nach Thailand gehst und dir eine Prostituierte nimmst, um danach die *Proteus*-Schuhfabrik zu besuchen?«

»Hast du noch Freunde in der Reisebranche?«

»Aber natürlich.«

»Vielleicht kannst du dich mal diskret umhören, zu wem diese *Jad-Paan*-Reiseagentur gehört, wer ihre Kunden sind oder so.«

»Ich werd's versuchen«, antwortete Steve. »Vielleicht gibt es ja eine Filiale in Amerika. Inzwischen solltest du schon mal dein Kreditkartenunternehmen anrufen und nachschauen, ob jemand deine Karte benutzt, um ...« Er las aus der Broschüre vor. »... die Wärme Südostasiens zu fühlen. Eine gestohlene Identität könnte die Antwort auf diese mysteriöse Sache sein.«

Mein Kopf hämmerte, und ich musste aufgestöhnt haben, denn Steve sagte plötzlich: »Angie, ehrlich, du siehst gar nicht gut aus. Warum gehst du nicht nach Hause und ruhst dich aus?«

»Ich glaube, du hast Recht. Es sieht nicht so aus, als würde ich hier noch viel schaffen.«

Mein Telefon klingelte, und ich hob ab. Steve ging hinaus und zeigte erst auf mich, dann mit dem Daumen auf die Tür, um mir zu sagen, ich solle nach Hause gehen.

»Hallo Angie, hier ist Mary Jordan aus der Personalabteilung. Lucy Westons Schwester Morgan kommt am Montag aus St. Louis. Wir müssen Lucys Büro ausräumen, also habe ich gedacht, ich schau mal, ob du uns dabei helfen kannst, da du sie doch so gut gekannt hast.«

So gut gekannt hast? Ich musste fast lachen, wenn es nicht so traurig gewesen wäre. Ich kannte sie besser tot als jemals zuvor lebendig.

»Ja, Mary, ich werde ihrer Schwester gerne helfen. Sie soll mich einfach am Montag anrufen. Aber jetzt gehe ich nach Hause. Mir geht es nicht so besonders.«

Als ich zu Hause ankam, nahm ich drei Ibuprofen-Tabletten und spülte sie mit einer Handvoll Wasser hinunter. Dann ging ich in mein Zimmer und suchte in meiner Reisetasche nach meiner Schlafbrille. Sobald ich sie aufgesetzt hatte, fiel ich in tiefen Schlaf.

Ich hatte einen Traum, in dem ich eine Allee entlangging, in irgendeiner mittelalterlichen europäischen Stadt mit hohen Steinwänden, Kopfsteinpflasterstraßen und Innenhöfen mit Springbrunnen. Es wäre äußerst pittoresk gewesen, aber ich war der einzige Mensch in der Gegend, außer einigen schattenhaften Figuren, die in der Entfernung um Häuserecken huschten. Ich suchte Eric. In der Luft nahm ich seinen unglaublichen Duft wahr und folgte dieser Spur wie ein Jagdhund, der hinter einem Fuchs her ist, mit dem Unterschied, dass dieser Fuchs mich sofort umbringen könnte, sobald ich ihn fand. Ich war in großer Gefahr. Überall witterte ich eine Bedrohung, aber ich konnte nicht aufhören, nach seiner fein gemeißelten Wangenpartie und seinem roten Haar Ausschau zu halten.

Das Telefon klingelte, aber bei dem Versuch aufzuwachen, fühlte ich mich, als müsste ich mich aus Treibsand befreien. Ich griff schließlich nach dem Hörer und schlug mir im Dunkeln den Kopf an meinem Nachtkästchen an.

»Angie, hier ist Les.«

Ich war sofort wach. »Les, mein Gott, wo bist du, was ist passiert ...«

»Ich bin in größter Not.«

»Die Polizei wollte doch nur mit dir sprechen, warum bist du denn weggelaufen?«

»Schwachsinn, Angie, ›sprechen‹ bedeutet in diesem Fall, dass sie mich einsperren wollten. Ich bin der einzige Verdächtige; sie suchen niemand anderen. Du musst mir helfen, den Mörder zu finden!« Seine Stimme war schrill, fast schon hysterisch.

»Wen denn, Les?«

»Den Vampir?«

»Du meinst Suleiman?«

Les lachte, ein hässliches, schnatterndes Geräusch. »Suleiman ist einfach nur ein gutaussehender Posertyp. Ich spreche von dem echten Vampir.«

Elftes Kapitel

»Les, es gibt keine echten Vampire.« Ich sprach mit tröstender Stimme, wie zu einem Kind, das schlecht geträumt hatte.

Les' aufgeregtes Atmen dröhnte in meinen Ohren. »Einer von denen ist echt, und zwar derjenige, in den Lucy sich verliebt hatte. Es ist schwer zu glauben, ich weiß. Ich habe es selbst nicht geglaubt, bis ich ihn dann kennengelernt habe.«

»Du hast ihn kennengelernt? Wie sah er denn aus?« Es war eine seltsame Frage, aber Les war zu verzweifelt, um es zu bemerken.

»Ich weiß nicht so genau. Er hatte eine Kapuze auf. Im *House of Usher* haben sie ein Ritual, bei dem Freiwillige ihn ihr Blut saugen lassen. Du musst hingehen und das zu Protokoll geben, als Beweis. Dann wird die Polizei glauben, was wir ihnen erzählen!«

Les konnte also nicht bestätigen, dass es sich bei dem Mann, den ich als Eric kennengelernt hatte, um den echten Vampir handelte. Ich war darüber zugleich erleichtert und enttäuscht, aber ich hatte das Gefühl, nicht länger vor der Wahrheit davonlaufen zu können. Ich war es Lucy schuldig, und nicht zuletzt mir selbst. Außerdem wuchs meine Gewissheit, dass die Wahrheit, falls es überhaupt so etwas gab, nichts an meinen Gefühlen für Eric ändern würde.

»Ist das dasselbe Ritual, zu dem du letzte Woche mit Lucy gegangen bist?«, fragte ich.

»Woher weißt du davon? Mit wem hast du gesprochen?«

»Beantworte meine Frage, Les.«

»Moravia hatte Lucy abgeraten, noch mal zu kommen. Lucy meinte, es sei, weil ihr neuer Freund nicht mit mir rivalisieren wollte. Er wollte sich ritterlich zeigen.«

»Gut für dich, oder? Der neue Freund entfernt sich unter Verbeugungen.«

»Falsch. Lucy hat gesagt, sie würde nicht zulassen, dass ich mich zwischen die beiden stelle, und sobald der Vampir wüsste, dass es endgültig aus zwischen uns sei, würde er zu ihr zurückkommen.«

»Also ist Lucy an dem Abend nicht zum Ritual erschienen?« *Vielleicht, weil du sie umgebracht hast, um sie davon abzuhalten?*

»Ich weiß es nicht. Sie hat mich schon vor Mitternacht rausgeworfen. Ich schätze, sie ist hingegangen, und er hat sie dort umgebracht. Vielleicht bringt er heute Abend wieder jemanden um. Wenn du hinfährst und die Sache auf Video aufzeichnest, bin ich aus dem Schneider.«

Ich griff nach der Tischkante, mir war plötzlich schwindlig. »Les, ich kann das nicht machen, vor allem nicht, wenn das wahr ist, was du da erzählst. Sag es der Polizei, sie können selber hinfahren und ihre Beobachtungen machen.«

Les lachte erneut. »Yeah, genau, sie fahren gleich rüber, wenn ich sie anrufe und sage, dass ich es nicht war, sondern ein Vampir. *Das* glauben sie mir sofort, Angie. Nein, du gehst. Es gibt ein Passwort, sie werden dich reinlassen. Dir kann nichts passieren, du kannst dich unter das Publikum mischen. Nur der Freiwillige ist in Gefahr.«

»Oh, da fühle ich mich gleich viel besser.«

Les ignorierte mich. »Geh zum Hintereingang, in der Allee in der Nähe der Müllcontainer. Unten an der Treppe gibt es einen Türsteher. Sag das Passwort, dann lässt er dich rein. Dreh ein Video von dem, was sie da tun, und bring es zur Polizei. Dann müssen sie dir glauben. Ich könnte die Todesstrafe bekommen! Du bist es mir schuldig, Angie, du hast mich an die Polizei ausgeliefert, auf einem …« Eine elektronische Stimme unterbrach Les und sagte: »Bitte werfen Sie fünfzig Cent für drei weitere Minuten ein.«

Les schrie: »Scheiße, ich hab kein Geld mehr. Requiem, das ist das Passwort …«

Die Verbindung war unterbrochen, bevor ich antworten konnte.

Nach dem Gespräch mit Les setzte ich mich auf und versuchte nachzudenken, aber ich fühlte mich, als hätte ich ein Beruhigungsmittel genommen. Mein Kopf sank tiefer und tiefer, bis ich schließlich wieder einschlief. Als ich aufwachte, las ich 21.58 auf meinem Wecker. Ich versuchte, die Augen geschlossen zu halten, weil ich gerne die ganze Nacht durchgeschlafen hätte, aber es gelang mir nicht. Mein Biorhythmus war völlig durcheinander. Schließlich gab ich auf und ging in die Küche.

Dort saß Kimberley in einem flauschigen weißen Morgenmantel, trank ein Glas Milch und blätterte in der *Vogue*.

»Hey, ich bin froh, dass du gleich nach Hause und ins Bett gegangen bist. Wie geht es dir inzwischen?«

»Besser, glaube ich.«

Ich öffnete den Kühlschrank und versuchte, mich zu erinnern, wann ich das letzte Mal etwas gegessen hatte. Da war der Irish Coffee, den ich mit Eric getrunken hatte, war das erst gestern Abend gewesen? Es schien mir eine Ewigkeit her zu sein. Vorher hatte ich den Salat im *Azure Sea* gehabt. Ich hätte am Verhungern sein müssen, aber nichts im Kühlschrank sprach mich an. Alles gehörte Kimberley: Sojamilch, Eier, Buttermilchbrot, Joghurt, Schweizer Käse in Scheiben. Zum ersten Mal bemerkte ich, dass Kimberleys Nahrungsmittel alle weiß waren. Ich fragte mich, ob in den Psychologiebüchern etwas über eine psychische Krankheit stand, bei der man nur Weißes zu sich nahm.

Ich goss mir ein Glas Sojamilch ein und setzte mich Kimberley gegenüber. Sie las weiter und störte sich nicht an meiner Gegenwart. Wäre Kimberley ein anderer Mensch gewesen, hätten wir jetzt bestimmt stundenlang gequatscht, einander getröstet, Theorien debattiert, jedes winzige Detail der letzten paar Tage genauestens examiniert. Aber selbst wenn Kimberley mich wegen *Macabre Factor* nicht sabotiert hätte, wir wären dennoch niemals wie beste Freundinnen zusammen in der Küche gesessen.

Ich wohnte schon fast ein Jahr hier und wusste von Kimberley dennoch nur die harten Fakten. Sie hatte niemals ihre Gefühle mit mir geteilt – vorausgesetzt, sie hatte welche. Wir lebten zusammen, als wären wir Nachbarn auf demselben Hausflur, man grüßt sich, wenn man sich zufällig trifft. Jeder hatte sein eigenes Badezimmer, und niemand von uns hielt sich oft in der Küche auf. Wenn ich irgendetwas aufgebraucht hatte, kaufte ich es nach, und genauso Kimberley. Wir koexistierten einfach nur. Nun standen schon so viele Dinge zwischen uns – Lucys Tod, Kimberleys Verrat und Dicks Bevorzugung meiner Person. Ich wusste nicht mehr, ob wir jemals zu einer bloßen Koexistenz zurückfinden würden. Wahrscheinlich musste ich wohl bald eine neue Bleibe finden. Eine Sekunde lang stellte ich mir vor, wie es wäre, mit Eric zusammenzuziehen, in dem Chalet oder Château oder der Wohnung, die er sein Zuhause nannte. Aber nur eine Sekunde.

»Was machst du heute noch?«, fragte ich.

»Ich nehme eine Schlaftablette und gehe ins Bett. Ich kann kaum erwarten, dass dieser Tag endlich zu Ende geht.« Sie blickte über das Magazin hin zu mir. »Und was ist mit dir?«

Ich gehe ins House of Usher, um ein Vampirritual zu filmen. Willst du mit?

»Nicht mehr viel. Vielleicht geh ich noch rüber zu Steve, einen Film anschauen.«

Ich verließ die Küche und setzte mich ins Wohnzimmer, ohne eine Lampe anzuschalten. Die funkelnden Lichter der Stadt, die an der Küste einer weichen, tintenartigen Schwärze Platz machten, hatten eine beruhigende Wirkung auf mich. Ich bemerkte, dass ich mich, genau wie gestern auch, besser fühlte, als es endlich richtig Nacht war. Meine Kopfschmerzen waren weg und ich war hellwach.

Kimberley kam herein. »Soll ich dir Licht machen?«

»Nein!«, sagte ich etwas zu scharf. Ich änderte meinen Ton. »Ich genieße diesen Blick, gerade wenn es so dunkel ist.«

»Okay, ich geh jetzt ins Bett. Bis morgen.«

»Gute Nacht.«

Das Licht in der Küche war aus, und im Wohnzimmer war es sogar noch dunkler. Aber als ich durch den Raum auf die Regale blickte, in denen Kimberleys Bücher standen, sprangen die Titel mich an, als sei ein Strahler auf sie gerichtet. *Feng Shui für Zuhause, Wie man zehn Minuten am Tag meditiert, Die Kunst des Business, Das Geschäft der Werbung*. Ich hatte diese Buchtitel noch niemals von der Couch aus lesen können, nicht einmal bei Tageslicht. War mein Sehvermögen besser geworden?

Ich dachte über das nach, worum Les mich gebeten hatte. Worum er wirklich gebeten hatte, auch wenn er es nicht wusste, war nachzusehen, ob Lucys und mein Freund derselbe Mensch war. Ich wollte Lucys Mörder finden und wollte, dass es irgendjemand war, den ich nie zuvor gesehen hatte, jemand, der mir nicht einmal ein Schimpfwort wert war. Und ich wollte Eric wiedersehen, allerdings nicht im *House of Usher*. Also ging ich in mein Zimmer, um mich umzuziehen.

Steve wohnte im Castro District, einer Gegend, die in der ganzen Welt als Homosexuellen-Mekka berühmt war und die inzwischen immer mehr von der »Kinderwagenarmada« übernommen wurde, wie Steve heterosexuelle Elternpärchen zu nennen pflegte. Aber Freitagabend um halb zwölf lag die Armada in ihren Bettchen, und die Castro Street gehörte wieder ihren früheren Besitzern. Gutaussehende Männer mit dünnen Oberlippenbärtchen und sich wölbenden Brustmuskeln flanierten Arm in Arm. Regenbogenflaggen, Symbol für die Schwulen- und Lesbenbefreiung, flatterten im Wind, und 70er-Jahre-Diskomusik pulsierte aus den offenen Türen der Bars.

Steves Wohnung lag auf einem Hügel direkt über dem geschäftigsten Teil der Castro Street. Jeder Parkplatz in der Straße war besetzt, also stellte ich mich in zweiter Reihe vor das Haus und schaltete den Warnblinker ein. Ich betrat den Vorbau des grau gewordenen 1960er-Schuhkartongebäudes und drückte die Klingel von Apartment vier.

Steves müde Stimme klang, als läge er immer noch unter seinen Decken vergraben. »Das sollte jetzt besser ein Notfall sein.«

»Steve, hör zu, ich brauche dich, du musst mit mir mitkommen.«

»Angie, ich hab schon geschlafen!«

»Ich brauche einen Begleiter.« Steve und ich waren schon sehr oft zusammen weggegangen, aber es hatte niemals funktioniert, auf diese Weise potenzielle Partner kennenzulernen, denn wir beide hatten jedes Mal so viel Spaß miteinander, dass wir auf alle anderen unzugänglich wirkten.

»Ich dachte, du seist krank, und jetzt willst du Party machen? Komm erst mal hoch, damit ich dich ordnungsgemäß züchtigen kann«, sagte er noch verschlafen. Er drückte auf den Türöffner, und ich erklomm die vielen engen Treppen bis zu seiner Tür.

In Boxershorts mit Herzchen und einem roten T-Shirt lotste Steve mich ins Wohnzimmer seiner Zwei-Zimmer-Wohnung. Er hatte darin wahre Wunder vollbracht. Der Raum sah aus wie eine kleine toskanische Villa, mit Terrakotta-Wänden und antiken Holztischchen, vollgestellt mit Blumen und italienischer Töpferkunst, es gab sogar eine Miniaturstatue von Michelangelos David. Steve wollte, dass ich mich auf die mit Kissen überladene Samtcouch setzte, aber ich zog es vor, herumzulaufen.

»Also, was machst du hier, alleine unterwegs um Mitternacht?«

»Steve, ich habe jetzt keine Zeit für Erklärungen, wir müssen ins *House of Usher*. Les glaubt, einer der Gäste könnte Lucy umgebracht haben. Er hat mich gebeten, ihm zu helfen, ich bin die Einzige, die ihm noch bleibt. Er behauptet, er sei unschuldig, und die Polizei würde ihn einsperren, wenn ich nicht einen Beweis fände. Er hat mir gesagt, wie ich reinkomme …« Ich stoppte, weil ich merkte, dass ich mich im Kreis drehte.

»Lass mich mal zusammenfassen. Du denkst, einer dieser Leute könnte Lucy getötet haben, aber du willst direkt in die Höhle des Löwen und dich selbst als Beute opfern und deinen Körper zum Dessert anbieten. Ich glaube, das ist keine gute Idee. Für so etwas haben wir die Polizei, Nancy Drew.« Steve setzte sich auf seine Couch und verschränkte die Arme. Fall abgeschlossen.

»Ich habe alles schon genau durchdacht. Die Polizei geht nirgendwohin, außer auf die Suche nach Les, zumindest solange sie noch keinen weiteren Verdächtigen hat. Sie wird aber keinen anderen Schuldigen bekommen, weil sie keinen Anlass sieht, nach einem zu suchen. Les hat Recht, ich habe ihn verraten, und wenn er es nicht war, muss ich ihm helfen.«

Meinen anderen Grund wollte ich nicht nennen, nämlich dass ich sichergehen wollte, dass Eric nicht derjenige war, den Les für Lucys Mörder hielt. Denn dann würde Steve mich *wirklich* nicht gehen lassen.

»Und was ist, wenn diese Spinner Lucy wirklich umgebracht haben, Angie? Was ist mit diesem Typen, Eric, der dich unter Drogen gesetzt hat? Wenn er es war?«

So viel zu meinem Versuch, Steve etwas zu verschweigen.

Steve betrachtete mich von nahem, dann schlug er seine Hand auf den Mund. »Du hast ihn wiedergesehen, Angie, ich sehe es in deinen Augen. Du hast völlig den Verstand verloren, und ich werde dich nicht aus dieser Wohnung lassen!«

Ich setzte mich auf einen satinbezogenen Sessel. Tränen brannten in meinen Augen und drohten überzufließen. Ich wischte sie mit dem Handrücken weg. »Ja, ich habe ihn wiedergesehen. Wir sind letzte Nacht ausgegangen. Wir sind auf einem Motorrad den Highway One entlanggefahren. Es war einfach magisch ...« Meine Stimme brach weg.

Was würde Steve wohl sagen, wenn ich ihm alles erzählte – wenn ich meine Treffen mit Eric beschriebe, die seltsamen Symptome, die ich hatte, seit er mich das erste Mal berührt hatte, und das verzweifelte Verlangen nach ihm, das meine wachen Stunden und meine Träume immer mehr zu füllen begann? Was, wenn die Situation umgekehrt wäre und Steve mir dasselbe von einem Mann erzählte, den er gerade erst kennengelernt hatte? Ich würde alles in meiner Macht Stehende tun, um ihn von diesem Typen fernzuhalten.

»Les braucht meine Hilfe. Ich hoffe, du kommst mit, aber wenn nicht, gehe ich auf jeden Fall alleine.«

Steve starrte mich einen langen Moment an, dann stand er auf. Auf dem Weg ins Schlafzimmer zog er das rote T-Shirt aus.

»Ich vermute mal, Schwarz ist die *Couleur du jour*?«

Wir fuhren am *House of Usher* vorbei und sahen uns den Vordereingang an. Die übliche abnormale Menge wartete auf Einlass, der bullige Türsteher überprüfte die Namen der Gäste. Wir parkten um die Ecke und gingen die Allee hinter dem Nachtklub entlang. Wenn ich nicht so nervös gewesen wäre, hätte ich laut gelacht beim Anblick von Steve, der aussah wie ein gebräunter Marcel Marceau, mit hautengen schwarzen Hosen, Rollkragenpullover und Baskenmütze, und um Mitternacht auf Zehenspitzen hinter einem Müllcontainer voller verrottendem chinesischen Essen herumschlich. Die schwarze Metalltür, die ich vor zwei Tagen für meine Flucht verwendet hatte, war nur angelehnt, genau wie damals.

Als wir eintraten, hörte ich ohrenbetäubend laute Musik, die von oben auf uns herabdröhnte. Zum Glück war sie durch mehrere geschlossene Türen gedämpft. Les' Anweisungen folgend gingen wir eine Treppe hinunter und durch einen feuchtkalten, mit Pappkartons gefüllten Raum zu einer Tür, vor der eine Person undefinierbaren Alters oder Geschlechts in schwarzer, unförmiger Kleidung und mit schulterlangem schwarzem Haar stand. Durch die Tür konnte ich Geräusche hören, Gesang und vielleicht auch Trommeln. Als Steve zögerte, schob ich ihn vorwärts. Es war nicht der Moment, um lange nachzudenken.

»Du musst aussehen, als wüsstest du genau, was du tust«, zischte ich ihm zu.

Die geschlechtslose Person starrte teilnahmslos.

»Requiem.« Meine Stimme war nur ein heiseres Flüstern.

Die Person öffnete die Tür.

Steve wich zurück und zwang mich, ihn mitzuzerren. Sein Gesichtsausdruck sagte: »Was zum Teufel machen wir hier?« Ich nahm seine Finger von meinem Arm und ging voran in den nächsten Raum, dabei schluckte ich die Galle hinunter, die mir vor lauter Furcht aufstieg.

Etwa fünfzig Leute standen vor einer Bühne und beobachteten eine laufende Vorstellung. Das einzige Licht in dem großen Raum kam von einer Reihe Kerzen ziemlich weit vorne, also zog ich Steve in den Schatten an der Seite des Raumes. Ich öffnete mein Handy und versuchte, es unter meinem schwarzen Schal zu verstecken. Ich war sicher, dass man mich hinauswerfen würde, wenn man mich beim Filmen erwischte, oder Schlimmeres. Aber dann bemerkte ich, dass mindestens noch zwei andere Leute das Geschehen aufzeichneten, einer mit einem Mobiltelefon, ein anderer mit einer Kamera. Ich tippte Steve leicht an und zeigte mit dem Finger darauf. Er zuckte die Achseln und flüsterte: »Die haben wahrscheinlich eine Webseite, www.verrücktevampirscheiße.com.«

Auf den ersten Blick wirkte die Vorstellung wie eine lesbische Sexshow, wie man sie in gewissen Klubs in der Stadt zum Preis von drei heruntergekippten Getränken zu sehen bekommt. Zwei Damen im Tanga und mit Lederarmbändern wanden sich in einer theatralischen Darstellung von Sex.

Was sich unterschied, war das Blut. Hals und Brust der einen Frau waren mit flachen Schnitten in Form von Kreisen und Sternen bedeckt, aus denen in kleinen Rinnsalen Blut tropfte. Die andere Frau leckte das Blut und rieb mit den Händen über die Wunden, bis die Haut der anderen mit einem roten Blutfilm überzogen war.

Anscheinend waren wir am Ende des ersten Aktes dazugekommen, denn die beiden Damen standen auf und gingen hinter den Vorhang. Ich fragte mich, was sie jetzt noch darbieten könnten, und ob ich es ertragen könnte, es mir anzusehen. Durch die Kamera zu gucken, war hilfreich. Es verschaffte mir etwas mehr Distanz zu dem Geschehen.

Moravia und mehrere andere erschienen nun auf der Bühne, jeder von ihnen trug eine Flagge mit einem abstrakten Wappen. Sie sangen Worte, die ich nicht verstand, aber der Sprechgesang hatte den Rhythmus einer lateinischen Messe. Auch die Worte klangen wie Latein, viele davon endeten auf *-um* oder *–us*. Suleiman trat hinzu, in einer schwarzen, mit rotem Satinsaum und fantasievoller Stickerei verzierten Robe. Ich zog meinen Schal vor mein Gesicht, nur für den Fall, dass Suleiman oder Moravia in meine Richtung schauten.

»Hey, sind das nicht deine Kunden?«, fragte Steve laut flüsternd.

Ich nickte.

»Haben sie nicht gesagt, sie wollen, dass du Leute aus dem Klub für ihre Kampagne nimmst?«

»Yeah«, sagte ich.

»Superidee. Wenn ich die Schweineblutszene in *Carrie* sehe, bekomme ich auch immer Lust, Kosmetikartikel zu kaufen.«

Musik und Gesang verstummten, und Suleimans Stimme erklang laut. »Söhne und Töchter der Nacht! Gibt es jemanden unter euch, der sich opfert für den Herrn der Dunkelheit, der die Unsterblichkeit kosten will und der den Stoff liefert, der diese Welt vom Jenseits trennt?«

Eine junge Frau schob sich durch die Menge und erklomm die Treppe an der Seite der Bühne. Sie war dünn und zart, mit langem blondem Haar. Ich zoomte auf ihr Gesicht und sah, dass es Lilith war. Ihre Augen sahen glasig aus, als sei sie auf Drogen, und sie stolperte mehrmals beim Laufen.

Lilith stand nun vorne auf der Bühne und streckte die Arme aus. Es schien, als habe sie dieses Spiel schon einmal gemacht. Suleiman und Moravia knöpften ihr Hemd auf, streichelten ihre Arme und Schultern und wisperten auf sie ein. Zwei in lange Mäntel gehüllte Männer traten hervor, und im selben Moment sackte Lilith zusammen und fiel beinahe zu Boden. Die Männer packten sie an den Armen und hielten sie aufrecht.

Ein großer Mann betrat die Bühne, sein Gesicht war unter der großen Kapuze seines Mantels nicht zu erkennen. Er hielt einen etwa dreißig Zentimeter langen Dolch. Die Menschen auf der Bühne sangen wieder, das Publikum stimmte mit ein. Der Mann hielt das Messer hoch über seinem Kopf, dann trat er vor und hielt es über Liliths Brust, als wollte er ihr ins Herz stechen. Der ganze Saal atmete laut ein, dann herrschte Stille. Ich fühlte mich, als beobachtete ich einen Stierkampf und wartete darauf, dass der Matador den Gnadenstoß ausführte. Alles verschwamm in meinem Kopf, und ich hatte das Gefühl, gleich in Ohnmacht zu fallen, aber meine Füße waren am Boden wie angefroren. Steve nahm schweigend meine freie Hand in seine.

Zwölftes Kapitel

Der Mann erdolchte Lilith allerdings nicht. Stattdessen ritzte er mit dem Messer längs über ihre Brust. Das Blut trat auf der ganzen Länge des flachen Schnitts heraus, dann tropfte es langsam auf ihrer weißen Haut hinunter. Lilith hielt die Augen geschlossen und bog sich nach hinten, mit dem Gesicht zur Decke. Ihr Gesichtsausdruck war voller Ekstase, aber ohne Schmerz.

Der Mann legte die Arme um sie und zog sie hoch. Er beugte den Kopf über die Wunde in ihrer Brust und leckte ihr Blut von unten nach oben. Sein Mund streichelte ihre Brust, genau wie Erics Lippen mich gestreichelt hatten. Er verweilte über ihrem Hals. Ein Zucken ging durch Liliths Körper, und ihr Gesicht verzog sich zu einer Grimasse, aber nur für einen kurzen Moment. So schnell sie gekommen war, verschwand sie, und ihr Körper brach in seinen Armen zusammen. Ein Blutrinnsal lief ihren Arm entlang und tropfte von ihren Fingern zu Boden. Der Sprechgesang wurde lauter und lauter.

Bevor ich nachdachte, hatte ich schon das Handy gesenkt und drängelte zur Bühne, ohne auf Steve und die anderen Menschen um mich herum zu achten. Ich fokussierte nur die scherenschnittartige Silhouette des unter der Kapuze verborgenen Gesichts.

Bist du's? Ich glaubte, ich sagte es sogar laut, aber niemand antwortete.

Der Kapuzenmann hob die Arme und gab Suleiman, Moravia und den anderen auf der Bühne ein Zeichen. Sie näherten sich Lilith und zogen Messer aus irgendwelchen verborgenen Taschen in ihrer Kleidung. Einige von ihnen setzten Schnitte in ihren Körper, in die Arme oder in den Bauch, und senkten die Köpfe, um daraus zu trinken. In diesem Moment wich der Kapuzenmann zurück und verschwand hinter dem Bühnenvorhang.

Ich fühlte Steves festen Griff wie Eisen um meinen Arm. »Ich kam, sah und verpisste mich wieder. Wir gehen, mein Fräulein, und zwar genau jetzt.« Steve zog mich zurück. Sein Griff lag wie eine Schraubzwinge um meinen Arm, den ganzen Weg lang über die Treppe und zurück bis zur Allee. Die kalte Luft draußen traf mich wie eine Ohrfeige ins Gesicht. Mit gesenktem Kopf lehnte ich mich an mein Auto, während Steve in meiner Handtasche nach den Autoschlüsseln suchte.

Während er fuhr, drückte ich mein Gesicht gegen die kalte Fensterscheibe und atmete tief durch. Erst ein paar Häuserblocks weiter war ich ruhig genug, um mich Steve zuzuwenden.

»Was haben wir da gerade gesehen, Steve?«

Er antwortete nicht, sondern starrte nur geradeaus, während er die verlassene Straße entlangfuhr. Seine Knöchel auf dem Lenkrad traten weiß hervor.

***

Ich liege auf Lucys Bett und küsse eine Leiche. Der reglose Körper, den ich berühre, ist so glatt, kalt und hart wie Stein, aber ich küsse ihn so leidenschaftlich wie ein Liebhaber, streichle ihn mit meinen Handflächen. Ich bin sicher, ich kann ihn mit meiner Liebe wieder zum Leben erwecken, mit der Hitze meines Verlangens. Ich umklammere ihn mit meinen Beinen, drücke ihn an meinen Körper. Ich versuche, meinen Mund auf die Lippen der Leiche zu pressen und Luft in die stille Kehle zu blasen. »Lucy«, wispere ich, »komm zurück, du bist nicht tot, nur vor Kälte erstarrt.« Ich fühle ein Zucken, höre ein Seufzen und strenge mich noch mehr an. Es wird funktionieren, denke ich, ich habe sie ins Leben zurückgeholt.

Plötzlich packt mich der Körper und versenkt seine Zähne in meinem Hals. Die Schmerzen fühlen sich an wie ein umgekehrter Schuss, sie beginnen in meinem Herzen und versuchen, durch meinen Hals zu entweichen. Ich schreie auf, versuche, Lucy wegzudrücken, aber ich habe keine Kraft. Meine Schreie klingen wie die eines sterbenden Vogels. Der Vampir hebt seinen Kopf, und er hat jetzt das Gesicht von Eric, Blut tropft sein Kinn hinunter.

Ich wachte schweißgebadet auf, meine Decke hatte sich irgendwie um meine Beine gewickelt. Ich versuchte, mich zu beruhigen und die Decke wieder glattzustreichen, doch dann fuhr ich beinah aus der Haut, denn bei Gott, da lag wirklich eine Leiche in meinem Bett. Ich zog die Decke weg, und da lag Steve, immer noch in seinem schwarzen Rolli, und schlief wie ein Stein. Nachdem wir das Video zweimal angesehen hatten (und dem Ziel der Identifizierung kein Stück nähergekommen waren), hatte jeder eine Schlaftablette genommen und mit Whiskey runtergespült. Steve konnte bald nirgendwo mehr hingehen.

Meinen Lieblingsmorgenmantel aus Polarfleece eng um die Taille geschnürt, stolperte ich total groggy in die Küche. Kimberley saß auf dem Rand ihres Stuhls, bekleidet mit einem blassgrünen Leinenkleid und einer Halskette aus massivem Gold. Sie zelebrierte ihr übliches Frühstück, eine riesige Tasse Kaffee mit Sojamilch und ein hartgekochtes Ei, das sie in sechs gleich große Spalten schnitt und mit etwas Salz bestreute. Sie aß gerade die dritte Spalte, als sie mich hereinkommen sah.

»Ach, Guten Morgen. Schau mal an, wer da auch endlich aufgestanden ist!«

Kimberleys unermüdliche gute Laune am Morgen hatte mich schon immer gestört, aber heute fand ich sie besonders unangebracht.

»Hi, Kimberley, wo willst du so früh am Morgen hin? Ist heute nicht Samstag?« Ich öffnete den Kühlschrank, allerdings eher aus Gewohnheit, nicht Hunger. Der inzwischen vertraute Kopfschmerz und die Übelkeit hatten sich erneut meiner bemächtigt. Ich hätte geschworen, dass ich schwanger war, hätte ich denn in den letzten sechs Monaten mit irgendjemandem Sex gehabt.

»Junior-Leage-Brunch«, antwortete Kimberley. »Warst du gestern Abend noch mit Steve weg? Ich habe gehört, wie ihr gegen zwei Uhr am Morgen gekommen seid.«

»Yeah, wir waren im *Moby Dick's*, tanzen.«

»Ehrlich? Steve war mit einem Mädchen in einer Schwulenbar?«

»Das ist keine große Sache, Kimberley. Viele Frauen gehen dorthin. Man kann super tanzen, ohne die ganze Zeit angemacht zu werden.« Kimberley hatte eine ganze Kanne Kaffee gemacht, ich goss mir eine Tasse ein. Sonst mochte ich Kimberleys Kaffee, aber dieses Mal schmeckte er ölig und bitter. Dennoch genoss ich die Wärme in Mund und Magen.

»Ach übrigens, Kimberley?« Ich versuchte, nonchalant zu klingen.

»Ja?« Kimberley spießte wieder ein Stück Ei auf.

»Weißt du eigentlich, ob Lucy einen Freund hatte?« Ich stellte die Frage so belanglos wie möglich.

Kimberley legte die Gabel nieder. »Na ja«, sagte sie langsam, »Lucy hat mich beschworen, die Geschichte geheim zu halten, aber ich schätze mal, nach ihrem Tod spielt das keine Rolle mehr, oder? Sie war mit Les Banks zusammen. Ich hab sie einmal beim Küssen gesehen.«

Kimberley atmete kurz scharf ein, ihr Mund ein überraschtes O. »Oh mein Gott! Angie, willst du damit sagen, dass Les etwas mit der Sache zu tun hat? War er vielleicht deshalb gestern nicht bei der Arbeit?«

Irgendetwas an Kimberleys Reaktion war nicht stimmig, aber ich konnte sie jetzt nicht darauf hinweisen.

»Du ziehst etwas voreilige Schlüsse, oder, Kimberley? Ich weiß überhaupt nichts von Les, ich war nur neugierig.«

»Aber es war immer der Freund, oder?«

Ich hoffe schwer, dass dem nicht so ist.

»Hast du der Polizei von Les und Lucy erzählt?« Ich durfte nicht sagen, dass ich über die Beziehung bereits Bescheid wusste, Sansome hatte mir aufgetragen, Stillschweigen zu bewahren.

»Ja, ich habe diesem fetten Polizisten gesagt, dass ich die beiden beim Küssen gesehen habe und dass Lucy mir erzählt hat, sie seien zusammen.«

»Warum glaubst du, wollte Lucy die Beziehung geheim halten?« Ich nahm einen weiteren Schluck Kaffee.

Kimberley rümpfte die Nase. »Wenn mein Freund so aussehen würde, würde ich es auch geheim halten. Er ist so … dreckig.«

Bemerkungen wie diese waren der Hauptgrund, warum Kimberley keinen Freund hatte.

Sie stand auf und wischte unsichtbare Krümel von ihrem Kleid. »Also, hast du heute Abend schon irgendwas Besonderes vor?«

Ich schüttelte den Kopf. »Nicht wirklich. Warum?«

»Meine Eltern veranstalten eine große Party. Mein Date für heute Abend ist geplatzt.«

Manchmal ging ich zusammen mit Kimberley auf Bennett-Veranstaltungen, denn es gab dort immer fantastisches Essen, außerdem begegnete ich sehr oft Kunden, denen ich so den Eindruck vermitteln konnte, als sei ich viel besser vernetzt, als es in Wirklichkeit der Fall war. Ich hatte sogar schon zwei neue Kunden für *HFB* auf Bennett-Soirées akquiriert. Aber heute Abend auf eine Party zu gehen, war das Letzte, was ich wollte.

»Eher nicht, Kimberley. Ich bin total fertig.«

Sie zuckte die Achseln. »Okay. Aber ich glaube, dieser Typ, den wir am Mittwoch im *Usher* kennengelernt haben, wird auch da sein. Es sah aus, als mochtest du ihn.«

Ich ergriff meine Tasse so heftig, dass ich Kaffee über meine Hand schüttete. »Du meinst Eric Taylor?«

»Ja. Daddy macht irgendwelche Immobiliengeschäfte mit ihm.«

Ich stellte die Kaffeetasse ab, damit Kimberley nicht sah, wie meine Hände zitterten. »Vielleicht komme ich doch für ein, zwei Stunden vorbei.«

»Treffen wir uns um acht hier, dann nehme ich dich im Auto mit.« Sie stellte ihren Teller ins Spülbecken. »Oh, übrigens, Angie, Abendgarderobe ist angesagt.«

Nachdem sie gegangen war, goss ich mir eine neue Tasse Kaffee ein und nahm sie mit in mein Zimmer. Ich hielt einen nackten Fuß an Steves Gesicht und wackelte mit den Zehen. Er öffnete die Augen und schob meinen Fuß weg.

»Wie spät ist es? Mir geht's total beschissen«, brummte er.

»Es ist zehn Uhr morgens. Mir geht's genauso.« Das war wahr. Ich fühlte mich, als hätte ich tagelang nicht geschlafen. Alles, was ich wollte, war, mir aus Decken ein Nest zu bauen und hineinzukriechen.

Steve setzte sich auf. »Das ist mal was Neues. Ich habe nicht mehr im Bett eines Mädchens geschlafen, seit ich sechzehn bin. In deinem gibt es viel weniger Kuscheltiere als in ihrem damals.«

Ich ließ die Rollläden weiter herunter, um den Raum so dunkel wie möglich zu machen, und legte mich wieder aufs Bett. »Ich habe über letzte Nacht nachgedacht.«

Steve zog das Kissen unter seinem Kopf heraus und legte es sich aufs Gesicht.

»Willst du wissen, was ich mir überlegt habe?«

Er nahm das Kissen wieder herunter und seufzte. »Ja, Angie. Was hast du dir überlegt?«

»Ich habe überlegt, dass alles nur Performance war. Performancekunst, zum Amüsement sowohl der Darsteller als auch des Publikums. Ich habe solche Shows schon mal gesehen. Na ja, nicht den blutigen Teil, aber den Rest. Und wer weiß, vielleicht war auch das Blut gar nicht echt.« Ich lag still und betrachtete einen Sprung in der Decke. Steves Gesicht erschien nur in meinem peripheren Blickfeld, er stützte seinen Kopf auf den Ellbogen.

»Angie, vielleicht kannst du deine Mutter von diesem Schwachsinn überzeugen, aber du redest hier mit Onkel Steve.«

»Wie meinst du das?«, fragte ich.

Er stand auf und zog die Jalousie hoch. Ich stöhnte und versuchte, mein Gesicht mit einem Kissen zu bedecken, aber Steve sprang auf mich, setzte sich auf meine Beine und warf mein Kissen auf den Boden.

»Zuerst wirst du von einem Typen in einem Vampirklub angegriffen, dann ist deine Chefin tot, und Les sagt, ein Vampir habe sie umgebracht. Du verschweigst es nicht nur der Polizei«, er machte eine Betonungspause, »sondern du triffst diesen Kerl noch mal und belügst dich selbst.«

Er wartete nicht auf eine Antwort. »Dann sehen wir uns diese ›Performance‹ an, oder wie du es auch immer nennen willst, die für mich ziemlich real aussah, und du erzählst mir, es sei alles nicht echt.«

»Jetzt komm, Steve. Es gibt keine Vampire, das weißt du doch!« Ich wand mich unter ihm hervor und setzte mich auf.

»Was ist ein Vampir?«, fragte Steve und wartete wieder nicht auf die Antwort. »Eine Person, die Blut trinkt. *Ergo* sind diese Leute Vampire. Ich rede jetzt nicht mal von irgendwelchem übernatürlichen Scheiß. Wir bringen dein Video zur Polizei. Und ich hoffe, dass dein neuer Freund festgenommen wird, denn das ist der einzige Weg, dich von ihm fernzuhalten, so leid es mir tut.«

Das Morddezernat von San Francisco befand sich in der optimistisch benannten »Hall of Justice«, der Halle der Gerechtigkeit, einem grauen Klotz von einem Gebäude neben der Autobahn, umgeben von Kautionsvermittlern und billigen Möbel-Outlets.

Es war Samstag, und es war nur die Notbesetzung

vorhanden. Der Security-Mann saß mit hochgelegten Füßen an einem Tisch und las Zeitung. Steve und ich gingen durch den Metalldetektor in den vierten Stock, wo wir eine Verabredung mit Inspektor Sansome hatten. Wir fanden ihn sitzend hinter einem Metallschreibtisch, der so alt war, dass er schon wieder modern war. Er aß ein Sandwich, das nach Pastrami roch. Trujillo war nirgends zu sehen, aber an anderen Tischen saßen eine attraktive weiße Frau mittleren Alters, die in einen Computer tippte, und ein älterer Schwarzer im Nylon-Jogginganzug, der ins Telefon sprach und dabei Papiere sortierte. Als die Frau ihr Jackett auszog, kam eine Pistole zum Vorschein, die sie um die Hüfte geschnallt hatte. Handschellen baumelten über ihrem Hintern.

Sansome winkte uns zu zwei Stühlen aus Metall und Vinyl und schluckte erst seinen letzten Bissen hinunter, bevor er zu sprechen begann. »Hallo, Ms. McCaffrey, schön, Sie wiederzusehen. Schönes Wetter heute, nicht wahr?« Raum 450 in der »Hall of Justice« hatte nur ein Fenster aus zerkratztem Milchglas. Ich fragte mich, ob er wohl Spaß machte.

»Inspektor Sansome, ich möchte Ihnen meinen Freund Steve Blomfelt vorstellen.«

Die beiden gaben sich die Hand.

»Ich habe ein paar Fragen an Sie, Ms. McCaffrey, aber vielleicht sollten Sie besser beginnen, nachdem Sie sich ja bei mir gemeldet haben.« Er nahm einen weiteren Bissen.

»Les Banks hat mich gestern angerufen. Ich weiß

nicht, von wo. Er sagte, er sei unschuldig, und er glaubt, dass die ›Vampire‹ Lucy umgebracht haben.«

Sansome hustete und schlug sich mit der Faust auf die Brust.

»Wir haben an einer Werbekampagne für Kunden gearbeitet, die im Vampir-Lifestyle leben und Kosmetikprodukte verkaufen. Lucy war mit ihnen in diesem Vampirclub, ich erst am letzten Mittwoch. Les hat mir erzählt, dass Lucy an Ritualen teilnahm, bei denen Blut getrunken wurde. Er glaubt, dass sie Lucy getötet haben, und er wollte, dass ich ein solches Ritual auf Video aufzeichne, damit Sie sehen können, was die Leute da machen.«

»Und Sie haben seinen Wunsch ausgeführt?«

Ich nickte und hielt zum Beweis mein Handy hoch.

»Glauben Sie, das war klug?«

»Ich weiß es nicht. Es schien mir in dem Moment das Richtige zu sein.«

»Na ja, warum schauen wir uns das Video nicht einfach mal an?« Er nahm mein Handy und überraschte mich, als er schnell und kompetent das Video auf seinen Computer lud. Ich hatte irgendwie erwartet, dass er auf Kohlepapier auf einer riesigen Underwood-Schreibmaschine herumhackte. Wir betrachteten schweigend das Video, das eine Minute wildes Schütteln und eine Ansicht meiner Füße beinhaltete, als Steve und ich die Treppen hinauf- und hinaus auf die Allee rannten.

Als es vorbei war, saß ich da und blickte auf den

Boden. Angst und Panik wühlten in meinem Magen. Auf dem größeren Bildschirm von Sansomes Computer war mir etwas aufgefallen, das ich vorher beim Ansehen des Videos nicht bemerkt hatte. Der Kapuzenmann hatte elegante Hände, die Finger waren lang und verjüngten sich zu den Fingerspitzen hin. Am kleinen Finger seiner Linken trug er einen goldenen Siegelring mit einem abgenutzten roten Stein.

»Und das war im *House of Usher*, in der Haight Street?«, fragte Sansome.

Ich konnte nicht antworten. Mein Kopf und mein Herz waren in größter Verwirrung. Instinktiv blickte ich hinüber zu meinem besten Freund, dann erinnerte ich mich, dass ich all dies ja geheim halten wollte. Aber bevor ich meinen Kopf senken konnte, trafen sich Steves und meine Blicke. Sein Gesichtsausdruck verriet mir, dass er direkt in mein Inneres gesehen hatte.

»Ja, das ist richtig«, antwortete Steve.

Sansome lehnte sich zurück und verschränkte die Finger vor seinem breiten Bauch. »Ms. McCaffrey, Mr. Blomfelt, Menschen sind abergläubisch. Wenn man Vampir sagt, bekommen sie Angst und holen ihre Heugabeln heraus. Aber in Wirklichkeit sind kultische Tötungsrituale äußerst selten. Wir kennen diesen Klub und wissen, was darin vorgeht. Es gab zu keiner Zeit Beschwerden oder Anzeichen eines Verbrechens. Die Vorführungen finden in beiderseitigem Einverständnis statt und sind völlig legal.«

»Aber was ist mit dieser Frau?«, warf Steve ein. »Es sah aus, als hätte man sie umgebracht!«

»Okay, ich werde ihre Namen herausfinden, und wir werden uns die Sache mal anschauen.« Sansomes Ton war beschwichtigend. »Aber ich würde mir über den Klub wirklich keine Gedanken machen, Mr. Blomfelt. Wenn wir jemals Probleme mit einem Psychopathen haben, dann ist es meistens eine vereinsamte Einzelperson. Wir hatten tatsächlich letztes Jahr einen Fall, den die Zeitungen mit »Der Vampir-Mörder« betitelt haben. Der Typ hat behauptet, er sei ein dreitausend Jahre alter Vampir. Hat seine Freundin mit zwölf Messerstichen getötet und ihr Blut getrunken. Ms. McCaffrey, ist alles in Ordnung mit Ihnen?«

Ich war fast von meinem Stuhl gekippt und musste die Armlehnen packen, um mich wieder aufzurichten. »Ja, danke. Mir geht's gut. Ich bin nur etwas müde.«

Sansome ließ uns hinter seinen Schreibtisch kommen. Er nahm sein Notizblock und seinen Stift heraus. »Wie sind die Namen der Personen, die Sie gesehen haben?«

»Suleiman und Moravia, aber ihre richtigen Namen lauten Douglas und Marie Claire Paquin.«

»Und die Frau, die in dem Video aufgeschnitten wird?«

»Lilith, aber ich kenne ihren Nachnamen nicht, und ich weiß nicht mal, ob das ihr echter Vorname ist.«

»Kein Problem.« Sansome lächelte. »Und die vermummte Person? Konnten Sie den Mann identifizieren?«

Steve schüttelte den Kopf, und ich sagte Nein. »Er hat die Kapuze nie abgesetzt«, fügte ich hinzu.

Sansome fragte mich noch einmal, ob ich wüsste, wo Les sei, und ob ich den Namen irgendeines seiner Freunde kenne. Er trug mir auf, ihn sofort zu kontaktieren, falls sich Les wieder bei mir melde. Dann begleitete er uns durch den Flur, schüttelte uns die Hände und bedankte sich für unser Kommen.

Auf der Bryant Street kaufte Steve an einem Stand für jeden von uns eine weiche Brezel. Er gab mir meine und sagte: »Ich will sehen, wie du das hier isst. Wie es aussieht, hast du seit Tagen nichts gegessen.«

Die Brezel sah ungefähr so appetitlich aus wie ein Stück Pappe. Ich nahm einen Bissen und kaute langsam darauf herum.

»Angie, warum hast du den Polizisten angelogen?«

Die Brezel blieb mir im Halse stecken. »Ich hab nicht gelogen, Steve …«

»Du weißt, wer der Kapuzenmann ist. Ich habe es an deinem Gesicht gesehen, als du das Video angeschaut hast. *Er* war es, nicht wahr?«

»Steve, du irrst dich. Ich schwöre, ich weiß nicht, wer es war.«

Steve sah mich mit verletztem und verwirrtem Gesichtsausdruck an. Dann drehte er sich um und gab Senf auf seine Brezel.

Ich rieb mir die Augen mit meiner Serviette, in der Hoffnung, Steve würde die aufsteigenden Tränen nicht sehen. Er hatte jedes Recht der Welt, sich Sorgen zu machen. Verdammt, ich machte mir doch auch Sorgen. In meinem Bewusstsein stritt ich die Möglichkeit, dass es Vampire geben könnte, voll und ganz ab, aber ich log, verschleierte und vertuschte, um einen Mann zu schützen, den ich kaum kannte und der wahrscheinlich ein Mörder war. Dieser Mann hatte eine Macht über mich, wie ich es noch nie erlebt hatte. Es war, als säße ich immer noch hinter ihm auf dem Motorrad, auf der Fahrt in die Dunkelheit, und umklammerte ihn, um mein nacktes Leben zu retten.

Dreizehntes Kapitel

Den Nachmittag verbrachte ich meiner neuen Gewohnheit gemäß schlafend. Meine Augen öffnete ich erst, als die Sonne unterging. Sonst hätte ich eine Stunde gebraucht, um etwas zum Anziehen für die Bennett-Party zu finden, aber bei der Abendgarderobe war es etwas einfacher. Ich hatte genau drei Kleider, die für diesen Anlass geeignet waren, und eines davon war ein pfirsichfarbenes Brautjungfernkleid, in dem ich nicht mal tot gesehen werden wollte. Das zweite war ein grünes Samtkleid aus den Fünfzigern mit Glockenrock und Sweetheart-Dekolleté. Das war definitiv zu süßlich. Das dritte war ein rotes perlenbesticktes Seidenkleid aus den 1920er-Jahren. Roter Lippenstift, lange Ohrhänger aus Kristall und ein schwarzer Samtbolero komplettierten das Ensemble.

Ich traf Kimberley im Wohnzimmer in einem ärmellosen schwarzen Kleid, das an ihr aussah wie das Kleid, das Marilyn Monroe trug, als sie »Happy Birthday« für Präsident Kennedy sang. Mit anderen Worten, es passte ihr wie angegossen. Ihre Pumps hatten so hohe Absätze, dass ich von der schwindelnden Höhe schon Nasenbluten bekommen hätte. Die Perlen an ihrer Kette hatten die Größe von Kaugummikugeln. Ihr blondes Haar war zu einem französischen Zopf geflochten. Sie drehte sich um und betrachtete mich, als wäre ich ihr Lieblingshaustier, das auf den Teppich gepinkelt hatte – als würde sie mich zwar lieben, fände mich aber ziemlich ekelhaft.

»Vintage, nehme ich an?«

»Ja. Stimmt was nicht damit?«

»Überhaupt nicht. Du siehst ganz reizend aus.« Sie tätschelte meine Schulter, als sie aus dem Raum stolzierte.

Die Bennett-Villa lag auf einem riesigen Grundstück ganz oben auf dem höchsten Hügel San Franciscos. Eine kleine Armee an Dienern stand in einer Reihe, um die Mercedes und BMWs zu empfangen, die ihre elegant gekleideten Insassen entließen, meistens weiße Ehepaare im Alter zwischen vierzig und siebzig. Die Herren hielten die Ellbogen ihrer Gattinnen, als sie durch die weißen Säulen des Vorbaus schritten. Zwischen all diesen Paaren bestand eine bemerkenswerte Ähnlichkeit, die Herren mit stahlgrauem Haar und vom Golfen gebräunter Haut, die Damen rigoros dünn, mit fachmännisch aufgetürmtem Haar und extrem großen Juwelen um den Hals.

Kimberley drückte einen Fernbedienungsknopf an ihrer Schlüsselkette, um ein gusseisernes Tor zum Hintereingang des Hauses zu öffnen. Wir folgten einer langen, gewundenen Auffahrt und parkten vor einer Garage, in die drei Autos passten. Ein Garten mit tropischen Pflanzen und einem Brunnen, der aussah, als hätte man ihn von einer römischen Plaza gestohlen, umgab uns. Als wir durch die Hintertür ins Haus traten, landeten wir direkt im geschäftigen Treiben in der Küche, wo Dutzende Caterer alle nur erdenklichen Speisen von Artischocken bis Ziti auf Silbertabletts türmten.

Im Korridor rauschte Kimberley an einer kleinen Tuschezeichnung vorbei, die einen Mann mit Blumenkohlnase in Renaissancekleidung zeigte, aber ich blieb kurz ehrfürchtig stehen, denn ich wusste, dieses kleine Bild konnte nur ein echter Rembrandt sein. Wir gingen weiter, vorbei an einer Eisskulptur in Form einer Meerjungfrau. Auf dem zerstoßenen Eis drum herum waren Austernhälften und Zitronenspalten angerichtet. Kimberley nahm sich eine Auster und schlürfte sie hinunter. Sie bot mir auch eine an, dachte aber nicht daran, dass ich Meeresfrüchte hasste. Ich nahm mir drei Cracker und ein Stück Käse und arrangierte sie auf einem kleinen Teller, natürlich aus Porzellan.

»Wir sollten erst einmal rübergehen und uns bei meinen Eltern sehen lassen.« Kimberley entwich ein kleiner Seufzer. Ich folgte ihr in ein mit Marmor verkleidetes Foyer, das größer war als die Wohnzimmer der meisten Leute. Dort boten Diener den Gästen Kaviar auf Toastdreiecken und kleine Blätterteigröllchen mit hellrosa Lachsrogen an. Kimberley nahm sich ein Glas Champagner, als das Tablett vorbeigetragen wurde.

Die Bennetts standen an der vorderen Eingangstür und begrüßten ihre Gäste. Wir näherten uns und warteten darauf, entdeckt zu werden. Dr. Bennett war in einem doppelreihigen Smoking der Inbegriff eines reichen Playboys mittleren Alters. Er hatte volles, welliges graues Haar, das er relativ lang trug, als wolle er die Aufmerksamkeit darauf ziehen. Mrs. Bennett sah aus, als hätte sie zu viel Zeit in der Schönheitschirurgie-Praxis ihres Mannes verbracht. Ihre Knopfnase und die runden blauen Augen schienen von unsichtbaren Fäden von ihrem Hinterkopf gehalten zu werden. Sie trug ein trägerloses Seidenkleid in einem Rosaton, der eigentlich neugeborenen weiblichen Babys vorbehalten sein sollte. Ihre Figur war Jahre jünger als ihre Besitzerin. Dr. Bennett schien seine Frau als lebendes Vorzeigeprojekt für seine chirurgischen Fähigkeiten zu benutzen.

Mrs. Bennett drehte sich hinüber zu Kimberley und warf einen Luftkuss in die Nähe ihrer Wange. »Kimmy, Schätzchen, endlich bist du hier. Ich habe versucht, dich anzurufen. Du hättest mir sagen sollen, dass du diese Woche das Gästezimmer benutzen wolltest. Esmeralda hat dort gestern einen halben Tag gebraucht, um das Zimmer für die Fitzpatricks herzurichten. Übrigens, wer hat denn dort mit dir übernachtet?«

»Niemand, Mummy. Ich hatte einfach nur Lust, alleine dort zu sein. Das Zimmer hat einen besseren Ausblick als meines.«

Ich sah mit einem Seitenblick auf Kimberley. Sie hatte mir erzählt, dass sie auf das Haus ihrer Eltern aufpasste, aber ihre Eltern hatten sie gar nicht dazu aufgefordert. Gab es irgendetwas an unserer Wohnung, vor dem sie flüchten wollte? Oder brauchte sie vielleicht eine Pause von mir?

»So, die Party kann beginnen!« Dr. Bennett gab seiner Tochter einen echten Kuss auf die Wange und drückte mir kräftig die Hand. »Schön, dass ihr kommen konntet, Mädels. Kimberley, du hättest mit uns nach Bermuda fahren und etwas Sonne tanken sollen, du siehst blass aus wie ein Gespenst.«

Mrs. Bennett wandte sich mir zu. »Angie, mein Liebes, wie geht es dir?« Sie nahm meine Hand, und ihr Gesichtsausdruck veränderte sich zu freundlicher Anteilnahme. »Kimmy hat uns von eurer Kollegin erzählt, Lucy, so hieß sie doch? Eine schreckliche Tragödie. Kimmy ist am Boden zerstört. Wie kommst du denn damit zurecht, meine Liebe?«

Ich nickte trübselig. »Danke, es geht mir gut. Es sieht aus, als sei Arbeit die beste Medizin. Es gibt immer so viel zu tun.«

»Wir hören so viele fantastische Dinge von der Agentur. Wir sind so stolz auf Kimberley. Sie hat ein paar sehr wichtige Kunden bekommen, habe ich gehört. Dieser *Tangento*-Konzern ist wirklich eine große Nummer.«

Ich blickte hinüber zu Kimberley, um zu sehen, ob sie gehört hatte, was ihre Mutter sagte, aber sie und ihr Vater unterhielten sich gerade mit einem Ehepaar. Wenn ihre Eltern schon nicht wussten, dass sie *Tangento* an mich verloren hatte, wollte ich nicht diejenige sein, von der sie es erfuhren.

»Ja, Kimberley arbeitet hart, das stimmt«, sagte

ich herzlich. Es schien mir seltsam, dass die Bennetts sich so sehr für Kimberleys Arbeit in der Agentur interessierten. Würde man meine Eltern nach meiner Arbeit fragen, hätten sie schon Mühe, genau zu sagen, was ich arbeite, geschweige denn, dass sie die Namen einzelner Kunden kannten.

»Ich glaube, Barry Warner kommt heute Abend auch auf die Party. Er arbeitet bei *Tangento*. Wir haben ihn vor ein paar Monaten mit Kimberley bekanntgemacht. Ein äußerst charmanter Gentleman. Er kommt aus dem Süden, weißt du …« Sie senkte die Stimme zu einem konspirativen Ton. »Wir dachten, er könnte eine gute Partie für sie sein, aber ich glaube, es hat nicht funktioniert.«

»Wirklich? Nun ja, bei Herzensangelegenheiten kann man niemals etwas vorhersagen«, sagte ich und versuchte, weltgewandt zu klingen. »Ich habe Barry Warner allerdings noch nicht kennengelernt.«

»Er muss hier irgendwo sein.« Trudi winkte durch den Raum. »Ich würde euch beide gerne bekanntmachen. Mit Kimmy hat es ja nicht geklappt, aber er ist ganz bestimmt ein ganz annehmbarer Gentleman!«

»Danke, Mrs. Bennett, aber ich bin im Moment nicht auf dem Markt, falls Sie verstehen, was ich meine.«

»Schon vergeben, nicht wahr?« Mrs. Bennett zwinkerte mir zu, während das Bild von Eric kurz in meinem Kopf auftauchte, der intensive Blick seiner blauen Augen, seine starken Arme, mit denen er mich an sich zog … Ich schüttelte den Kopf, um das Bild wieder loszuwerden.

»Vergeben? Nein, leider nicht. Nur viel zu beschäftigt.«

»Du bist genau wie unsere Kimmy. Arbeitest du an etwas, von dem wir vielleicht gehört haben könnten?«, fragte sie, und es hörte sich für mich an, als befinde ich mich in einem Wettbewerb.

»*Comet-Zahnpasta* ist einer unserer Kunden«, antwortete ich. »Vielleicht haben Sie schon mal davon gehört?« *Comet-Zahnpasta* war wie Ivory-Seife, die Marke existierte schon so lange, dass jeder den Namen kannte, aber niemand verwendete das Produkt. »Wir haben ganz tolle neue Werbung dafür gemacht, um die Marke zu reaktivieren. ›Das ist nicht die Zahnpasta Ihrer Großmutter‹, so was in der Art.«

Da wurde mir klar, woher Kimberley den glasigen Gesichtsausdruck hatte, den sie aufsetzte, wenn sie gelangweilt war. Trudis Gesicht war mit mehr Glasur überzogen als ein altmodischer Doughnut. Sie hatte ganz offensichtlich beschlossen, dass unsere Konversation die Karriere ihrer kleinen Kimmy nicht befördern könnte, also war ich entlassen.

»Ach, das ist ja sehr interessant, Liebes, ich bin sicher, du vollbringst wahre Wunder für sie. Und nun lass mich mal sehen, wer alles hier ist, den du kennenlernen solltest.« Ihr Kopf hüpfte herum wie bei einem Wackeldackel, der bei manchen Autos auf der Hutablage steht.

»In Ordnung, Mrs. Bennett, ich wollte mir sowieso gerade etwas zu essen holen. Ich glaube, da drüben sind ein paar Leute, die ich kenne.«

»Sehr gut, meine Liebe, schön, dass du gekommen bist.« Sie drehte sich um und begrüßte ein weißhaariges Ehepaar, das bereits auf sie wartete.

Ich hatte schon gemerkt, dass Eric nicht bei den Bennetts im Foyer stand, also ging ich in den Speisesaal, einen gigantischen Raum mit Seidentapeten, Eichenholztäfelung und angestrahlter Decke. Ein Diener bot Champagner in kristallenen Gläsern an, also nahm ich eins, nur um etwas in der Hand zu haben. Als ich daran nippte, stellte ich erfreut fest, dass es nicht metallisch schmeckte. Ich nahm mehrere große Schlucke. Da mein Magen leer war, wurde mir sofort etwas schwindlig, aber auf angenehme Weise. Mich zu betrinken, schien mir eine gute Möglichkeit, um mir die Zeit zu vertreiben. Eric war größer als die meisten, also musste es einfach sein, ihn zu finden. Ich blickte mich im Raum um und versuchte, lässig und ein wenig gelangweilt zu wirken, während die Schmetterlinge in meinem Bauch mit Betonflügeln herumflatterten und Purzelbäume schlugen. Meine Nerven beruhigten sich erst, als ich Eric nirgendwo ausmachen konnte, dafür stellte sich aber Enttäuschung ein.

Ich stand neben einem kleinen Büffet, wo ein Mann mit Kochmütze hauchdünne Scheiben von einem englisch gebratenen Roastbeef abschnitt. Ich beobachtete, wie der rosafarbene Fleischsaft herausquoll und über das Messer hinabrann. Ich trat näher und starrte auf den Braten. Plötzlich hatte ich einen Riesenhunger. Ich stellte mir vor, wie ich auf den Tisch sprang und mir den ganzen Braten schnappte und ihn wie eine Hyäne in Stücke riss.

»Möchten Sie eine Scheibe, Ma'am?« Der Koch lächelte mich an.

»Ja, bitte.« Ich nahm den Teller, den er mir anbot, hielt ihn unter meine Nase und atmete tief ein. Nein, ich hatte nicht im Geringsten Lust darauf, diese rosa-graue Masse auf meinem Teller zu essen. Worauf immer ich Appetit hatte, es war nicht Rindfleisch.

»Soll ich dir eine Gabel holen, oder hast du vor, nur deine Zähne zu benutzen?«

Diese Stimme hätte ich überall sofort erkannt.

Ganz zu schweigen von diesem Duft. Sobald ich den Teller wieder abgestellt hatte, umwehte mich Erics subtiles, verlockendes Parfüm. Ich starrte ihn mehrere Sekunden lang an, bevor ich merkte, dass er seine Hand ausstreckte. Ich gab ihm die Hand und stellte peinlich berührt fest, dass meine Handflächen feucht waren. In seinem makellosen schwarzen Smoking und dem blütenweißen Hemd passte er exakt in diese Szenerie bei den Bennetts, abgesehen von seinem langen Haar. Er beugte sich über meine Hand wie ein Ritter der Tafelrunde.

»Angela, dass wir uns so bald wiedersehen! Es tut mir leid, dass du mich am Freitag nicht in meinem Büro antrafst.« Natürlich wusste er von meinem ganz offensichtlichen Versuch, ihn zu verfolgen. Ich fragte mich, ob er auch wusste, dass ich nur auf der Party erschienen war, um ihn zu sehen, aber in diesem Moment ließen seine Augen nichts erkennen.

»Was machst du denn hier?« Ich versuchte, überrascht zu klingen, allerdings nicht sehr erfolgreich.

»Durch einige meiner Immobiliengeschäfte bin ich in Kontakt mit Dr. Bennett gekommen. Er besitzt eine große Zahl von Immobilien in der Stadt. Aber das weißt du bestimmt, oder, schließlich wohnst du ja in so einer dieser Immobilien.« Eric lächelte. »Ich hatte gehofft, dich hier zu sehen, nachdem du doch mit Kimberley zusammenarbeitest. Das ist der eigentliche Grund, warum ich gekommen bin.«

Ein warmes Gefühl breitete sich in meiner Magengegend aus. Er war gekommen, um mich zu sehen. Aber warum hatte er mich zwei Tage warten lassen? Weil er mit gewissen Dingen im *House of Usher* beschäftigt war, von denen ich nichts wissen sollte?

Ich will dich nicht in Verlegenheit bringen oder dir Angst machen. Frag mich, was du wissen willst.

Ich blickte ihn scharf an. Ich war mir definitiv sicher, dass ich nicht seine richtige Stimme gehört hatte.

Praktischerweise kam gerade ein Diener vorbei, und ich nahm ein neues Glas Champagner. Ich stürzte das Getränk in einem Zug herunter und traf eine Entscheidung. Einige Fragen mussten beantwortet werden, bevor es mit uns weitergehen konnte.

»Ich war letzte Nacht im *House of Usher*. Ich will wissen, was du dort gemacht hast und ob es etwas damit zu tun hat, was Lucy zugestoßen ist.« Meine Stimme war zu einem leichten Kreischen angeschwollen.

»Vielleicht sollten wir einen ruhigeren Ort aufsuchen, um das zu besprechen, Angela.« Er nahm sanft meinen Ellbogen und führte mich aus dem Speisesaal.

Als Eric mich berührte, stiegen unerlaubte Visionen in meinem Kopf auf, die absolut nichts mit Reden zu tun hatten. Ich war erstaunt, wie machtvoll meine Lust auf Eric war. Ich schob Bedenken beiseite, die mich, bevor ich ihn kennengelernt hatte, völlig paralysiert hätten. Ich nahm einen tiefen Atemzug, um meinen Kopf freizubekommen, aber es funktionierte nicht, also trat ich ein paar Schritte von ihm zurück.

»Es gibt einen kleinen Garten hinter dem Haus. Wir müssen durch die Küche«, sagte ich. »Dort können wir reden.«

Eric nickte und folgte mir. Wir gingen an dem emsigen Personal in der Küche vorbei und öffneten die Hintertür. In der Nähe des Brunnens stand eine kleine Steinbank. Wir setzten uns, und Eric wandte mir sein Gesicht zu.

»Also, worüber möchtest du gerne reden? Ich stehe dir zur Verfügung.«

Ich atmete tief ein und wünschte, ich hätte noch mehr Champagner mitgenommen. »Ich war letzte Nacht dort, mit Steve, im House of Usher. Ich habe die Zeremonie aufgezeichnet.«

»Welche Zeremonie?«

Ärger brannte in meiner Brust. Warum verschloss er sich, obwohl er doch gerade gesagt hatte, dass er meine Fragen beantworten wollte? »Ich weiß, dass du es warst, ich habe deinen Ring erkannt.« Ich packte seine linke Hand und zog sie an mein Gesicht. Sein kleiner Finger war unberingt.

Ich ließ seine Hand in meinen Schoß fallen.

»Oh Gott«, flüsterte ich. »Ich weiß gar nicht mehr, was noch real ist und was nicht.«

Eric wollte gerade antworten, wurde jedoch von lauten, streitenden Stimmen unterbrochen, die von der Auffahrt her zu uns drangen. Eine der Stimmen gehörte Kimberley.

Von unserem Platz aus konnte ich bis auf die Auffahrt blicken, wo Kimberley mit dem Rücken an der Kühlerhaube ihres Autos lehnte. Ihr gegenüber stand ein Mann mit den breiten Schultern eines Football-Spielers. Trotz des gurgelnden Geräuschs des Brunnens verstand man ihre laut erhobenen Stimmen gut.

Kimberley lachte, es klang bitter. »Oh, bitte. Versuch jetzt nicht, ›ich Ärmster‹ zu spielen. Es steht dir einfach nicht zu. Ich verlange sowieso nicht viel, du weißt genau, dass ich viel mehr verlangen könnte. Geld, zum Beispiel. Aber wie man sieht, brauche ich kein Geld, sondern nur eine kleine Hilfestellung. Also, tu es für mich, und ich vergesse das Ganze.«

»Das geht nicht, Kimberley, es steht nicht in meiner Macht!« Der Mann hatte einen starken Südstaatenakzent. Wenn die Party nicht voll mit Südstaatlern war, dann hatte ich eine ziemlich genaue Vorstellung davon, mit wem sie gerade sprach. Ich stand auf und näherte mich den beiden langsam, gut versteckt hinter Farnen und Bäumen.

»Nein, nein, sei nicht so streng mit dir, ich weiß, dass du sehr gut überzeugen kannst.« Kimberleys Stimme war jetzt verführerisch. »Also, mach es bald. Montag wäre für mich in Ordnung. So, und jetzt gehe ich besser zurück auf die Party. Meine Eltern werden sich fragen, wo ich bin.«

Ohne auf eine Antwort zu warten, drehte Kimberley sich um und schritt von dannen. Ich hielt den Atem an und kauerte mich hinter einen großen Farn. Sie ging vorüber, ohne mich zu bemerken. Ich blickte hinüber zu Eric, aber die Bank lag im Schatten. Der Mann zündete sich eine Zigarette an und ging die Auffahrt hinunter. Ich hörte das Surren des mechanischen Tors, das aufging und sich wieder schloss.

Dann ging ich zurück und setzte mich wieder neben Eric, der gedankenverloren auf den Boden starrte.

»Eric?« Ich berührte ihn leicht am Ärmel.

»Worum ging es denn da?«

»Das war mein neuer Kunde, Barry Warner. Kimberley bat ihn um etwas, ich weiß nicht, worum. Aber das werde ich wahrscheinlich bald herausfinden. Sie hat etwas von Montag gesagt.«

»Barry Warner arbeitet für *Tangento*, glaube ich?«

»Ja«, antwortete ich, »aber woher weißt du das alles?«

Ich konnte Erics Gesichtsausdruck nicht deuten. »Ich habe bei meiner Arbeit schon viele Leute kennengelernt. Unsere Pfade müssen sich irgendwann einmal gekreuzt haben. Können wir gehen?«

»Wohin?«

Er lehnte sich an mich und berührte mit einem Finger meinen Wangenknochen. »Ich möchte sehen, wo du wohnst«, flüsterte er mir ins Ohr.

Sein Duft durchdrang mein Gehirn und löste eine Lawine von Endorphinen aus. Erst viel später wurde mir klar, dass er keine meiner Fragen beantwortet hatte.

Es gab in San Francisco ein paar wenige Nächte im September oder Oktober, in denen der Nebel sich nicht über der Stadt ausbreitete und seine feuchte Kühle auf Haut und Geist lag. Die Luft blieb warm, der Duft von Blumen lag in der Luft, und die Menschen blieben bis Mitternacht in kurzen Ärmeln draußen. Dies waren auch die Nächte, in denen einige die Beherrschung verloren, in denen man bis zum Sonnenaufgang Pistolenschüsse und Polizeisirenen hörte. Heiße Nächte machten die Menschen verrückt. Vielleicht war das meine Entschuldigung.

Von dem Hügel in den Pacific Heights aus konnten wir die Lichter der Stadt sehen, sie funkelte wie ein üppig geschmückter Christbaum. Der Mond war beinahe voll und wirkte wie ein unheimlicher Doppelgänger des Tageslichts. Er beleuchtete die prächtigen Villen um uns herum in all ihrer Pracht. Eric musste seinen natürlichen kraftvollen Gang bremsen, um neben mir herzugehen. Unterwegs zog er seine Smokingjacke aus, lockerte seine Krawatte und krempelte die Ärmel seines Hemds hoch. Allein beim Anblick seiner sehnigen Unterarme erschauerte mein ganzer Körper.

Die Angie, die ich mein ganzes Leben lang gewesen war – die ernsthafte, verantwortungsvolle, vorsichtige Angie – war wie ein Teppich zusammengerollt und auf den Dachboden meines Bewusstseins geschleppt worden. Ich hörte sie noch sprechen, aber sie schien kraftlos und weit entfernt. Sie sagte mir, dass es unklug sei, alleine mit diesem Mann fortzugehen, und dass ich alle Anzeichen der Gefahr ignorierte. Sie sagte, dass es nur zwei Möglichkeiten gab, wer er sein könnte: ein ganz gewöhnlicher Bösewicht, ein Verrückter, aber ein Mensch; oder etwas anderes, etwas Größeres, etwas so Böses, das sie sich nicht einmal vorstellen konnte.

Aber als ich Eric neben mir herschreiten sah wie einen umherstreifenden Tiger, ab und an den Kopf drehend, um in der Luft zu schnuppern und das Terrain zu überblicken, kümmerte es mich nicht, wer er war. Alles, was die alte Angie bewahren wollte – mein Job, meine Freunde, die Sicherheit, zu verstehen, wie die Welt funktionierte, selbst meine nackte Existenz – all das erschien mir unwichtig. Viele Menschen riskierten Leib und Leben für eine Erfahrung – Fallschirmspringer, Rennfahrer, jeder Bergsteiger, der den Mount Everest zu erklimmen versuchte. Diese Erfahrungen wurden wichtiger, und die Prioritäten verschoben sich.

Wir kamen vor meinem Haus an, und Eric hielt mir die Tür auf, nachdem ich sie aufgeschlossen hatte. Wir durchquerten die Lobby, und ich drückte den Aufzugknopf. Als Mr. Bennett unser Wohnhaus renoviert hatte, ließ er den alten Aufzug bestehen, ein Aufzug mit Maschendrahtgitter statt mit Schiebetüren, denn er hatte eine Original-Jugendstil-Bronzeverkleidung, die man nicht hätte wiederherstellen können. Ich beobachtete, wie die Stockwerknummern in absteigender Reihenfolge aufleuchteten, und blickte ganz bewusst nicht zu Eric, denn ich fühlte seinen Blick auf meinem Gesicht brennen und wusste, dass ich bestimmt erröten würde, wenn ich ihn ansah. Das Aufzuggitter war schwer und klemmte, ich benötigte immer beide Arme, um es zu öffnen, aber Eric schob es mit einem Finger auf. Dann starrte ich acht Stockwerke lang auf meine Füße.

Wir gingen ins Wohnzimmer und setzten uns auf die Couch, mit Blick auf den wandernden Strahl des Leuchtturms von Alcatraz Island. Eric legte seine Smokingjacke über die Sofalehne, und ein leiser Hauch von *Eau d'Eric* wehte zu mir herüber. Er ging zu der Bar in der Ecke und betrachtete die Flaschen. Er goss für jeden ein Glas Scotch ein, dann ging er in die Küche. Ich hörte, wie er Eiswürfel holte. Er stellte unsere Drinks auf den Couchtisch, dann nahm er mich bei den Schultern und drehte mich, so dass ich ihm den Rücken zuwandte.

Er kämmte meine Haare sanft mit den Fingern. Mein Hals kitzelte unter der Berührung.

»Ah, Angela, du schönes, unschuldiges Mädchen. So jung …« Er klang traurig.

»Warum sagst du das? Ich bin achtundzwanzig,

wohl kaum noch ein Mädchen. Wie alt bist du überhaupt?«

»Viel älter, als ich aussehe. Zu alt für dich. Aber ich kann dir nicht widerstehen, Angela. Du bist von einer Schönheit, die einfach zeitlos ist.«

Wenn das eine Verszeile war, dann war es eine gute. Erics Lippen fuhren über meinen Hals, seine Hände glitten langsam meine Arme hinauf und hinunter. Ein warmes Gefühl breitete sich auf meinem Körper aus. Ich lehnte mich gegen Erics Brust und legte meinen Kopf auf seine Schulter. Mit einer Hand streichelte er mein Gesicht, von der Stirn bis zum Kinn. Ich fühlte sein Herz klopfen, ein zartes Surren tief in seiner Brust. Sein Atem auf meinem Hals war kühl und duftend. Ein inzwischen vertrautes Gefühl bemächtigte sich meiner. Die Gesetze der Schwerkraft waren aufgehoben, ich wurde emporgehoben, gewichtlos, mein Körper schwebte, losgelöst von allem, außer von seinen Händen, die mich streichelten, und dem Mund, der die lange Sehne an der Seite meines Halses entlangstrich.

Ich brachte eine immense Willenskraft auf, von der ich nicht wusste, dass ich sie besaß, um Eric wegzuschieben. Aber ich schaffte es und stand auf unsicheren Füßen auf. Diesmal wollte ich ihn zu meinen Bedingungen. Ich musste wissen, ob er mich immer noch wollte, wenn ich eigene Wünsche und Bedürfnisse äußerte, wenn ich die Kontrolle übernahm.

»Stimmt etwas nicht, Angela?«

Eric lag auf der Couch, sein langer Körper füllte

sie ganz aus. Sein Gesicht, und das schien mir äußerst verwirrend, wirkte vollkommen ruhig, sogar leicht amüsiert. Nicht ein einziges Haar auf seinem Kopf war in Unordnung. Die Lichter der Stadt spiegelten sich in seinen Augen, die Strahlen brachen sich darin wie in einem Prisma, und so hatten seine Augen keine Tiefe, boten kein Fenster zu seiner Seele. Bedeuteten ihm unsere Treffen irgendetwas? War ich eine Maus, mit der eine gelangweilte Katze spielte?

Die Frustration trieb mich zu einer Handlung, die meinem bisherigen Verhalten völlig entgegengesetzt war. Ich fühlte mich immer am verletzlichsten, wenn ich nackt war, also versteckte ich mich gewöhnlich vor den wenigen Männern, mit denen ich zusammengewesen war, indem ich meine Kleidung nur im Schutze der Dunkelheit oder unter einer Decke auszog. Selbst Andy hatte mich höchstens ein paarmal nackt gesehen, und meistens auch nur zufällig. Aber nun legte ich meine Kleider Stück für Stück ab, langsam und ohne Eile. Ich hielt Erics Blick stand, und er ließ seine Augen nicht von mir abgleiten, bis ich ganz nackt vor ihm stand, ohne etwas zu verbergen. Ich bot ihm alles dar.

Erics Gesichtsausdruck veränderte sich. Was wie Arroganz gewirkt hatte, wurde zu Sanftheit und einer süßen Sehnsucht. Er sank vor mir auf die Knie und beugte den Kopf, als wäre ich ein Altar, vor dem er betete.

»Angela, du bist pure Perfektion«, flüsterte er.

Ich überwand die Entfernung zwischen uns und

legte meine Arme um ihn. Er drückte seine Lippen an meinen Bauch, dann hob er mich hoch wie eine leichte Feder.

»Wo ist dein Schlafzimmer?«, fragte er.

Vierzehntes Kapitel

Wenn ich Eric küsste, war sein Duft am überwältigendsten. Er wirkte wie Lachgas, es begann mit Taubheit in den Extremitäten, dann stellten sich Orientierungslosigkeit und Euphorie ein. Ich konnte das Gefühl nicht einordnen. Die einzige Erklärung dafür war, dass ich womöglich verliebt war und es sich hier vielleicht um das handelte, was Experten die Macht der Pheromone nannten.

Irgendwann bemerkte ich, dass Eric seine Kleidung nicht ausgezogen hatte, aber es spielte keine Rolle. Ich hatte das Gefühl, dass sechs Hände meinen Körper streichelten, drei Paar Lippen mich küssten. Als sein langes Haar auf meiner Haut entlangstrich, fühlte ich elektrische Ladungen meinen Rücken hinunterjagen. Ich war nicht sicher, was genau passierte oder welche Körperteile involviert waren. Mein ganzer Körper war zu einem einzigen Organ reinen Gefühls geworden. Ich könnte sagen, ich hatte einen Orgasmus, aber dieses Wort beschrieb das Gefühl nicht einmal ansatzweise. Es war ein Höhepunkt, der meinen ganzen Körper umfasste, vom Haaransatz bis zu den Zehennägeln. Ich biss in meine Faust, um nicht zu schreien.

Mitten in diesem Sturm der Empfindungen fühlte ich einen Schmerz, der wie ein Blitz einschlug, und eine Verzückung, die zu intensiv war, um sie mit Worten zu beschreiben. Ich fühlte, wie Eric auf eine Weise in mich eindrang, die unsere Seelen in der Tiefe miteinander verschmolzen. Mein Blut raste durch meine Venen wie eine Sturmflut, es raste, um sich in ihn zu ergießen und uns bis aufs letzte Molekül miteinander zu vereinigen. Auf dem Höhepunkt dieser Vereinigung drang Eric in meinen Geist ein, und seine Gedanken wurden zu meinen.

Eric sitzt in einem Raum mit groben Steinwänden und schreibt mit einer Feder im Licht einer flackernden Kerze. Ein Mann im Priestergewand taucht hinter ihm auf, legt seine Arme um Erics Brust und drückt seine Lippen auf seinen Hals.

Ein rotes Flackern, dann eine andere Vision.

Eric sitzt mit Lucy auf ihrer Couch. Ich erkenne das abstrakte Gemälde hinter ihnen an der Wand. Zwei Weingläser stehen auf dem Tisch. Lucy lacht, den Kopf zurückgeworfen. Eric lehnt sich zu ihr herüber, nimmt sie in den Arm. Sie legt ihre Arme um seinen Hals.

Hinter meinen geschlossenen Augenlidern sah ich erneut das rote Flackern, aber statt einer Vision fühlte ich diesmal, wie meine Verbindung zu Eric abbrach. Ich fiel, taumelnd, außer Kontrolle, in einen Ozean der Dunkelheit.

Dann Bewusstlosigkeit.

Ich erwachte in meinem Bett, mit dem Gesicht zum Fenster, allein. Aus der äußersten Stille der Stadt schloss ich, dass es noch vor Morgengrauen sein musste, wohl zwischen drei und sechs Uhr früh. Ich streckte mich und drehte mich um. Eric saß an meinem Schreibtisch in seinem weißen Hemd und seiner Hose. Seine Ärmel waren bis zum Ellbogen aufgekrempelt, sein Haar hing ihm über die Schultern. Im Mondlicht erkannte ich Spuren von Tränen auf seinen Wangen.

»Angela, ich weiß nicht, wie es dazu kommen konnte. Ich habe versucht, tugendhaft zu leben, ich habe versucht, gegen meine Natur anzukämpfen, und nun stelle ich fest, dass ich versagt habe.«

Ich setzte mich auf und zog die Decke über meine Brust. »Du weißt, was gerade mit mir passiert ist, nicht wahr?«

Eric nickte, dann ließ er den Kopf in seine Hände fallen.

Mir wurde klar, dass es nun Zeit war, die Wahrheit zu erfahren. Wie auch immer die Antwort lautete, ich wusste, ich würde ihn diesmal nicht davonkommen lassen.

»Eric, bist du ein Vampir?« Sobald die Worte ausgesprochen waren, fühlte ich mich erleichtert und absolut verrückt zugleich.

Eric kam herüber und setzte sich zu mir aufs Bett. Er nahm meine Hand und drehte sie um, als wollte er mir aus der Hand lesen. Er fuhr die blaue Vene nach, die von meinem Daumen über mein Handgelenk verlief. Dann endlich sah er mir in die Augen.

»Wenn ich es dir sage, wirst du mir nicht glauben, und genau so soll es auch sein. Diese Ungläubigkeit hat eine schützende Funktion für die Menschen, denn so begreifen sie die Wahrheiten nicht, mit denen sie nicht leben können.«

»Eric, ich liebe … ich möchte dich kennen. Ich muss es wissen.«

Er wandte sich ab und blickte aus dem Fenster. »Das ist meine liebste Zeit in der Nacht, wenn alles still ist. Lass uns spazieren gehen.«

Eric wartete schweigend, während ich Jeans und einen Pulli anzog, dann gingen wir den Pacific Heights Hügel hinab. Als wir ans Wasser kamen, bogen wir rechts ab und gingen die Jefferson Street entlang, die durch das Herz von Fisherman's Wharf führte. So hell und laut, wie sie am Tag war, angefüllt mit Touristen, die Alcatraz-T-Shirts und Clam Chowder kauften, war die Werft jetzt um halb fünf Uhr morgens wie ein Bild aus dem neunzehnten Jahrhundert. Fischer in gelben Regenjacken warfen Netze und Bojen aus und bereiteten sich darauf vor, in See zu stechen. Nebel umhüllte die schlimmsten Touristenfallen wie *Hooters* und das Wachsmuseum, und die Lichtstrahlen von den altmodischen Straßenlampen erleuchteten die roten Ziegel der Häuser und das glänzend graue Kopfsteinpflaster auf den Straßen.

Als wir das Hyde Street Pier erreichten, nahm Eric seine gewohnte Geschwindigkeit an. Ich konnte kaum mithalten, als er das hölzerne Pier entlangeilte, doch dann hielt er so plötzlich an, dass ich beinahe in ihn hineingelaufen wäre. Er starrte auf die *Balclutha,* ein dreimastiges Segelschiff aus dem neunzehnten Jahrhundert, das die Stadt San Francisco in ein Museum verwandelt hatte.

»Was ist das?«, fragte er mit leiser Stimme.

»Ein Schiff.« Ich verstand nicht, was er daran so faszinierend fand, vor allem weil ich wollte, dass er *mich* faszinierend fand.

»Ja, aber warum liegt es hier, jetzt?«

»Lies das Schild.« Ich zeigte darauf. Ich wusste bereits, was es mit diesem Schiff auf sich hatte. Vor kurzem hatten wir dort ein Fotoshooting veranstaltet, aber ich war leicht verärgert und hatte keine Lust, es ihm zu erzählen.

Er las das Schild, dann kam er zurück zu mir. Sein Gesicht strahlte vor Freude, wie bei einem Kind an Weihnachten, und sofort fühlte ich mich schuldig, weil ich wütend auf ihn gewesen war. Ihn so glücklich zu sehen, ließ mich erst erkennen, wie melancholisch er eigentlich war, und ich wünschte, ich wäre es gewesen, die ein solches Lächeln auf sein Gesicht gezaubert hätte, und nicht ein knarrendes altes Boot.

»Das ist die *Balclutha*«, sagte er.

»Du hast sie schon einmal gesehen?«

»Ich bin auf diesem Schiff gesegelt. Ich habe darin das Kap Hoorn umfahren, von Schottland nach San Francisco. Wie wundervoll, es wiederzusehen.« Er blickte es wieder an, als wollte er hinaufrennen und den Mast umarmen.

»Eric, das Schiff ist seit siebzig Jahren eingemottet.«

Seine Augen bewegten sich zurück zu meinem

Gesicht. Der melancholische Blick war zurückgekommen, sogar noch stärker als zuvor. Ich nahm seine Hand und zog ihn auf eine Bank.

»Ich würde sagen, jetzt ist genau der richtige Zeitpunkt, um mir die Wahrheit zu sagen, findest du nicht?«

Eric hielt meine Hand in seiner, aber er sah das Schiff an und nicht mich, als er zu sprechen begann. Seine Stimme war leise und ebenmäßig, als rezitierte er ein Gedicht.

»Mein menschliches Leben begann im Jahre 1591 in Südfrankreich. Mein Taufname war Cyprien.«

»Cyprien«, wiederholte ich und versuchte, den Namen so auszusprechen, wie er es getan hatte. »Das ist natürlich ein weitaus passenderer Name als Eric Taylor. Wie war dein Nachname?«

Er zuckte die Achseln. »Das spielt keine Rolle mehr. Sie sind alle schon lange fort.«

»Das tut mir leid.«

Seine Linie war also ausgestorben. Es gab nicht einmal mehr irgendwelche entfernten Verwandten, um die er sich kümmern konnte.

Er fuhr fort. »Ich wurde als Letzter von vier Jungen geboren. Mein Vater war ein Kaufmann, und obwohl er erfolgreich war, war er doch nicht reich genug, um all seine Söhne in seinem Geschäft unterzubringen. Als Jüngster wurde ich auserwählt, ein religiöses Leben zu führen. Das war damals durchaus üblich, wenn eine Familie mehr Kinder hatte, als sie ernähren konnte. Für das Kind war gesorgt, und man hoffte außerdem auf einen spirituellen Vorschuss für die ganze Familie im Leben nach dem Tod. Im Alter von sechzehn Jahren wurde ich also in einen Franziskanerorden geschickt.

Ich wusste nicht, was ich davon halten sollte. Als junger Mann, mit allen Gefühlen und Wünschen eines jungen Mannes, fühlte ich mich eingesperrt. Aber ich war auch sehr fromm und glaubte, dass dies das Schicksal war, was Gott mir zugedacht hatte. Ich erfüllte meine Pflichten mit Eifer voll, und nach einigen Jahren lebte ich in Frieden mit meinem Leben und meiner Arbeit.

Das Kloster lag auf dem Land, mehrere Stunden zu Pferde von unserer Stadt entfernt. In der Nähe befand sich ein kleines Dorf, wo die Städter die Franziskanermönche mit den physischen Notwendigkeiten des Lebens versorgten und wir sie mit den spirituellen. Regelmäßig wurde ein Bruder ins Dorf zitiert, um eine Messe für jemanden zu lesen, der plötzlich verstorben war. Meistens waren sie in ihren Betten von einer unbekannten Plage heimgesucht worden und noch in derselben Nacht gestorben, sie lagen blass und in vom Todeskampf verdrehter Haltung da. Manche Städter munkelten von Dämonen, Hexen oder sogar Vampiren, aber es war eine Zeit, in der viele schlimme Krankheiten grassierten und das Leben bestenfalls kümmerlich war, und so scherten sich die meisten Menschen nicht darum.«

Eric hielt einen Moment inne. In der Stille konnte ich hören, wie das Wasser gegen den Schiffsrumpf schlug und die Masten und die Takelage ächzten.

»Ein älterer Mönch, Bruder Vincent, half mir oft bei meinen Studien. Er war ein großer, bleicher, fast geisterhaft wirkender Mann. Es hieß, er habe eine Blutkrankheit, die ihn so zerbrechlich und sonnenempfindlich machte. Er blieb fast immer in seinem Zimmer und wurde selten vor Einbruch der Dunkelheit gesehen. Er war dennoch eine äußerst charismatische Figur – gutaussehend, intelligent und liebenswürdig. Viele Dorfbewohner wählten ihn für ihre Beichten oder andere Dienste aus. Ich respektierte ihn auf eine seltsame Weise, die ich nicht beschreiben kann. Schließlich bemerkte ich, dass ich mich in ihn verliebt hatte.

Bruder Vincent kam in mein Zimmer, spät in der Nacht, wenn das Kloster in Stille versunken war. Er nahm mich in die Arme und drückte mich. Nie zog er seine oder meine Kutte aus, und ich wusste nie, was mit mir geschah, außer dass ich mit ihm Gefühle der Euphorie empfand, wie ich sie in meinem langen Leben nie wieder erleben durfte.

In dieser Zeit veränderte ich mich körperlich. Ich wurde lichtempfindlich und hatte immer stärkere Kopfschmerzen. Ich verlor den Appetit und schlief stundenlang. Außerdem hörte ich überall um mich Geflüster, die Stimmen anderer Mönche drangen durch die Wände, auch wenn ich wusste, dass sie nicht laut sprachen. Schließlich dachte ich, ich sei ebenfalls von einer dieser tödlichen Krankheiten befallen, die sich wie ein Fluch über das Dorf gelegt hatten.«

»Hast du Vincent gesagt, was mit dir passiert war, hast du ihn um Hilfe gebeten?«

»Eines Nachts gestand ich ihm meine Ängste. Er drückte mich an seine Brust und redete mit mir, ohne zu sprechen. Er drang in meinen Geist ein und füllte ihn mit seinen Worten. Er sagte, dass er mich liebte, dass er seit Jahren nach jemandem gesucht hatte, mit dem er sein Leben teilen könnte, und er hatte mich auserwählt, sein Gefährte zu sein. Er hatte sich zum Ziel gesetzt, mich in ein anderes Wesen zu verwandeln, in eine Kreatur, die ewig leben würde.

Er erklärte mir, dass heute Abend die Verwandlung stattfinden sollte. Er sagte, dass er mich töten würde. Es sei zwar schmerzhaft, aber dann würde ich in meinem neuen Körper, zu meinem neuen Leben erwachen. Dann umarmte er mich, wie er es so viele Male zuvor getan hatte.«

Ich schloss die Augen, überwältigt von einem Sturm der Gefühle, der so stark war, dass ich mich körperlich krank fühlte. Ich wollte diese Geschichte nicht glauben, aber die Parallelen zu meiner eigenen Erfahrung waren zu frappierend.

»Aber dieses Mal hörte er nicht mehr auf. Neben der Lust empfand ich Panik. Meine Glieder wurden taub, vor meinen geschlossenen Augen sah ich in einen schwarzen Himmel voller silberner Sterne. Ich fühlte einen erdrückenden Schmerz in meiner Brust, als läge ein großer Felsbrocken auf meinem Herz. Ich versuchte zu entkommen, versuchte, Vincent wegzudrücken, aber er hielt mich fest. Zum ersten Mal hatte ich heftige Schmerzen, ein loderndes Brennen an der Stelle, wo er seine Zähne in mich geschlagen hatte. Der unerträgliche Schmerz strahlte in meine Arme und Beine aus, bis es sich anfühlte, als stünde mein ganzer Körper in Flammen. Dann fühlte ich nichts mehr.«

Eric sah so niedergeschmettert aus, dass ich sanft seinen Arm schüttelte, um ihn aus der Trance zu holen, in der er sich zu befinden schien. Aber er sah mich nicht einmal an, sein gequälter Blick blieb fixiert auf die Vergangenheit.

»In der Dunkelheit sah ich ein Licht, ein warmes, schimmerndes Licht, und ich wusste, dieses Licht war der Himmel. Ich ging auf das Licht zu, aber es entfernte sich immer mehr, wurde kleiner und kleiner, die Dunkelheit stärker und stärker, und schließlich war das Licht nur noch ein heller Punkt. Dann verschwand es, und ich empfand tiefste Verzweiflung.

Ich schwebte in der Dunkelheit, als befände ich mich in den Tiefen des Ozeans, wo die Sonne niemals hindrang, und ich rief: ›Mein Vater, warum hast du mich verlassen?‹ Als Antwort hörte ich nur Schweigen, und ich wusste, ich war allein.

Endlich hörte ich eine Stimme, es war Vincent. Ich hörte ihn aus weiter Ferne meinen Namen rufen. Ich bewegte mich in die Richtung, aus der seine Stimme kam, und erwachte. Vincent hielt mich fest, schüttelte mich und rieb mir mit einem feuchten Tuch über das Gesicht.

Außer mir vor Wut versuchte ich, Vincent von mir zu stoßen, aber ich war zu schwach. Ich schlug ihn mit den Fäusten und schrie: ›Du hast es gewusst, du hast gewusst, dass ich verdammt sein würde! Ich habe das Tor zum Himmel vor meinem Angesicht gesehen! Ich werde niemals erlöst werden, niemals! Gott hat mich verstoßen!‹

Vincent hielt mich einfach nur fest und ignorierte meine Fäuste. Er strich mir das Haar von der schweißnassen Stirn und sagte: ›Du brauchst den Himmel nicht, Cyprien. Jetzt nicht mehr.‹ Bald darauf erkannte ich die wahre Natur meiner neuen Existenz. Schon nach wenigen Tagen wurde ich von Hungergefühlen heimgesucht, wie ich sie mir niemals hätte vorstellen können. Ich stellte mir vor, wie ich Menschen mit den Fingernägeln oder mit den Zähnen aufritzte, mein Gesicht über das Blut hielt und es trank.

Als ich Vincent davon erzählte, nickte er nur. ›Die Zeit ist gekommen‹, sagte er. Wir gingen an einem mondlosen Abend nach Mitternacht ins Dorf. Ich stellte fest, dass ich sehen konnte, als sei es helllichter Tag. Vincent ging geradewegs zu einer Hütte, öffnete die Tür und hieß mich eintreten. Es war das Haus einer Familie, die vor kurzem ein Kind verloren hatte. Vincent war dort gewesen, um ihm die letzte Ölung zu geben.

Ein Mann, eine Frau und ein junges Mädchen schliefen in einem Bett in der Hütte, die nur aus einem Raum bestand. Ich zögerte, doch Vincent schob mich vorwärts. Seine Stimme in meinem Kopf sagte: ›Wir nehmen das Mädchen, sie ist am süßesten.‹ Vincent schlich lautlos ans Bett und hob die Decke von dem Mädchen. Ihre Brust hob und senkte sich im Rhythmus ihres Atems. Sie trug ein Mousselinehemd, es war über ihre Beine und Hüften hochgerutscht. Ich blickte ihre schöne Haut an und empfand nichts außer dem Verlangen nach ihrem Blut. Vincent beugte sich über sie und hob sie hoch, dabei sah er aus wie ein junger Liebhaber. Er hielt sein Gesicht an ihren Hals, und der Geruch des Bluts, das in seinen Mund floss, war so stark, dass ich zurückwich.

Er hob seinen Kopf und winkte mich herüber. Ich blickte Vincent an und sah sein Gesicht, weiß und voller Blut, die Vampirzähne entblößt, die Augen wild. »Nein!«, schrie ich laut. »Du bist der Teufel!«

Die Eltern hörten mich und wurden wach. Sie kämpften sich aus dem Bett und riefen nach Hilfe. Ich entkam und ließ Vincent in der Hütte zurück. Ich rannte bis an den Stadtrand, denn ich wusste, dass dort eine Klippe war, ein steiler Abhang über einem Fluss. Ich rannte darauf zu und merkte, dass ich beinahe fliegen konnte, ich hatte eine unglaubliche Kraft und Geschwindigkeit. Ich kam oben an, und noch bevor ich stoppen konnte, rannte ich schon über den Klippenrand.

Fünfzehntes Kapitel

Eric hielt meine Hand so fest, dass ich glaubte, meine Knochen würden brechen. Ich legte die andere Hand auf seine und sagte: »Eric, du tust mir weh.« Als er nicht antwortete, rief ich dieselben Worte noch einmal laut. Er blickte mich an, als wisse er nicht, wer ich sei, doch dann lächelte er zerstreut und ließ meine Hand los. »Das tut mir leid, ich habe es gar nicht bemerkt.«

Ich wartete, dass er weitersprach, und als er schwieg, fragte ich: »Und was ist dann passiert? Ganz offensichtlich bist du nicht gestorben.«

Eric schüttelte den Kopf. »Offensichtlich. Ich fand schnell heraus, dass es nicht so einfach war, wie es aussah. Ich habe es niemals wieder versucht, nebenbei bemerkt. Ich habe daran gedacht, viele Male, vor allem jetzt, da ich weiß, wie man es richtig macht, aber ich habe niemals wieder den Mut dazu gehabt. Ich vermute, ich bin wohl ein Feigling.«

»Was wurde aus Vincent?«

»Ich ging zurück zu ihm. Ich musste. Ich hatte noch so viel zu lernen. Allerdings liebte ich ihn niemals wieder. Eigentlich verachtete ich ihn sogar, und er wusste es. Bald darauf trennten wir uns. Ich verließ das Kloster und ging hinaus in die Welt. Ich änderte meinen Namen. Ich änderte ihn ziemlich oft, sozusagen mit der Mode.«

»Und was hast du all die Jahre gemacht?« Ich freute mich, als er lachte. Die Trance schien aufgelöst.

»Ich fuhr um die Welt und blieb nie zu lange an einem Ort. Ich habe an einigen der besten Universitäten studiert. Ich war Kunsthändler in Brüssel, Diamantenhändler in Südafrika, Börsenmakler in New York City. Ich war sogar hier in San Francisco, früher einmal, wie ich dir erzählt habe. Ich kam während des Goldrauschs.«

»Du warst ein Goldgräber?« Es war schwer, sich vorzustellen, wie Eric eine Spitzhacke schwang.

»Nein, nein, ein Finanzier. Ich habe den Leuten Ausrüstung verkauft, im Austausch gegen ein Stück ihres Claims. Eine Sache habe ich in den letzten vierhundert Jahren über das Business gelernt: Sei nie der Minenarbeiter, sei der Typ, der ihnen die Spitzhacke verkauft.«

Ich stellte mir vor, wie Eric über all diese Jahre hinweg lebte, die Kostüme wechselte, seinen Namen wechselte, wie er an der äußersten Peripherie der menschlichen Gesellschaft herumgeisterte, von menschlichem Handel profitierte, von menschlichem Blut lebte. All diese Jahre. All diese Menschen.

Die Fragen, die ich Eric hatte stellen wollen, zogen sich von meinen Lippen zurück. Das Bild von Lucy und Eric in Lucys Haus kam mir in den Sinn, aber ich sprach die Frage nicht aus. Plötzlich verstand ich, warum ich jedes Mal, wenn sich die Gelegenheit ergeben hatte, davor zurückgescheut bin zu fragen. Ich begriff, was Eric mit der Schutzfunktion des Nichtwissens oder Nichtglaubens meinte. Hatte Eric Lucy getötet? Hatte er Lilith getötet? Und wenn er *diese beiden* nicht getötet hatte, was war mit den zahllosen anderen Menschen in all diesen Jahren? Die Wahrheit, falls es so etwas überhaupt gab, war unvereinbar mit meinen Gefühlen für Eric.

Der Horizont hinter der Golden Gate Bridge nahm allmählich den unverwechselbaren rosa Farbton des Sonnenaufgangs an. Eric stand auf und half mir hoch.

»Wie du dir vorstellen kannst, Angela, ist es jetzt Zeit für mich zu gehen.«

»Kannst du nicht noch ein paar Minuten bleiben?«

Eric lächelte und legte den Arm um mich. Ich lehnte mich an seine Schulter, und wir hörten das Heulen der Seelöwen, die ihre Schicht als Touristenattraktion am Pier 39 begannen. Einen Moment lang fühlte es sich fast normal an, zwei Liebende, die nebeneinander sitzen und einen ruhigen Moment genießen. Eric gab mir einen weichen Kuss auf die Wange, der mein Herz kurz aus dem Takt brachte, so sanft war er.

Als die Sonne hinter den Hügeln der East Bay auftauchte und einen Strahl in Erics durchscheinende Augen schickte, fühlte ich, wie sein ganzer Körper zusammenzuckte. Er hob eine Hand, um seine Augen vor dem Licht zu schützen. Ich verfluchte mich, dass ich ihn gebeten hatte, bei mir zu bleiben.

»Hast du eine Sonnenbrille?«, fragte er.

Ich suchte in meiner Handtasche und gab ihm die einzige Sonnenbrille, die ich besaß, eine Brille mit übergroßen Jackie-O-Gläsern und Perlen an den Scharnieren. Ich dachte, sie würde an Eric bestimmt albern aussehen, aber die Gläser betonten nur noch mehr seine Männlichkeit, wie ein Kilt bei einem Schotten oder Diamantohrringe bei einem muskelbepackten Rapper.

»Was geschieht jetzt mit dir?«, fragte ich, als er seinen Kragen zuzog und sein Hemd zuknöpfte.

»Ich werde Falten bekommen, die nicht einmal mit einem Liter Botox zu beheben wären«, antwortete er, und ich war beruhigt, dass er wieder scherzte. Aber trotzdem zog er mich auf die Füße, ohne eine weitere Sekunde zu verschwenden.

»Sollen wir ein Taxi rufen?«

Er schüttelte den Kopf. »Schließ einfach nur die Augen«, sagte er.

Ich fühlte, wie er seine Arme um mich schlang. Dann merkte ich, wie er rannte, aber nur weil die Luft mir ins Gesicht schlug, als säße ich bei hundert Stundenkilometern in einem Cabrio. Es war, als hätte ich keine Füße, die auf das Pflaster traten, kein winziges Anzeichen von Anstrengung in seinem Körper. Wir hatten zwanzig Minuten gebraucht, um bis zum Pier zu laufen, und in weniger als sechzig Sekunden waren wir wieder zurück an meiner Tür. Er stellte mich auf die Füße, und fast wäre ich umgekippt.

»Vorsicht«, sagte er und hielt meinen Arm.

»Ich nehme an, eine Reise in Lichtgeschwindigkeit kann zu Schwindelgefühlen führen.« Ich blickte auf und sah, wie Eric sich in den Schatten unter dem Vordach duckte.

»Lass uns reingehen«, sagte ich.

»Nein. Ich muss nach Hause.«

Ich wollte ihn fragen, wann wir uns wiedersehen, aber in der Zeit, in der ich mich räusperte, war er schon fort. Meine Sonnenbrille nahm er mit.

Ich ging in die Küche, goss mir ein Glas Wasser ein und betrachtete die Bananen im Obstkorb und die Schachtel Cracker, die Kimberley auf der Anrichte liegen gelassen hatte. Wie lange war es her, dass ich etwas gegessen hatte? Ich zählte es an den Fingern ab. Mittwochabend war meine letzte Mahlzeit gewesen. Ich hatte ein Stück Brezel am Samstagmorgen und zwei Gläser Champagner am letzten Abend. Die längste Zeit, die ich ohne Essen verbracht hatte, waren vierundzwanzig Stunden, als meine Schwester und ich eine Grapefruitdiät ausprobierten, die wir in der Zeitschrift »Seventeen« entdeckt hatten. Thea und ich waren beide mitten in der Nacht aufgewacht, uns war schwindlig und wir fühlten uns krank. Wir schlichen nach unten und aßen zwei Sandwiches mit Erdnussbutter und Gelee und einen Eiscremeriegel. So viel zur Grapefruitdiät.

Nun waren es schon vier Tage, und ich hatte nicht

den geringsten Appetit. Sicher, mir war ziemlich übel, aber es war eine andere Art von Übelkeit, und außerdem nur tagsüber.

»Was passiert nur mit mir?«, fragte ich laut.

Die Geschichte, die Eric mir gestern Nacht erzählt hatte, bewies was? Dass *er* glaubte, ein Vampir zu sein. Oder versuchte er nur, es *mich* glauben zu lassen? Ich dachte an den alten Film »Das Haus der Lady Alquist«, den ich am College sechsmal hintereinander gesehen hatte, weil Ingrid Bergman darin so gut spielte. In dem Film hatte Charles Boyer, der ihren Ehemann spielte, den geheimen Plan, Ingrid glauben zu machen, sie sei wahnsinnig. Hatte Eric dasselbe mit mir vor?

Ich versuchte, mir den Fall rational zu erklären. Als Erstes waren da meine »Symptome«: Übelkeit, Appetitlosigkeit und Lichtempfindlichkeit. Dann waren da Erics »Begleiterscheinungen«: unermessliche Geschwindigkeit und Kraft, Hellsichtigkeit, bemerkenswerte Wundheilung, Lichtempfindlichkeit und seine Macht über mich. Wie sollte man diese wohl beschreiben? Übermenschliche sexuelle Anziehungskraft?

Doch all das waren keine Fakten. Es waren Eindrücke, Gefühle, Empfindungen, Chimären von Körper und Geist. Eric könnte mir Drogen verabreicht oder mich durch Hypnose in eine Scheinwelt versetzt haben, in der ich das Unmögliche glauben konnte. Aber ob Eric selbst einem Wahn anheimgefallen war oder ob er versuchte, Wahnvorstellungen in mir hervorzurufen, meine Reaktion sollte jeweils dieselbe sein – verdammt noch mal sofort von ihm wegzukommen. Und doch schien diese einfache Lösung vollkommen unvorstellbar.

Im Gegensatz zu mir ging Kimberley jeden Sonntagmorgen mit ihren Eltern in die Kirche. Sie hatte die Zeitung auf dem Tisch liegen gelassen, und ich blätterte sie automatisch durch. Eine Wahl stand bevor, und in der Titelgeschichte ging es darum, was jeder der Kandidaten tun wollte, um das Obdachlosenproblem zu lösen. Der Vorschlag des amtierenden Bürgermeisters war, ihre Einkaufswagen zu konfiszieren. Normalerweise hätte ich mich darüber so geärgert, dass ich meine eigenen Sorgen vergessen hätte. Ich versuchte, wenigstens etwas Empörung aufzubringen, aber es funktionierte nicht; ich war immer noch weit mehr mit mir selbst beschäftigt. Ich durchblätterte in den nächsten Teil, die »Bay Area News«, und las die erste Überschrift.

> Tote aus San Francisco Opfer eines »Vampirs«?
> *Eine Frau, die kürzlich in ihrem Haus im Richmond District tot aufgefunden wurde, ist möglicherweise das Opfer eines »Vampirs«, wie aus Ermittlerkreisen verlautete. Lucy Weston, dreißig, leitende Angestellte einer Werbeagentur, wurde am Donnerstagabend von Freunden in ihrem Haus gefunden. Es liegt zwar noch kein vollständiger Autopsiebericht vor, doch man vermutet, dass die Todesursache ein massiver Blutverlust ist. Das Opfer ist am Hals verwundet.*

»Wir suchen wahrscheinlich eine Person mit Wahnvorstellungen«, sagte ein Mitarbeiter der Polizei, »jemanden, der glaubt, ein Vampir zu sein.«

Die restlichen Worte des Berichts verschwammen, als Tränen sich in meinen Augen sammelten. Das war keine Chimäre, keine Illusion. Lucys Tod und die Art und Weise, wie sie gestorben war, war Fakt. Doch wer es gewesen sein konnte, darüber ließ sich bisher nur spekulieren. Das Telefon klingelte. Automatisch blickte ich auf die Wanduhr über dem Tisch, eine Katze aus Plastik mit runden Augen. Ich hatte sie aufgehängt, und Kimberley hatte sie tatsächlich dort gelassen, was mich sehr überrascht hatte. Die Katze sagte, es sei zehn Uhr. Dann musste es meine Mutter sein. Niemand sonst rief mich so früh am Sonntagmorgen an.

»Hallo, könnte ich bitte mit Angie McCaffrey sprechen?«, sagte eine Männerstimme, die ich nicht erkannte.

»Am Apparat.«

»Ms. McCaffrey, hier spricht Chris Neeley vom »Examiner«. Ich würde Ihnen gern ein paar Fragen zu Ihrer Kollegin Lucy Weston …

»Kein Kommentar«, brüllte ich.

»Bitte, Ms. McCaffrey, ich weiß, das muss alles sehr schwer für Sie …«

Ich legte auf, und das Telefon klingelte sofort wieder. Ich ließ es sechsmal läuten und hoffte, der Anrufbeantworter würde rangehen, aber er war ausgeschaltet.

Ich nahm den Hörer ab und schrie: »Kein Kommentar, rufen Sie mich nicht mehr an!«

»Angie? Hier ist deine Mutter.«

»Oh Gott, hi Mom, tut mir leid. Ich dachte, es sei jemand anderes.«

»Nun, das spielt wohl kaum eine Rolle. Ich glaube nicht, dass irgendjemand es verdient hat, so schroff angesprochen zu werden, oder?«

»Nein«, brummte ich.

»Wer war das überhaupt?«

»Ach, nur ein Reporter, er wollte Informationen über einen Kunden. Kannst du dir das vorstellen, am Sonntagmorgen?«

»Na ja, aber ich finde trotzdem, du könntest etwas höflicher sein, Angie. Ich habe dich nicht dazu erzogen, so zu schreien. Übrigens, wenn wir schon von Höflichkeit sprechen, ich habe dich letzten Donnerstag angerufen und dich für heute Abend eingeladen. Dürfen wir uns auf die Ehre deiner Gesellschaft beim Abendessen freuen?«

Nur beim Gedanken an Essen wurde mir mulmig, aber ich sagte meiner Mutter, ich würde am Nachmittag kommen.

Um drei Uhr verließ ich die Wohnung, um zu meinen Eltern zu fahren. Ich hatte den Telefonhörer nicht wieder aufgelegt und hatte den Tag damit verbracht, ein wenig zu schlafen und Zeitung zu lesen, um mich von meinen Sorgen abzulenken – ich sorgte mich um Eric, Les, Kimberley und sogar um Barry Warner. Es funktionierte natürlich nicht.

Selbst in meinen Träumen machte ich mir noch Sorgen.

Mein Mini stand vor einem Hydranten, auf dem einzigen Parkplatz, den ich fand, als ich gestern von der Hall of Justice zurückgekommen war. Ein Polizeiauto fuhr gerade vorbei, also hetzte ich zum Auto und sprang hinein. Ich seufzte erleichtert auf, als der Streifenwagen um die Ecke bog. Einen Hydranten zu blockieren kostet zweihundertfünfzig Dollar, eine Tatsache, die ich aus Erfahrung wusste.

Seit ich meine Wohnung verlassen hatte, musste ich ständig blinzeln. Ich suchte in meiner Handtasche nach der Sonnenbrille, bis mir einfiel, dass ich sie Eric gegeben hatte. Ich langte nach hinten auf den Rücksitz, um zu schauen, ob ich vielleicht eine Baseballkappe hatte liegen lassen, die ich bei der seltenen Gelegenheit trug, wenn ich zum Joggen ging. Statt der Kappe berührte meine Hand menschliches Fleisch. Ich schrie aus voller Lunge.

Sechzehntes Kapitel

Es war Les. Er hatte sich seit Tagen nicht rasiert und trug dieselbe Kleidung wie an dem Tag, als wir uns in Lucys Haus getroffen hatten. Sein kurzes Haar war auf einer Seite verfilzt.

»Oh mein Gott, Les, ich hab mir fast in die Hosen gemacht! Was machst du in meinem Auto?«

Les rieb sich die Augen. »Ich brauchte einen Platz zum Schlafen, und außerdem wollte ich mit dir sprechen. Wohin willst du eigentlich?«

»Zu meinen Eltern nach Noe Valley.«

»Okay. Lass mich an der U-Bahn-Station Ecke 16th Street und Mission raus.«

»Wie bist du in mein Auto gekommen?«

Les griff neben sich und brachte ein kurzes, flaches Metallstück zum Vorschein. »Slim Jim.«

»Slim Jim«, wiederholte ich und imitierte seinen sachlich-nüchternen Tonfall. »Hast du zu viele Polizeifilme gesehen? Du kannst doch nicht einfach in fremder Leute Autos einbrechen!«

»Ich wusste, dass es dir nichts ausmacht.«

»Du wusstest, dass es mir nichts ausmacht? Dieses Auto ist erst sechs Monate alt. Wenn du das Schloss kaputtgemacht hast, muss ich dich umbringen!«

»Nein, musst du nicht.« Er grinste, und ein Anflug

seines früheren frechen Übermuts erschien auf seinem Gesicht. Er war immer noch richtig süß, sogar in dieser ernsten Notlage.

»Du hast Recht, muss ich nicht.« Ich blickte nach vorn und ließ den Motor an. »Wie geht es dir überhaupt? Bist du in Ordnung?«

»Oh, mir geht's verdammt gut, Angie, einfach hervorragend. Die Polizei überwacht meine Wohnung, ich schlafe in Autos, man befragt alle meine Freunde, was könnte noch besser sein?«

»Es tut mir leid, Les, aber ich habe dir ja gesagt, du sollst nicht weglaufen«, sagte ich und dachte in dem Moment, dass ich mich anhören musste wie meine Mutter.

»Hast du das Video gedreht, wie ich es dir gesagt habe? Hat es etwas gebracht?«

»Ich bin mir nicht sicher. Aber ich habe das Video der Polizei gegeben, genau wie du wolltest.«

Les beugte sich vor zu mir und schlug von hinten auf die Lehne meines Autositzes. »Was haben sie gesagt? Werden sie jemanden festnehmen?«

»Der Inspektor war nicht überzeugt. Er sagte, sie beobachteten diese Leute schon seit einer Weile, sie täten nichts Illegales. Er hat eine Kopie von dem Video gezogen, aber ich glaube, das war nur, um mich bei Laune zu halten.« Ich blickte in den Spiegel und sah, wie Les sein stoppeliges Kinn rieb.

»Du musst tiefer graben, Angie. Es muss noch einen anderen Ort geben. Oder du versuchst, mit ihnen nach Hause zu gehen, irgendetwas ...«

»Ich bin tief drin, Les. Tiefer als du glaubst.«

Wir erreichten die Ecke 16th Street und Mission. Auf der Straße herrschte geschäftiges Treiben, Bummler, Sonntagsshopper und Leute, die aus der BART-Station kamen, der U-Bahn von San Francisco. Ich lenkte den Wagen auf die Busspur.

»Schau mich an, Angie«, sagte Les. Als ich es tat, starrte er mir aufmerksam ins Gesicht.

»Du hast den Typen auch getroffen, stimmt's?«

Ich antwortete nicht, aber er wartete nicht auf meine Antwort. »Angie, er könnte deine Eintrittskarte sein. Unterhalte dich mit ihm, finde heraus, was mit Lucy passiert ist. Ich bin sicher, er ist derjenige ...« Les zitterte vor Aufregung und lehnte sich zu mir herüber.

»Stop«, schrie ich. »Du kennst ihn nicht. Woher soll ich wissen, dass du es nicht warst, Les? Und dann soll ich dir auch noch helfen, deinen Arsch zu retten und einen Sündenbock zu suchen?«

Les atmete langsam durch gespitzte Lippen aus. »Er hat dich schon in seinen Fängen, Angie, nicht wahr? Du klingst genau wie Lucy. Du siehst auch aus wie sie, denk mal darüber nach. Blass und irgendwie krank. Etwas Wildes in deinen Augen.« Er blickte mich traurig an. Dann streckte er den Arm aus und legte mir seine Hand auf die Schulter.

»Angie, es gibt da jemanden, sein Name ist Nicolai Blaloc, er studiert Vampire. Er könnte dir vielleicht helfen, den Zauber zu brechen. Ich habe ihn kennengelernt, auf der Suche nach jemandem, der mir helfen könnte, Lucy aus diesem Vampirzirkel zu befreien.«

»Und, hat er dir geholfen?« *Und will ich überhaupt von Eric lassen?*

»Nein. Lucy wollte nicht mit ihm sprechen.«

»Wo ist dieser Nicolai?«

»Ich weiß es nicht. Ich habe nur mit ihm telefoniert. Er hat eine Webseite namens Vampirjäger.com.« Les streckte die Hand nach dem Türgriff aus.

»Wo kann ich dich finden, Les?«

»Du kannst mich nicht finden. Ich kontaktiere dich, wenn ich kann. Sei vorsichtig, Angie. Es klingt, als bräuchtest du fast noch mehr Hilfe als ich.«

Im nächsten Moment war er schon in der Menschenmenge rund um die U-Bahn-Station untergetaucht.

Um zum Haus meiner Eltern zu gelangen, nahm ich die Dolores Street, einen breiten Boulevard mit begrünten Mittelstreifeninseln, die mit Palmen bepflanzt waren. Ich fuhr an der Dolores-Mission vorbei, nach der die Straße benannt war, und parkte dort aus unerfindlichen Gründen. Die alte Mission, ein weiß gekalkter Ziegelsteinbau mit breiten, gedrungenen Säulen und einem roten Ziegeldach, war im Jahre 1790 erbaut worden und somit das älteste Gebäude der Stadt. Ich hatte schon Bilder aus dem neunzehnten Jahrhundert gesehen, auf denen sie fast genauso aussah wie heute, umgeben allerdings von nichts als Schlamm und Farmtieren. Die große Kathedrale, die daneben errichtet wurde, überschattete den kleinen Ziegelbau, aber immer wenn

Touristen zu einer Besichtigung kamen, gingen sie zuerst zur alten Mission.

Die Gegend, in der ich aufgewachsen war, lag nur ein paar Häuserblocks weiter hinter dem nächsten Hügel, und wir gingen früher regelmäßig zum Gottesdienst in die St. Philip's Church. Aber zu besonderen Gelegenheiten wie Weihnachten oder Ostern kamen wir in die Mission-Dolores-Cathedral, um die Messe zu hören.

Ich stieg die breite Betontreppe zur Kirche hinauf. Sie war leer, doch der Weihrauchduft vom Morgengottesdienst hing noch in der Luft. Die Statue von Jesus am Kreuz strahlte, als sei sie frisch bemalt worden. Das Blut auf Händen, Füßen, Brust und Stirn war vom anderen Ende des Raums deutlich sichtbar. Seine Augen unter den schweren Lidern blickten hoch zum Himmel, wahrscheinlich in Erwartung auf Erlösung von seinen irdischen Qualen. Ich saß auf der am weitesten entfernten Kirchenbank und starrte auf die Statue. Bilder aus der Geschichte, die mir Eric erzählt hatte, schossen mir durch den Kopf. Eric war einmal religiös gewesen, so sehr, dass er bereit war, sein Leben Gott zu widmen. Ich fragte mich, was er inzwischen von Ihm dachte. Plötzlich erinnerte ich mich an etwas, das mein Vater früher immer sagte: »Es gibt keine Atheisten in Fuchslöchern.« Da ich schon hier war, beschloss ich zu beten.

»Lieber Gott«, sagte ich still, »bitte pass auf mich auf. Ich stecke bis zum Kopf in dieser Sache drin und weiß nicht, wen ich sonst um Hilfe bitten kann.

Du kennst dich ziemlich gut aus mit dem Bösen und weißt, wie du Menschen davor beschützen kannst, also könntest du mir vielleicht ein Zeichen schicken.«

Ich wusste nicht genau, was ich über Eric sagen könnte, aber dann wurde mir etwas klar. Wenn es wirklich einen Gott gibt, wusste Er bereits alles über Eric und meine Gefühle für ihn. »Führe mich in die richtige Richtung mit Eric. Und bitte pass auf Lucy auf, ich hoffe, sie ist jetzt da oben bei dir.« Ich bekreuzigte mich sicherheitshalber.

Als ich die Kirche verließ, war das Wetter wunderbar, oder was ich früher als wunderbar bezeichnet hätte, bevor ich begann, die Sonne zu hassen. Es war ein perfekter Oktobertag, hell und klar, um die fünfundzwanzig Grad, mit einer salzigen Brise, die von der Bucht hereinwehte. Ich genoss die Wärme, aber das Licht war erdrückend. Ich fand die Baseballkappe auf dem Rücksitz und zog sie tief über meine Augen, bevor ich das Auto den Hügel hinauf zum Haus meiner Eltern steuerte. Hoffentlich konnte ich hineingehen, zu Abend essen und hinausgehen, ohne zu viel davon preiszugeben, was passiert war. Es würde bestimmt schwierig werden. Normalerweise fragten meine Eltern mir Löcher in den Bauch, um Informationen über mein Leben zu bekommen.

Meine Eltern lebten in einer ruhigen Straße in Noe Valley, in dem Haus, das meine Großeltern 1955 gekauft hatten. Mein Großvater war Feuerwehrmann, wie auch mein Vater. Grandpa starb bei einem Großfeuer in einer Lagerhalle, als ich noch ein Baby war, und von da an lebten wir alle zusammen, meine Eltern, meine Großmutter, mein Bruder, meine Schwester und ich. Wir teilten uns ein Badezimmer. Ich duschte schon immer schneller als alle anderen, die ich kannte.

Mein Vater stutzte gerade eine Hecke im briefmarkengroßen Vorgarten. Frank McCaffrey war schlank und drahtig und wirkte eher wie mein Bruder als mein Vater, was verständlich war, schließlich hatte er mich schon mit achtzehn bekommen. Das einzige Anzeichen dafür, dass er schon im mittleren Alter war, waren die Fältchen um seine Augen, wenn er lachte, was häufig vorkam.

Dad legte die Heckenschere nieder, als ich in die Auffahrt fuhr. »Ma'am, Sie können hier nicht parken, das ist Privateigentum.« Er blickte finster und drohend drein.

Ich hielt beide Hände hoch, als würde ich mich ergeben. »Bitte nicht schlagen«, sagte ich.

Dad kam herüber und umarmte mich fest. Er roch nach frisch gemähtem Gras und Schweiß. »Schön, dass du hier bist, Schatz. Wir haben das von Lucy Weston heute Morgen in der Zeitung gelesen.«

Ich drückte meinen Vater ganz fest und wusste, dass das alles war, was er zu der Angelegenheit sagen würde. Als Feuerwehrmann hatte er schon viel Erfahrung mit dem Tod gesammelt. Seine Mittel, damit umzugehen, waren Bier und Schweigen.

»Geh rein und schau nach deiner Mutter, sie hat sich schon Sorgen um dich gemacht.«

Ich öffnete die Tür und betrat den Flur. Das Haus, in dem ich aufgewachsen war, bezeichneten Immobilienmakler als »Storybook Cottage«, Bilderbuchhütte, was bedeutete, dass es ziemlich klein war. Das Wohnzimmer lag links, die Treppe auf der rechten Seite führte zu drei winzigen Schlafzimmern und zum Bad. Am anderen Ende des Flurs lag das Esszimmer und eine vor kurzem renovierte Küche mit einer Veranda mit Blick auf den Hintergarten. Alles außer Küche und Bad stammte etwa aus dem Jahr 1895.

Die Klänge eines Gamelan-Orchesters erfüllten das Haus, für mich klang es, als würden hundert Töpfe rhythmisch geschlagen. Der Musikgeschmack meiner Mutter war eben sehr vielseitig.

Als ich eintrat, bereitete Mom gerade Spanakopita zu. Sie verteilte Käse und Spinat auf dünnen Filoteig-Blättern, umgeben von einem Berg an Tellern und Töpfen. Sie weigerte sich, einen Topf zu waschen oder auch nur etwas wegzuräumen, während sie kochte, aus Angst, den kreativen Prozess zu unterbrechen. Ich hatte von meiner Mutter sehr viel über das Kochen gelernt, befürchtete allerdings, dass dieses Wissen immer mehr schwand, da ich es nicht anwandte.

»Hi Mom, ich dachte, es gibt Hackbraten …«

Sie hielt eine Hand hoch, eine Bitte um Ruhe. Dann hob sie ein Stück zarten, mit Spinat beladenen Filoteig hoch und faltete das Rechteck geschickt zu einem Dreieck. Es sah aus, als würden zwei Soldaten eine Flagge zusammenlegen. Als sie fertig war, nahm sie sich das nächste vor, während ich still zusah. Sie legte die letzten beiden Teigdreiecke in eine Backform, in der schon ein Dutzend weitere lagen, und schob die Form in den Ofen. Dann wischte sie die Hände an einem Geschirrtuch ab, und erst dann kam sie herüber und umarmte mich.

Ihr großer Busen drückte sich auf meine flache Brust, eines der Dinge, die ich nicht von meiner Mutter geerbt hatte. Auch nicht das seidige blonde Haar, das sie mit zwei Spangen zurückgesteckt hatte.

»Wenn du Hackbraten willst, musst du früher reservieren.« Sie hielt mich eine Armlänge entfernt. »Also, wie geht's dir, meine Süße?«

Ich konnte nicht einfach nur »gut« sagen, wie sonst bei allen anderen. Tränen brannten in meinen Augenwinkeln, und ich wich ein Stück zurück, damit sie sie nicht sah. »Kommen Frankie und Thea auch?«, fragte ich.

»Frankie muss jeden Moment zurück sein. Er ist in der Bibliothek und lernt für sein Studium. Thea muss heute Abend eine Cocktailparty versorgen, sie kommt also nicht.«

Thea war fünfundzwanzig, hatte Mutters kulinarische Talente geerbt und einen eigenen Catering-Service aufgemacht. Frankie war neunzehn und ging auf die San Francisco State University. Er machte dort seinen Abschluss in Kreativem Schreiben und wohnte bei den Eltern, um Geld zu sparen. Kreatives Schreiben war Zeitverschwendung, jedenfalls laut meinem Vater. Dasselbe hatte er auch über mein Theaterstudium gesagt, aber er kam trotzdem zu meiner Abschlussfeier und weinte. Weder er noch meine Mutter hatten das College besucht, denn in der Zeit, in der sie mit ihren Studentenverbindungen hätten feiern können, waren sie bereits verheiratet und wechselten meine Windeln.

Ich saß auf einem Stuhl an der Küchentheke und beobachtete, wie meine Mutter in Lichtgeschwindigkeit Gemüse schnitt. Eine offene Tüte mit Feigenkeksen stand neben mir, und geistesabwesend griff ich hinein. Als ich hineinbiss, hätte ich den Keks fast ausgespuckt, so pappsüß und sandig schmeckte er, aber ich kaute weiter, denn meine Mutter würde es sicherlich bemerken, wenn ich eins meiner ehemaligen Lieblingsnahrungsmittel herauswürgte.

»Du hast einen Mann kennengelernt, stimmt's?«, fragte sie, ohne den Blick von ihrem fliegenden Messer zu nehmen.

»Warum fragst du?«, sagte ich mit erstickter Stimme.

»Ich erinnere mich, wie du mit demselben verträumten Gesichtsausdruck dagesessen bist und Feigenkekse gegessen hast, in dem Sommer, als du Joey Malone kennengelernt hast.«

Ah, Joey Malone. Zu jung für den Führerschein, hatten wir stundenlang hinter einem Busch im Dolores Park geknutscht, bis meine Lippen so geschwollen waren, dass ich eine Woche lang nicht mehr mit einem Strohhalm trinken konnte. Seltsam, dass sie das jetzt erwähnte. Von allen Erfahrungen, die ich im Leben gesammelt hatte, fühlte diese sich im Moment am ähnlichsten an – gefährlich, aufregend und so verlockend, dass es unmöglich war, sich zurückzuhalten.

»Versuch gar nicht erst, es abzustreiten. Ich will nur wissen, ob du mir davon erzählen wirst oder nicht«, sagte Mom.

Ich zerdrückte den Keksrest zu einem krümeligen Ball. »Es lohnt sich eher nicht, darüber zu reden, Mom. Er wird wahrscheinlich gar nicht mehr so lange in meiner Nähe sein.«

»Warum, ist er ein Krimineller? Ist er auf der Flucht?«

»Auf der Flucht? Nein, und auch kein Krimineller. Er ist nur, ähm, ein gutes Stück älter als ich.«

Das ist ein Understatement.

»Na ja, ältere Männer können auch ganz gut sein. Sie besitzen schon mehr Weisheit. Und mehr Geld, meistens zumindest.« Mom wischte sich die Stirn mit dem Geschirrtuch. »Es ist heiß heute. Ich hätte etwas vom Chinesen bestellen sollen.«

Sie setzte sich neben mich und streifte mich mit ihrem nackten Arm. Als ihre Haut die meine berührte, flackerte in meinem Geist ein Licht auf, so hell, dass ich meine Augen davor schließen musste. Plötzlich hatte ich eine Vision von meiner Mutter und meinem Vater in einer Arztpraxis. Mein Vater schritt nervös den Flur auf und ab. Meine Mutter saß da wie ein Stein. Mit der rechten Hand hielt sie ihre linke Brust und blickte drein wie ein krankes

Kind. Ich öffnete die Augen und die Vision und das Flackern waren vorbei.

»Mom, bist du krank?«

Sie verdrehte sich auf ihrem Stuhl und schlug die Hände zusammen. »Ich habe deinem Vater gesagt, dass ich nicht will, dass er es euch Kindern sagt, nicht bevor ich genau weiß, was los ist! Verdammte Iren, sie können einfach nicht den Mund halten!«

»Dad hat gar nichts gesagt. Ich hatte nur so ein Gefühl.« Ich presste den Kopf auf meine Hände, überwältigt von einem Chaos der Gefühle – Angst wegen der Krankheit meiner Mutter, gemischt mit dem Schock darüber, dass ich ihre Gedanken lesen konnte, so klar, als würde ich durch ein Fenster blicken.

»Nein, nein, das kann nicht sein«, stammelte ich.

Mom nahm mir die Hände vom Gesicht und hielt sie fest. Ihre Haut fühlte sich trocken und papierdünn an. »Es gibt keinen Grund, durchzudrehen, Schätzchen. Ich habe vor ein paar Wochen einen Knoten in meiner Brust entdeckt, und wir warten jetzt auf das Ergebnis der Biopsie. Der Arzt sagt, es ist wahrscheinlich gutartig, wir haben keine Brustkrebsfälle in der Familie, aber er will eben sichergehen. Ich wollte euch gar nicht erst damit belasten, bevor das Testergebnis da ist.«

Ich betrachtete prüfend ihr Gesicht. »Du solltest so etwas nicht für dich behalten. Ich will es immer wissen, das weißt du.«

»Na ja, du warst in den letzten Wochen immer so beschäftigt mit deiner Arbeit.«

Sie tätschelte mir abwesend die Hand. Ich war noch nie in der Lage gewesen, meine Mutter trösten zu müssen, die Situation kannte ich nur umgekehrt, und ich wusste, nun war es so weit. Ich suchte gerade nach den richtigen Worten, als plötzlich mit großem Krachen ein riesiger Rucksack auf dem Stuhl neben mir landete.

Seit er vierzehn war, erinnerte mich mein Bruder Frankie mit seiner donnernden Stimme und seinem trottenden Schritt an ein großes, lautes Pferd. Meistens war er auch noch von Schweißgeruch umgeben, er spielte in mehr Sportvereinen, als ich zählen konnte. Immer wenn er nach Hause kam, ging er direkt auf den Kühlschrank zu, meistens, um eine Packung Milch direkt aus dem Karton in sich hineinzuschütten. Ich bemerkte, dass Frankie reifer geworden war, denn heute nahm er sich ein Glas und füllte es mit Milch, bevor er sich zu uns setzte.

»Hey, Frankie, nimm am Tisch den Hut ab.« Ich schnalzte mit Daumen und Zeigefinger auf den Schirm seiner Baseballkappe. So viel zu Angie, der Erwachsenen.

Frankie drehte seine Kappe um, so dass der Schirm nach hinten zeigte. »Ist das besser, Frau Gutes Benehmen?«

»Na gut. Deine Haare will ich wahrscheinlich sowieso nicht sehen.« Frankie hatte dasselbe drahtige, lockige rote Haar wie ich, während meine glückliche Schwester Thea die blonden Wellen meiner Mutter geerbt hatte. »Wie läuft's an der Uni, Bruderherz?«

»Gut, zumindest seitdem ich endlich in ein paar

Kurse reingekommen bin. Zwanzig Leute standen auf der Warteliste für »Der Viktorianische Roman«. Ich werde wohl fünf Jahre bis zum Abschluss brauchen, nur weil ich nicht in die Kurse komme, die ich belegen muss.«

»Ich kann mir sowieso nicht vorstellen, wie du einen Kurs namens ›Der Viktorianische Roman‹ belegst, Frankie. Für mich bist du eher der Jack-Kerouac-Typ. Oder vielleicht noch Henry Miller.«

»Verschone mich mit deinen bourgeoisen Vorurteilen, Mann. Henry James hat auch ziemlich kranken Scheiß geschrieben.«

Meine Mutter warf ihm einen missbilligenden Blick zu.

»Sorry, Ma. Ich meine, er hat ziemlich kranke *Literatur* geschrieben.« Er warf sich den Rucksack wieder über die Schulter. »Ich muss lernen. Wann gibt's Abendessen?«

»So wie immer, Frank junior. Aber wenn du etwas früher herunterkommen und beim Tischdecken helfen willst, sage ich nicht Nein.«

Frankie grunzte eine unverständliche Antwort, als er hinauf zu seinem Zimmer stapfte.

»Hast du es ihm schon gesagt?«, fragte ich.

»Es gibt noch nichts zu sagen. Und ich will, dass du es auch wieder vergisst, Angie. Das ist ein Befehl. Und jetzt hilf mir, das Abendessen auf den Tisch zu bringen.«

Mein Messer hackte Sellerie und Jicama-Wurzeln im Autopilot-Modus, während ich über die Visionen nachdachte, die ich gehabt hatte, als Eric und ich uns berührten. Sie schienen so lebendig, als wären es meine eigenen Erinnerungen, die sich in meinem Kopf abspielten, aber ich hatte sie als Fieberwahn abgetan. Nun betrachtete ich sie in einem ganz anderen Licht. Hatte ich Erics Geist betreten, als ich ihn berührte? Hatte er den meinen betreten? Wusste er, was ich für ihn empfand?

Nachdem ich an diesem Abend das Haus meiner Eltern verlassen hatte, fuhr ich ziellos in der Gegend herum, die Sorgen kreisten in meinem Kopf wie ein Goldfisch im Glas. Schließlich zog ich mein Handy heraus und rief die Telefonauskunft an. Man gab mir die Nummer von Nicolai Blaloc. So einfach war das.

»Hallo?« Seine weiche, gebildete Stimme klang vorsichtig, als erwarte er lästige Telefonwerbung.

»Ist dort Mr. Blaloc?«

»Wer ist denn dran?«

»Mein Name ist Angie McCaffrey. Ich habe Ihre Nummer von Les Banks. Er meinte, Sie seien ein Experte für, äh, Menschen, die im Vampir-Lifestyle leben.«

»Was wollen Sie?« Dieser Typ machte es mir wirklich nicht leicht. Wenn er nicht wollte, dass man ihn anrief, warum hatte er dann eine Webseite namens Vampirjäger.com?

»Ich brauche Hilfe, Mr. Blaloc. In den letzten Wochen sind ein paar seltsame Dinge passiert. Ich glaube, ich habe einen Vampir kennengelernt.«

»Ha ha, sehr witzig. Gehen Sie und erzählen Sie

Ihrer Studentenverbindung, dass Sie den Vampirjäger angerufen haben. Ich bin sicher, sie werden sehr beeindruckt sein.« Dann legte er auf.

Ich überlegte fieberhaft, womit ich Nicolai davon überzeugen konnte, dass mir der Sinn absolut nicht nach Scherzen stand. Ich wählte erneut seine Nummer.

»Hören Sie, diese Person hat einen ganz seltsamen Geruch«, platzte ich heraus.

»Bitte, nenn mich Nicolai.« Plötzlich war seine Stimme höflich. Mit seinem Akzent dehnte er das »i« in der ersten Silbe seines Namens.

»Ich bin interessiert, Ms. McCaffrey. Wann können Sie bei mir vorbeikommen? Ich wohne im Mission District.«

»Genau da bin ich gerade.«

Siebzehntes Kapitel

Nicolais Wohnung lag nur fünf Häuserblocks von der Stelle entfernt, an der ich Les zuvor abgesetzt hatte. Dieser Teil des Mission District war kürzlich vom »Chronicle« zur »hippsten« Gegend der Stadt erklärt worden, aber es schien, als könne nur ein kleiner Teil der Bewohner es sich leisten, am hippen Lifestyle teilzuhaben. Tapasbars und Cafés mit Bücherregalen standen Wand an Wand mit Billardhallen, mexikanischen Lebensmittelläden und kleinen Reisebüros, die mit billigen Flügen in jede erdenkliche Stadt Südamerikas warben.

Die Adresse, die Nicolai mir genannt hatte, war ein großer Wohnblock Ecke 16th Street und Guerrero, eine graue dreistöckige Festung mit Sicherheitsgittern vor jedem Eingang und vor den Fenstern im Erdgeschoss. Ich klingelte an der mittleren Tür, und als der Türöffner summte, drückte ich das Metalltor auf. Ich musste drei knarrende hölzerne Treppen hinaufsteigen, bis ich bei Wohnung Nummer zwölf angekommen war.

Ein großer, dünner Mann, dessen auffälligstes Erscheinungsmerkmal der starke Kontrast zwischen Schwarz und Weiß war, öffnete auf mein Klopfen hin die Tür. Ein Wirrwarr von schulterlangen schwarzen Haaren umrahmte ein weißes Gesicht mit schwarzen Augenbrauen und einem schwarzen Ziegenbärtchen. Der Mann trug schwarze Lederhosen, schwarze Stiefel und ein mit Rüschen besetztes weißes Piratenhemd. Er sah aus, als sei er Mitte vierzig.

Er schüttelte mir die Hand, seine Handfläche war kalt und feucht. »Ich bin Nicolai Blaloc, und du musst Angela sein.« Er blinzelte mich an, als sehe er schlecht. »Bitte komm herein in den Salon.«

Ich musste kurz nach Luft ringen, als ich seinen »Salon« betrat. Normalerweise gibt es in viktorianischen Wohnblöcken so gut wie nichts, das noch an die Zeit erinnert, als Königin Viktoria noch am Leben war, aber in Nicolais Wohnung hatte ich das Gefühl, als sei ich in eine Zeitmaschine geraten. Jeder Zentimeter Wand und Decke war mit Stoff verhangen oder bemalt oder mit floralen Ornamenten verziert, alles kreuz und quer durcheinander in schwindelerregender Überfülle. Vergoldete und mit Seide bezogene Möbel, die eine ganze Villa hätten füllen können, drängten sich in dem kleinen Raum. Es gab sogar einen kleinen Flügel, über den ein Stück Seidenstoff gebreitet lag. Auf jedem Tisch stand eine Sammlung – Kristallfigürchen, Schnupftabakdosen und winzige Bilder in Silberrahmen. Es gab sogar eine Kollektion ausgestopfter Vögel, manche davon unter Glasglocken, andere an der Wand, einige in Bambuskäfigen. Die Vögel ließen mich schaudern; sie alle schienen mich mit ihren gläsernen Augen anzustarren. Um die Wirkung noch zu vervollständigen, war der gesamte Raum mit flackernden Gaslampen erleuchtet.

Nachdem er mir einen Moment gegeben hatte, um

die Atmosphäre aufzunehmen, bat mich Nicolai, auf einem der Stühle mit hohen Rückenlehnen Platz zu nehmen.

»Angela, du siehst aus, als ginge es dir nicht besonders gut. Kann ich dir etwas zu trinken anbieten? Ein Glas Wein vielleicht?«

Dass er mich Angela nannte, war mir etwas unangenehm, es erinnerte mich an Eric. »Ich nehme ein Glas Wein, gerne.«

Er ging durch einen Türbogen mit Vorhängen und erschien ein paar Minuten später mit zwei tulpenförmigen, mit Rotwein gefüllten Gläsern. Nicolai setzte sich auf die Couch mir gegenüber und nahm einen Schluck Wein. Irgendwo in der Wohnung schlugen mehrere Standuhren.

Nicolai lehnte sich zurück und strich sich über das Ziegenbärtchen, Kerzenlicht flackerte auf seinem Gesicht. Er sah aus wie Siegmund Freud in der Hölle. »Erzähl mir, was du erlebt hast.«

Wo sollte ich anfangen, wie viel erzählen, wie weit vertrauen? Ich musste ihm etwas von der Wahrheit sagen, wenn er mir helfen sollte. »Meine Chefin, Lucy Weston, ist tot. Es sieht danach aus, als sei sie von einem Vampir getötet worden, oder von jemandem, der wollte, dass es so aussieht. Die Polizei ist hinter Les Banks her, ihrem Freund. Er hat mir auch deinen Namen genannt. Les sagt, dass er es nicht war und dass Lucy von einem ›echten Vampir‹ umgebracht wurde. Der Mann, den er meinte, ist jemand, mit dem ich, äh, mit dem ich mich getroffen habe.«

Ich rieb mir die Augen. Diese Erklärung machte mir Kopfschmerzen. »Dieser Mann, den ich getroffen habe, hat mir Einzelheiten erzählt, die nur schwer zu glauben sind.«

»Aber es sind Dinge mit dir passiert, die du nicht durch natürliche Ursachen erklären kannst.«

Verwundert lehnte ich mich vor, um Nicolai besser im Blick zu haben. »Ja, das stimmt.«

»Du leidest unter ungewöhnlichen Symptomen. Übelkeit, Kopfschmerzen, Sehnsucht nach Dunkelheit. Appetitverlust. Du hörst Stimmen.«

»Ja, das ist richtig.« Meine Stimme war nur noch ein Flüstern.

Nicolai strich sich weiter über den Bart. Er sprach mit beruhigender Monotonie, als wolle er mich hypnotisieren. »Dieser Mann, er besucht dich in der Nacht. Du hast, wie sollen wir es nennen, Begegnungen mit ihm, die sowohl beängstigend als auch ...«

Er machte eine Pause. Ich schluckte laut.

»... aufregend sind.« Er streckte einen Finger aus und strich über die Schwanzfedern eines ausgestopften schwarzen Vogels auf einem Sockel, der einem Zweig nachempfunden war. »Ich gehe davon aus, dass du diese Begegnungen nicht genau beschreiben kannst, ist das korrekt?«

Ich nickte, da ich nicht sicher war, ob ich mich auf meine Stimme verlassen konnte.

»Du fühlst dich mächtig von ihm angezogen, nicht wahr, Angela?«

»Wer bist du?« Ich hielt mein Weinglas so fest, dass ich dachte, es würde gleich zerbrechen.

Er lehnte sich zurück und strich die Rüschen am Kragen seines Hemds glatt. »Ich bin niemand, einfach nur ein Beobachter. Ich bin ein Gelehrter, ein Historiker, ein Forscher. Ich interessiere mich für Gruppen wie zum Beispiel die Leute, die im *House of Usher* zusammenkommen, denn dort findet man sie für gewöhnlich.«

Mein Mund fühlte sich trocken an. »Findet man wen?«

Nicolai ging zu einem Bücherregal in einer Ecke des Zimmers und nahm ein großes Buch mit altem, abgeblättertem Ledereinband und Goldprägung heraus. Er legte es vor mich auf den Tisch und schlug die erste Seite auf. Sie war mit den spitzigen, nicht ganz gleichmäßigen Buchstaben bedruckt, wie sie bei sehr alten Büchern üblich waren. Der Titel lautete: »Der Vampir in Legende, Fakten und Kunst«, von Mme. De Laszowska, veröffentlicht im Mai 1785. Ungefähr im ersten Drittel des Buchs steckte ein Lesezeichen, also öffnete ich es an dieser Stelle.

Dort fand ich einen Druck, der von einem Holzschnitt stammte, das Profil eines Mannes mit scharfer Nase, kleinen Augen und einem spitzen Bart. Er trug eine einfache Krone auf dem Kopf und einen Pelzkragen. Seine Augen starrten auf irgendeinen weit entfernten Feind. Die Bildunterschrift lautete: »Der transsylvanische Graf Vlad Tepisch aus dem vierzehnten Jahrhundert, vermutlich der erste Vampir.«

Nicolais Worte flossen über das Bild, mit der ruhigen, kultivierten Stimme eines Professors, der eine Vorlesung gibt. »Die Geschichte der Vampire beginnt in der Wirklichkeit, aber die Wahrheit ist im Laufe der Zeit verfälscht worden, verwoben mit Mythen und Märchen, und so entstand ein Flickenteppich der Legenden.«

Ich blickte von dem Buch auf und zog meinen Mantel enger um mich, als könne er mich vor dem Unbehagen schützen, das ich nun verspürte.

Nicolai sah mich mit dem professionellen Lächeln eines Therapeuten an, aber seine Augen funkelten im Gaslicht. »Der Begriff ›Vampir‹ ist einer der am meisten missverstandenen Begriffe in der menschlichen Kultur. Das Wort hat viele Konnotationen, die nicht genau zutreffen. Zum Beispiel sind Vampire weder unsterblich noch übernatürlich.«

»Willst du damit sagen, dass sie eigentlich auch keine Menschen umbringen?«

»Ganz im Gegenteil. Sie töten Menschen, und zwar viele. Es könnte durchaus sein, dass einer von ihnen deine Freundin umgebracht hat.«

Ich war schockiert. »Du meinst, dass die Leute im *House of Usher* alle Mörder sind?«

»Nein, nein, nein. Diese Leute sind Menschen, die ein Verhalten angenommen haben, das eine psychologische Funktion erfüllt. Viele wurden als Kinder missbraucht und fühlen sich vom Vampirmythos angezogen, als ein Mittel, Macht zu erlangen, oder nahe an der Macht zu sein, für ihr eigenes Leben. Sie trinken Blut, wenn jemand einwilligt, es ihnen zu geben, aber sie sind keine Vampire. Nein, ein echter Vampir ist etwas ganz anderes, etwas, das sie niemals begreifen werden.«

Nicolai strich über den ledernen Bucheinband. Seine Fingernägel waren lang und zu scharfen Spitzen gefeilt, jeder einzelne eine kleine Klinge.

»Vampire sind zwar nicht unsterblich, leben aber viel länger als ein normaler Sterblicher, vielleicht zweitausend Jahre lang. Denk dabei nur an den Redwood-Baum, denk an den Komododrachen. Sie atmen, aber ihr Atem ist kalt; ihr Herz schlägt, aber langsam. Wie bei den Eidechsen passt sich ihre Körpertemperatur der Außentemperatur an. Sie sind von Natur aus kalt, wärmen sich aber an Blut, Menschenkontakt und einer warmen Umgebung.«

Ich dachte an Erics kalte Hände, die sich aufwärmten, wenn er meine Haut berührte.

»Sie brauchen Blut, um zu überleben, aber die Menge variiert, je nachdem, um welchen speziellen Vampir es sich handelt. Manche können lange Zeit auskommen, ohne zu töten, andere hingegen, vor allem in früheren Jahrhunderten, als sie sich leichter verstecken konnten, überwältigten ganze Städte.«

»Nicolai, die Dinge, die ich erlebt habe …«

»Ja, du fragst dich, ob du jetzt ein Vampir wirst.«

»Nein! Das wollte ich nicht fragen. Ich glaube nicht an Vampire. Er könnte das auch mit Drogen machen, mit Hypnose …«

Nicolai drehte sich um und starrte mich an, winzige Feuer spiegelten sich in seinen Augen. »Angela, lass uns nicht unsere Zeit verschwenden. Warum bist du zu mir gekommen, anstatt zur Polizei zu gehen, oder zu einem Psychiater, oder zu einem, wie heißt das, Netzwerk für Sektenaussteiger? Ich werde dir sagen, warum. Weil du die Wahrheit bereits kennst, weil du weißt, dass nur ich dir helfen kann.«

Wenn man nicht selbst eine religiöse Offenbarung erlebt hatte, konnte man wohl nicht annähernd nachvollziehen, was ich in diesem Moment empfand. Was ich in den letzten Tagen hartnäckig geleugnet hatte, stand nun endlich klar vor mir und ließ nun keinen anderen Ausweg zu. Eric hatte mir *die Wahrheit* gesagt.

Nicolais Lippen formten sich zu einem Lächeln, und er nickte. »Ich sehe, dass du langsam zur Erkenntnis gelangst. Das ist gut, denn ich habe dir noch viel mehr zu sagen. Der Vampir löst eine Verwandlung in dir aus.«

»Verwandlung?«

Bevor er antwortete, zog er ein weiteres Buch hervor. Es war ein altes, abgenutztes, in Leder gebundenes Exemplar von *Dracula* von Bram Stoker.

»Das hier hast du schon gelesen, nehme ich an.«

»Zählt es auch, dass ich den Film gesehen habe?«

Nicolai blies missbilligend Luft durch die Nase.

»Ich meine den von Francis Ford Coppola. Es war ein sehr guter Film. Keanu Reeves war scheiße, aber trotzdem.« Ich plapperte auf ihn ein, um über meine Nervosität hinwegzutäuschen.

Nicolai blätterte durch die verstaubten Seiten und begann, laut vorzulesen, dabei blinzelte er noch mehr. »Das erste Mal wurde sie von dem Vampir gebissen, als sie sich in Trance befand, sie schlafwandelte ... und in Trance war es für ihn am einfachsten, an noch mehr Blut zu gelangen. In Trance starb sie, und in Trance ist sie ebenfalls untot.«

Er schloss das Buch, und ein Stück des Ledereinbands fiel zu Boden.

»Bram Stoker war in seinem Porträt von Mina sehr nahe an der Wahrheit dran. Ein älterer Vampir muss die Verwandlung über einen gewissen Zeitraum betreiben, in dem er das Subjekt ›besucht‹ und das einleitet, was Stoker einen Trancezustand nennt. Ich würde es einen euphorischen Zustand nennen. Wie würdest du es nennen, Angela?«

»Erzähl einfach weiter, Nicolai, bitte.« Ich nahm einen großen Schluck Wein.

»Sehr gut. Die Körperflüssigkeiten der Vampire enthalten ein Virus, das die biochemischen Veränderungen auslöst, aus denen ein weiterer Vampir hervorgeht. Um jedoch ein Vampir zu werden, muss die Person bestimmte genetische Voraussetzungen erfüllen, eine Prädisposition für den Vampirismus, das heißt, das Gen, woran das Virus andockt.«

»Ich sehe schon, ich hätte im Chemieunterricht wach bleiben sollen.«

Nicolai sprach weiter und ignorierte meinen Versuch, die Atmosphäre aufzulockern. »Das Gen, wie alle anderen Gene auch, vererbt sich innerhalb von Familien. Berühmte mächtige Familien wie die Medici in Italien und die britische Königsfamilie erschaffen Vampire nur innerhalb der Familie und vermeiden die Kreuzung mit Individuen aus anderen Familien. Dies führte auch zur Begrenzung der Anzahl von Vampiren auf der Welt, was wichtig war für das Überleben der Spezies. Und auch der menschlichen Spezies, natürlich.«

»Du willst mir also sagen, ich habe ein Vampirgen?«

»Ja. Und es muss sehr stark sein, wenn du in der Lage bist, die Gedanken deines Vampirs zu lesen. Kannst du auch die Gedanken von jemand anderem lesen?«

»Ja, von meiner Mutter.«

Nicolai nickte. »Natürlich. Du wirst es von ihr geerbt haben.«

Mein Finger fuhr den Umriss des Gesichts von Vlad Tepisch nach. »Was für, äh, andere Kräfte bekommt jemand, wenn er zum Vampir wird?«

Nicolai klatschte in die Hände wie ein aufgeregtes Kind. »Eine exzellente Frage, Angela, und genau zum richtigen Zeitpunkt. Zu der bereits erwähnten Langlebigkeit und Hellsichtigkeit gegenüber anderen genetisch verwandten Individuen kommt eine übermenschliche Kraft und Beweglichkeit.«

Ich schloss die Augen und erinnerte mich, wie Eric mich in die Arme genommen und innerhalb eines Augenblinzelns vom Hyde Street Pier in meine Wohnung in Pacific Heights gebracht hatte.

Ich rannte bis an den Stadtrand, denn ich wusste, dass dort eine Klippe war, ein steiler Abhang über einem Fluss. Ich rannte darauf zu und merkte, dass ich beinahe fliegen konnte, ich hatte eine unglaubliche Kraft und Geschwindigkeit.

Nicolai sprach inzwischen immer noch weiter. »... Gelehrte sagen, dazu käme auch noch eine übermenschliche Intelligenz, aber meine Forschungen haben ergeben, dass dies wahrscheinlich nur das Ergebnis der geschickt eingesetzten anderen Fähigkeiten ist, zum Beispiel der Hellsichtigkeit. Wobei, wenn man an das Sprichwort glaubt, dass mit dem Alter auch die Weisheit kommt, nun ja, welcher Vampir hätte da keinen Vorteil uns gegenüber?«

Ich erinnerte mich an Erics Nase, die auf dem Parkplatz gebrochen war, und die wundersame Heilung. Von dort aus war es nur ein kleiner Schritt hin zu meiner Mutter und ihrer möglichen Krebserkrankung. »Kann eine Person, ich meine, ein Vampir, jemanden von einer Krankheit heilen?«

Nicolai nickte. »Das Vampirgift besitzt heilende Kräfte, sowohl für den Vampir als auch für den Menschen, durch den er sich ernährt. Solange er ihn nicht umbringt, natürlich.«

Nun war es Zeit, die wichtigste Frage zu stellen. »Also...« Ich war so nervös, dass ich mich anstrengen musste, damit meine Stimme nicht versagte. »Wie wird man denn eigentlich zum Vampir?«

»Der Mensch läuft für einige Tage oder Wochen in einem semivampirischen Zustand herum, während der Vampir ihn besucht und sich von ihm ernährt. Dabei injiziert er ihm jedes Mal eine kleine Menge Gift. Der Mensch bekommt Symptome – Kopfschmerzen, Übelkeit, Lichtempfindlichkeit –, die bereits ein Hinweis darauf sind, was kommen wird. Wenn der Flüssigkeitsaustausch in dieser Zeit gestoppt wird, wird sich der Mensch höchstwahrscheinlich wieder zurückverwandeln.«

»Und wenn er sich nicht zurückverwandelt?«, fragte ich.

Nicolai drückte sich näher an mich heran, und ich sah die Schweißperlen auf seiner Stirn. Er lächelte nun nicht mehr.

»Auf dem Höhepunkt des Blutaustauschs muss der künftige Vampir sterben. Dies ist immer ein gefährliches Unterfangen, denn man weiß erst dann, ob der Vampirvirus ›angeschlagen‹ hat, nachdem der Mensch gestorben ist. Wenn er wieder aufwacht, war es erfolgreich, wenn nicht ...« Nicolai zuckte die Achseln und hielt die Hände hoch. »Es ist ein Risiko, das sich lohnt.«

»Wie stirbt man, Nicolai?«

»Der Vampir beendet dein sterbliches Leben, natürlich, indem er dein Blut aussaugt.« Nicolai kam noch näher und berührte mich am Arm. Ich spürte seine Nägel durch den Mantel.

»Angela, wenn du von einem Vampir besucht wirst und noch nicht tot bist, dann bist du jemand sehr Besonderes. Du wurdest auserwählt, merkst du das nicht?« Eine Schweißperle rann von seiner Stirn seine Wange hinunter. »Der Vampir tut dies nur aus einem Grund, wie ich inzwischen herausgefunden habe. Um einen Partner zu finden. Ich habe jahrelang darauf gewartet, jemanden wie dich zu finden, Angela. Ein Vampir hat dich auserwählt, und nun bewegst du dich am Abgrund zwischen Leben und Verwandlung. Der Tod wäre für dich eine Angelegenheit allerhöchster Größenordnung.«

»Aber dann müsste ich Menschen töten, um zu leben ...« Der Raum schien keine Luft mehr zu enthalten. Der Wein, den ich getrunken hatte, drohte, sich einen Rückweg zu bahnen.

»Wie kann ich das aufhalten?« Ich würgte die Worte geradezu hervor.

Nicolai sprang auf die Füße und fuhr mit der Hand durch die Luft. »Aufhalten? Unmöglich! Der einzige Weg wäre, den Vampir zu töten, und ich bin mir sicher, dass du das nicht willst, oder, Angela? Denk doch nur an die Möglichkeiten, die sich dir eröffnen ...«

»Nicolai, ich brauche etwas frische Luft ...« Ich stand auf.

»Bitte geh nicht, Angela, es gibt noch so viel mehr zu sagen.«

Nicolai klammerte sich an mich, aber ich schob ihn weg und verließ die Wohnung. Auf der Straße beugte ich mich über einen Abfalleimer und übergab mich.

Als ich zu Hause ankam, zwang ich mich, gleich ins Bett zu gehen, um zumindest den Anschein zu wahren, als sei ich normal, aber es war etwa so, als hätte ich versucht, nach einer Dosis Speed einzuschlafen (eine Droge, die ich, fürs Protokoll, genau ein Mal probiert habe). Meine Gedanken rasten, meine Hände und Füße zuckten, ich fühlte ein Zittern am ganzen Körper. Schließlich gab ich auf, setzte mich ins Wohnzimmer und schaltete den Fernseher an, allerdings ohne Ton. Während Werbespots für Oberschenkeltrainer und Aknecremes über den Bildschirm flackerten, starrte ich aus dem Fenster und fragte mich, wo in dieser Dunkelheit wohl Eric steckte und ob er an mich dachte. Mein Zittern wurde zum Teil verursacht durch ein starkes Bedürfnis, in die Stadt zu gehen und ihn zu suchen. Ich würde in seinem Büro beginnen und dann jeden Quadratzentimeter von San Franciscos sechshundert Quadratkilometern durchkämmen, bis ich ihn gefunden hätte, um mit ihm in das nächstbeste Hotel zu gehen, sein Hemd aufzuknöpfen, mit meiner Zunge über sein vorstehendes Schlüsselbein zu fahren und meine Nase mit seinem Aroma zu füllen. Die Sehnsucht nach ihm war ein körperlicher Schmerz, als hätte ich heiße Felsbrocken geschluckt, die sich ihren Weg durch meinen Hals und durch meinen Körper brannten.

Doch trotz allem befahl mir mein rationaler Verstand, der berühmte kühle Kopf der McCaffreys, der schon viele Bürger davor bewahrt hatte, bei lebendigem Leibe zu verbrennen, da mein Vater und Großvater ihn anwandten, um Feuer zu löschen, Abstand von meinen Gefühlen zu nehmen und die Situation zu analysieren. Dank Nicolai hatte selbst mein Verstand inzwischen akzeptiert, dass Eric etwas Nichtmenschliches war. Ich wollte das V-Wort nicht verwenden, aber er hatte Kräfte, die über das menschliche Maß weit hinausgingen, Kräfte, für die er mit allzu menschlicher Schuld und Einsamkeit bezahlte. War meine Liebe zu ihm nicht, wie die Sonne zu lieben, so schön und warm, so lebenswichtig, aber dennoch tödlich, wenn man ihr zu nahe kam?

Als ich betrachtete, wie die Sonne über dem Horizont aufging, kam eine Starre über meinen Körper, die nur mit einer Vollnarkose zu vergleichen war. Der Arzt ließ dich von zehn zurückzählen, und bei acht hattest du noch so viel Bewusstsein wie ein Holzklotz. Aber es konnte nicht so schlimm sein, denn ich hörte meinen Wecker, allerdings erst zwei Stunden, nachdem er um sieben klingelte.

Unter der Dusche wusch ich mir mehrmals die Haare und vergaß nach jedem Mal, ob ich es schon getan hatte oder nicht. Mich anzuziehen, eine Aufgabe, die mir immer einfach erschienen war, war eine einzige Qual, denn ich konnte mir nicht vorstellen, welche Deckel zu welchen Töpfen passten. Draußen war es kalt und neblig, aber das Sonnenlicht blendete meine Augen so heftig, dass ich das Gefühl hatte, ich bekäme Migräne. Kurz vor meinem Büro hielt ich bei einem Straßenverkäufer und kaufte drei der billigsten, dunkelsten Sonnenbrillen, die ich finden konnte.

Als Erstes machte ich einen Abstecher in Steves Büro. Er steckte gerade den Kopf in eine Aktenschublade. Schon als er sich aufrichtete, wusste ich, dass etwas nicht stimmte. Seine blaue Seidenkrawatte war gelockert, und der oberste Knopf seines Hemds stand offen. Bei jedem anderen hätte das bedeutet, dass er sich entspannte, aber Steve war kein entspannter Typ.

»Angie, jemand war letzte Nacht in meinem Büro.«

Achtzehntes Kapitel

Ich blickte mich um. Alles sah genauso aus wie immer. Steves Tasse mit der Aufschrift *San Francisco Museum of Modern Art* stand, gefüllt mit Stiften, immer noch auf seinem Schreibtisch, direkt daneben sein Heftgerät und der Heftklammerentferner. Alle Papiere waren sauber in drei Ablagekästen aus Metall mit den Aufschriften Eingang, Ausgang und Zu Erledigen sortiert.

Steve sagte: »Sie haben nicht versucht, hier ein Chaos zu hinterlassen, sie haben versucht, unauffällig etwas zu finden.«

»Und, haben sie?«, fragte ich.

Steve nickte mit ahnungsvollem Blick.

»Der Prospekt, den du mir gegeben hast, ist weg.«

Ich schüttelte ungläubig den Kopf. »Warum sollte jemand den haben wollen?«

»Gute Frage. Übrigens, ich habe noch eine Kopie. Ich hatte den Prospekt an ein paar meiner Freunde gefaxt, und einer von ihnen hat ihn direkt zurückgefaxt.« Er wedelte mit ein paar verschwommenen Kopien. »Einer meiner Reisebürokumpel hat dort angerufen und behauptet, er hätte einen Kunden, der sich für dieses, äh, Erholungsprogramm interessierte. Wenn man mit den Veranstaltern in Asien spricht, gehen sie streng nach Skript vor, alles, was man ihnen als illegal auslegen könnte, wird ausgespart, aber das Wesentliche lässt sich trotzdem herausfinden. Diese Agentur ist auf sehr junge Mädchen spezialisiert, zehn, zwölf Jahre alt, angeblich Jungfrauen. Jungfrauen sind ein großes Geschäft in der Sex-Branche.«

Ich schauderte bei der grotesken Vorstellung. »Hast du herausgefunden, ob es irgendwelche Verbindungen zwischen uns und dieser Gesellschaft gibt?«

»Ich konnte leider nur begrenzt recherchieren, da ich ohne Durchsuchungsbefehl keine vollständige Kundenliste bekommen konnte.«

»Aber vielleicht sind nicht die Kunden der Schlüssel, sondern die Besitzer.«

»Ganz genau. Ich habe nachgeprüft, wem die Agentur gehört. Und ich habe etwas sehr Interessantes herausgefunden.« Steve hob die Augenbrauen und blickte mich an, dann schob er mir die verwischte Kopie herüber. Er zeigte auf die Adresse auf der Rückseite: *Jad Paan Travel Agency, Charoen Rat Road, Bangkok, Thailand.*

»Dieses kleine Reisebüro gehört einer größeren thailändischen Firma, der *Royal Orchid Company*. Sie besitzen viele Firmen in der Reisebranche, Hotels und Reiseveranstalter. Es hat zwar etwas gedauert, das herauszufinden, aber die *Royal Orchid Company* gehört zum *Tangento*-Konzern.«

Steve lehnte sich in seinem Stuhl zurück und lächelte, stolz darauf, dass er die Antwort gefunden hatte, von der ich hoffte, dass er sie nicht finden würde. Ein kleiner Skandal in Asien, tatsächlich.

»Was können wir jetzt tun, Steve? Wer auch immer mir diesen Prospekt geschickt hat, muss gewollt haben, dass ich etwas unternehme.«

»Tja, das ist ein Problem. Prostitution ist illegal, sogar in diesen Ländern, folglich besitzt *Tangento* eine Gesellschaft, die eine Firma besitzt, die in illegale Aktivitäten verwickelt ist. Die Verbindung ist allerdings ziemlich locker, und außerdem sehr weit weg. Wir hätten wohl große Mühe, jemanden in Asien dazu zu bringen, den Laden zu stürmen und Leute zu verhaften für etwas, das allseits bekannt ist und weithin toleriert wird.«

»Na ja, das Mindeste, was wir tun können, ist, *Tangento* als Kunden zu feuern, nicht wahr? Oder die Sache hier in den Vereinigten Staaten publik zu machen.«

Steve schüttelte den Kopf. »Ich weiß nicht, ob das irgendjemanden hier überhaupt kümmern würde, Angie. Die Öffentlichkeit ist bereits darüber informiert, dass die Proteus-Turnschuhe von sechsjährigen Kindern in Pakistan gefertigt werden, oder? Und das hält sie dennoch nicht davon ab, hundertundfünfzig Dollar für ein Paar zu zahlen. Warum sollten sie sich also dafür interessieren?«

»Oh Steve, das ist so deprimierend. Wir müssen doch etwas tun.«

»Ich bin dabei, Sojourner Truth. Lassen Sie uns diese Sklaven befreien. Erklären Sie mir nur den Schlachtplan.«

Ich nahm den kopierten Prospekt und Steves handgeschriebene Notizen. »Lass mich einen Moment darüber nachdenken. Ich komme später wieder vorbei.«

Als ich mein Büro betrat, fand ich eine Post-it-Notiz auf meinem Monitor mit der Nachricht:

10.30 h, bitte komm gleich zu mir ins Büro, wenn du da bist.
-Dick

Ich blickte auf meine Armbanduhr. Es war bereits 10.50 Uhr. Also eilte ich hinüber zu Dicks Büro und blickte durch das Fenster hinein. Am Konferenztisch neben Dick saß Kimberley in weißem Rock und pinkfarbenem Pullover mit einem Kragen, der aussah, als sei er aus Zuckerwatte. Neben ihr saß ein Mann. Sein Gesicht war von mir abgewandt, aber an seiner Größe und seinem dunklen, gewellten Haar erkannte ich ihn als denjenigen, mit dem Kimberley an dem Abend auf der Bennett-Party gesprochen hatte.

Ich klopfte an und öffnete die Tür, ohne auf eine Antwort zu warten. Der Fremde stand auf, ein Akt der Ritterlichkeit, völlig unerhört in den egalitären Hallen von *HFB*. Dick schien verstört, stand halb auf, dann setzte er sich wieder. Kimberley lächelte und strich sich über den Kragen. Der Mann sah aus wie ein Model aus der klassischen Arrow-Hemden-Werbung, oder wie der Vater einer Familienserie aus den 1950ern. Er hatte blaue Augen unter dicken, geraden Brauen und einen quadratischen Kiefer mit gespaltenem Kinn. Sein dichtes braunes Haar wellte sich nach hinten über seinen Kopf, ohne dass man einen Scheitel sehen konnte. Er trug ein gestärktes Oxford-Hemd mit offenem Ausschnitt, das er in beigefarbene Dockers gesteckt hatte. Eine kleine Verdickung in der Mitte war das einzige Zugeständnis daran, dass er seine Collegezeit wohl schon hinter sich hatte. Er streckte mir eine Hand hin, die doppelt so groß war wie meine.

»Hallo, Angie, ich bin Barry Warner. Ich muss noch einmal sagen, wie entsetzlich leid uns die Sache mit Lucy tut. Wir alle bei *Tangento* waren sehr schockiert, als wir von den Neuigkeiten hörten.« Wenn er lächelte, entblößte er zwei Reihen strahlend weißer Zähne. Mit diesen Zähnen hätte er einen Elefanten essen können.

»Bitte setz dich, Angie.« Dick klang gequält, aber das war nichts Neues. Ich fragte mich, ob dieses Meeting angekündigt gewesen war und ich es im Chaos der letzten Tage einfach vergessen hatte.

»Entschuldigung, dass ich so spät bin«, sagte ich schnell. In meinem Kopf drehte sich alles. Kimberley hatte Barry auf der Party ihrer Eltern am Samstagabend gedroht, sie hatte ihn um eine »Hilfestellung« gebeten, im Austausch dafür, dass sie irgendetwas vergessen wollte. Ich war dabei, herauszufinden, was Kimberley wohl gewollt hatte.

»Barry hat mich diesen Morgen angerufen«, begann Dick, »und gebeten, das Team, das für *Tangento* arbeitet, zusammenzurufen. Er muss uns etwas ankündigen, also, äh, Barry, jetzt, da wir alle hier sind, warum fängst du nicht einfach an?«

Barry strahlte uns mit seinem breiten Lachen an. »Ich hoffe, ich habe euch nicht zu viele Umstände gemacht, indem ich euch alle herbestellt habe. Als ich die Nachricht von Lucy gehört habe, nun ja, wisst ihr, die Vorgesetzten sind ein bisschen kribblig geworden, und sie wollten, dass ich hierherkomme und herausfinde, wie der Schlachtplan für die Zukunft ist. Wir waren alle sehr zufrieden mit Kimberleys und Lucys Arbeit ...« Er machte eine Pause und war immerhin so taktvoll, kummervoll auszusehen, weil er in so einem Moment über Geschäfte sprechen musste.

»Wir müssen sichergehen, dass wir hier drüben ein Team haben, das unseren Ball ins Tor schießt, wenn ihr versteht, was ich meine.« Barry zeigte mit beiden Handflächen auf Dick, mit einer »Jetzt bist du dran«-Geste.

Dick räusperte sich und strich ein paar Papiere glatt, die bereits glatt waren. »Angie, nach einigen Diskussionen mit Barry heute Morgen haben wir beschlossen, dass Kimberley *Tangento* übernimmt, mit dir als Assistentin. Wir haben nur ein paar Einzelheiten besprochen.«

Am Donnerstag hatte Dick mir noch gesagt, dass Kimberley mit *Tangento* nicht zurechtkäme. Nun sah es aus, als hätte Kimberley Barry erpresst, damit er sie zur Managerin des Accounts machte. Aber war Dick auch involviert?

»Klar, das klingt logisch«, sagte ich und beschloss

mitzuspielen. »Schließlich ist Kimberley diejenige, die im Moment am besten mit dem Kunden vertraut ist. Ich werde gerne als ihre Assistentin arbeiten.«

Dick nickte und trommelte mit den Fingern auf den Tisch. »Kimberley hat ein bisschen Material mitgebracht. Sie will uns alle auf den neuesten Stand bringen. Also, Kimberley?«

Kimberley reichte mir eine Mappe mit *HFB*-Logo, die genauso aussah wie diejenigen, die die anderen bereits vor sich auf dem Tisch liegen hatten. Ich öffnete sie und stellte fest, dass darin die Kurven und Tortendiagramme aus der Zielgruppenforschung abgebildet waren, die ich schon in Lucys *Tangento*-Ordner gesehen hatte.

Kimberley sprach mit hoher, klarer Stimme. »Das letzte Mal, als wir uns mit Barry getroffen hatten, präsentierten wir die Ergebnisse unserer Zielgruppenforschung, nämlich dass fünfundsechzig Prozent der Leute mit dem Konzernnamen *Tangento* nicht vertraut waren. Andererseits kannten achtundsiebzig Prozent die Marke *Mercury Sports Apparel*, und achtundzwanzig Prozent hatten in den letzten drei Jahren schon einmal ein Paar Proteus-Turnschuhe gekauft. Während nur fünfzehn Prozent der Damen etwas aus der Unterwäschekollektion von *Venus* gekauft hatten, kannten jedoch sechzig Prozent der Frauen die Marke und hatten ein positives Bild davon.«

Barry nickte und zwinkerte mir zu.

»Bei unseren vorhergehenden Treffen diskutierten wir den Wunsch *Tangentos* nach einer Dachmarkenkampagne, in der Art, wie sie derzeit für Pacific Electric, Apex Industries und einige Drogeriekonzerne laufen. Ziel dieser Werbung ist nicht, eine bestimmte Produktlinie zu verkaufen, sondern den Bekanntheitsgrad von *Tangentos* Produktpalette zu erhöhen und in den Köpfen der Verbraucher positive Assoziationen mit der Marke *Tangento* zu erzielen.«

Kimberley spitzte die Lippen. »Du weißt vielleicht schon, Angie, dass es für *Tangento* schlechte Presse gegeben hat, aufgrund seiner Aktivitäten in Südostasien.«

Ich blickte hinüber zu Barry und versuchte, seinen Gesichtsausdruck zu lesen. Als ich ihn am Freitag gefragt hatte, hatte er behauptet, nichts zu wissen.

»Wir alle wissen, dass dies auf einer schweren Falschdarstellung der Fakten basiert, unternommen von sensationslüsternen Journalisten, die große Konzerne hassen.« Barry sagte das ganz ruhig, und wir alle nickten, als wüssten wir, dass dies die Wahrheit ist.

Kimberley sortierte ihre Papiere um. »Die Geschichte stand schon in mehreren Zeitungen, während wir noch die letzte unserer Zielgruppen befragten. Deshalb konnten wir ihre Wirkung einschätzen.«

Das stand nicht in dem Ordner, den Kimberley mir gegeben hatte. Sie musste die Information bis jetzt zurückgehalten haben.

»Die Meldung erschien in keiner amerikanischen

Zeitung auf der Titelseite, sie stand immer nur bei den Auslandsnachrichten, die anscheinend keiner liest.« Kimberley lächelte breit, um zu verdeutlichen, was für ein Glück das war. »Nur zwölf Prozent unserer Zielgruppe hatten etwas von diesen Artikeln mitbekommen.«

Barry sagte: »Nun, solange keine dieser aufrührerischen Gruppen die Story in die Hände kriegt, ist alles in Ordnung. Unsere PR-Abteilung hat uns geraten, die Geschichten direkt zu bekämpfen, wenn sie zu viel Druckerschwärze bekommen, zum Beispiel mit Gegendarstellungen in der Presse, und ansonsten weiterzumachen, als wäre nichts gewesen. Schlafende Hunde soll man nicht wecken, wie meine Mutter schon immer sagte.«

»Entschuldigung«, sagte ich, »aber da ich gerade erst dazugekommen bin, hoffe ich, ihr verzeiht mir, dass ich euch bitten muss, mich zu informieren, um welche negative Publicity es hier genau geht.« Auch wenn ich es zu wissen glaubte, ich wollte es von einem von ihnen hören. Ich blickte auf Kimberley, schließlich war sie diejenige, die am wahrscheinlichsten auf die Frage antworten würde. Sie wand sich und sah verstohlen zu Barry hinüber.

Barry hustete in seine Hand. »Angie, *Tangento* ist ein großer Konzern. Manchmal weiß die linke Hand nicht, was die rechte tut. Es scheint, dass einige unserer Vertragspartner in Südostasien auf Arbeitskräfte zurückgegriffen haben, die sie nur unter gewissem Druck bekamen. Ich betone das Wort ›Vertragspartner‹. Wir sind dabei, uns von diesen

Fabriken zu trennen, eigentlich ist es wahrscheinlich sogar schon geschehen.« Er rieb die Hände aneinander, um anzudeuten, es sei eine vollendete Tatsache.

Steve hatte mir einmal nach seinem Neurolinguistischen Programmiertraining erzählt, dass Leute oft nach oben blicken, wenn sie lügen, als hofften sie, dort im Himmel die Quelle für ihre Erfindungen zu sehen. Ich hoffte, Barry würde etwas Offensichtliches tun und zeigen, dass er mehr wusste, als er sagte, aber sein Blick war standhaft, und seine Hände blieben ruhig. Entweder sagte er die Wahrheit, und das war alles, was er über die Schwierigkeiten von *Tangento* wusste, oder er war ein ausgebuffter Lügner.

»Das bedeutet also, dass wir nun mit den Werbespots für die Kampagne weitermachen können.« Kimberley war zurück im Präsentations-Modus. »Der einzige Unterschied ist, wir wollen nicht, dass *Tangento* über die Namen all seiner Tochterfirmen identifiziert wird, sondern wir brauchen eine Kampagne, die ein allgemein positives Bild der Marke *Tangento* vermittelt.«

Barry lehnte sich eifrig vor. »Kennt ihr dieses Lied?« In seinem kräftigen Tenor sang er ein Werbejingle von einem Chemiekonzern, das im Radio rauf und runter gespielt wurde. Ich kannte jedes Wort, und ich war sicher, jeder andere am Tisch auch. Der Song war wie eine Zahnfüllung, sobald man ihn in seinen Kopf gebohrt hat, ging er nicht mehr heraus.

»Genau so etwas wollen wir. Ein Ohrwurm, den die Leute in der Dusche singen.« Barry blickte auf seine Armbanduhr, eine goldene Rolex mit einem Zifferblatt, so groß wie ein Hamburger. »Ich fürchte, ich muss gleich los. Sind wir uns so weit einig?«

Kimberley blickte für einen Moment verärgert drein, gewann aber schnell wieder die Fassung. »Ja, ich denke schon, Barry. Bei unserem nächsten Treffen bekommst du von uns ein paar Vorschläge für Slogans und Jingles.«

Barry tätschelte mir den Rücken. »Es freut mich, dass wir dich im Team haben, Angie. Ich denke, es wird alles ganz hervorragend laufen.« Er stand auf und schüttelte allen die Hand. Nachdem er gegangen war, erschien mir der Raum doppelt so groß.

Dick erhob sich. »Es sieht aus, als hättet ihr das alles gut im Griff. Der nächste Schritt ist nun, die Kreativen ins Boot zu holen und mit ihnen an diesen Slogans zu arbeiten. Setze Web Northrup gleich heute darauf an, okay, Kimberley?«

Kimberley lächelte. »Schon in Arbeit, Dick. Angie, kommst du mit?«

»Geh doch schon vor, Kimberley«, antwortete ich. »Ich möchte noch mit Dick über das *Unicorn-Projekt* reden. Da gibt es etwas Neues.«

»Na gut. Wir sprechen uns dann später, Angie. Vielleicht beim Mittagessen.«

Ich schloss die Tür, nachdem Kimberley gegangen war, und setzte mich wieder.

»Gibt es ein Problem mit *Unicorn*?«, fragte Dick.

»Nein, Dick, ich wollte nur fragen, was diesen Morgen eigentlich hier los war. Eine ziemliche Kehrtwende, nachdem du letzte Woche geradezu gebettelt hast, dass ich Tangento übernehme.«

Dick rieb sein Gesicht, das dadurch noch röter wurde. »*Tangento* ist ein großer Kunde für uns, und wir wollen, dass der Kunde zufrieden ist. Barry hat uns nur den Wunsch seiner Vorgesetzten mitgeteilt, nämlich dass Kimberley den Kunden betreuen soll, damit die Kontinuität gewahrt bleibt.«

Dick hatte nicht vor, die Katze aus dem Sack zu lassen, also drückte ich, hoffentlich überzeugend, meine Freude darüber aus, in welche Richtung es jetzt ging, und verabschiedete mich.

Ich war überrascht, zwischen meinem und Dicks Büro Barry anzutreffen, der mit einem Arm an der Wand lehnte und dafür fast den halben Flur beanspruchte. Ich ging um ihn herum, um zu sehen, mit wem er sprach, und entdeckte, praktisch unter seinem Arm versteckt, Lakshmi Roy, die über jeden seiner Scherze sehr laut lachte.

»Hi, Barry«, sagte ich. »Ich dachte, du hättest es eilig?«

»So war es auch, Angie«, antwortete Barry, ohne mich anzusehen, »aber dann bin ich im Flur dieser exotischen Blume begegnet und habe sofort vergessen, wo ich hinwollte.«

Lakshmi kicherte, wie ich es von ihr noch nie gehört hatte.

»Na, dann lasst euch mal nicht stören«, sagte ich.

Zurück in meinem Büro, schaltete ich das Deckenlicht ab, würgte vier Kopfschmerztabletten hinunter und legte meinen Kopf auf den Schreibtisch. Ich massierte mir gerade die Schläfen, als Theresa vom Empfang anrief.

»Hallo Angie, ich wollte dir nur mitteilen, dass Lucys Schwester hier ist. Mary aus der Personalabteilung hat sie herübergebracht, sie will sich mit dir treffen.«

»Danke, ich bin sofort da.«

Als ich um die Ecke bog, überfiel mich plötzlich eine Vision von Lucy, die von den Toten auferstanden war. Auch wenn ich wusste, dass es Lucys Schwester war, es war ein Schock zu sehen, wie sie da neben Theresa stand, genauso wie Lucy dort in den letzten zwei Jahren fast jeden Tag gestanden hatte.

Aus der Nähe betrachtet war klar, dass Morgan Weston nicht Lucys Zwillingsschwester war. Zwar hatten beide denselben großen, gertenschlanken Körper und ein herzförmiges Gesicht, beide hatten glattes braunes Haar, aber Lucys war zu einem kinnlangen Bob frisiert gewesen und mit blonden Highlights versehen, Morgans Haar war kurz geschnitten. Lucy hatte eine stylische schwarze Brille getragen. Morgan trug weder Brille noch Make-up noch sonst irgendwelchen Schnickschnack. Sie sah verlässlich, ehrlich und sehr nach Mittlerem Westen aus.

»Freut mich, dich kennenzulernen, Morgan.« Ihr Handschlag war fest und warm.

»Es tut mir leid, dass es unter diesen Umständen sein muss, mein herzlichstes Beileid.«

Ich wünschte, es gäbe bessere Worte als diese abgedroschenen Phrasen, aber ich vermute, dass es in einem solchen Fall eigentlich kaum eine Rolle spielt, was man sagt. Alle gut gemeinten Worte bringen den geliebten Menschen nicht wieder zurück.

Morgan sagte: «Danke, Angie. Sie ist jetzt bei Gott, und dort ist sie an einem besseren Ort.«

Mary aus der Personalabteilung, eine kräftige Frau mittleren Alters mit dem strengen Gesicht einer Grundschullehrerin, nickte nur weise. »Seid ihr bereit, jetzt in ihr Büro zu gehen?«

Ein paar Minuten später standen Morgan und ich alleine in Lucys Büro, Mary war zu irgendeinem Personal-Notfall gerufen worden. Ich war erleichtert, als Morgan zu sprechen begann.

»Lucy und ich, wir haben uns nicht mehr oft gesehen, nachdem sie von St. Louis weggezogen war. Sie war immer so beschäftigt, dass sie oft nicht einmal in den Ferien nach Hause kam. Unsere Mutter hat MS und lebt im Pflegeheim, seit mein Vater gestorben ist. Sie ist wegen Lucys Tod natürlich am Boden zerstört. Eigentlich wollte sie selbst herkommen, aber sie schafft es nicht mehr, mit dem Flugzeug zu fliegen. Ich werde Lucy nach Hause bringen, damit wir sie dort beerdigen können. Ich schätze allerdings, ich werde noch eine Weile warten müssen, bis die Leiche freigegeben wird.« Sie presste ihre Lippen zusammen, Tränen traten ihr in die Augen.

Ich antwortete: »Also, es gibt einen Schlüssel für Lucys Haus. Ich sage dir gerne, wo er ist, oder ich gehe mit dir hinüber und helfe dir, ihre Sachen zusammenzupacken, wenn du das gerne möchtest.«

Morgans Blick durchstreifte Lucys Büro. »Die Polizei sagt, sie suchen nach jemandem, der hier arbeitet. Les Banks, ich glaube, das war sein Name. Sie sagen, er und Lucy waren zusammen. Ich schätze, es war eine Art Beziehungsstreit.«

Die Polizei hatte ihr also nichts von der Vampirgeschichte erzählt, und sie hatte die Zeitung auch nicht gelesen, was logisch war, da sie gerade erst in die Stadt gekommen war.

»Ja, ich glaube, das behaupten sie.« Mir fiel auf, dass ich nervös an meinen Fingernägeln herumzupfte. Ich wollte so schnell wie möglich raus aus Lucys Büro. »Möchtest du anfangen, ihre Sachen zu packen?« Mary hatte ein paar Kisten geschickt, die sich in der Mitte des Raumes stapelten.

»Das ist eine gute Idee«, seufzte Morgan.

Doch als es dann wirklich ans Packen ging, saß Morgan da wie ein Stein und beobachtete mich, wie ich die Sachen in die Kisten packte. Drei Kaffeetassen mit Logos von verschiedenen Konferenzen. Ein Schminktäschchen mit Kosmetikartikeln. Einige Fläschchen mit Vitaminpillen und Aspirintabletten. Morgan zeigte auf eine gerahmte Kollage mit Fotos von Lucy und mehreren Familienmitgliedern in einem Ski-Resort. Als ich es ihr reichte, berührten sich Morgans und meine Hände.

Plötzlich erschien ein Lichtblitz, und ich hörte Morgans Stimme in meinem Kopf.

Neunzehntes Kapitel

Oh Gott, das ist so typisch Lucy. Sie hat schon immer nur Probleme gemacht, immer musste Mom ihretwegen leiden. Es ist, als hätte sie das alles geplant, um es uns so schwer wie möglich zu machen!

Ich blickte auf zu Morgan, die sich mit einem Taschentuch die Nase schnäuzte. »Ähm, Morgan, hast du gerade etwas gesagt?«

»Nein, ich habe mir nur die Nase geputzt.«

Dafür, dass es Zufall sein könnte, ähnelte die Situation doch zu stark der mit meiner Mutter. Ich nahm eine kleine Glasvase und fragte Morgan, ob sie die Aufschrift darauf lesen könnte. Als ich sie ihr reichte, achtete ich darauf, dass meine Hand die ihre berührte.

Ich frage mich nur, wann sie mich endlich ihr Bankkonto schließen lassen.

Ich legte einen aus Granit gemeißelten Briefbeschwerer und einen Dilbert-Tischkalender in die Kiste. Ich wollte Morgan noch einmal berühren, um meine Theorie zu überprüfen, und gleichzeitig wollte ich aus dem Zimmer rennen und niemals wieder zurückkommen. Die Vorstellung, dass ich in der Lage sein könnte, die Gedanken anderer Menschen zu lesen, war sowohl faszinierend als auch abstoßend. Es war wie in der Geschichte von König Midas, der alles, was er berührte, zu Gold machte. Am Anfang schien es ihm das größte Glück, doch dann verwandelte er seine geliebte Frau in eine Goldstatue.

Meine Verwirrung wurde noch größer durch den leisen Hauch eines Dufts, den ich in der Luft wahrnahm. Wie ein Jagdhund, der hinter seiner Beute her war, schnüffelte ich im ganzen Zimmer umher, ohne mich darum zu kümmern, ob Morgan es merkte oder nicht. Der Duft kam von einer grünen wollenen Strickjacke, die Lucy oft getragen hatte und die nun über der Lehne ihres Stuhls hing. Ich drückte die Jacke an mein Gesicht. So schwach der Duft auch war, er war unverkennbar. Es war Erics Duft. Meine Knie und mein Hirn wurden matschig, ich verfiel in sehnsüchtige Träumerei, nur leicht getrübt durch die Tatsache, dass dieser Duft meine Vision von Eric und Lucy bestätigte, nämlich dass er Lucy irgendwann in der gar nicht allzu weit entfernten Vergangenheit umarmt hatte.

Morgan hustete laut. Als ich aufblickte, starrte sie mich an. Offensichtlich fragte sie sich, warum ich die Jacke ihrer Schwester streichelte. Ich überlegte mir schnell eine Lüge.

»Morgan, das ist meine Jacke. Lucy hat sie sich von mir ausgeliehen. Ich nehme sie wieder zurück, wenn das für dich in Ordnung ist.«

»Sicher, kein Problem«, sagte Morgan und blickte mich immer noch argwöhnisch an.

Als hätte sie beschlossen, so schnell wie möglich von hier wegzukommen, half Morgan mir beim Packen von Lucys Sachen. Wir wurden bald fertig, und ich vermied es, sie noch einmal zu berühren. Als wir uns in der Empfangslobby verabschiedeten, hielt sie mir die Hand hin. Ich nahm einen tiefen Atemzug und ergriff sie.

Ich hatte ja schon gehört, dass San Francisco voll mit Irren ist, aber du schießt echt den Vogel ab.

Zurück in meinem Büro, schloss ich die Tür hinter mir und wünschte, ich könnte sie absperren. Ich setzte mich und vergrub das Gesicht in Lucys Strickjacke. Die Vision von Eric und Lucy in einer Umarmung kam mir wieder in den Sinn. Ich schob sie weg, um darüber nachzudenken, was mir gerade mit Morgan passiert war.

Wenn ich die Situation anhand von Nicolais Informationen analysierte, war es das Vampirgen, das dazu führte, dass ich Gedanken lesen konnte. Aber warum nur die von meiner Mutter und von Morgan? Warum hatte ich nichts davon gewusst, dass Lakshmi heiraten wollte, oder von Kimberleys hinterlistigem Plan, sich *Tangento* unter den Nagel zu reißen? Es musste daran liegen, dass Morgan das Vampirgen hatte, und ebenso meine Mutter. Das bedeutete, dass wahrscheinlich auch Lucy das Vampirgen hatte. Eric hatte Lucy verwandelt, genau wie er jetzt dabei war, mich zu verwandeln. Sie hatte sich von Les getrennt, um mit Eric zusammenzusein. Aber sie war gestorben, bevor sie eine Chance hatte, und Eric war zu Kandidatin Nummer zwei übergewechselt.

Nun ergab es auch einen Sinn, warum Suleiman und Moravia gesagt hatten, ihnen gefiele Lucys Konzept für ihre Werbekampagne nicht. Sie arbeiteten für Eric (und von ihm stammte höchstwahrscheinlich auch das Geld für ihre Kampagne). Sie hatten das alles in der Absicht gesagt, mich dazu zu bringen, den Klub zu besuchen, damit Eric seine Klauen (oder besser gesagt, Zähne) in mich schlagen konnte.

Aber warum wollte er mich? Oh, ich würde zu gerne glauben, dass es aus Liebe war, aber seine Umarmung mit Lucy ließ mich zweifeln. Könnte er vielleicht in Lucy verliebt gewesen sein? Ein mögliches Szenario war, dass Lucy Erics erste Wahl als seine Lebensgefährtin gewesen war, sie aber während der Verwandlung gestorben war, so wie es laut Nicolais Warnung passieren konnte. Ein unglücklicher Zufall, ganz ohne böse Absicht. Die andere Möglichkeit war, dass Eric vorgehabt hatte, Lucy zu töten, und dabei erfolgreich gewesen war. Keines dieser Szenarien verhieß Gutes für mich.

Es gab nur einige wenige Möglichkeiten, wo die Reise hinführen könnte, auf der ich mich befand. Ich könnte meine Verwandlung zulassen und Erics Gefährtin werden, für die Zeitspanne, die unser Leben noch dauern würde, falls Nicolai richtiglag und das Erics Absicht war. In diesem Fall könnte ich mit dem Mann zusammensein, zu dem ich mich zunehmend (und auf besorgniserregende Weise) hingezogen fühlte. Ich versuchte, nicht an die weiteren, egoistischeren Vorteile zu denken. Zum Beispiel, dass ich dann die Gedanken meiner Kunden lesen und ihnen die Werbekampagne anbieten könnte, die sie sich schon immer erträumt hatten, um somit zur Star-Mitarbeiterin von HFB aufzusteigen, oder dass ich sogar wieder mit der Schauspielerei beginnen und die Gedanken der Casting-Direktoren lesen könnte, um zu wissen, welche Performance sie sich genau vorstellten. Aber wenn ich mich dafür entschiede, müsste ich als Vampir weiterleben, nicht gerade die beste Wahl für eine unverbesserliche Pfadfinderin wie mich. Ich konnte mir nicht vorstellen, endlose Jahre am Rande der Gesellschaft zuzubringen, als Parasit und ein Paria, der im Dunkeln herumschleicht.

Es gab auch eine andere Wahl. Diejenige, von der Nicolai, der Vampirjäger, mich dringend abzuhalten versuchte. Ich könnte den Vampir umbringen, bevor er mich umbrachte.

Ich lief durch das Büro wie ein Zombie, ohne zu bemerken, ob ich auf dem Weg irgendjemandem begegnete. Erst auf dem Parkplatz erinnerte ich mich wieder, dass ich nicht mit dem Auto gekommen war. Ich ging um die Ecke zum *Fairmont Hotel*. Unter einer überdachten Wagenauffahrt hielt ein Hotelpage, gekleidet als englischer Beefeater, ein Taxi für ein fettes Pärchen an, die beiden trugen Sweatshirts mit der Aufschrift »I got locked up in Alcatraz.«

Ich drängte mich vor sie und sagte zum Hotelpagen: »Ich brauche dieses Taxi. Ich bin schwanger, ich glaube, ich habe eine Fehlgeburt.«

Das Pärchen wich erschrocken zurück, und der Page hielt meinen Arm und half mir ins Taxi. Ich nannte der Taxifahrerin, einer Frau mittleren Alters mit Bürstenhaarschnitt und Zigarette im Mund, die Adresse von Nicolais Wohnung. Durch die Rauchschwaden blickte sie mich im Rückspiegel an.

»Wollen Sie nicht lieber ins Krankenhaus?«, fragte sie.

Ich lächelte entschuldigend. »Ich habe gelogen.«

Die Fahrerin zuckte mit den Achseln. »Ist schon okay. Ich mag sowieso keine Touristen. Gehst du was besorgen? Kannst du mir was mitbringen?«

Ich wollte schon beleidigt sein wegen ihrer Annahme, ich sei auf dem Weg, mir Drogen zu kaufen, doch dann dachte ich noch mal darüber nach. Ich sah aus wie eine wandelnde Leiche, ich drängelte mich vor, um ein Taxi zu ergattern, und dann wollte ich zu einer Adresse Ecke Heroinstraße und Cristal-Meth-Avenue im Mission District gefahren werden. Okay, sie hatte ihre Gründe.

»Ich glaube nicht, dass Sie etwas von dem wollen, was ich mir holen will«, antwortete ich.

»Na, gut.« Den restlichen Weg schwiegen wir. Als wir vor Nicolais Wohnung ankamen, gab ich ihr einen Zehn-Dollar-Schein.

»Viel Glück«, sagte sie trocken.

Sobald sie weggefahren war, bereute ich, dass ich sie nicht gebeten hatte zu warten, denn ich hatte keine Ahnung, ob Nicolai überhaupt zu Hause war. Um drei Uhr nachmittags sind die meisten Menschen schließlich bei der Arbeit. Ich drückte den Klingelknopf.

Keine Antwort. Ich versuchte es erneut, dann ging ich um das Wohngebäude herum zu einer kleinen, zugeparkten Seitenstraße. Dort stand ein alter Chevy Impale mit hochgeklappter Motorhaube, zwei Männer beugten sich über den Motor. Ich vermutete, der Mann in Piratenhemd und schwarzer Lederhose könnte Nicolai sein.

Ich kam näher und hörte Nicolai sagen: »*Lo siento. Necesitas una nueva transmisión.*«

«Hey, Nicolai«, sagte ich, und er schnellte aufgeschreckt hoch. Der junge Hispanoamerikaner neben ihm blickte mich ohne Neugier an.

»Ich wusste nicht, dass du Autos reparieren kannst«, sagte ich dümmlich. *Aber sprechen nicht alle osteuropäischen Vampirjäger Spanisch*?

Nicolai nahm ein ölverschmiertes Handtuch und rieb sich die Hände daran ab. »Wir müssen schließlich alle irgendwie Geld verdienen. Schön, dich wiederzusehen, Angela. Es gibt immer noch so viel zu sagen.«

Er drehte sich um zu seinem Kompagnon und sagte: »*Espérame.*« Dieser starrte weiter in seinen Motor, vielleicht in der Hoffnung auf ein Wunder.

Wir erklommen die Treppen zu seiner Wohnung. Nicolai ließ mich auf demselben Stuhl Platz nehmen wie beim letzten Besuch. Er setzte sich mir gegenüber auf die Couch, legte die Hände auf die Oberschenkel und blickte mich erwartungsvoll an. Das letzte Mal, als ich hier war, hatte ich an Sigmund

Freud in der Hölle gedacht, jetzt fühlte es sich einfach nur an wie die Hölle.

»Ich muss wissen, wie ich von ihm wegkomme.« Der Satz kam völlig unerwartet aus meinem Mund, wie ein Rülpser.

Nicolai saß nur da und wartete auf den Rest der Geschichte.

»Er hat Lucy umgebracht, beim Versuch, sie zu verwandeln, und jetzt arbeitet er an mir. Ich habe nicht viel Zeit.« Ich leckte mir die Lippen, mein Mund fühlte sich trocken und pelzig an. »Ich kann jetzt nur deshalb mit dir reden, weil ich ihn schon zwei Tage nicht gesehen habe. Beim nächsten Mal werde ich sicher nicht mehr die Kraft haben, mich zu schützen.«

Würde ich ihn wiedersehen, wäre es mir gleich, wer er war oder wen er getötet hatte. Es wäre mir gleich, ob er mich töten würde, solange ich ihn nur umarmen konnte, während es passierte.

»Warum willst du denn wegkommen?«

Ich nahm mir einen Moment, um zu entscheiden, wie ich diese Frage beantworten könnte. Die naheliegendste Antwort schien mir am besten. »Ich will nicht sterben.«

»Gibt es nicht Dinge, die es wert sind, dafür zu sterben?« Nicolai nahm einen seiner ausgestopften Vögel in die Hand, ein schneeweißes kleines Bällchen, das vielleicht einmal eine Taube gewesen war. Er strich ihm über den Hals, dann blickte er auf zu mir, seine dunklen Augen funkelten wie Obsidian. »Angela, ich stamme von einem alten Vampirgeschlecht ab. Der Erste, von dem man weiß, war Vladimir Blaloc, geboren 1437 im Karpatengebirge in Rumänien.« Als ich die Augenbrauen hochzog, nickte er. »Ja, in Transsylvanien.«

Er blickte auf seine Hände, die mit schwarzen Motorölflecken übersät waren. Einer seiner langen Fingernägel war abgebrochen. »Ich habe einen Familienstammbaum erstellt, der sich bis zu diesem Vorfahren zurückverfolgen lässt. Irgendwann im 18. Jahrhundert ging die Macht verloren, und ebenso das Geld. In den letzten sechs Generationen, meine eingeschlossen, gibt es keinerlei Anzeichen für echte Vampirfähigkeiten mehr. Das Gen scheint sich verloren zu haben.«

Er rückte näher an mich heran. »Angela, nimm meine Hand.« Ich zögerte, nahm aber seine kalte Hand und versuchte, unter der Berührung seiner schmutzigen, spitzen Fingernägel nicht zurückzuzucken.

»Ich weiß, dass du hellsehen kannst. Versuche, meine Gedanken zu lesen, ich bitte dich inständig.«

Ich schloss die Augen. Zuerst war da nichts, dann ein sanftes Surren, wie das Nebengeräusch bei einer Telefonverbindung, gefolgt von einem Lichtblitz. Grobkörnige Bilder erschienen vor meinem inneren Auge: eine winzige Küche in einem heruntergekommenen Wohnblock aus der Nachkriegszeit. Aus dem schmutzigen Fenster konnte man auf eine Reihe ähnlicher Gebäude sehen, die sich bis in die Unendlichkeit hinstreckten. Eine Frau mit strähnigem grauem Haar saß auf einem Plastikstuhl und rauchte. Ein kleiner, etwa vier Jahre alter Junge, bekleidet nur mit einem gräulichen Unterhemd und schmutzigen Shorts, saß auf dem Boden und schob ziellos einen Zinn-Laster mit drei Rädern durch die Gegend. Ich konnte seinen Hunger spüren, seine Erschöpfung, seine Verzweiflung.

Ich zog meine Hand von Nicolai weg.

»Sag mir, Angela, hast du etwas gesehen oder gehört, irgendetwas?«

Ich konnte ihm nicht in die begierigen Augen blicken. »Nein, Nicolai, nichts. Es tut mir leid.«

Er rückte wieder von mir ab, sein Gesicht zeigte maßlose Enttäuschung.

»Du weißt gar nicht, was du dir da wünschst«, sagte ich ruhig.

»Und du weißt gar nicht, was du da aufgibst!«, schrie Nicolai und sprang so heftig auf die Füße, dass er eine seiner Glasglocken umwarf. »Du versuchst, den Geist wieder zurück in die Flasche zu stecken!«

Er brach vor mir zusammen und fiel auf die Knie. »Angela, wenn der Vampir mit dir fertig ist, könntest du mich verwandeln, ich weiß, dass es möglich ist.« Seine Stimme war leise und flehend. »Ich könnte dir zeigen, wie du von Eric wegkommst. Wir könnten zusammenarbeiten. Wir könnten unsere Fähigkeiten einsetzen, um immensen Reichtum und viel Macht zu erlangen, so dass wir jedes Ziel erreichen könnten. Denk darüber nach, Angela! Alles, was du willst. Für immer und immer!«

Ich saß still da, drückte meine Hände zusammen

und wartete, dass Nicolai sich beruhigte. Ich fühlte mich, als sei ich in Treibsand geraten, und wenn ich mich nicht schnell genug herausziehen könnte, wäre es zu spät.

»Dein Leben scheint dir nicht viel zu bedeuten, Nicolai, aber zumindest hast du eins.«

»Aber du wirst vielleicht nicht sterben!«

Ich lehnte mich nach vorne, so dass unsere Gesichter nur noch Zentimeter voneinander entfernt waren. »Du wirst sterben, Nicolai, auch wenn du verwandelt wirst. Du wirst sterben, und du wirst in der Hölle landen, wo du den Rest der Ewigkeit verbringen wirst. Ich kann dir nicht helfen. Ich *kann* dir nicht zurückgeben, was du verloren hast. Eric *wird* dir nicht geben, was deine Familie verloren hat. Aber du kannst mir helfen.«

»Nein, das kann ich nicht.«

»Du musst. Wir können ihn nicht weiter Menschen umbringen lassen!« An diesem Punkt verlor ich die Beherrschung. Ich weinte hysterisch, ließ mich auf die Couch fallen und krümmte mich wie ein Embryo zusammen, mit beiden Händen umklammerte ich Strähnen meiner Haare. Nicolai setzte sich neben mich auf den Boden und tätschelte meinen Rücken. Er sang, es klang wie ein rumänisches Schlaflied. Das Lied war sanft und melodisch, aber voller Trauer und Verlust, wie »Rockabye Baby«, oder wie die anderen alten irischen Weisen, die meine Mutter für mich gesungen hatte, überliefert aus den Zeiten, in denen viele Babys ihr erstes Lebensjahr nicht überstanden.

Nachdem ich mich für eine kleine Weile beruhigt hatte, stand Nicolai auf. Mit steifen Bewegungen, wie ein sehr alter Mann verließ er den Raum. Er kam zurück mit einer rechteckigen, vom Alter rissig gewordenen Holzkiste, die mit Schnitzereien von Jägern und Hunden verziert war. Er hielt die Kiste auf dem Arm wie eine teure Flasche Wein und öffnete sie. Auf einem Bett aus fadenscheinigem Samt lag ein Dolch.

Zwanzigstes Kapitel

Er war etwa dreißig Zentimeter lang, der Griff mit roten Steinen besetzt, die Klinge gekrümmt wie ein verlängertes S. Nicolai fuhr mit dem Finger am Klingenrand entlang, und eine Perlenkette von Blutstropfen erschien auf seiner Haut. Er nahm den Finger in den Mund und saugte träumerisch an seinem Blut.

»Das Messer wird seit Generationen in unserer Familie weitergegeben. Der Legende nach wurde damit einer meiner Vorfahren getötet, ein schlimmer Plagegeist, der über Jahre hinweg Jagd auf die Dorfbewohner von Sieghesa machte. Der Dolch besteht aus reinem Silber, mein Vorfahre wurde damit ins Herz getroffen, während er schlief. Seine Frau zog den Dolch heraus und bewahrte ihn auf, damit er nicht wieder verwendet werden konnte.«

Er hielt den Dolch hoch, die Klinge schien in dem sich spiegelnden Kerzenschein Feuer gefangen zu haben. Ich fragte mich, wie es physikalisch möglich sein konnte, ein Messer mit dieser Form in einen menschlichen Körper zu bohren. Ich schauderte bei dem Gedanken.

Nicolai reichte mir den Dolch mit resigniertem Blick wie ein Schauspieler, der dachte, dass er selbst den Preis gewonnen hatte, bevor er ihn an jemand anderen weiterreichen musste.

Ich flüsterte: »Man erdolcht sie, während sie schlafen? Mitten ins Herz? Wie in den Geschichten?«

»Du kannst sie zu jeder Zeit erdolchen, aber wenn sie schlafen, ist das die einzige Zeit, in der sie dich nicht sehen und zuerst umbringen können. Mein Großvater hat diese hübsche Schatulle dafür anfertigen lassen. Damals glaubte niemand an diese Geschichten, und das Messer war nur ein schönes Familienerbstück.«

Ich stand blinzelnd in der Sonne vor Nicolais Wohnung und fummelte nach meiner Sonnenbrille. Als Passanten sich an mir vorbeidrängten, wäre ich fast gefallen. Das Haus meiner Eltern lag eine halbe Stunde Fußmarsch den Hügel hinauf entfernt. Mit der Dolchkiste unter dem Arm marschierte ich los. Ich stellte mir vor, wie ich auf dem Schoß meiner Mutter saß und sie mir sagte, das alles sei nur ein böser Traum.

Ich öffnete die Vordertür mit dem Schlüssel, der immer unter der Fußmatte lag. Sofort dachte ich, dass meine Mutter nicht zu Hause sein könnte, denn ich hörte keine Musik. Ich trat trotzdem ein und eilte die Treppen zu meinem alten Zimmer hinauf. Inzwischen war es ein Gästezimmer, doch mein Bett stand immer noch dort, mit einer rosa-grünen Decke, die meine Mutter für mich gemacht hatte, als ich drei war. Ich wünschte mir nichts sehnlicher, als mich unter diese Decke zu legen und zu schlafen, bis meine Probleme sich in Luft aufgelöst hatten. Dann hörte ich plötzlich ein Geräusch aus dem Schlafzimmer meiner Eltern.

Meine Mutter saß in dem Schaukelstuhl, auf dem wir als Babys immer in den Schlaf gewiegt wurden, und blickte aus dem gegenüberliegenden Fenster, das auf die Straße hinausging. Sie rieb sich das Gesicht, aber nicht schnell genug, um alle Tränenspuren zu verwischen. Ich verwarf die Idee, auf ihren Schoß zu klettern.

»Mom?« Meine Stimme war nur ein ersticktes Flüstern.

»Ich habe die Ergebnisse von der Biopsie bekommen. Es ist positiv, und es gibt schon Metastasen in den Lymphknoten.«

Ich sah, dass sie sich anstrengen musste, um ruhig zu sprechen.

»Hast du es Dad gesagt?«, fragte ich.

Sie schüttelte den Kopf. »Immer wieder will ich den Telefonhörer nehmen und ihn anrufen, und dann denke ich, ›Ach, warum nicht noch eine Stunde warten, einen Tag warten?‹ Ich wünschte fast, der Arzt hätte mit seinem Anruf länger gewartet. Es ist so ein schöner Tag, warum muss man ihn ruinieren?«

Wir beide blickten aus dem Fenster auf unseren kleinen Vorgarten, auf die Rosenbüsche meines Vaters. Ein purpurfarbener Kranz aus Blütenblättern umgab jeden einzelnen, die letzten Blüten des langen kalifornischen Spätsommers.

Ich kniete mich vor meine Mutter und legte die Arme um sie, mein Gesicht gegen ihren Hals gedrückt. Ich hörte, wie ihr Herz an meine Lippen schlug. Wie viel war ich willens zu geben, um das Leben meiner Mutter zu retten?

Ihre Stimme unterbrach meine verzweifelten Gedanken. »Übrigens, Angie, es ist drei Uhr nachmittags am Montag. Was machst du hier?«

»Ich wollte nur mit dir reden.«

»Worüber?«

»Nicht so wichtig.«

Sie hob mein Gesicht und strich mir die Haare zurück. »Leg los, Liebes. Ich will es hören.«

Ich ging in die Hocke und blickte aus dem Fenster. »Was war die schwierigste Entscheidung, die du je in deinem Leben hast treffen müssen?«

Sie ließ einen tiefen Seufzer entweichen. »Okay, raus damit. Ich hatte mich in einen anderen Mann verliebt.«

»Was? Wirklich? Wann?«

»Ungefähr vor zwanzig Jahren, als ihr alle noch klein wart.«

»Wer war es?«

»Das will ich nicht sagen. Du kennst ihn.«

»Hast du …« Ich brachte es einfach nicht fertig, meine Mutter zu fragen, ob sie mit jemand anderem geschlafen hatte.

»Nein. Aber wir haben geredet. Ihm ging es genauso wie mir.« Sie fuhr sich mit den Fingern durch das schöne blonde Haar. »Schau, Angela, dein Vater und ich, wir haben zu jung geheiratet. Wir waren noch Kinder. Wie können Kinder wissen, was sie für den Rest ihres Lebens wollen?«

»Warum hast du dich nicht scheiden lassen? Viele Leute haben das gemacht. Viele machen es.«

»Es ging auch um andere Menschen, die Herzen anderer Menschen. Ich musste das tun, was richtig war, Angie, und ich bereue es nicht. Ich hatte ein wunderbares Leben mit deinem Vater und mit euch Kindern …«

Die Worte blieben ihr im Halse stecken, und sie weinte. »Es ist nicht vorbei, Mom.«

»Nein, es ist nicht vorbei.« Sie befreite sich sanft aus meinen Armen, damit sie mir ins Gesicht sehen konnte. »Angie, ich denke mal, worum es dir geht, ist die Wahl zwischen dem, was richtig ist, und dem, was du wirklich willst. Habe ich Recht?«

Ich nickte.

»Hör auf dein Herz, es wird dir sagen, was du tun sollst. Wenn du tust, was richtig ist, findest du heraus, dass es genau das war, was du eigentlich die ganze Zeit über wolltest.«

Ich blieb noch eine Stunde bei meiner Mutter, bis ich sie überzeugt hatte, meinen Vater anzurufen. Wie ich mir zuvor schon gedacht hatte, fand er jemanden, der seine Schicht bei der Feuerwehr übernahm, und kam sofort nach Hause.

Ich beschloss, mit der Straßenbahn zurück ins Büro zu fahren und zu fragen, ob Steve mich mit dem Auto nach Hause bringen könnte. Ich saß neben einem alten Mann, der mit zurückgelegtem

Kopf schnarchte, auf meinem Schoß die Kiste, die Nicolai mir gegeben hatte. Ich fühlte sie, ohne sie anzublicken, und beobachtete stattdessen die Pendler, die Zeitung lasen oder mit gelangweiltem Gesichtsausdruck in die Dunkelheit des Tunnels unter der Market Street starrten. Ich stellte mir vor, wie ich den alten Mann neben mir anstupste. »Hey, Mister! Raten Sie mal, was ich in dieser Kiste habe.«

Steve war gerade nicht im Büro, als ich eintraf, also hinterließ ich ihm eine Notiz und ging in mein Büro. Dort lag wieder ein brauner Umschlag, beklebt mit einem Adressetikett mit meinem Namen, ohne Poststempel und ohne Absender. Auf den ersten Blick wirkte der Briefumschlag leer, aber als ich ihn schüttelte, fiel ein Zeitungsausschnitt heraus. Er stammte aus der *International Herald Tribune*, mit dem Datum 1. Oktober.

> Bangkok – *Auf dem Frachtschiff* Orient Express, *unterwegs nach San Francisco, wurden bei Kontrollen in Taiwan drei weibliche blinde Passagiere in einem Container entdeckt. Die Mädchen, allesamt thailändischer Nationalität, waren zwischen 12 und 17 Jahre alt. Sie saßen in einem zugenagelten Frachtcontainer, versehen mit einem Nahrungs- und Wasservorrat.*
> *Die Mädchen gaben an, ihre Eltern in Thailand hätten eine gewisse Geldsumme erhalten und im Austausch die Mädchen in die Vereinigten Staaten geschickt, wo sie in Nähfabriken arbeiten sollten, bis die Schulden abgezahlt seien. Im Interview berichteten sie weiter, dass sie*

in Bangkok als Prostituierte arbeiten mussten, während sie auf das Schiff warteten.
Die Polizei nimmt an, dass die Mädchen als Prostituierte oder Zwangsarbeiterinnen an einen Abnehmer in den Vereinigten Staaten verkauft wurden. Bis jetzt gab es in dieser Angelegenheit allerdings noch keine Festnahmen. Der Frachter war beladen mit Turnschuhen und Kleidung für den US-amerikanischen Markt.

Ich rannte zu Theresas Empfangstresen und wedelte vor ihrem Gesicht mit dem Umschlag. »Woher kommt das hier?«

»Was ist das?« Theresa tippte gerade in den Computer und unterbrach ihre Arbeit nicht einmal, um aufzuschauen.

»Ja, das frage ich dich, Theresa. Kannst du es dir bitte mal ansehen?«

Sie warf einen flüchtigen Blick auf den Umschlag. »Ach ja, das wurde bei mir abgegeben. Ich musste unterschreiben.«

Jetzt ging es langsam zur Sache. »Abgegeben von wem?«, fragte ich.

Theresa spitzte die Lippen und dachte nach. »Von einem Fahrradkurier. Er trug fingerlose Handschuhe.«

»Von welcher Firma? Kannst du dich erinnern?«

»Nein, tut mir leid.«

Ich lief geradewegs zu Steves Büro und legte den Artikel direkt auf den Papierstapel, an dem er gerade arbeitete. Während er ihn durchlas, wurde sein gebräuntes Gesicht bleich.

Als er aufsah, sagte ich: »Es wird Zeit, *Tangento* loszuwerden.«

»Ich stimme dir zu«, sagte Steve, »aber es gibt keinen Beweis, der direkt zu Tangento führt.«

»Ich denke nicht, dass wir die Einzigen bei *HFB* sind, die von dieser Sache wissen. Lass uns mit Dick reden. Du kannst ja dein neurolinguistisches Programmierzeugs einsetzen, dann wissen wir, ob er lügt.«

Steve und ich saßen in Dicks Büro, während er die Kopien las, die wir vom Zeitungsartikel und von dem Reiseprospekt gemacht hatten. Als er fertig war, blickte er auf und sagte höflich: »Ja?«

»Was machen wir nun in dieser Angelegenheit?«, fragte ich entrüstet.

»In welcher Angelegenheit?«

»Dass *Tangento* einen Prostitutionsring unterhält!« Ich schrie es heraus, ich konnte es nicht verhindern.

Dick strich sich übers Kinn. »Nun, Angie, ich weiß nicht, wie du zu diesem Schluss kommst. Die Mädchen auf dem Schiff, sie hatten, soweit ich sehen kann, keinerlei erkennbare Verbindung zu *Tangento*. Was diese andere Sache in Thailand betrifft«, er hob die Broschüre mit zwei Fingern hoch wie eine stinkende Socke, »Steve sagt, dass diese kleine Gesellschaft zu *Tangento* gehört, und er *behauptet*, dass sie in illegale Geschäfte verwickelt ist. *Tangento* ist ein großer Konzern, dort wird man wahrscheinlich keine Ahnung haben, was bei diesem Reiseveranstalter vor sich geht, wenn da überhaupt etwas Illegales läuft.«

»Aber wir sollten *Tangento* doch sicherlich darüber informieren, Dick? Und vielleicht aufhören, mit ihnen Geschäfte zu machen, bis die Sache geklärt ist?«, sagte Steve ruhig.

Dick lächelte uns an wie ein geduldiger Vater. »Angie, Steve, *Tangento* ist einer unserer größten Kunden. Es obliegt ganz sicher nicht uns, diesen Behauptungen nachzugehen. Genug gesagt?«

Wir starrten ihn fassungslos an.

»Es ist nicht unser Job, Leute zu befragen oder strafrechtlich zu verfolgen. Unser Job ist es, *ein Produkt zu verkaufen*. Gut, ich weiß, dass ihr beide in den letzten Tagen eine schwere Zeit hattet, ich denke also, ihr solltet euch für den Rest der Woche freinehmen, bei voller Bezahlung natürlich.«

»Können wir die Unterlagen zurückhaben?«, fragte ich und versuchte, nonchalant zu klingen.

Dick stopfte die Papiere schnell in seine Schreibtischschublade. »Ich behalte sie, wenn ihr nichts dagegen habt.«

»Der Typ hat gelogen wie gedruckt«, verkündete Steve, als wir wieder zu unseren Büros gingen.

»Warten wir mit dem Reden, bis wir in meinem Büro sind«, sagte ich ruhig. »Ich weiß nicht, wem ich hier noch trauen kann.«

Wir gingen in mein Büro und schlossen die Tür, dann setzten wir uns auf den Boden hinter meinen

Schreibtisch, damit niemand uns im Vorbeilaufen durch das Fenster sehen konnte.

»Ich habe gehört, wie Kimberley auf der Bennett-Party am Samstagabend mit Barry geredet hat. Sie versprach, sie würde ›alles vergessen‹, wenn er etwas Bestimmtes für sie tun würde, aber sie hat nicht gesagt, was. Heute Morgen taucht dann Barry hier auf und verkündet, die hohen Tiere bei *Tangento* wollen, dass Kimberley den Account übernimmt. Dick war damit einverstanden, als sei es seine Idee gewesen, und das, obwohl er den Kunden letzte Woche mir zugeschoben hat. Er ist Barrys Marionette.«

»Das kann doch wohl nicht wahr sein.« Steve kratzte sich am Kopf, eine Geste, die er nur dann nicht vermied, wenn er wirklich aufgelöst war, denn es brachte seine Frisur durcheinander.

»Und jetzt gibt er uns beiden die Woche frei, obwohl wir sowieso schon unterbesetzt sind. Dick macht das vielleicht deshalb, weil Barry gedroht hat, den Auftrag zurückzuziehen, oder er weiß mehr, aber das spielt nun wirklich keine Rolle, denn er würde auch nichts anderes tun, wenn er von den Thai-Mädchen wüsste.«

Steve kratzte sich schon wieder am Kopf. Sein Haar sah inzwischen aus, als nisteten Vögel darin. »Ich glaube, wir brauchen erst mal was zu trinken«, verkündete er.

»Und ich muss erst mal hier raus. Dieses Büro fängt an zu stinken. Wir treffen uns in zehn Minuten im *End Up*. Ich muss hier zuerst noch ein paar Sachen erledigen.«

Steve ging, und ich wühlte unter meinem Schreibtisch herum, bis ich eine alte Einkaufstasche fand. Ich steckte die Kopien zum Thema »Tangento-Dreck«, wie ich es nur noch nennen wollte, in Lucys leuchtfarbenen *Tangento*-Ordner und alles zusammen in die Tasche, dazu die hölzerne Messerkiste, die ich in Lucys nach Eric duftende Strickjacke wickelte. Mit all meinen zusammengemischten Problemen in einer Tasche verließ ich das Büro.

Der Financial District war voll mit Yuppie-Bars, in denen großkotzige junge Titanen nach der Arbeit zusammenkamen, um den Stress beim Verschieben von Dollarsummen, die ihre Großväter noch nicht einmal hätten schreiben können, in Alkohol zu ertränken. Zum Glück gab es mittendrin das *End Up*, eine Bar, die mit Geschäftsleuten alter Schule und seriösen Alkoholikern bevölkert war. Dort werden weder Wein noch Cosmopolitans serviert. Die Damen, zumindest die wenigen, die man dort antraf, durften Manhattans bestellen, aber die Männer mussten beim Martini bleiben oder Schnapsgläser mit verschiedenen Sorten Feuerzeugbenzin mit Bier hinunterspülen. Jeder, der aussah, als wolle er einen Mai Tai bestellen oder sich mit einem Kameraden High Fives geben, erfuhr von Sam, dem granitgesichtigen Besitzer, dass der Laden voll war, selbst wenn zehn Barhocker unbesetzt waren. Steve und ich waren schon so oft da gewesen, dass Sam inzwischen bereit war, mir ein Glas des italienischen Chianti auszuschenken, den er für »seine Ladys« aufbewahrte.

Ich saß neben Steve auf einem Barhocker und stellte die Einkaufstasche auf den Boden zwischen meine Füße.

»Einen Martini und einen Wein, Sam.« Steve winkte dem Barkeeper zu, und dieser nickte nur kurz. Sam begrüßte nie jemanden mit Namen, egal wie lange man schon Stammgast war. Wir warteten schweigend, bis unsere Drinks kamen, und lauschten dem flüssigkeitsgetränkten Atmen des Alkis neben uns. Es klang, als schlürfte er aus einem Strohhalm.

»Also, was nun?«, fragte Steve, nachdem wir jeder einen großen Schluck unseres Getränks genommen hatten. So seltsam es klingen mochte, aber Alkohol war das Einzige, was mir immer noch schmeckte.

»Kannst du einen Südstaatenakzent nachmachen?«, wollte ich wissen.

»Frankly, Scahlett, ah don't give ah dahm!«, antwortete Steve.

»Hoffentlich kennen die Leute in Thailand nicht zu viele Südstaatler«, sagte ich nur. »Wie ist der Zeitunterschied zu da drüben?«

»Sie sind elf Stunden voraus. Aber was hast du vor?«

»Also beginnt der Arbeitstag in Thailand um«, ich blickte auf meine Armbanduhr, »elf Uhr abends. Mein Brieffreund denkt, es gibt eine Verbindung zwischen der *Jad Paan Travel Agency* und den Mädchen auf dem Frachtschiff. Und *Tangento* im Allgemeinen, oder vielleicht Barry Warner im Besonderen. Wir können es nur herausfinden, indem wir anrufen und vorgeben, Barry Warner zu sein. Versuch, eine neue Bestellung aufzugeben.«

Einundzwanzigstes Kapitel

Steve hob die Hände. »Warte, warte, warte. Seid wann sind wir das FBI?«

»Wir haben unsere Nase schon hineingesteckt, nicht wahr? Und jetzt stecken wir sie eben noch etwas tiefer hinein.«

»Ich will keinen Stress, Angie.« Steve nahm einen weiteren großen Schluck Martini.

Steve hatte gar keine Vorstellung davon, was Stress war. Stress war Eric und der Dolch in der Holzkiste. »Sie sind doch diejenigen, die das Verbrechen begangen haben. Was kann uns im schlimmsten Fall passieren?«

Steve spitzte die Lippen, während er über meine Frage nachdachte. »Wir könnten definitiv gefeuert werden.«

»Du hast Recht. Das ist allerdings etwas, das ich riskieren würde.« Ich legte die Hand auf seinen Arm. »Steve, es sind kleine Mädchen. Du hast zwei Schwestern, denk drüber nach. Ist das nicht wichtiger als das, was wir bei *HFB* machen?«

Steve ließ einen dramatischen Seufzer entweichen und leerte seinen Drink. »Und was wirst du tun, während ich für riesige Ferngesprächsrechnungen sorge?«

Ich drückte die Fußballen fest auf den Boden und

spürte die Holzkiste zwischen den Schuhsohlen. »Ich habe da noch etwas Dringendes zu erledigen.«

Das *House of Usher* sah genauso aus wie letzten Mittwoch, bevor mein Leben auf den Kopf gestellt und so lange kräftig geschüttelt worden war, bis all meine bisher gültigen Ansichten herausgefallen waren. Ich ging zur Hintertür und stellte fest, dass sie geschlossen war, also ging ich um das Haus herum zum Vordereingang. Derselbe bullige Türsteher mit der Melone auf dem Kopf prüfte Ausweise, dieselbe Schlange nächtlicher Gäste wartete darauf, hineinzukommen und sich die Trommelfelle durchbohren zu lassen. Ich war nervös und überlegte, ob der Türsteher mich wohl durchsuchen würde. Wenn ja, würde er sicherlich den Dolch finden. Ich hatte ihn aus der Holzkiste herausgenommen, in Papiertaschentücher gewickelt und in meine Handtasche gesteckt. Ich drückte die Tasche vorsichtig an meine Seite, ich wollte niemanden damit anrempeln. In der Menschenmenge um mich herum unterhielt man sich über entschieden un-vampirische Themen wie horrende Mieten, oder wo man die besten Bagels in der Stadt bekam.

Als ich am Eingang angekommen war, erstarrte ich. Ich hatte die Gästeliste vergessen.

»Name?«

»Angie McCaffrey.«

«Nicht auf der Liste.« Der Riese blickte schon auf den Nächsten in der Schlange.

»Willst du damit sagen, Suleiman und Moravia

haben vergessen, mich auf die Liste zu setzen?« Ich heuchelte Empörung. »Pass auf, ich bin eine gute Freundin von ihnen, und von Eric Taylor. Wir wollten uns heute Abend hier treffen. Sind sie schon da? Ich bin spät dran.« *Man kann es ja wenigstens mal versuchen.*

Er sah mich mit halb geschlossenen Augen an. »Ja, sie sind da. Aber sie haben nichts von dir gesagt. Wart mal eine Minute.« Er griff hinter sich und zog einen Telefonhörer hervor. Dann brüllte er ein paar Worte hinein und legte wieder auf.

»Stell dich da drüben hin, ich sag dir Bescheid, ob sie einverstanden sind.« Er prüfte weiter Ausweise, und ich stellte mich hinter ihn ins Foyer. Nach ein, zwei Minuten klingelte das Telefon. Der Riese bellte noch ein paar Worte, dann signalisierte er mit seinem Daumen, dass ich gehen könnte. So viel zum Überraschungselement, aber immerhin war ich drin.

Suleiman und Moravia saßen an ihrem Stammtisch im Barbereich. Jemand war bei ihnen, eine Frau, aber sie saß mit dem Rücken zu mir. Moravia entdeckte mich und winkte.

Als ich am Tisch ankam, wäre ich beinahe umgekippt. Die Frau war Lilith. Sie sah kein bisschen schlechter aus seit dem Abend, an dem sie Opferlamm gespielt hatte. Sie rauchte eine Zigarette und zog daran wie an einer Sauerstoffflasche beim Tiefseetauchen.

»Lilith, es geht dir gut!«

Moravia und Suleiman tauschten Blicke. Moravia deutete auf den Platz neben sich. Als ich mich setzte, lächelte sie mir listig und verschwörerisch zu.

«So, du hast also ein bisschen herumgeschnüffelt, nicht wahr, Angie?«

»Was meinst du?«, fragte ich, aber das Schuldgefühl hatte sich meiner Stimme bemächtigt.

»Die Polizei war da und hat uns befragt, nachdem du ihnen das Video gegeben hast, natürlich. Sie sagten, du seist nach dieser kleinen Erfahrung total ausgeflippt. Zum Glück wissen sie, dass niemand dabei verletzt wird, stimmt's, Lilith?«

Lilith zuckte die Achseln und sog Nikotin ein.

»Also, wer hat dich beauftragt, das zu tun?«, fuhr Moravia fort. »Jemand muss dir das Passwort gegeben haben.«

»Les Banks. Er wird wegen des Mordes an Lucy von der Polizei gesucht, aber er hat mir gesagt, dass er es nicht war, sondern ein Vampir. Er wollte, dass ich hingehe und das Ritual aufzeichne. Er meinte, es gäbe genügend Beweise, die ihn entlasten könnten.«

Ich wartete einen Moment, dann fügte ich hinzu: »Er hat auch gesagt, dass Lucy einen neuen Freund hatte. War sie mit jemandem aus eurer Gruppe zusammen?«

»Nicht, dass ich wüsste.« Moravia tauchte ihre schwarzen Nägel in ihren Martini und zog eine Olive hervor.

»Ich habe Beweise gefunden, dass sie und Eric sich kannten. Ist es möglich, dass Eric der neue Freund war?« An der Frage wäre ich fast erstickt.

Moravia blickte hinüber zu Suleiman, der schweigend zugehört hatte. Er antwortete: »Wir haben dir gesagt, dass Lucy früher oft in den Klub gekommen ist. Eric hat sie natürlich mehrmals getroffen. Ob sie sich auch außerhalb des Klubs gesehen haben, wissen wir nicht.«

»Wie war Lucys Verbindung zur Gruppe?« Die Kellnerin näherte sich, aber ich winkte ihr ab.

»Vampirzirkel, Angie. Du kannst es Vampirzirkel nennen. Wenn du Gruppe sagst, klingt es fast, als seien wir Versicherungsvertreter. Lucy war eine ›Spenderin‹. So nennen wir die Leute, die ihr Blut hergeben, so wie Lilith. Alles vollkommen freiwillig, natürlich. Lucy hat uns auf Geheimhaltung eingeschworen. Sie wollte nicht, dass Leute aus ihrer Arbeit etwas erfahren. Deshalb wusstest du nichts davon, und deshalb solltest du nicht in den Klub kommen.«

»Aber ihr habt Kimberley eingeladen!«

»Nein, sie hat sich irgendwie eingeschlichen. Ich vermute, sie hat den Türsteher bestochen.«

»Warum hast du Lucy letzte Woche gesagt, sie solle nicht kommen? Hat Eric dich damit beauftragt?«

»Nein, natürlich nicht. Ich habe dir doch schon gesagt, dass der Abend abgesagt wurde.«

»Also, wenn du nicht versucht hast, Lucy aus der Gruppe auszuschließen, warum hast du dann damals Kimberley und mich eingeladen und uns gesagt, wir sollten Lucy nichts davon erzählen?«

Moravia zuckte die Achseln. »Als wir dich beim Meeting etwas besser kennenlernten, dachten wir, du seist cool. Wir sahen nicht ein, warum Lucy uns vorschreiben sollte, wen wir einladen oder nicht. Und schließlich haben wir dich ja nicht zu dem Ritual eingeladen. Da hast du dich schon selbst eingeladen.«

»Aber was ist mit Lucys Tod?«, fragte ich und versuchte, nur neugierig und nicht verzweifelt zu klingen. »Diese Rituale sind doch sicher nicht ganz ungefährlich. Kann dabei nicht jemand sozusagen über Bord gehen? Vielleicht nicht einmal hier im Klub, aber danach zu Hause, alleine?«

Moravia lehnte sich näher herüber und hielt ihre Lippen an mein Ohr. Ihr Haar duftete nach Sandelholz, gut, aber nicht ansatzweise wie Erics Geruch. Trotzdem, sie war so attraktiv, dass ihre Nähe mich etwas nervös machte.

»Angie«, flüsterte sie, »wenn du das Blut eines anderen Menschen trinkst, nimmst du seine Macht auf, seine Lebenskraft. Du fühlst dich unbesiegbar.«

»Und was hat der Spender davon?« Mein nervöses Flüstern klang wie Marilyn Monroe auf Helium.

Moravia berührte mein Ohr mit ihrem Finger. »*Du* musst mich das nicht fragen, oder, Angie? Das Blutritual ist die Erfüllung der Wünsche, sowohl des Spenders als auch des Vampirs. Wie auch immer es ausgeht,« – sie machte eine Pause, damit ich an Lucy denken konnte – »es ist immer die Erfüllung einer Sehnsucht. Wer sind wir, um das infrage zu stellen? Übrigens, er ist im Hinterzimmer.«

Der »Nur für Mitglieder«-Raum war nahezu leer, nur ein paar wenige schattenhafte Figuren waren zu erkennen. Eric leuchtete in der Dunkelheit, als sei er vom Mondlicht beschienen. Mein Herz machte bei seinem Anblick einen Sprung, trotz des verzweifelten Entschlusses, den ich getroffen hatte. Ich schloss die Augen und betete um Kraft.

Bevor ich nur einen Schritt gemacht hatte, fühlte ich seine kühlen Lippen über meine Wange streichen. Im Nu umhüllte mich der Duft, der wie Weihrauch aus seiner Haut und seinem Haar strömte. Ich atmete tief und fühlte mich sofort etwas ruhiger. Der Duft war wie eine Droge, nicht nur weil er Erics Anziehungskraft verstärkte, sondern auch, weil er ein Gefühl von Ruhe und Wohlbefinden auslöste. Ich hatte gehört, dass Spinnengift dieselbe Wirkung hatte, kurz bevor es dich umbrachte.

»Angela, bitte komm und setz dich. Ich hatte gehofft, dich heute Abend zu sehen.« Er führte mich zu der Couch und strich mit den Fingerspitzen sanft über meine Arme und Schultern.

Ich versuchte, mich an alles zu erinnern, was ich über Eric und Lucy herausgefunden hatte, versuchte, mich zu erinnern an meine Angst davor, die Nächste zu sein. Doch sich in Erics Nähe zu begeben, war, wie eine Opiumhöhle zu betreten. Alles, was ich wollte, war ein nächster Schuss. Ich setzte mich auf die Couch, aber ich zog meine Handtasche mit dem Dolch ganz nah an meinen Oberschenkel.

Eric beugte sich über mich und strich mir das

Haar aus der Stirn. Der Raum schien zu schwanken, als sei die Couch zu einem Boot geworden. Ich hörte Erics Stimme in meinem Geist, in leisem und zärtlichem Tonfall.

Ich weiß, was du da hast, Angela, vergiss nicht, ich kann deine Gedanken lesen. Ich bin nicht böse, nein, eigentlich begrüße ich es sogar. Ich habe versucht, mich von dieser Klippe zu stürzen, seit Vincent mich in dieses verfluchte Leben gezerrt hat.

Ich fühlte, wie er die Tasche in meine Hände schob, die scharfe Klinge des Dolchs grub sich durch den Stoff in meine Finger.

»Tu es, Angela! Ich bitte dich darum!« Bevor ich sah, dass er die Hand bewegte, hatte er schon die Tasche gepackt und den Dolch herausgezogen. Er legte meine Hände um den Griff und presste den Dolch an die linke Seite seiner Brust. »So nah ist noch nie jemand gekommen.«

Als ich in Erics meerblaue Augen starrte, wusste ich, dass ich es nicht tun konnte. Es wäre mir genauso unmöglich, wie mein eigenes Kind zu töten. Ich liebte ihn, egal wohin es führte, und sei es in den Tod. Diese Erkenntnis machte mich so wütend, wie ich es noch nie im Leben gewesen war. Ich fühlte, ich war in die Falle geraten, panisch wie ein wildes Tier, das gerade in einen Käfig gesperrt worden war.

»Ich kann es nicht tun!« Ich erstickte fast an den Worten. »Ich wünschte, ich könnte es!«

Wir kämpften miteinander. Ich versuchte, das Messer zu senken, aber er hielt meine Hände fest und drückte die Klinge gegen seine Brust. Ich fühlte die immense Kraft seiner Hände. Wenn er wollte, könnte er meine Finger wie Zahnstocher zerbrechen, während er den Dolch in sein eigenes Herz stach, aber er widerstrebte selbst. Er wollte mich nicht verletzen, er wollte es andersherum.

»Ich – werde – es – nicht – tun«, sagte ich.

Ich nahm all meine Anstrengung zusammen, um den Dolch wegzuziehen. Plötzlich ließ er los. Ich wäre beinahe auf den Boden gefallen, aber er fing mich auf und zog mich in eine enge Umarmung. Seine Lippen vereinigten sich mit meinen, während ich fühlte, wie der Dolch durch den Stoff von seinem Hemd schnitt. Eric stöhnte vor Schmerz, und ich roch den merkwürdig süßen Geruch von brennendem Fleisch.

»Nein!«

Ich löste mich aus seiner Umarmung und warf den Dolch fort. Ich hörte, wie er auf den Boden schepperte, als ich die Knöpfe an Erics Hemd aufriss, um mir die Wunde anzusehen. Ich erschauderte, als ich sah, dass der Stoff an seinem verbrannten Fleisch klebte. Eric wimmerte, als sich ein Teil seiner Haut zusammen mit dem Hemd ablöste. Zum ersten Mal sah ich Schmerz in seinem Gesicht, reines, menschliches Leiden. Nicolai hatte Recht gehabt. Der Dolch wirkte, allerdings auf eine Weise, für die wahrscheinlich nicht einmal der Vampirgelehrte eine Erklärung hatte.

»Eric, du bist verletzt. Was sollen wir jetzt tun?« Ich weinte, fühlte mich hilflos und überwältigt von

Schuldgefühlen, weil ich diese Waffe in Erics Nähe gebracht hatte.

Sanft und nahezu geistesabwesend tätschelte er meinen Rücken. »Beruhige dich, Angela. Es geht mir gut.«

»Du meinst, die Wunde wird wieder heilen?«

Er lächelte leicht, obwohl sein Gesicht immer noch schmerzverzerrt war. »Ich glaube nicht. Ich habe über diese Messer gelesen, aber ich habe bis jetzt noch nie eines gesehen. Sie sind ziemlich effektiv, glaube ich. Aber die Wunde ist nicht lebensbedrohlich, in diesem Punkt hattest du Erfolg.«

Ich legte meine Hand auf seine Brust, direkt über die Wunde, und fühlte sein ruhig schlagendes Herz. Ich legte mein Gesicht an seinen Hals und umklammerte seine linke Schulter mit einer Hand, während ich mit der Faust auf seine andere Schulter einhämmerte.

»Ich liebe dich, ich liebe dich«, schluchzte ich und schlug ihn, so fest ich konnte.

Ich liebe dich auch.

Ich kämpfte nicht mehr und lehnte mich nur an ihn. Schließlich stellte ich die Frage, obwohl ich innerlich geradezu danach schrie, die Unwissenheit aufrechtzuerhalten.

»Hast du Lucy umgebracht?«

Würdest du mir glauben, wenn ich Nein sagen würde? Spielt es eine Rolle? Du fixierst dich auf Lucy, weil du sie kanntest, aber du bist dir bewusst, dass es andere gab, zahllose andere, und es werden noch Unzählige mehr werden.

Du weißt, was ich bin, Angela. Deshalb hast du den Dolch mitgenommen.

Ich löste mich langsam von ihm und stand auf. Ich zitterte, fühlte mich aber seltsam ruhig. Ich nahm den Dolch und wischte ihn an einem Tischtuch ab, bevor ich ihn zurück in meine Handtasche steckte. Eric schwieg, als ich den Klub verließ.

Manchmal klingen Geräusche, die du in der Nacht hörst, vertraut, ja sogar tröstlich, zum Beispiel ein Partner, der sich im Bett umdreht und im Schlaf seufzt. Manchmal sind nächtliche Geräusche ärgerlich, zum Beispiel von deinen betrunkenen Nachbarn, die im Hausflur streiten. Aber die Geräusche, von denen ich jetzt spreche, sind die »Jemand ist im Haus«-Geräusche. Geräusche, die deine Extremitäten lähmen, während dein Herz rast und dir die Magensäure aufsteigt. Wenn du realisierst, dass es eigentlich nur ein Zweig ist, der an deiner Fensterscheibe kratzt, oder deine Katze, die sich einen nächtlichen Snack gönnt, lachst du und denkst: Na ja, wenn das jetzt wirklich jemand gewesen wäre, wäre ich jetzt vielleicht tot, denn ich wäre ganz sicher nicht aufgestanden, um irgendetwas zu unternehmen.

Wie ein Schlafwandler, der mitten auf der Straße erwachte, hatte ich keine Ahnung, wie ich nach Hause gekommen war. Der Dolch ging zurück in seine Holzkiste, dann wieder in die Einkaufstasche. Ich duschte, zog ein großes T-Shirt von meinem Vater an, legte mich aufs Bett und weinte mich buchstäblich in den Schlaf.

Um dann durch ein *Geräusch* zu erwachen.

Es kam aus Kimberleys Zimmer: zuerst ein gedämpftes Krachen wie eine Lampe, die auf einen Teppichboden fiel, dann ein Schlag gegen unsere gemeinsame Wand und ein erstickter, grunzender Schrei. Meine Unterarme und Handflächen wurden klitschnass. Die Spucke sammelte sich in meinem Mund, doch ich war so erstarrt, dass ich nicht schlucken konnte. Mein Körper versuchte, sich in die Laken zu drücken und in der Matratze zu verschwinden. Dann wieder ein gedämpfter Schlag, es klang, als fiele ein weiterer Gegenstand zu Boden.

Ich würde nur zu gerne behaupten, dass ich aufsprang, um Kimberley zu retten, oder zumindest, dass ich das Telefon nahm und den Notruf wählte, aber dann müsste ich lügen. Stattdessen lag ich da und betete inständig, dass der Eindringling die Wohnung verlassen möge, ohne in mein Zimmer zu kommen. Aber meine Gebete sollten nicht erhört werden. Nach einem Moment der Stille erneut Schritte im Flur.

»Bitte, Gott, mach, dass er jetzt geht«, betete ich still. Meine Augen, die einzigen Körperteile, die ich noch bewegen konnte, blickten im Zimmer umher. Ich konnte wunderbar sehen, aber nichts hier sah aus wie eine Waffe. Dann erinnerte ich mich an den Dolch. Ich bewegte mich Zentimeter um Zentimeter darauf zu, als die Tür aufging.

Adrenalin durchflutete meinen Körper. Ich setzte mich auf, stemmte mich mit meinem ganzen Gewicht gegen meinen Nachttisch und drückte mit beiden Armen dagegen. Es gab einen riesigen Krach, als Telefon, Lampe und Bücher zu Boden fielen. Unter dem Schutz des Lärms sprang ich aus dem Bett und rannte auf die Tür zu, in der Hoffnung, ich würde schon irgendwie an dem Eindringling vorbeikommen.

Stattdessen rannte ich direkt in ihn hinein. Ein in Leder gehüllter Arm umschlang meinen Hals, der andere Arm zog mir etwas über den Kopf. Es war seidig weich und duftete nach Rosen, ein Kissenbezug von Kimberleys Bett. Ich wurde zurück auf mein Bett geschoben, und das ganze Gewicht des Mannes lastete nun auf mir. Der Mann kniete auf meiner Brust. Nur die weiche Matratze verhinderte, dass er mir jede einzelne Rippe brach.

Der Messerschnitt kam zu schnell, um noch den kalten Stahl zu fühlen. Ich fühlte Hitze, ein sengendes Brennen, als meine Haut durchtrennt wurde, und pulsierende Wärme, als das Blut aus meinem Hals sprudelte. Mit jedem Herzschlag spürte ich es hervorquellen. Unter dem Kissenbezug hörte ich mein Blut. Es war, als hielte ich mir eine Muschel ans Ohr und wüsste, dass das Rauschen des Ozeans eigentlich die Wellen in meinem eigenen Körper waren.

Dann berührte der Mund des Mannes meinen Hals. Was tat er da? Sein erbärmliches Züngeln erinnerte mich an eine Katze, die Milch aufschleckte, die auf den Boden getropft war. Ich stellte mir vor, wie er in den Wellen des Blutes ertrank, das aus meinem Körper quoll.

Der Eindringling versuchte, noch näher heranzukommen, und bewegte seine Knie. Das war meine Chance. Ich zog mich aus der Umklammerung, fasste nach seinem Gesicht und tastete nach den weichen Augenhöhlen. Dann drückte ich zu mit aller Kraft, die ich noch aufbringen konnte.

»Verdammt!«

Er schrie auf und fiel seitlich vom Bett herunter auf einen Bücherstapel. Ich setzte mich auf und zerrte an dem Kissenbezug. Aber bevor ich ihn abnehmen konnte, kam schon wieder das Messer, diesmal in meine Brust. Unter dem Kissenbezug, hinter meinen geschlossenen Lidern, sah ich nur noch eine Flut von Rot. Während sich meine Lungen mit Blut füllten, fühlte ich mich wie ein Fisch an der Angel, der ans Ufer geworfen wurde, um dort langsam zu ersticken. Der Mann wühlte in meinem Zimmer herum. Schubladen wurden geöffnet und mit einem Knall geschlossen. Dann hörte ich das Geräusch von Schritten im Flur.

Plötzlich war alles still. Ich hörte wieder auf meinen Körper, hörte, wie die Wellen zurückwichen. Es schien, als verlangsamte sich mein Herz. Ganz langsam bewegte ich meine Hand nach oben in Richtung Hals. Ich berührte die Wunde, und meine Finger versanken bis zum ersten Fingergelenk in meinem eigenen Fleisch.

»Oh, oh, das ist nicht gut«, dachte ich.

Seltsamerweise fühlte ich mich ruhig, geradezu friedlich. Das Atmen ging ganz leicht, oder vielleicht atmete ich auch gar nicht mehr. Das flüssige Rot vor meinen Augen wich einer tintenartigen Schwärze. Im Geiste kletterte ich auf den Schoß meiner Mutter und legte mich schlafen.

Zweiundzwanzigstes Kapitel

Ich erwachte durch ein leises Geräusch, ein Stöhnen, oder fast schon ein Seufzen. Es kam aus Kimberleys Zimmer. Ich zog mir den Kissenbezug vom Kopf. Ich brauchte beide Hände, um mich vom Bett hochzustemmen. Meine Beine bewegten sich steif wie Eisenstangen durch den Flur. Ich hörte das leise Wimmern einer Stimme, die ich nicht erkannte. Es kam aus meinem eigenen Mund.

Kimberley lag auf ihrem Bett, hingeworfen wie eine Stoffpuppe, die Beine gespreizt, ein Arm über dem Kopf. Die Leselampe auf dem Nachttisch war angeschaltet und warf einen gelben Lichtkegel auf Kopf und Schultern. Kimberley trug ein lavendelfarbenes Nachthemd, das ich schon viele Male zuvor gesehen hatte, aber nun war es von dunkelroten Blutflecken übersät. Gesicht, Hals und Brust waren blutverschmiert, genau wie ihre weiße Bettdecke. Ihre Augen waren geschlossen.

»Oh mein Gott, Kimberley«, ächzte ich und eilte zu ihr.

Ihr Hals war voll Blut, es kam aus einer Wunde, die von ihrem rechten Ohr bis zu der Vertiefung zwischen ihren Schlüsselbeinen reichte. Was einmal ein strömendes Rinnsal gewesen sein musste, war inzwischen nur noch ein leises Tröpfeln. Ich legte meinen Kopf auf ihre Brust, um zu hören, ob ihr Herz noch schlug. Doch da war nichts.

Ich bereute zutiefst, dass ich niemals Herz-Lungen-Reanimation gelernt hatte. Ich griff nach dem Telefon auf ihrem Nachttisch und wählte 911.

»San Francisco Emergency.« Die weibliche Stimme klang knapp und effizient.

»Jemand ist in meine Wohnung eingebrochen. Meine Mitbewohnerin ist verletzt.«

Ich hörte das Klicken von Computertasten, die Telefonistin nahm meine Adresse auf.

»Befindet sich der Einbrecher noch in der Wohnung? Sind Sie im Moment in Sicherheit?«

»Ja, er ist weg.«

»Ist Ihre Mitbewohnerin bei Bewusstsein?«

»Nein, ich glaube, sie ist tot.« Die letzten Worte waren nur noch ein Flüstern.

»Sind Sie in Ordnung, Ma'am? Wurden Sie verletzt?«

»Oh mein Gott.« Ich griff nach meinem Hals und tastete nach der Wunde, an die ich mich erinnerte. Ich berührte meine linke Brust und fühlte, dass mein T-Shirt blutgetränkt war.

»Warum bin ich nicht gestorben?«, wisperte ich.

»Ma'am, bitte bleiben Sie am Apparat. Es wird jeden Moment jemand bei Ihnen eintreffen.«

Ich dachte, ich müsste mich übergeben, ignorierte die Anweisungen der Telefonistin und ließ das Telefon zu Boden fallen. Dann schwankte ich ins Badezimmer und kniete mich über die Toilettenschüssel. Mir war übel, etwa wie nach einem Autounfall, wenn man nach dem Adrenalinstoß zitternd und bebend zurückbleibt, aber ich fühlte keinen Schmerz. Ich stand vorsichtig auf und blickte in den Spiegel. Mein Haar war zerzaust, mein T-Shirt hing an mir herunter, als sei ich in einen Swimmingpool gesprungen. Es war vollgesogen mit meinem Blut. Ein kräftiger, salziger, mineralischer Geruch stieg mir in die Nase.

Aber die Wunde, sie war verschwunden. Ich trat näher an den Spiegel heran und traute meinen Augen nicht. Ich versuchte, den Finger in den tiefen Schnitt zu legen, aber nun war da nur noch eine oberflächliche Wunde, ein dünner kleiner Kratzer, wie ihn vielleicht eine Katzenkralle verursacht haben könnte. Ich zog mein nasses T-Shirt hoch und blickte auf meine Brust. Beim Anblick meiner blutverkrusteten Brüste musste ich würgen, aber ich entdeckte keine Wunde.

Auf der Straße ertönten Sirenen. Wie sollte ich das ganze Blut erklären? Ich wusste, eigentlich hätte ich tot sein müssen, das hatte ich in der Tat auch erwartet. Die nun folgende Konversation konnte ich mir schon vorstellen.

»Nun ja, sehen Sie, Officer, das ist das Vampirgift, bei mir heilt so was schneller als bei anderen Leuten.« Alles klar, das kam bestimmt sofort gut an.

Ich nahm einen Waschlappen und rieb mir Gesicht und Hals ab. Zurück in meinem Zimmer zog ich mein T-Shirt aus und holte mir ein neues aus der Schublade. Das nasse T-Shirt versteckte ich ganz hinten im Kleiderschrank, und ich zog die Tagesdecke über die blutgetränkten Bettlaken. Dann klingelte es.

Eine Stunde später sah Kimberleys Zimmer aus wie eine Apotheke nach einer Randale. Bett und Flur waren übersät mit Infusionsflaschen, Spritzen, Schläuchen und Papiertüchern. Die Sanitäter hatten einen heldenhaften Versuch unternommen, Kimberley zurück ins Leben zu holen. Nach all dem Rufen und dem Piepsen der Maschinen war die Wohnung nun plötzlich still wie ein Grab.

Die Notärzte untersuchten mich, dann ließen sie mich im Wohnzimmer mit den Inspektoren Sansome und Trujillo zurück, meinen Freunden aus Lucys Haus, während diverses anderes Personal in Kimberleys Zimmer hinein- und wieder hinaustrampelte.

»Sollen wir jemanden für Sie anrufen, Angie?« Dieser letzte Vorfall hatte dazu geführt, dass Inspector Sansome und ich uns inzwischen mit Vornamen ansprachen. Ich dachte darüber nach, meine Eltern anzurufen, und verwarf diesen Gedanken wieder. Was könnten sie jetzt tun, außer sich Sorgen zu machen?

»Ja, ich möchte gerne mit meinem Freund Steve sprechen.«

»Wir müssen Ihnen ein paar Fragen stellen, Ms. McCaffrey.« Inspektor Trujillo begann das Warten zu langweilen.

»Warten wir, bis ihr Freund hier ist, Ernesto.« Sansomes Stimme klang leicht mahnend. »Warum setzen Sie sich nicht einfach, Angie?« Er zeigte auf das Sofa.

Mein erster Gedanke war, dass Kimberley komplett durchdrehen würde, wenn auch nur ein Tropfen Blut ihr weißes Sofa befleckte, doch dann fiel mir ein, dass sie sich gewiss nicht mehr über irgendetwas ärgern würde. Dennoch brachte ich es nicht über mich, mich dort hinzusetzen.

»Warum gehen wir nicht in die Küche?«, bot ich an.

Inspektor Sansome reichte mir sein Handy, und eine Minute später war Steve schon unterwegs. Sansome und ich setzten uns einander gegenüber auf zwei Küchenstühle. Trujillo lehnte sich vor, um aus dem Küchenfenster zu blicken, ohne die Fensterbank zu berühren.

»Er ist in die Wohnung gekommen, während wir geschlafen haben«, platzte ich heraus.

»Es war nur eine Person, ein Mann?«, fragte Sansome.

Ich nickte. »Das ist alles, was ich gesehen habe. Eigentlich habe ich ihn gar nicht wirklich gesehen. Er hat mir einen Kissenbezug über den Kopf gezogen, einen aus Kimberleys Zimmer. Ich habe ihn nur gehört und gefühlt.«

»Sie können uns also keine Personenbeschreibung geben?« Trujillo war entschlossen, seine Fragen zu stellen.

Ich schüttelte den Kopf, doch dann dachte ich noch einmal darüber nach.

»Er war groß. Und er trug eine Lederjacke.«

»Haben Sie eine Ahnung, wie er hineingekommen ist? Sie müssen doch den Türöffner drücken, damit jemand ins Haus hineinkommt, oder?« Trujillo sprach mit dem Rücken zu mir und blickte immer noch aus dem Fenster. Dann zog er Gummihandschuhe aus seiner Tasche und zog sie an, bevor er den Fensteröffner betätigte.

»Ja, womöglich ist er durch das Fenster hereingekommen, das Sie sich gerade ansehen. Es gibt eine Feuerleiter, die bis nach unten reicht. Beziehungsweise bis zum ersten Stock.« Ich konnte mir nicht vorstellen, dass irgendjemand sich trauen würde, sie zu benutzen, so alt und rostig wie sie war. »Wir lassen dieses Fenster immer ein wenig offen stehen.«

»Was ist dann als Nächstes passiert?« Sansome zückte seinen Notizblock.

»Er war zuerst in Kimberleys Zimmer. Ich habe Geräusche gehört, erst ein Rumpeln und Knallen, dann einen Schrei. Ich konnte einfach nicht hineingehen. Ich verhielt mich ganz still und hoffte, er würde einfach wieder weggehen.«

Ich zupfte an meinen Fingernägeln herum, gefährlich nahe daran, einfach loszuweinen.

Sansome legte seinen Stift nieder und berührte mich leicht am Arm. »Sie brauchen sich nicht schlecht zu fühlen, weil sie nicht hineingegangen sind, Angie. Niemand hätte das von Ihnen erwartet.«

Ich dachte an meine eigene Verwundung, das warme Gefühl von Blut, das meinen Körper verließ. Wenn ich gewusst hätte, dass er mich nicht umbringen konnte, hätte ich mich anders verhalten, hätte ich dann Kimberleys Leben gerettet?

Trujillo beugte sich über mich, nachdem er das Fenster geprüft hatte. Ich roch Rasierwasser, etwas Würzig-Subtiles, das von seinem Mantel ausging. »Was ist als Nächstes passiert?«, fragte er ohne Umschweife.

Sansome zuckte mit konspirativem Blick zu mir hinter Trujillos Rücken die Achseln.

»Dann ist er in mein Zimmer gekommen. Er packte mich und drückte mich auf das Bett. Er hatte ein Messer, und er hat versucht, mich aufzuschlitzen, aber ich drückte ihn weg.«

Ich konnte es nicht lassen, immer wieder nach dem Kratzer auf meinem Hals zu tasten. Sansome lehnte sich ein Stück nach vorne. »Sieht aus, als hätte er dich erwischt, Angie.«

»Ich glaube, er wollte mich aufschlitzen, oder er hat mich geschnitten, aber ich habe ihm meine Finger in die Augen gedrückt, und dann ist er seitlich vom Bett heruntergefallen.«

Ich hörte, wie Trujillo scharf die Luft einsog. Er blickte interessiert auf meine rechte Hand, die auf dem Küchentisch lag.

»Wir sollten ihre Fingernägel nach Hautpartikeln untersuchen, Andy.« Trujillo bewegte sich über mir, als wolle er meine Hände in einen Plastikbeutel legen und als Beweismittel mitnehmen.

Sansome lächelte mich an und ignorierte Trujillo. »Sie haben sich die Hände schon gewaschen, nicht wahr, Angie? Und das Gesicht auch?«

Sofort fühlte ich mich schuldig. »Ja, mir war übel. Ich dachte, etwas kaltes Wasser … Es tut mir leid.«

Trujillo wich wieder zurück, sein Gesicht war rot vor Empörung. Sansome nickte nur.

»Natürlich. Das ist durchaus verständlich. Was geschah, als er hinunterfiel?«

»Er stand auf und rannte zur Tür hinaus.«

»Haben Sie das Schloss gehört, zufälligerweise? Ob er die Tür geöffnet hat?« Sansome kritzelte in sein Notizbuch und blickte mich nicht an.

»Ich weiß nicht, ob ich das Schloss gehört habe oder nicht.«

»Keine Sorge, das werden wir herausfinden.« Sansome blickte hoch zur Decke, als versuche er, sich an etwas zu erinnern. »Würde es Ihnen etwas ausmachen, wenn Inspektor Trujillo sich die Eingangstür einmal ansieht, Angie?« Trujillo verstand den Hinweis und verließ den Raum.

Sansome blätterte in seinem Notizbuch. »Dann gingen Sie in Kimberleys Zimmer, ist das richtig?«

»Ich ging hinein, und sie lag da, na ja, genau wie Sie sie gesehen haben. Ich spürte keinen Herzschlag. Dann habe ich den Notruf gewählt.«

»Gibt es noch irgendetwas, an das Sie sich bei dem Mann erinnern können? Vielleicht irgendein Geruch?«

Sofort musste ich an Eric denken, seinen süßen, faszinierenden Duft. »Inwiefern?«, fragte ich.

»Manchmal riechen die Leute etwas, auch wenn sie nichts sehen können. Zum Beispiel Pfeifenrauch oder ein bestimmtes Aftershave. Ich habe einmal einen Täter gefasst, weil die Lady mir sagte, es habe nach Peperoni gerochen, als in ihr Haus eingebrochen wurde. Es stellte sich heraus, dass es der Pizzabote war.«

Ich folgte Sansomes Blick auf Kimberleys 700-Dollar-Illy-Espressomaschine.

»Möchten Sie einen Kaffee?«

Er lachte und tätschelte meine Hand. »Nein, danke, aber ist das nicht süß von Ihnen? Irgendwelche Gerüche, Angie?«

»Nur Kimberleys Parfüm auf dem Kissenbezug. Es riecht nach Rosen.«

»Hat er etwas gesagt?«

»Er sagte verdammt, als ich ihm in die Augen gestochen habe.«

»Irgendetwas Besonderes an seiner Stimme?«

»Nicht dass ich wüsste. Es war eher ein Grunzen. Seine Stimme war tief.«

»Angie, nachdem der Angreifer Sie geschnitten hat, hat er dann noch etwas anderes mit Ihnen gemacht, irgendetwas?«

Ich erinnerte mich an die Zunge des Mannes, die an meinem Hals leckte, an seine Zähne, die nach der Wunde suchten. In diesem Moment erschien Trujillo.

»Keinerlei Anzeichen für gewaltsames Eindringen, weder hier in der Wohnung noch unten in der Lobby. Ms. McCaffrey, hatte noch irgendjemand außer Ihnen und Kimberley einen Schlüssel zu dieser Wohnung?«

»Nur Kimberleys Eltern, die Bennetts, soviel ich weiß. Ihnen gehört das ganze Haus.«

Sansome winkte zu Trujillo hinüber, als verscheuche er eine Fliege. Es war das erste Mal, dass ich etwas wie Verärgerung bei ihm sah. »Ernesto, könntest du nachsehen, ob Angies Freund schon gekommen ist?«

Trujillo ging von dannen mit einem Blick, als sei er gezüchtigt worden. Sansome zog an einem losen Faden, der am obersten Knopf seines Jacketts hing. Der Knopf löste sich und fiel in seine Hand.

»Ich kann einfach nicht nähen. Früher hat meine Frau sich um solche Sachen gekümmert.« Er seufzte und steckte den Knopf in seine Hosentasche, dann blickte er auf.

»Also, Angie, gab es da nicht noch etwas, was Sie hinzufügen wollten?«

Er wusste, dass ich an etwas gedacht hatte. Ich schwieg und starrte auf das flirrende Muster auf dem Linoleumboden unter meinem nackten linken Fuß.

»Okay«, sagte Sansome. »Ich glaube, es ist besser, wenn Sie sich für ein paar Tage anderswo einquartieren. Das Spurensicherungsteam kommt wahrscheinlich noch mal zurück.«

»Das geht in Ordnung, ich kann solange bei Steve wohnen. Darf ich in mein Zimmer gehen und ein paar Sachen zum Anziehen holen?«

»Ja, aber ich möchte Sie gerne begleiten, wenn es Ihnen nichts ausmacht.«

Wir gingen langsam, wie ein ältliches Pärchen,

zurück in mein Zimmer. Ich zog eine Tasche aus meinem Kleiderschrank. Hinter der aufgeklappten Schranktür, ohne dass Sansome mich sehen konnte, was ich machte, stopfte ich das blutige T-Shirt in die Tasche, dann packte ich etwas saubere Unterwäsche, T-Shirts und Hosen darauf. Als ich hinter der Schranktür hervorkam, sah Sansome mich erwartungsvoll an.

Er wartete immer noch darauf, dass ich ihm die Informationen gab, die ich, wie wir beide wussten, bisher zurückgehalten hatte. In meinem Kopf herrschte größte Verwirrung. Wen wollte ich schützen? Ich war mir sicher, dass das armselige Monster, das mich angegriffen hatte, in keinem Zusammenhang mit Eric stand, außer vielleicht in seiner eigenen Einbildung. Nein, das Problem war ein anderes. Hätte ich erwähnt, dass der Mann versucht hatte, mein Blut zu trinken, würde die Spur vielleicht zurück zu Eric führen, auch wenn ich wusste, dass er nichts mit dem Mord zu tun hatte. Zumindest nicht mit diesem.

***

Als Sansome und ich den Aufzug verließen, sah ich Steve und Inspektor Trujillo, die sich in der Nähe des Brunnens in der Lobby unterhielten, ihre gegelten, dunkelhaarigen Köpfe nahe beieinander. Steves Haar war perfekt frisiert, aber ich sah das Karomuster seines Pyjamaoberteils unter seinem Pulloverkragen herausspitzen.

Steve erblickte mich und kam herbeigerannt. Er

umarmte mich nicht, sondern tastete mich stattdessen überall ab, als wolle er prüfen, ob alles noch an seinem Platz war. Er berührte meine Wangen, meine Schultern, meine Arme, so sanft, als streichelte er einen Schmetterlingsflügel. Zum ersten Mal seit dieser Nacht weinte ich hemmungslos. Steve legte mir den Arm um die Schultern und stützte mich, weil meine Beine inzwischen wackelig waren.

Nachdem wir in seiner Wohnung angekommen waren, ließ Steve mir eine königliche Behandlung angedeihen, oder was eine königliche Behandlung gewesen wäre, wenn die Königin eine Lungenentzündung gehabt hätte. Nach einer langen Dusche packte er mich mit einem Heizkissen unter dem Rücken in sein Bett, legte mir eine Wärmflasche auf die Füße, gab mir eine Tasse Echinacea-Tee in die rechte und die TV-Fernbedienung in die linke Hand. Ich hatte ihn auf dem Hinweg bereits mit dem groben Tatsachenbericht versorgt, abzüglich der wundersamen Heilung. So lag ich jetzt nur noch ruhig da und erlaubte ihm, sich um mich zu kümmern. Ich fühlte mich völlig erschöpft und gleichzeitig hellwach.

Schließlich gähnte Steve. »Ich gehe dann mal und schlafe auf der Couch. Wir können morgen früh reden.«

»Bekomme ich nicht noch eine Dosis Lebertran?«, fragte ich.

Steve sah mich nur an und schüttelte mein Kissen auf.

Das Letzte, was ich jetzt wollte, war alleine gelassen zu werden. »Das Bett ist doch wirklich groß genug für uns beide, Steve.«

»Ich kann dir gar nicht sagen, wie oft ich diesen Satz schon gehört habe. Jetzt allerdings zum ersten Mal von einer Frau.« Steve hob die Decke und schlüpfte auf der anderen Seite des Bettes darunter. Ich zappte in Stummschaltung durch die Fernsehkanäle, nur um etwas zu tun. Auf keinen Fall würde ich heute Nacht auch nur ein Auge zutun.

Steve beobachtete die Bilder, die über den Bildschirm zuckten. Die Stille fühlte sich an wie ein Betttuch, das um uns beide gewickelt war, und so erschrak ich, als Steve zu sprechen begann.

»Angie, wir müssen reden. Ich weiß, dass du dich mir gegenüber bedeckt hältst, was diesen Eric betrifft. Aber ich muss es wissen. War er es, der das getan hat?«

Ich verglich die erotische, halluzinatorische Wirkung all dessen, was Eric jemals mit mir gemacht hatte, mit der jämmerlichen, verzweifelten, allzu menschlichen Handlung meines Angreifers. »Nein, das war nicht Eric. Es war nur ein Mann.«

»Was meinst du mit *nur*?«

Inzwischen hatte ich Steve schon so viele Informationen über Eric vorenthalten, dass es nun wohl kaum der richtige Zeitpunkt war, die Wahrheit zu sagen. Steve dachte sicher schon, dass ich unter Realitätsverlust litt.

»Ich glaube, der Angreifer wollte mich glauben lassen, er sei einer der Bluttrinker aus dem *House of Usher*, aber ich weiß, dass es nicht Eric war.«

»Wer war es dann?«

»Ich weiß es nicht, Steve. Vielleicht war es Les.«

»Nein, es war nicht Les.« Steve sprach mit überraschender Überzeugung.

»Woher weißt du das?«

»Er war hier, Angie, etwas früher am Abend. Ich habe ihn auf der Couch übernachten lassen.«

»Du hast was?«

»Er hat mir leidgetan. Aber hör zu, was ich dir sagen will. Er war hier bei mir, während ihr angegriffen wurdet.«

»Das beweist allerdings nicht, dass er Lucy nicht umgebracht hat.«

Steve drehte sich auf die Seite und kniff die Augen zusammen. »Angie, glaubst du das wirklich?«

Ich hielt einen Moment inne. »Nein, ganz bestimmt nicht. Wenn er mich gebeten hätte, bei mir zu übernachten, hätte ich ihn auch aufgenommen. Wo ist er jetzt?«

»Ich habe ihn bei einem anderen Freund abgesetzt, auf dem Weg zu dir. Er meinte, du habest zu viele Polizisten im Gefolge.«

Steve nahm die Fernbedienung und schaltete den Fernseher aus. »Ich glaube, wir sollten versuchen, ein bisschen zu schlafen.«

»Klar.«

Steve schaltete das Licht aus, und ich starrte an die Decke. Eine lange Weile lagen wir so im Dunkeln und drehten uns hin und her, jeder in dem Wissen, dass der andere noch wach war. Doch schließlich wurde Steves Atmen langsam und tief. Ich wälzte immer wieder die Ereignisse dieser Nacht in meinem Kopf herum und versuchte, irgendeinen Sinn darin zu erkennen. Es gab noch etwas, das ich niemandem erzählt hatte. Als ich mit Inspektor Sansome in mein Zimmer gegangen war, um ein paar Kleidungsstücke zu holen, wollte ich eigentlich auch die Tasche mitnehmen, die ich vom Büro mitgebracht hatte, die Tasche mit dem *Tangento*-Ordner und dem Messer. Aber sie war verschwunden.

Dreiundzwanzigstes Kapitel

Ich erwachte völlig orientierungslos und hatte überhaupt keine Ahnung, wo ich mich befand. Die Vorhänge vor dem Fenster waren so dick, dass sie nur einen winzigen Lichtschimmer durchließen, es war wohl schon Tag. Ein Lichtstrahl fiel auf eine viktorianische Kommode, auf der eine Vase mit weißen Blumen stand, deren Namen ich nicht kannte, da fiel mir wieder ein, dass ich bei Steve war. Ich blickte hinüber auf seine Seite des Bettes, aber er war weg. Das Kissen war aufgeschüttelt und seine Hälfte der Decke ordentlich hochgezogen.

Der Digitalwecker auf dem Nachttisch zeigte 10.30 Uhr. Ich war etwa um 4.00 Uhr morgens eingeschlafen, nachdem Bing Crosby in dem Film »Musik Musik« das Lied »White Christmas« gesungen hatte. Es war noch das Fröhlichste, was ich im Fernsehen gefunden hatte, aber es half mir kein bisschen.

Nur widerstrebend verließ ich Steves weiches Bett, um ins Bad zu gehen. Als ich im Spiegel meinen Hals betrachtete, dachte ich, ich müsste zumindest eine hellrosa Linie entdecken, doch als ich mich näher heranbeugte, konnte ich rein gar nichts erkennen. Letzte Nacht hatte Inspektor Sansome mich lange und genau angesehen, und ich hatte mich gefragt, ob ich wohl beim Waschen einige Blutflecke übersehen hatte. Mir war klar, dass es für seine Ermittlungen hilfreich wäre, zu wissen, dass ich ebenso wie Kimberley aufgeschlitzt worden war, aber ich konnte die Vorstellung nicht ertragen, ihm irgendwelche Auskünfte geben zu müssen, die ihn, selbst irrtümlicherweise, zu Eric führen könnten.

Nachdem ich meine von zu Hause mitgebrachten Sachen angezogen hatte, ging ich in die Küche und goss Milch über eine Schüssel Raisin Bran. Ich kaute, aber die Weizenflocken schmeckten so sehr nach Sägemehl, dass ich sie wieder ausspuckte. Ich schob die Schüssel weg und legte meinen Kopf auf den Tisch. Traurigkeit überwältigte mich, und meine Tränen flossen auf den hölzernen Küchentisch.

Als ich Steve singen hörte, versiegten meine Tränen. Durch das Fenster sah ich, wie er im Garten Unkraut jätete, er kniete auf einem Gärtnerkissen aus Gummi und hatte die Ohrstöpsel seines iPods in den Ohren. Es war ein strahlender Tag, der Himmel blau und die Blumen leuchtend rot. Ein wunderschöner Moment voller Sonnenlicht, ein Anblick, den Eric für den Rest seines langen Lebens niemals erleben würde. Nie wieder die Sonne zu sehen, wie musste sich das wohl anfühlen?

Anscheinend war ich bereits auf dem Weg, es herauszufinden, denn das Licht stach mir in die Augen, selbst noch drinnen. Steve hatte den »Chronicle« auf dem Tisch liegen gelassen, und ich überflog die erste Seite. Ein wolliges Mammut war aus dem Eis der Antarktis geborgen worden, und Wissenschaftler wollten versuchen, es zu klonen. Ich wandte mich den lokalen Nachrichten zu. Eine altehrwürdige Druckerei wurde zwangsgeräumt, weil eine brandneue Internet-Blog-Firma das Gebäude gekauft hatte. Die Druckereiangestellten versuchten verzweifelt, zumindest noch den Druck von sechshundert Exemplaren einer illuminierten Bibel-Ausgabe fertigzustellen, bevor ihr Unternehmen geschlossen wurde.

Unter dem Foto eines Mannes, der winzige Metallettern in eine Druckplatte setzte, las ich die nächste Überschrift. »Autopsiebericht von ›Vampiropfer‹: Todesursache Blutverlust.« Zunächst dachte ich, der Artikel handle von Kimberley, doch dann wurde mir klar, dass es um Lucy gehen musste. Niemals konnte Kimberley in dieser kurzen Zeit gerichtsmedizinisch untersucht worden sein.

Die Autopsie von Lucys Leiche hatte ergeben, dass die Todesursache ein massiver Blutverlust aus zwei Wunden in der Halsschlagader war, hervorgerufen von einer Waffe, die Ähnlichkeit mit einem Eispickel hatte. In der Toxikologie fand man Spuren von Rohypnol in ihrem Blut, der »Date-Rape-Droge«. Der geschätzte Todeszeitpunkt lag zwischen neun Uhr abends und Mitternacht am Donnerstag. Ich überlegte kurz, ob die Polizei immer noch nach Les suchte.

Das Gefühl, das sich danach einstellte, hätte eine riesige Erleichterung sein können, hätte es sich in der Nachricht nicht um eine tote Kollegin gehandelt. Dennoch war ich einfach nur erleichtert. Lucy war Rohypnol verabreicht worden. Wie ich sehr wohl bestätigen konnte, musste Eric niemanden mit Drogen gefügig machen. Er hatte es nicht nötig, denn sein eigener Duft war für Menschen bereits eine Droge. Lucys Mord war so inszeniert, dass es aussehen sollte, als sei ein Vampir am Werk gewesen. Also war Eric hiermit von beiden Morden entlastet, zumindest meiner Einschätzung nach.

Ich ging zurück ins Schlafzimmer und suchte in Steves Kleiderschrank nach einer Kopfbedeckung. Es gab ein ganzes Regal mit nagelneuen Baseballkappen, die er bekommen hatte, wenn er Kunden zu Baseballspielen der Giants begleitet hatte. Ich nahm eine heraus, kramte eine Sonnenbrille aus meiner Handtasche und eilte nach unten in den Garten. Ich reichte Steve die Zeitung, zurechtgefaltet auf den Artikel über Lucy. Er setzte sich auf sein Gärtnerkissen und las ihn.

Ich konnte nicht abwarten, bis er fertig war. »Eric hat Lucy nicht umgebracht«, rief ich.

Steve blickte auf. »Das steht in dem Artikel?«

»Nein, aber dort steht, dass Lucy ...« Ich unterbrach mich. Wenn ich jetzt nicht eine lange und unglaubwürdige Geschichte erzählen wollte, dann hielt ich wohl besser den Mund.

Steve seufzte. »Ich wünschte, du wüsstest endlich, dass du mir vertrauen kannst, Angie.«

Sofort überkamen mich Gewissensbisse. »Oh, Steve, natürlich kann ich dir vertrauen.«

Sein kläglicher Gesichtsausdruck verriet mir, dass er mir nicht glaubte, und warum sollte er auch?

Er blickte wieder auf die Zeitung. »Er hat also Lucy nicht umgebracht. Aber was ist mit Kimberley?«

»Oh nein, die hat er definitiv nicht umgebracht.«

»Keine Sorge, ich werde dich jetzt nicht fragen, woher du das weißt. Also, ist dein Vampirfreund so harmlos wie ein Kätzchen, nicht wahr? Kein Wunder, dass du so glücklich bist.«

War Eric harmlos? Ich hielt einen Moment inne, um darüber nachzudenken. Vielleicht hatte er Lucy oder Kimberley nicht getötet, aber das änderte nichts an dem, was Nicolai mir gesagt hatte: »Wenn du bei der Verwandlung stirbst, hast du eben Pech gehabt ...« Eric könnte mich während des Verwandlungsprozesses immer noch töten, wenn er sich entschloss, damit weiterzumachen. Und dann gab es da noch die Person, die Lucy und Kimberley getötet hatte und versucht hatte, auch mich zu töten. Diese Person war noch immer auf freiem Fuß.

»Ich bin nicht glücklich«, antwortete ich, und in diesem Moment war es die Wahrheit.

Steve ging wieder auf die Knie und zog irgendwelche gelben Blumen aus dem Boden.

»Wie kannst du das in so einem Moment nur tun?«, fragte ich.

»Es beruhigt meinen Geist. Du solltest es auch mal versuchen. Obwohl, lass mal. Du kannst eine Oxalis nicht von einem Delphinium unterscheiden.«

»Steve, hast du gestern versucht, in Bangkok anzurufen?«

Er schob sein Gärtnerkissen auf dem Blumenbeet

weiter. Er trug einen ledernen Gärtnergürtel, in den Schlaufen steckten eine Gartenschere, ein Unkrautstecher, Bindegarn und andere Werkzeuge. Er war für seine Arbeit wahrhaftig gut ausgerüstet.

»Ja, sie kennen Barry Warner da drüben, das ist Fakt.«

»Wirklich?« Ich lehnte mich neugierig vor. Vielleicht stellte sich heraus, dass ich mit meiner Theorie über *Tangento* richtiglag.

»Aber ich habe nichts erreicht. Die Frau am Telefon sagte, ›Sie sind nicht Barry!‹, und legte auf. Ich schätze, mein Akzent war nicht überzeugend.«

Ich pflückte eine Blume und hielt sie an meine Nase. Früher dachte ich immer, der Duft von frischen Blumen sei der schönste überhaupt, doch inzwischen wusste ich es besser. »Steve, es gibt da etwas, das ich dir sagen muss. Der Mann, der mich angegriffen hat, hat den *Tangento*-Ordner mitgenommen, mit all meinen Informationen, die ich darin gesammelt habe.«

Steve unterbrach das Unkrautjäten und hielt seine Schaufel mitten in der Luft. »Was? Hast du das der Polizei gesagt?«

»Nein, noch nicht.«

»Warum nicht?«, fragte er.

Ich konnte ihm wohl kaum sagen, dass ich auch ein vampirtötendes Messer in der Tasche hatte, das ebenfalls gestohlen wurde. Also zuckte ich bloß die Achseln.

»Ich habe eine Theorie«, sagte ich.

»Lass hören.«

»Ich glaube, der Angriff letzte Nacht hatte etwas mit *Tangento* zu tun. Kimberley muss Informationen über *Tangento* gehabt haben, mit denen sie Barry Warner erpresst hat. Und ich bin an dieselben Informationen gelangt. Jemand hat versucht, uns beide zum Schweigen zu bringen.«

»Und was ist mit Lucy?«, fragte Steve. »Wusste sie ebenfalls über *Tangento* Bescheid?«

»Ich weiß nicht genau, das müssen wir eben herausfinden. Wir müssen wissen, was Lucy wusste.«

»Und wer dir diese braunen Umschläge geschickt hat«, fügte Steve hinzu. Er seufzte schwer, stand auf und wischte seine Knie ab. »Ich glaube, es ist Zeit, ins Büro zu gehen.«

Vor dem Eingang von *HFB* wären Steve und ich beinahe mit einem dünnen Lieferjungen zusammengeprallt, der sich hinter einem Korb mit einem extrem riesigen Blumenstrauß verbarg. Als wir ihm in die Lobby folgten, verkündete er der Dame am Empfang: »Ich habe eine Lieferung für Angela McCaffrey.«

Die Empfangsdame war neu und kannte mich noch nicht vom Sehen. Als sie in ihrem Telefonregister blätterte, sagte ich sofort: »Ich bin Angie McCaffrey.«

Der Botenjunge schien erleichtert darüber, dass er nun von seiner Last befreit war. Ich unterschrieb die Empfangsbestätigung für die Blumen. Ich musste seitlich an dem riesigen Strauß vorbeiblicken, um meinen Weg zum Aufzug zu finden. Die Blumen hatten einen starken, süßen, aber irgendwie deprimierenden Duft. Er erinnerte mich an das Begräbnis meiner Großmutter vor sechs Monaten in der St. Philip's Cathedral. Es war ein kalter Tag gewesen, und die alten Heizungen hatten die Kapelle wie eine Sauna erhitzt. Die Blumen wurden förmlich gegrillt, und ihr Geruch war beinahe unerträglich. Das war meine erste Erfahrung mit dem Tod gewesen. Inzwischen könnte ich ein Buch über das Thema schreiben.

Als ich den Blumenkorb auf meinen Tisch stellte, fand ich einen Umschlag, der zwischen den Blüten steckte. Es war ein festes, elfenbeinfarbenes Kuvert, auf dem nichts geschrieben stand. Darin fühlte ich etwas Kleines mit scharfen Rändern. Ich öffnete den Umschlag, und eine Kette fiel in meine Hand, ein roter Stein in Form einer Träne, das spitze obere Ende in einer filigranen Goldfassung, die mit winzigen Diamanten besetzt war. Ich war kein Experte, aber ich war schon auf genügend Veranstaltungen, bei denen Vintage-Mode und alter Schmuck präsentiert wurden, um zu wissen, dass die Kette aus der viktorianischen Zeit stammte.

Ich berührte den Stein. Er war wirklich wunderschön, etwa zweieinhalb Zentimeter lang und so klar, dass ich beim Hindurchsehen den Tisch genau erkennen konnte. Aber eine Träne? Was hatte das zu bedeuten? Ich sah noch einmal in den Umschlag und fand eine Karte darin.

Meine liebe Angela,
so scharfsinnig wie du bist, wunderst du dich wahrscheinlich nur, warum ich ein Symbol der Traurigkeit als Geschenk ausgewählt habe. Es soll mein Bedauern darüber ausdrücken, dass ich mich aus deinem Leben zurückziehen muss. Ich weiß, was gestern Nacht in deiner Wohnung passiert ist. Ich kann dir gar nicht sagen, wie leid mir das tut.
Wie sehr wünschte ich, du hättest dein Vorhaben ausgeführt, als du mit dem alten Dolch ins House of Usher gekommen bist. Aber da ich immer noch am Leben bin, wenn ich diese Existenz überhaupt Leben nennen kann, muss ich diesen Ort verlassen. Ich bitte dich inständig, mich nicht zu suchen, vertraue einfach darauf, dass ich weiß, was ich tue, und dass die Schwierigkeiten, die du in der letzten Zeit hattest, sich auflösen werden, sobald ich in sicherer Entfernung bin.
Selbst in der Ferne verbleibe ich
dein ergebenster Diener, Cyprien

Eric wusste von dem Angriff auf Kimberley und mich, und er machte sich dafür verantwortlich. Er wusste, wer Barry Warner war. Es schien sogar, als habe er alles über *Tangento* gewusst, noch bevor ich davon erfahren hatte. Ich blickte auf den roten Stein und sah plötzlich alles mit einer Klarheit, wie ich sie nie zuvor gekannt hatte. Sämtliche Informationen, die ich gesammelt und für gänzlich zusammenhanglos gehalten hatte, fügten sich nun zu einer einzigen Geschichte zusammen. Eric hatte mir die Informationen über *Tangentos* Missetaten zugespielt, er wollte, dass ich etwas dagegen unternahm. Vielleicht hatte er es zunächst bei Lucy versucht, aber derjenige, der wollte, dass diese Informationen geheim blieben, hatte sie für immer zum Schweigen gebracht, genauso, wie er Kimberley zum Schweigen gebracht hatte, und wie er es bei mir versucht hatte.

Eric hatte mich in Todesgefahr gebracht – und diese Todesgefahr ging nicht von der Tatsache aus, dass er ein Vampir war, sondern von jemandem, der vorgab, das zu sein, was Eric war. Die einzige Lösung, die Eric noch sah, war, weit wegzugehen und zu hoffen, dass der Mörder ihm folgte. Ich verstand, warum er das tat, aber der Gedanke, Eric nie wieder zu sehen, war unerträglich. Wenn ich ihn jetzt gehen ließe, würde er die Stadt verlassen, seinen Namen ändern und voll und ganz verschwinden, als hätte er niemals existiert.

Eine halbe Stunde später betrat ich die mit Walnussholz getäfelte Lobby von *Harbinger International*.

»Kann ich Ihnen helfen?« Dieselbe Rezeptionistin wie beim letzten Mal lächelte mich freundlich an, ohne ein Anzeichen des Wiedererkennens in ihrer Miene.

»Ja, ich möchte zu Eric Taylors Büro.«

»Es tut mir sehr leid, aber er ist im Moment nicht im Haus.«

In dieser ganzen Zeit gingen mir Lügen sehr leicht von den Lippen. »Ich weiß, aber wir haben uns gestern Abend hier getroffen, und ich habe ein paar

Papiere liegen gelassen. Ich gehe nur schnell hinein und hole sie.«

»Tut mir leid, aber das ist nicht möglich«, erwiderte die Rezeptionistin.

Ich hatte schon viele meiner Kunden beobachtet, wie sie alles bekamen, indem sie aufdringlich und aggressiv waren wie die Hölle. Ich dachte, jetzt wäre der richtige Moment, es auch einmal so zu versuchen.

»Ich brauche diese Papiere jetzt sofort!« Meine Stimme war laut. »Und wenn ich Mr. Taylor erzähle, wie unhöflich Sie zu seiner besten Kundin waren, werden Sie in dieser Stadt keinen Arbeitsplatz mehr finden!«

Ich marschierte einen Flur entlang und hoffte inständig, dass es der richtige war. Die Rezeptionistin folgte mir.

Oh nein, tut mir leid, Sie können hier nicht hinein, es ist nicht erlaubt, wenn Sie doch bitte ...«

Auf der rechten Seite des Flurs lagen drei kleine Büroräume, in denen Leute telefonierten. Auf der linken befanden sich zwei größere Büros, eines davon lag direkt an der Ecke. Ich setzte auf dieses Büro und ging zielstrebig und ohne innezuhalten hinein.

Das Eckbüro hatte Fenster auf zwei Seiten, mit Blick auf den Financial District und die Bay Bridge. Ein riesiger Mahagonischreibtisch im John-F.-Kennedy-Stil stand der Fensterfront gegenüber. Er sah aus, als sei sein Besitzer gerade dabei, das Büro zu räumen. Kartons, halb gefüllt mit Büchern und Papieren, standen überall im Raum. Ich stellte mir vor, wie Steve sagte: »Gute Arbeit, Nancy Drew, und was ist der nächste Schritt?«

»Zieht Mr. Taylor hier aus?«, fragte ich.

Die Sekretärin berührte meinen Ärmel. »Ich bin nicht befugt, Ihnen darüber Auskunft zu geben. Wirklich, Ms. ähm, ich fürchte, ich muss Sie bitten, jetzt zu gehen.«

Ich warf einen letzten verzweifelten Blick auf den Raum, aber dort gab es nichts, was mir helfen konnte.

Um Mitternacht schlich ich mich ganz leise aus Steves Bett. Er schnarchte weiter unter seinem Kissen. Ich ging ins Wohnzimmer, setzte mich auf die Couch vor seine winzige Davidstatue, und hielt die Kette mit dem roten Stein in meiner Hand. Ich wusste nicht genau, was ich tat, aber einem Instinkt folgend schloss ich die Augen und bündelte all meine Energien auf Eric. Er war irgendwo in der Stadt, und wir waren miteinander verbunden – psychisch, physisch und emotional. Irgendwie würde ich ihn finden.

Ich stellte ihn mir im *House of Usher* vor, in saphirblauem Samt, die Augen funkelnd vor Amüsement bei meinen Versuchen, mit ihm zu streiten, auf meiner Taille seine Hand, die mich in einem perfekten Walzer führte. Ich fühlte, wie er mich in einer kalten Nacht in Half Moon Bay in eine Decke wickelte und mir sagte, ich sei schön. Ich sah die Trauer in seinen Augen, als er mir von dem Verrat des

Mönchs erzählte, und die reine Freude auf seinem Gesicht beim Anblick der *Balclutha*, eines Schiffs, von dem er angenommen hatte, es existiere nur noch in seiner Erinnerung …

Ich nahm meine Autoschlüssel und lief zur Tür. »Rühr dich jetzt bloß nicht vom Fleck«, murmelte ich.

Vierundzwanzigstes Kapitel

Ich stellte mein Auto im Parkverbot vor dem Maritime Museum ab, einem wunderschönen Jugendstilbau in Form eines Schiffs. Zwischen dem Museum und dem Wasser lag ein kleiner Strand, den ich auf dem Weg zum Pier überquerte. Am Eingang befand sich ein Tor, davor saß in einem Kiosk ein einsamer Wachmann, der auf einen winzigen Fernseher starrte. Ich hielt mich im Schatten, schlich um das Tor herum und ging so schnell wie eben möglich den Pier entlang, während ich versuchte, auf dem alten Holz möglichst leicht und leise aufzutreten.

Die *Balclutha* lag in der Dunkelheit, ihre turmhohen Masten hoben sich deutlich von dem purpurfarbenen Himmel ab. Ich hielt vor der leeren Bank an, und große Enttäuschung überkam mich. Irgendwie hatte ich gedacht, er sei hier und säße auf der Bank, so einfach zu finden wie das Schiff selbst. Ich blickte mit halb geschlossenen Augen auf zur *Balclutha*, wie sie auf ihrem Ankerplatz sanft schaukelte, und versuchte, meine neue Sehkraft einzusetzen, um vielleicht eine schattenhafte Figur auf dem Deck auszumachen, die sich an eine Reise um das Kap Hoorn erinnerte, die inzwischen aus jeder menschlichen Erinnerung verschwunden war.

Als ich auf den knarrenden Schiffsrumpf starrte

und darüber nachdachte, dass ich noch nie zuvor bemerkt hatte, wie viele verschiedene Schattierungen von Schwarz es gibt, fühlte ich ihn an meiner Seite. Die Wahrnehmung seiner Gegenwart wurde verstärkt von seinem Geruch. Sein süßer, faszinierender Duft übertönte die Gerüche von Salzwasser und Teer, die von der sanften Brise an Land getragen wurden. Ich drehte mich nicht um, keinesfalls wollte ich Verärgerung oder Ablehnung auf seinem Gesicht sehen. Wenn ich einfach so stehen bliebe, dann konnte ich mir vorstellen, dass er mich jeden Moment in seine Arme nehmen und mir sagen würde, dass er genauso fühle wie ich, dass er es nicht ertragen könne, ohne mich zu sein.

Dann hörte ich seine Stimme, sie klang weich in meinen Ohren. »Ich habe dir gesagt, dass du mich nicht suchen sollst, aber wie ich sehe, hast du nicht auf mich gehört.«

Ich drehte mich herum, um ihn anzusehen, bereit für einen Sprung, falls ich mich verteidigen musste, aber ich hielt inne, als ich ihn erblickte. Eric hatte sich verändert. Sein langes kupferfarbenes Haar war kurz geschnitten. Es reichte bis zum Kragen seines dunklen Hemds, das er unter einem schweren Mantel trug. Sein Gesicht wirkte müde, es war von Linien durchzogen, die ich nie zuvor gesehen hatte. Selbst seine Augen sahen dunkler aus, azurblau statt hellblau, die Farbe eines kalten Nordmeers, abweisend und undurchsichtig.

»Ich hätte nicht zu Nicolai gehen sollen, ich hätte den Dolch nicht nehmen dürfen. Ich hätte Kimberleys Tod verhindern können, ich hätte so viele Dinge tun können, wenn ich dir nur vertraut hätte, aber ich war zu feige. Ich hatte Angst, dass mir etwas passieren konnte. Doch inzwischen habe ich begriffen, dass es mich nicht kümmert, was passiert, solange ich mit dir zusammen sein kann. Ich bin bereit, Eric.«

Er starrte schweigend hinaus auf das Schiff, seine Hände in den Taschen. Er schien vergessen zu haben, dass ich da war. Schließlich legte ich die Hand auf seinen Arm.

»Eric, hast du gehört, was ich gesagt habe?«

Er zuckte unter meiner Berührung zusammen. »Angela, ich bin die Ursache deiner Probleme, nicht die Lösung. Bitte, lass mich gehen. Sag mir, dass du niemals versuchen wirst, mich zu finden.«

»Nein, das wird nicht funktionieren. Wir sind jetzt miteinander verbunden, ob es dir gefällt oder nicht.«

Eric sah mich an und suchte meinen Blick. Dann seufzte er, und ein leichtes Lächeln umspielte seine Lippen. »Ja, ich vermute, du hast Recht.«

»Warum hast du mir diese Informationen über *Tangento* geschickt?«, fragte ich.

Er nahm meine Hand, und wir gingen den Pier entlang. Eric kümmerte sich nicht um den Wachmann, aber warum sollte er auch? Wenn der Wachmann ihn festnehmen wollte, wäre er der Unglückliche und nicht Eric.

»Ich habe dir gesagt, dass ich in meinem menschlichen Leben sehr religiös war. Ich glaubte an Gut und Böse, daran, dass im Leben nach dem Tod Tugendhaftigkeit belohnt und Schlechtigkeit bestraft wird. Inzwischen habe ich gelernt, dass dies nicht der Fall ist. Das Leben nach dem Tod ist nur ein willkommener Mythos für all jene, die finden, dass das Leben zu kurz ist. In dieser Welt wird das Gute nicht belohnt, und das Böse kann völlig ungehemmt existieren. Allein meine Existenz ist schon ein Beweis dafür.«

Das einzige vernehmbare Geräusch waren die Wellen, die an den Pier schlugen. Die pulsierende, lebendige Stadt war dunkel und still. »Während ich diese vielen Jahre unter Menschen gelebt habe, ausgestattet mit der zweifelhaften Gabe, ihre Gedanken lesen zu können, habe ich so viel Böses gesehen, das einfach so geschehen kann, ungestraft, und dies in einem Ausmaß, das selbst mich überrascht hat. Zuerst verzweifelte ich daran, doch schließlich wurde mir klar, dass mein Schöpfer, wer auch immer das sein mag, mich vielleicht doch nicht ganz verlassen hat. Vielleicht gibt es einen Grund für meine Existenz, eine große kosmische Waage, die es auszugleichen gilt.«

Ein helles Funkeln erschien in seinen Augen und erhellte seinen düsteren Gesichtsausdruck. »Ich konnte mein Leben einem Zweck widmen und innerhalb gewisser Parameter leben. Dadurch wurde in gewisser Weise alles erträglicher.«

»Welcher Zweck? Was für Parameter?«

»Dies sind die Parameter.« Er streckte seinen Zeigefinger hoch. »Eins: Ich ernähre mich nur von Menschen, die Böses im Herzen haben.« Er nahm seinen Mittelfinger dazu. »Zwei: Ich will das Böse verhindern, wann immer es möglich ist, und wo immer ich es auch antreffe.« Er erhob den Ringfinger. »Und Drei: Wenn Eins und Zwei nicht länger möglich sind, werde ich mich selbst töten.«

»Und das gleicht alles aus?«, fragte ich.

Eric zuckte die Achseln. »Vielleicht, vielleicht auch nicht. Aber ich habe dir bereits gesagt, dass ich einfach zu feige bin, um mich umzubringen.«

»Und wie passe ich in diesen Plan?«

Eric blickte unbehaglich drein. »Manchmal habe ich das Bedürfnis nach einem menschlichen Komplizen.«

»Du hast also versucht, mich in einen Vampir zu verwandeln, wie Nicolai gesagt hat, damit ich dein Komplize sein kann?« Ich musste schwer kämpfen, um nicht vor ihm in Tränen auszubrechen. Der Gedanke, dass er mich nur als Part in einem ausgefeilten Plan benötigte und mich nicht als Lebensgefährtin auserwählt hatte, war wie ein Messerstich ins Herz. Und ich wusste inzwischen, wie sich das anfühlte.

»Nein, ich habe nicht versucht, dich zu verwandeln, allerdings müsste ich lügen, wenn ich sagen würde, dass dieser Gedanke mir niemals gekommen wäre, vor allem nachdem ich festgestellt hatte, wie besonders du bist. Aber ich habe versucht, dich zu benutzen, meine liebe Angela.«

»Was soll *das* heißen?« Ich war erstaunt, dass er etwas gefunden hatte, was noch schmerzhafter zu hören war.

»Um zu vermeiden, dass man mich verdächtigen könnte, auch ein Trick, den ich im Laufe der Jahre gelernt habe, muss ich bestimmten Menschen nur ein wenig Gift injizieren. Dann kann ich mich in ihre Gedanken schleichen und somit ihre Handlungen auf mein Ziel hin steuern.«

Mir war übel. »Du hast versucht, meine Gedanken zu kontrollieren?«

»Am Anfang, ja. Eigentlich war Lucy meine erste Komplizin. Deshalb hast du auch das Bild von Lucy und mir auf der Couch in ihrer Wohnung gesehen. Lucy hatte sich mit dem Vampirzirkel eingelassen, deshalb war es einfach für mich, an sie heranzukommen. Es war die ideale Tarnung für mich.«

Ich rieb meine Handflächen aneinander. Es wurde langsam sehr kalt hier draußen. »Du scheinst nicht sehr betrübt über ihren Tod zu sein«, sagte ich. »Es klingt eher so, als hättest du dein bestes Werkzeug verloren.«

»Ich bedaure zutiefst, was geschehen ist, aber bitte erwarte nicht von mir, dass mich der Tod irgendeiner Person emotional berührt. Der Tod ist wie Atmen für mich. Er ist immer da.«

»Also, Lucy ist gestorben, und dann hast du mich als zweite Wahl genommen?«

»Nicht so ganz. Ich hatte bereits beschlossen, dass Lucy nicht geeignet war, denn sie, äh, sie …«

Ich beendete den Satz für ihn. »Sie hatte sich in dich verliebt. Sie hatte sich deinetwegen von Les getrennt. Sie hatte zu Les gesagt, dass sie für immer mit dir zusammen sein wollte.«

»Ja. Als sie gestorben war, zog ich mich bereits aus der Angelegenheit heraus. Ich hatte Moravia dazu gebracht, ihr zu sagen, sie solle nicht mehr in den Klub kommen.«

»Und du hast auch dafür gesorgt, dass Moravia und Suleiman Kimberley und mich in den Klub einladen?«

»Ja, ich wollte nach anderen Potenzialen suchen. Doch dann funktionierte es wieder nicht nach Plan.«

»Ich war nicht das, was du erhofft hattest?«

Er strich mir eine Haarsträhne von der Wange, es kribbelte, so wie jedes Mal, wenn er mich berührte. »Du warst mehr, als ich mir erhofft hatte, Angela. Ich habe noch nie auch nur einem Menschen von all dem erzählt. Du bist die Erste.«

Er ließ seine Hand an meinem Arm hinuntergleiten und schob sie in seine Tasche, dann ging er einen Schritt zurück.

»Deshalb musste ich mich von dir zurückziehen. Ich habe beschlossen, von dem ›Projekt‹ zu lassen, das ich geplant hatte, und auch von dir zu lassen, denn mir ist klar geworden, dass diese Frauen gestorben sind, weil sie darin verwickelt waren.«

»Wenn ihr Tod nichts mit Vampirismus zu tun hatte, warum war Lucys Leiche dann blutleer?«

Er machte ein verächtliches Geräusch. »Du und ich, wir wissen beide, dass es kein echter Vampir war, der Lucy getötet hat. Aber wir Vampire eignen uns eben hervorragend als Sündenböcke. Zuerst nahm ich an, dass es ihr Freund Les war, dass es nichts mit *Tangento* und unserem Plan zu tun hatte. Erst als du und Kimberley angegriffen wurdet, war mir klar, wie gefährlich die Sache geworden ist.«

»Aber Eric, das Vampirgift ... ich kann gar nicht verletzt werden, oder? Ich meine, ich verwandle mich ...« Meine Finger fanden ihren Weg hoch zu meinem Hals und tasteten nach einer Narbe, die nicht da war.

»Sobald der Giftaustausch aufhört, verschwinden auch die Symptome. Wie schnell, weiß ich nicht, denn das Gen ist bei dir offensichtlich ziemlich stark ausgeprägt. Aber da ich nicht die Absicht habe, dir noch mehr Gift zu verabreichen, wirst du wieder verletzbar werden, es ist nur eine Frage der Zeit.«

»Aber Eric, ich habe meine Meinung geändert. Ich will verwandelt werden. Wir werden zu Ende bringen, was wir begonnen haben. Du willst doch *Tangento* überführen, oder?«

Eric verringerte den Abstand, den er zwischen uns geschaffen hatte. Er packte meine Arme und übte gerade so viel Druck aus, dass ich mich sofort daran erinnerte, wie er einen achtzig-Kilo-Mann herumgeworfen hatte, als sei es eine Stoffpuppe.

»Hast du auch nur ein Wort von dem gehört, was ich dir gesagt habe?«, zischte er. Seine Lippen waren zurückgezogen, und ich sah die berühmten Beißzähne aufblitzen, die Suleiman bei unserem ersten Treffen erwähnt hatte. Kalte Angst griff nach meinem Magen, aber so schnell die Zähne erschienen waren, so schnell verschwanden sie auch. Der

Druck von Erics Händen ließ nach. »Geh zurück zu Steve, schließ dich bei ihm ein paar Tage ein, und wenn du wieder herauskommst, werde ich mich um alles gekümmert haben, auf meine Weise.«

»Eric, wie kannst du das zu mir sagen, nach allem, was du über den Kampf gegen das Böse gesagt hast? Ich will dir helfen, ich will diese Typen erledigt sehen!«

»Nein!«, schrie Eric. Mein Mund klappte zu, und ich wich zurück.

»Wir *werden* das Projekt nicht weiter verfolgen! Zwei Menschen sind meinetwegen bereits gestorben. Ich werde nicht zulassen, dass auch die Frau stirbt, die ich liebe. Ich kann dich nicht beschützen, Angela, ich habe keine Augen am Hinterkopf. Du wirst damit aufhören, Angela. Du *wirst* mir gehorchen!«

Meine Angst war wie weggeblasen. Ich rannte auf ihn zu und warf meine Arme um seinen Hals. Ich schloss die Augen und konzentrierte mich darauf, meine Gedanken in seinen Kopf zu projizieren. Nach einem Moment spürte ich, wie seine Arme mich umschlangen. Sein Kopf fiel gegen meine Schulter, und ich streichelte sein Haar.

Ja, ich liebe dich, Angela. Und deshalb muss ich dich verlassen, verstehst du das nicht?

»Nein. Das verstehe ich nicht! Ich verstehe es überhaupt nicht!«

Eric ging einen Schritt von mir zurück und dann noch einen. Sein Gesicht wurde zu einer Maske, die seine wahren Gefühle verbarg.

»Ja. Das war auch mein Fehler, als ich noch ein Mensch war.«

Er ging einen weiteren Schritt zurück, und der Schatten des Schiffs umhüllte ihn. »Good bye, Angela. Wir werden uns nicht wiedersehen.«

Die Polizei entfernte das Absperrband von meiner Tür und ließ mich am Freitagmorgen wieder in die Wohnung. Ich ging direkt in mein Zimmer und holte meine Koffer aus dem obersten Regal im Kleiderschrank. Ich hatte vor, den Großteil meiner Kleider und Bücher einzupacken und sie mit hinüber zu Steve zu nehmen. Dort würde ich bleiben, bis ich eine neue Wohnung fand. Vielleicht würde ich sogar beschließen, aus der Stadt wegzuziehen. Im Moment war ich zu verwundet und schockiert, um langfristig zu planen. Ich wollte San Francisco verlassen, aber ich musste auch an meine Mutter denken, ich musste ihr beistehen bei allem, was bei ihrer Krebserkrankung noch passieren konnte. Aber was immer ich tat, ich wusste, dass ich hier nicht mehr leben wollte, und ich würde auch nicht zurück zu *HFB* gehen.

Ich hatte etwa einen halben Koffer vollgepackt, als mich die inzwischen vertraute tageslichtbedingte Erschöpfung überkam. Ich zog die Vorhänge zu und legte mich auf mein Bett. Wie so oft in den letzten paar Tagen weinte ich lange. Mir schien, ich begann jedes Mal zu weinen, wenn ich mich nur ein bisschen ausruhen wollte.

Das Telefon klingelte. Ich wollte mit niemandem

reden, also ließ ich den Anrufbeantworter hingehen. Es war ein Werbeanruf für Kimberley. Anscheinend wussten die Telefonwerber noch nicht, dass sie tot war, wobei der Tod für sie wahrscheinlich kein Kriterium war, um eine Person von ihrer Anrufliste zu streichen.

Arme Kimberley. Sie hatte in so vielerlei Hinsicht Glück gehabt, sie war gesegnet mit gutem Aussehen und Reichtum und Privilegien. Und doch war sie unglücklich gewesen. Ihre Eltern hatten sie mit Geschenken überhäuft, aber sie hatten ihr nicht das gegeben, was sie wirklich brauchte – Liebe und Zuspruch. Kimberley hatte sich genötigt gesehen, Diebstahl, Betrug und Erpressung einzusetzen, um bei ihrer Arbeit weiterzukommen, denn sie konnte nicht darauf vertrauen, dass ihre eigenen Talente sie weiterbringen würden. Statt Barry Warner zu heiraten, wie ihre Eltern gehofft hatten, hatte sie ihn erpresst, damit er sie in eine Position brachte, die sie sich auch mit harter Arbeit hätte verdienen können, wenn sie das Selbstvertrauen gehabt hätte, es zu versuchen.

Hatte ihn erpresst …

Ich setzte mich im Bett auf, hellwach und alarmiert, in meinem Kopf raste es. Ich hatte versucht, Eric zu finden, nachdem er mich bei der *Balclutha* zurückgelassen hatte, aber die Pfade zu ihm waren geschlossen wie eine Bergstraße im Winter. Suleiman und Moravia hatten ihn nicht gesehen. Sein Büro war nicht zugänglich. Die *Tangento*-Akte hatte sich ebenfalls zugeklappt wie eine Muschel. Als ich

Dick im Büro anrief, sagte er, Barry habe erst einmal alles auf Eis gelegt und sei nach Texas zurückgefahren, als er von Kimberleys Tod gehört hatte.

Aber wenn Kimberley Barry erpresst hatte, musste sie etwas gegen ihn in der Hand gehabt haben. Und die Beweise mussten irgendwo sein. Kimberley hatte nicht mit ihrem Tod gerechnet, sie hatte sicher keine Zeit gehabt, um etwas zu verstecken oder zu zerstören. Vielleicht lag irgendwo etwas in der Wohnung. Die Suche würde bestimmt lange dauern, aber einen Versuch war es wert.

Auf Zehenspitzen betrat ich Kimberleys Zimmer. Die medizinischen Hinterlassenschaften der Notärzte lagen noch immer auf dem Boden verstreut, aber die Matratze fehlte, die Polizei hatte sie als Beweisstück mitgenommen, worüber ich dankbar war. Ich blickte unter das Bett und fand einen Ohrring und ein paar Staubmäuse. In ihrem Nachtkästchen befanden sich ein Vibrator, Lidschatten, Ohrstöpsel, ein Fläschchen Xanax, ein angstlösendes Mittel, das man ihrer Mutter verschrieben hatte, und ein kleines Buch mit dem Titel *365 tägliche Meditationen*. Ich zog die Schublade heraus und betrachtete das rohe, unbehandelte Holz dahinter. Dann durchsuchte ich ihren Kleiderschrank und wühlte mich durch Slips und BHs, sortiert in Kunststoffboxen.

Kimberleys Kleiderschrank duftete nach Rosen und Zedernholz, ein Regenbogen von Kleidern hing fein säuberlich aufgereiht an der Stange. Ich schob die Kleider beiseite, und da sah ich es schon: ein breiter Umschlag mit *HFB*-Logo, mit einer Reißzwecke an der Hinterwand befestigt. Erstaunt darüber, wie einfach die Suche gewesen war, schüttelte ich den Inhalt des Kuverts über dem Bett aus. Auf Kimberleys Tagesdecke verstreut lagen nun diverse Fotos, ein Videoband und ein paar zusammengefaltete Papiere.

Auf dem ersten Foto, das ich in die Hand nahm, sah ich ein junges asiatisches Mädchen mit breiten Wangenknochen und langem dunklen Haar. Sie lag, nur mit einem Minirock bekleidet, auf einem Bett, das mit einem zerknitterten Bettlaken überzogen war. Ich war nicht besonders gut darin, das Alter von heranwachsenden Mädchen zu schätzen, aber angesichts ihrer knospenden Brüste konnte es höchstens zwölf Jahre alt sein. Ihr Gesichtsausdruck verriet traurige Resignation, ihr nach unten gezogener Mund wirkte, als habe er noch niemals gelacht. Seine Augen standen weit offen, die Iris milchig umwölkt. Ihr Hals zeigte Würgemale, ein Ring aus blauen und roten Flecken. An der Seite des Bettes lag ein Schal, nur zum Teil vom Betttuch verdeckt. Auf die Rückseite des Fotos hatte jemand geschrieben: »Jinda, Thaniya Road, Bangkok«, in einer Handschrift, die ich nicht erkannte.

Es gab noch einige weitere Fotos, alle waren sie gleich, aber auf herzzerreißende Weise einzigartig, denn jedes zeigte ein anderes Mädchen. Alle waren nackt oder fast nackt, alle hatten Würgemale, und alle waren alleine auf einem Bett in irgendeiner gottverlassenen Kammer fotografiert worden. Ich ging zum Fenster und nahm ein paar tiefe Atemzüge, um meinen Kopf wieder klar zu bekommen, aber ich wusste, ich könnte diese Bilder niemals wieder vergessen, nicht einmal, wenn ich für immer leben würde.

Ich nahm das Videoband und ging mit schweren Schritten ins Wohnzimmer, wie ein Zeuge bei einer Exekution. Nach ein paar Momenten verwackelter Dunkelheit erwachte plötzlich ein Bild zum Leben. Schweigend betrachtete ich fünf Minuten lang das Video, aber es kam mir vor wie eine Stunde. Die Geräusche waren fast noch schlimmer als die Bilder, das schweineartige Grunzen des Mannes und die hohen, dünnen Schreie des Mädchens. Es war das erste Mädchen, ich erkannte ihre großen Augen und die breiten, rosigen Wangen. Der Mann war Barry Warner.

Fünfundzwanzigstes Kapitel

Ich nahm das Video wieder heraus, setzte mich auf die Couch und starrte auf das Band, als sei es eine Klapperschlange. Unter dem Deckmantel von *Tangento* wurde ein Prostitutionsring unterhalten, und Barry war dessen bester Kunde. Aber Barrys sexuelle Neigungen waren so sadistisch, so makaber, dass nur Frauen, deren Leben völlig wertlos war, dafür infrage kamen. Ich dachte über Eric und Barry nach. Beide waren sie Mörder, beide waren sie böse, vom gesellschaftlichen Standpunkt aus betrachtet, und beide würden auf dieselbe Weise behandelt werden, wenn man sie erwischte. Und doch waren sie völlig verschieden. Meine Eltern hatten mich gelehrt, dass es keine relative, auf die Umstände bezogene Moral gab, nur richtig und falsch. Aber die Erfahrung hatte mich nun gelehrt, dass das Ganze doch um einiges komplexer war.

Ich öffnete eines der Papiere, dann ließ ich es sofort wieder fallen wie ein brennendes Streichholz. Ich rannte in mein Zimmer und zog aus meiner Handtasche den Brief heraus, in dem Eric mir geschrieben hatte, dass er die Stadt verlassen wolle. Ich hatte sofort gewusst, dass es dieselbe Schrift war, aber nun hatte ich den Beweis. Ich nahm den Brief mit ins Wohnzimmer. Auf den Papieren befanden sich Namenslisten, alles asiatische Namen, geschrieben in Erics archaischer Kursivschrift. Dies waren die Beweise, die Eric Lucy gegeben hatte, und Kimberley hatte sie gestohlen.

Nun erkannte ich, was Erics Plan gewesen war. Wenn er das Material der Polizei übergeben hätte, hätte Barry bestimmt einen Weg gefunden, sich aus der Sache wieder herauszuwinden. Man hätte niemals Leichen gefunden, und es wäre unmöglich gewesen, Zeugen in Asien zu finden. Eric hatte Lucy die Unterlagen übergeben, weil *HFB* Zugang zur öffentlichen Meinung hatte, in der Hoffnung, sie würde Barry und *Tangento* bloßstellen und einen öffentlichen Skandal provozieren, von dem sie sich niemals wieder erholen würden. Lucy hatte jedoch kein Interesse gehabt, sich als Ordnungshüterin aufzuspielen, und trotz allem wurde sie ermordet, weil sie zu viel wusste. Kimberley hatte versucht, die Beweise zu ihrem eigenen Vorteil zu nutzen, um sich ihren obsessiven Wunsch zu erfüllen, bei *HFB* weiterzukommen, und auch sie hatte als Lohn für ihr Engagement einen Platz im Leichenschauhaus erhalten.

Jetzt war ich an der Reihe. Vielleicht würde ich Eric niemals wiedersehen, aber zumindest konnte ich die Arbeit zu Ende bringen, die er angefangen hatte.

Ich verließ das Haus mit zwei Koffern, vollgepackt mit ein paar Kleidungsstücken, Büchern und Toilettenartikeln. Den Rest meiner Besitztümer würde ich später holen, oder vielleicht auch nicht. Solche trivialen Dinge hatten nicht mehr viel Bedeutung für mich. Ich stand einen Moment in der Eingangshalle und blickte nach draußen. Der Tag war grau und bewölkt, der Nebel war so dick, dass die Häuser und Wohnblocks auf der anderen Straßenseite undeutlich und wacklig wirkten wie Bilder auf einem altersschwachen Zelluloidfilm. Der Mangel an direktem Tageslicht bedeutete, dass ich keine Sonnenbrille brauchen würde. Ich stellte die Koffer kurz ab, damit ich die Griffe besser in die Hand nehmen konnte, und ging zur Tür hinaus. Dort betrat ich eine Szene, die einem alten Film entstammen könnte: Ein Mann im Trenchcoat und mit Filzhut tauchte aus dem Nebel auf und hielt mir eine Pistole an die Brust. Die Szene wirkte so gestellt, dass es einen Moment dauerte, bis ich Angst bekam.

»Was wäre ich wohl für ein Gentleman, wenn ich dir nicht anbieten würde, dir mit diesen Koffern zu helfen?« Der sirupartige Akzent war unverkennbar. Barry Warner war nicht zurück nach Texas gefahren, er war hier.

Er gestikulierte mit der anderen Hand in Richtung eines glänzenden silbernen Mercedes, der im Lieferbereich parkte. »Fährst du zum Flughafen? Ich kann dich mitnehmen, Taxis sind knapp in dieser Stadt.«

»Ist schon okay, mein Auto steht dort hinten, die Straße hinunter.«

Würde Barry Warner mich am helllichten Tag

mitten auf der Straße erschießen? War er so verrückt?

»Falls du vorhast, wegzulaufen, versuch es gar nicht erst. In der letzten Saison habe ich zwei kapitale Böcke niedergestreckt, und ich garantiere dir, meine Kugeln sind schneller als du.« Er lächelte und zeigte seine weißen, elefantengroßen Zähne.

Okay, er war so verrückt. Ich musste mir also einen besseren Plan überlegen, als wild die Straße hinunterzurennen.

Barry öffnete seinen Kofferraum mit einer Fernbedienung und bedeutete mir, ich solle meine Koffer hineinstellen, also gehorchte ich.

»Und jetzt auf den Rücksitz«, sagte er.

Ich öffnete die Tür, aber Barry wartete nicht, bis ich mich gesetzt hatte. Er stieß mich grob in den Fußraum vor dem Rücksitz. Dann kniete er sich auf meinen Rücken, verband mir die Augen mit einem Schal und fesselte mir die Hände hinter dem Rücken mit einem kratzigen Seil. Während ich mit verrenkten Armen und gequetschtem Rücken schmerzverzerrt dalag, hörte ich, wie er auf den Fahrersitz kletterte und das Auto anließ.

»Wohin fahren wir, Barry?«, gelang es mir zu grunzen.

»Nach Hause zu deinem Freund Eric, um ihm ein kleines Geschenk zu überreichen.«

Ich hätte nicht gedacht, dass mein Herz noch schneller schlagen konnte als ohnehin schon, aber überraschenderweise verdoppelte sich mein Herzrhythmus. Barry wusste, wer Eric war? Und, noch wichtiger, er wusste, *wo* er war?

»Ich weiß nicht, wovon du sprichst«, sagte ich, wahrscheinlich nicht sehr überzeugend.

»Du bist nicht die Einzige, die ihre Hausaufgaben gemacht hat. Ich verfolge dich schon seit Tagen. Dein durchgeknallter Freund Nicolai Blaloc war dabei besonders hilfreich.«

Mir war eiskalt, und dennoch bildeten sich Schweißtröpfchen zwischen meinen Brüsten. »Wer ist Nicolai Blaloc?«, fragte ich und sprach den Namen absichtlich falsch aus.

Barry kicherte, als hätte ich einen schmutzigen Witz erzählt. »Nach dem Zwischenfall in deiner Wohnung, als du dich nicht benommen hast, wie ein gutes Mädchen sich benehmen sollte, wurde ich etwas misstrauisch. Mit etwas, ähm, Überzeugungskraft konnte ich Nicolai bewegen, mir alles zu erzählen. Als mir klar wurde, dass der Dolch, von dem er sprach, in deinem Besitz ist, nun ja, du kannst dir gar nicht vorstellen, wie glücklich ich da war!«

»Woher weißt du, wo Eric wohnt?« Ich bewegte die Hände hin und her und versuchte, meine Fesseln zu lockern.

»Genau so, wie ich es von dir weiß. Durch Beobachtung! Für einen Vampir bekommt er gar nicht so viel mit. Obwohl ich schätze, er glaubt, dass niemand ihm etwas tun kann, oder?« Je redseliger Barry wurde, desto stärker wurde sein Akzent.

Das Auto dröhnte. Ich fühlte, wie die Räder sich drehten, und hatte keine Ahnung, wohin wir fuhren.

Das raue Seil schürfte mich gnadenlos auf, aber es lockerte sich ein wenig, als ich meine Handgelenke drehte.

Barry schien richtig in Redelaune. »Yep, ich sag dir, ich war ganz schön überrascht, als ich dich wiedergesehen habe, nachdem ich dich und Kimberley in eurer Wohnung besucht hatte. Es war, als hätte ich ein Gespenst gesehen.«

In der Hoffnung, die Angst der Menschen vor dem Übernatürlichen für mich nutzen zu können, sagte ich: »Wenn du glaubst, dass Eric ein echter Vampir ist, hast du dann keine Angst, ihm gegenüberzutreten?«

Er kicherte. »Ich will dir mal eine kleine Geschichte erzählen. Damals in Mississippi, als ich noch ein kleiner Junge war, arbeitete mein Großvater als Schlangenbeschwörer vor der Kirche mit Klapperschlangen. Zwölf Jahre lang versetzte er sich jeden Sonntag in Trance und ließ diese verdammten Dinger überall auf sich herumkriechen wie Ameisen beim Picknick. Eines Tages aber wurde er von einer Schlange gebissen, und er starb. Die Frage ist, bedeutet die Tatsache, dass er zwölf Jahre lang mit den Schlangen umging, ohne verletzt zu werden, dass es Wunder gibt, oder bedeutet die Tatsache, dass er gestorben ist, dass es keine gibt?«

»Und, deine Meinung ist …?« Ich quetschte meine Finger zusammen, um die rechte Hand so schmal wie möglich zu machen, und zog kräftig. Das Seil lockerte sich ein wenig.

»Meine Meinung ist, ich habe mich von diesen

Klapperschlangen ferngehalten, Wunder hin oder her. Du bist jetzt noch am Leben, weil ich vielleicht eine Rippe getroffen und das Messer nicht richtig hineingebracht habe. Oder dieser Nicolai hat Recht. Ob Eric nun ein Vampir oder nur irgendein Spinner ist, er wird sterben, wenn ich ihn mit diesem besonderen Dolch ersteche. Und genau das werde ich jetzt tun.«

»Wusstest du von Eric, als du Lucy umgebracht hast? Hast du deshalb ihr Blut ausgesaugt, damit es aussieht, als sei er es gewesen?«

Barry kicherte erneut. »Ich habe Lucy nicht umgebracht, Angie! Das war Kimberley. Ich wusste nicht, dass Lucy etwas gegen mich in der Hand hat.«

»Kimberley?« Dieses Mal klang mein Nichtwissen absolut überzeugend.

»Kimberley war ehrgeizig, falls du das noch nicht bemerkt hast. Sie ging an jenem Sonntag hinüber zu Lucy, um sie ein bisschen unter Druck zu setzen. Sie hatte herausgefunden, dass Lucy vorhatte, sie zu feuern, und sie wollte sie, äh, umstimmen. Sie nahm sie mit ins Haus der Bennetts und hielt sie dort ein paar Tage lang fest. Sie verabreichte Lucy Drogen, um ihre Zunge zu lockern. Lucy erzählte ihr von dem Vampirzirkel, dass sie mit Les zusammen war, und leider auch von mir.«

Ich drehte den Kopf, weil meine Wange bis aufs Fleisch von dem kratzigen Autoteppich aufgeschürft war. »Kimberley konnte den Verdacht also auf die Leute im Vampirzirkel lenken und hatte außerdem jemanden, der ihr helfen konnte, bei *HFB* aufzusteigen.«

Es gab so viele Anhaltspunkte, die ich nicht gesehen hatte: Kimberleys Abwesenheit aus unserer Wohnung, zur selben Zeit, als Lucy verschwunden war; ihre Versuche, mir *Macabre Factor* wegzunehmen und meine Unterlagen zu stehlen; die Kommentare, die ihre Eltern auf der Party über sie gemacht hatten; ihre offensichtliche Erpressung von Barry. War ich zu sehr von Eric besessen gewesen, um darauf zu achten, was um mich herum vorging?

Es roch nach Rauch. Barry hatte sich eine Zigarette angezündet. »Kimberley tötet also Lucy am Donnerstagabend, bringt sie zurück in ihre Wohnung und versucht ihr Bestes, um es aussehen zu lassen, als sei es ein Vampir gewesen. Dann kommt sie zu mir und sagt: ›Mach mich zur Beauftragten von *Tangento*, oder du findest deine schmutzige Wäsche überall auf der Market Street‹.«

»Das habe ich gehört, auf der Bennett-Party«, sagte ich.

»Wirklich? Tja, du weißt wirklich zu viel, nicht wahr?«, entgegnete Barry liebenswürdig.

»Aber warum hast du beschlossen, Kimberley umzubringen, obwohl du ihr doch schon gegeben hattest, was sie wollte?« In diesem Moment gelang es mir, mein rechtes Handgelenk aus der Seilschlinge herauszuziehen. Ich rieb die Hand kurz an meiner Hose und schob sie wieder in die Schlinge, damit es aussah, als sei ich noch gefesselt.

Barry schnalzte mit der Zunge. »Ts, ts, ts, man hätte glauben können, sie sei meine Exfrau, so wie sie versucht hat, mich zahlen zu lassen, Angie. Sie hatte vor, eine eigene Firma zu gründen, und wollte mich dazu bringen, ein paar Männer, die mit *Tangentos* eher unterirdischen Geschäften zu tun hatten, sagen wir mal, zu *überzeugen*, sie mit der Werbung dafür zu beauftragen.«

»Aber warum ich? War ich nur zur falschen Zeit am falschen Ort?«

»Nein, Kimberley hatte mir erzählt, dass irgendein Spitzel dir ständig Post schickte und dir Informationen über meine Geschäfte zukommen ließ.«

»Also zwei Fliegen mit einem Schlag, oder Barry?«

»Gehst du auch manchmal auf die Jagd, Angie?«

»Nur nach den richtigen Worten«, antwortete ich.

Das Auto hielt quietschend an. Barry stieg aus und knallte die Tür zu. Eine neue Welle der Angst kribbelte auf meiner Haut, meine Eingeweide zogen sich zusammen. Hatte Barry mich an einen ruhigen Ort in den Wäldern gebracht, um mich zu töten? Doch als er auf den Rücksitz kletterte, mich hochzog und mir die Augenbinde abnahm, sah ich, dass wir immer noch in der Stadt waren. Ich wusste zwar nicht, in welcher Straße, aber an den Häusern – eine vornehme Mischung von Tudor- und Arts-and-Crafts-Stil – erkannte ich, dass wir uns in Sea Cliff befanden, einer gehobenen Gegend in der Nähe der Golden Gate Bridge. Es war zwar ruhig hier, aber keineswegs handelte es sich um einen Wald.

Barry hatte Trenchcoat und Filzhut abgelegt. In seinem gestärkten weißen Hemd und den Dockers Hosen war er nun der banale Inbegriff des Bösen. Er zeigte aus dem Fenster.

»Das ist das Schloss des Grafen, gleich hier vor uns.«

Erics Haus, ein erstaunlich modernes Gebäude aus Zement und Glas, passte nicht in die altmodische Nachbarschaft. Es sah aus wie zwei Schuhkartons, einer davon stand senkrecht, der andere war waagerecht daraufgesetzt und ragte, von Säulen gestützt, frei schwebend über einen Hügel. Barry öffnete die Tür und schob mich auf den Bürgersteig. Er bemerkte nicht, dass die Fessel um meine Handgelenke locker war. Dies wäre der Moment gewesen, um wegzulaufen, als Barry seine Footballer-Gestalt vom Rücksitz hievte, aber ich dachte gar nicht daran. Eric könnte in seinem Haus im Schlaf liegen, hilflos Nicolais altem Dolch ausgeliefert. Ich konnte nicht zulassen, dass Barry bis zu ihm vordrang.

Statt sich auf das Haus zuzubewegen, schubste Barry mich in die Gegenrichtung die Straße entlang. Er hielt die Pistole an meine Rippen gedrückt, versteckt unter dem Trenchcoat, der über seinem Arm hing. Unter seinem anderen Arm klemmte die Holzkiste mit Nicolais Dolch. Barry blickte durch die Scheibe in jedes Auto, an dem wir vorbeikamen.

Neben einem großen blauen Geländewagen sagte er: »Der hier tut's schon.«

Mit dem Pistolengriff schlug er das Fenster auf der Beifahrerseite ein. Als die Alarmanlage ohrenbetäubend laut heulte, zerrte Barry mich zurück zu Erics Haus. Er nahm die Pistole und schoss das Türschloss auf, der Lärm wurde übertönt von der Alarmanlage.

»Die Leute haben keine Ahnung, dass die Alarmanlage der beste Freund des Verbrechers ist.«

Wir betraten ein geräumiges Wohnzimmer. Panoramafenster vom Boden bis zur Decke boten auf drei Seiten einen grandiosen Blick über die Bucht. Die beiden Türme der Golden Gate Bridge stachen aus dem Nebel hervor. So wie das Haus frei über dem Hügel schwebte, fühlte es sich an, als befände ich mich auf dem Deck eines Schiffs. Der Raum war taghell erleuchtet, und das sogar an solch einem nebligen Tag. Es gab keine Vorhänge.

»Ich schätze, er wird nicht gerade hier drin schlafen«, sagte Barry und sprach meine Gedanken aus. Er packte mich am Arm und zog mich in den Flur.

»Ich gehe davon aus, dass er tagsüber nicht herumläuft, richtig?«, fragte er.

Ich schüttelte den Kopf. »Doch, das tut er. Und die Pistole kann ihm gar nichts anhaben, ebenso wenig das Messer. Ich weiß es, ich habe es schon ausprobiert.«

Barry lachte nur. »Betrüge niemals einen Betrüger, und belüge niemals einen Lügner«, scherzte er. »Übrigens, ich habe einen Plan für alle Fälle. Willst du ihn hören?«

Natürlich wollte ich, also nickte ich.

»Tja, Angie«, sagte er. »Wenn er ein ganz normaler menschlicher Freak ist, werde ich ihn erschießen. Wenn er in irgendeinem Sarg schläft, wie ein übernatürlicher Freak, werde ich ihn erdolchen und ihn dann erschießen. Was meinst du?«

Ich drehte mich um, um in sein breites, gut aussehendes, comicstripartiges Gesicht zu blicken, und sah, dass er mich anlächelte, als wäre ich seine Mitverschwörerin.

»Gute Idee«, erwiderte ich.

Vor uns befand sich eine gusseiserne Wendeltreppe, die sowohl nach oben als auch nach unten führte. Barry schubste mich die Treppe hinunter in einen langen Flur. Indirektes Licht beleuchtete eine Kollektion alter Fotos von verschiedenen Städten. Ich erkannte Paris und Venedig, bevor Barry eine Tür öffnete und mich in einen Raum schob. Darin war es dunkel, aber Barry tastete die Wand ab, bis er einen Lichtschalter fand.

Es sah aus wie das Schlafzimmer irgendeines gutsituierten Junggesellen aus San Francisco, wobei ich bisher nur wenige betreten hatte, um einen Vergleich zu haben. Geschmackvolle abstrakte Ölgemälde hingen an den Wänden. Ein antik aussehender Orientteppich bedeckte den Eichenboden. Die Schlafzimmereinrichtung war schwarz und modern, die tweedgraue Tagesdecke passte zu der tweedgrauen Bettwäsche. Ein kleines ovales Porträt, das neben dem Bett hing, erweckte meine Aufmerksamkeit. Es war in einen Goldrahmen gefasst und war durch das Alter dunkel geworden. Fasziniert trat ich näher. Es handelte sich um ein Ölgemälde von einer ätherisch schönen Frau. Mit ihrem kupferfarbenen Haar und den hellblauen Augen musste es Erics Mutter sein. Das Bild bestätigte, dass es nicht nur seine Vampirkräfte waren, die ihn so attraktiv machten, sondern auch die Gene. Kein Wunder, dass ein Vampir ihn zum dauerhaften Gefährten auserwählt hatte.

»Das muss das Schlafzimmer sein, aber verdammt, wo ist er, Angie?«

»Woher soll ich das wissen?«, kreischte ich. Ich versuchte, ruhig zu bleiben, aber die Anspannung, durch dieses stille Haus zu gehen und dabei zu versuchen, ständig auf einen Kampf vorbereitet zu sein, der hinter jeder Ecke lauern konnte, war geradezu unerträglich. Wenn irgendetwas passieren sollte, musste es schneller gehen, denn ich konnte mich nicht mehr viel länger zusammenreißen.

Barry öffnete die beiden Kleiderschränke, schlug sogar an die Wände und tastete den Boden ab. Ich beobachtete ihn, mein Mund war ganz trocken vor Angst. Ich konnte nur hoffen, dass Eric sich wirklich gut versteckt hatte, sollte er tatsächlich irgendwo hier im Haus schlafen. Ich hatte all meine Sinne eingesetzt, um ihn zu lokalisieren. Ich suchte nicht nur mit den Augen, sondern schnüffelte in der Luft und streckte meine mentalen Antennen aus, um seine Gegenwart irgendwo um die Ecke oder hinter einer Wand zu erspüren. Im Schlafzimmer nahm ich einen leisen Hauch von Erics Duft wahr, es genügte, um zu wissen, dass er vor kurzem dort gewesen war. Aber auch wenn ich ihn suchte, ich hoffte nur, dass er nirgendwo in der Nähe war.

Wir gingen zurück in den Flur. Das nächste Zimmer hatte eine verstärkte Tür mit einem Schloss, aber der Schlüssel steckte darin. Barry steckte sich den Schlüssel in die Tasche, und wir gingen hinein. Der Raum war weit größer als Erics Schlafzimmer und sah aus, als werde er nur als Lagerraum benutzt. Ich sage »nur«, aber er war angefüllt mit Dingen, die mich zutiefst erstaunt hätten, wäre es nicht unter diesen schrecklichen Umständen gewesen. Er wirkte wie der Keller des Metropolitan Museum. Auf einer Steinsäule stand eine mindestens zweieinhalb Meter hohe Marmorstatue eines jungen nackten Mannes mit fein gemeißelten Bauchmuskeln und einem winzigen Penis. An der Stelle, an der sich seine Juwelenaugen befinden sollten, klafften zwei Löcher. Außerdem entdeckte ich eine glänzende schwarz-rote Vase, rundum dekoriert mit Bildern von Männern in Togas, die verschiedene Tiere jagten. Ein mit Gravuren üppig verzierter Kriegerschild, der aussah wie aus purem Gold, stand in einer offenen Holzkiste, die mit Styroporkugeln gefüllt war. Ein Stapel Ölgemälde lehnte wie zufällig an der Wand. Das vordere Bild zeigte Ballerinen in weißen Tutus, die in einem hohen Tanzstudio Pirouetten drehten. Meine Schwester hatte einen sehr ähnlichen Druck in ihrer Hälfte unseres gemeinsamen Zimmers aufgehängt, als wir noch Heranwachsende waren. Es war entweder ein Degas oder eine extrem gute Kopie, und wieso sollte Eric eine Nachahmung besitzen, wenn er dieses Gemälde auch in Paris hätte kaufen können, als es als Original angeboten wurde?

»Herr im Himmel, Angie, schau dir dieses Geheimversteck an«, sagte Barry und fuhr mit der Hand über eine Marmorbüste eines lang verstorbenen Eroberers mit einem goldenen Lorbeerkranz. Er nahm den Kranz und setzte ihn sich auf den Kopf. »Ich bin ja kein Experte, aber das Zeug hier sieht ziemlich wertvoll aus. Und denk nur, das alles wird mir gehören, wenn ihr beide tot seid. Was für ein unerwarteter Bonus.«

Er wanderte durch den Raum und nahm Gegenstände in die Hand und setzte sie ohne jegliche Ehrfurcht wieder ab. Antike Vasen und zerbrechliche Statuen wackelten und schwankten unter seinen Speckfäusten.

»Weißt du, was das hier für Sachen sind?«, fragte er.

»Nein, aber ich weiß, dass Eric dich umbringt, wenn er dich hier findet«, antwortete ich weit tapferer, als mir zumute war.

»Nicht, wenn ich ihn zuerst finde«, widersprach Barry.

Wir beendeten die Suche im ersten Lagerraum und gingen durch den Flur in einen zweiten Raum mit verstärkter Tür. Darin steckte ebenfalls ein Schlüssel, den Barry sogleich an sich nahm. Durch diesen Raum bewegten wir uns weit schneller, da mein Kidnapper sich von den Schätzen, die ihn umgaben, nicht weiter beeindrucken ließ. Wir befanden uns fast am hinteren Ende des Raums, als Barry plötzlich stehen blieb.

»Hey, das sieht doch vielversprechend aus.«

Ein massiver Steinsarkophag mit reich verzierten Schnitzereien auf dem Deckel und an den Seiten stand an der hinteren Wand, umgeben von Holzkisten, chinesischen Porzellanvasen und einer riesigen hölzernen Statue der Jungfrau Maria. Mein Herz wollte aufhören zu schlagen.

»Was meinst du, Angie?«

»Das ist ägyptisch, oder vielleicht römisch.«

Er lachte. »Nein, ich meine, denkst du, dass Graf Chocula sich vielleicht hier drin ausschläft? Es sieht ziemlich stabil aus.«

Zu meiner großen Bestürzung zog ich das tatsächlich in Erwägung. Der süße Vampirduft war in diesem Raum viel stärker. Ich fragte mich, ob Barry es auch bemerkt hatte.

»Ich habe dir doch schon gesagt, Barry, er schläft nicht am Tag. Das ist nur ein Mythos.«

Barry schnalzte erneut missbilligend mit der Zunge. »Ich war auch auf dem College, junge Dame. Glaubst du, dass ich nach fünf Jahren an der University of Mississippi nichts von umgekehrter Psychologie verstehe?« Er versuchte, den Deckel des Sarkophags anzuheben. »Jesus, ist der schwer. Könntest du mir helfen?« Er blickte auf. »Nein, natürlich kannst du nicht, deine Hände sind gefesselt, stimmt's?«

Er steckte die Pistole in den Hosenbund und legte die Messerkiste auf einen Tisch. Dann kniete er sich so hin, dass er seine ganze beträchtliche Kraft aufbringen konnte, um den Sarkophag zu öffnen. Das war meine Chance. Ich zog meine Hände aus dem Seil, packte den nächstgelegenen Gegenstand, eine große Porzellanvase, und hob sie über seinen Kopf. Aber Barrys Footballerinstinkt war noch intakt. Er drehte sich herum und traf mich so heftig mit seiner Schulter, dass ich direkt in die Jungfrauenstatue geschleudert wurde. Maria und ich landeten auf dem Boden zwischen Scherben der wahrscheinlich unbezahlbar wertvollen Vase. Mein Kopf schlug wie ein Tennisball auf den Betonboden. Ich versuchte verzweifelt, bei Bewusstsein zu bleiben, aber eine Galaxie von Sternen wirbelte vor meinen Augen, und eine tintenartige Schwärze bewegte sich von beiden Seiten darauf zu, bis sie mich schließlich verschlang.

Sechsundzwanzigstes Kapitel

Als ich erwachte, lehnte ich an der Wand, die Jungfrau Maria auf dem Schoß. Meine Hände waren wieder gefesselt, diesmal allerdings vorne und um einiges enger. Mein Kopf hämmerte, und irgendetwas stimmte nicht mit meinen Augen. Jeder Gegenstand, den ich ansah, hatte einen schattenhaften Doppelgänger, der sich in meinem Blickfeld hin und her bewegte.

»Hey, bist du wach? Das musst du dir ansehen.«

Die Statue wurde weggehoben, und Barrys breit grinsendes Gesicht tauchte vor mir auf, mit einem Doppelbild, das neben seinem Kopf hing wie ein monströser siamesischer Zwilling. Er packte meinen Arm und zog mich hoch. Schmerzwellen wie Elektroschocks liefen durch meine zusammengeschnürten Handgelenke. Barry hielt den gekrümmten Dolch, der mit roten Flecken überzogen war.

»Schau, ich habe ihn gefunden!«

Barry hatte es geschafft, den schweren Deckel zu verschieben, er lehnte schräg am unteren Teil des Sarkophags. Der Sarg war tief, fast eineinhalb Meter, es war für mich unmöglich, hineinzusehen, solange ich nicht direkt daneben stand. Ich näherte mich also auf wackligen Beinen. Der himmlische Duft in meiner Nase wurde stärker und stärker, aber er war gemischt mit einem anderen Geruch, bitter und widerwärtig. Als ich in den Sarg blickte, stieg mir die Galle hoch, beinahe hätte ich mich übergeben.

Eric lag nackt in seinem Marmorbett, ohne Decke oder Matratze, die ihn vor der Kälte hätte schützen können. Es schmerzte mich, obwohl ich wusste, dass er nichts fühlte. Sein Gesichtsausdruck war friedlich, die Arme lagen an seinen Seiten, die langen Finger leicht nach innen gekrümmt. Mein Blick glitt über die böse Verbrennungsnarbe über seiner linken Brustwarze und blieb stehen auf der frischen Wunde, einem diagonalen Schnitt vom Schlüsselbein bis zum unteren Ende seines Brustkorbs. Der Anblick war so schrecklich, dass ich würgen musste. Die Ränder seiner blassen Haut rollten sich auf wie schwarzes, wachsiges Pergament und gaben den Blick auf rote, feuchte Muskeln frei. Beißender Rauch stieg aus der Wunde auf, als sei sein Fleisch in Säure getaucht worden und immer noch aktiv dabei, zu verbrennen.

»Was hast du getan?«, schrie ich laut heraus.

Die Wunde war grässlich, tief und gefährlich, aber sie blutete nicht. Da ich weder etwas über Vampiranatomie noch über die Wirkung magischer Schwerter auf Untote wusste, hatte ich keinerlei Vorstellung, ob solch eine Verletzung lebensbedrohlich war. Dennoch war mir klar, dass Eric bereits tot sein konnte. Ich hielt meine Finger unter seine Nase und war über alle Maßen erleichtert, als ich seinen kühlen, trockenen Atem fühlte. Ich bewegte die

Hände weiter nach unten und spürte, wie sein Herz schlug, in langsamem, aber stetigem Rhythmus. Ich umklammerte seine kalte, harte Schulter mit beiden gefesselten Händen und schüttelte ihn, obwohl ich wusste, dass ich es bestimmt nicht schaffen würde, ihn zu wecken, wenn es schon der Schmerz seiner Wunde nicht geschafft hatte. Ich sah immer noch doppelt, und eine schattenhafte Sekunde lang bewegte sich Eric unter meinen Händen, jedoch ohne zu erwachen.

Ich hörte Barrys geisteskrankes Kichern hinter mir. »Ich habe den Dolch an ihm getestet, und schau, was passiert ist! Seine Haut flammte auf wie eine Fackel, und sie brennt immer noch. Wenn das nicht magisch ist, dann weiß ich auch nicht!«

Eine Träne tropfte aus meinem Auge auf Erics Brust. »Warum hast du ihn nicht einfach getötet?«

»Weil ich wollte, dass du dabei zusiehst, natürlich!« Ein weiteres hysterisches Lachen.

Natürlich wollte er, dass ich dabei zusehe. Barry war ein Sadist der allerübelsten Sorte, was bereits bewiesen war durch die Spur der Verwüstung, die er in Asien hinterlassen hatte. Er wollte, dass ich zusehe, wie er Eric umbrachte, und danach würde er dasselbe mit mir machen. Oder noch mehr.

Ich drückte mich gegen den Sarg und starrte auf den einzigen Mann, den ich jemals wirklich geliebt hatte. Er war hilflos wie eine Puppe, die Glieder erstarrt, und wartete auf seine nächtliche Verwandlung. Ich musste etwas tun, und zwar jetzt. Eine Parade von Barrys bisherigen Verbrechen marschierte an meinem inneren Auge vorbei, und diese grotesken Bilder brachten mich auf eine Idee. Es war der einzige Hoffnungsschimmer, seit ich mein Bewusstsein wiedererlangt hatte. Ich zwinkerte wild, um mehr Tränen zu sammeln, und täuschte ein paar Schluchzer vor, während ich auf Eric starrte. Dann drehte ich mich um und blickte Barry ins Gesicht. Es war ein schreckliches Risiko, das ich da auf mich nahm, und ich wollte gar nicht erst über die Konsequenzen nachdenken, falls mein Plan nicht gelingen würde, aber es war die einzige Möglichkeit.

»Bitte bring mich jetzt gleich um«, bettelte ich, während mir die Tränen herunterliefen. »Aber bitte tu mir nicht weh, so wie du es bei den anderen Mädchen gemacht hast.«

Barry näherte sich, den wellenförmigen silbernen Dolch in der Rechten, die linke Hand leer. Die Pistole steckte in seinem Hosenbund. Ich weinte und schluchzte und wich vor ihm zurück, meine gefesselten Hände flehend erhoben. Sein ruhiges Lächeln veränderte sich langsam, als er von einem verrückten Mann zu einem rasenden Wolf wurde. Seine Augen verengten sich. Er zog die Lippen zurück und entblößte seine riesigen weißen Zähne. Es funktionierte. Barry hatte Eric für den Augenblick vergessen und seine Aufmerksamkeit seiner Lieblingsbeute zugewandt, einer hilflosen Frau.

Sein Blick wanderte meinen Körper hinauf und hinunter und ruhte für einen langen Moment auf meinen Brüsten. Dann gab er ein kehliges Geräusch von sich, ganz tief unten in seinem Hals, und warf sich auf mich. Wir fielen gemeinsam auf den harten Betonboden. Jegliche Ähnlichkeit mit einem menschlichen Wesen, die er bisher aufrechterhalten hatte, verschwand, als er blindwütig an meinen Kleidern riss. Seine Zähne gruben sich in meine Wange. Der Dolch fiel scheppernd auf den Boden, aber Barry machte keinen Versuch, ihn zurückzuholen. Sein ganzes Gewicht lastete auf mir und meinen gefesselten Handgelenken, fast wäre ich ohnmächtig geworden vor Schmerz und Sauerstoffmangel. Er erhob sich ein Stückchen, um an seinem Reißverschluss herumzufummeln, und ließ mir dadurch ein wenig Raum, um zu handeln. Ich fühlte die harten Konturen der Pistole, die auf meine Hüfte drückte, nur Zentimeter von meinen Händen entfernt. Ich packte das raue Metall des Pistolengriffs, und es gelang mir, den Finger auf den Abzug zu legen.

»Ich habe deine Pistole, Barry«, schrie ich. »Geh runter von mir.«

Barry hörte auf, sich zu bewegen. »Die Pistole ist gesichert. Ich wette, du weißt nicht, wie man sie entsichert.«

»Ich wette, die Waffe ist nicht gesichert, und ich muss jetzt nur noch meinen Finger bewegen, und deine Eingeweide verteilen sich überall an der Decke.«

Ein Schaudern ergriff seinen Körper.

»Und jetzt runter von mir.«

Er verlagerte sein Gewicht auf die Ellbogen, rollte auf die Seite und hielt die Hände hoch an seinen Kopf. Ich zielte mit der Pistole auf sein erstauntes, angsterfülltes Gesicht und versuchte mühsam, mich zu erheben, bis ich schließlich aufrecht stand. Ich sah immer noch doppelt und musste all meine Anstrengung zusammennehmen, um mit der Pistole auf den gegenständlicheren der beiden Barrys zu zielen und mich von dem Geist, der neben ihm schwebte, nicht ablenken zu lassen.

»Heb den Dolch auf«, befahl ich. »Und versuch nicht, mich reinzulegen.«

Ich sah, wie Barry mit sich rang, um seine Emotionen unter Kontrolle zu bringen. Sein Gesicht verwandelte sich in eine grinsende Maske.

»Lass uns keine Spielchen spielen, Schätzchen. Du wirst nicht auf mich schießen, und du wirst sicher …«

Der Rückstoß schleuderte mich beinahe an die Wand. Es gelang mir kaum, die Pistole festzuhalten. Als ich Barry ansah, krümmte er sich zusammen wie eine Kellerassel und hielt seinen linken Unterschenkel. Blut sickerte unter seinen Händen hervor und befleckte seine Khakihosen.

»Aaah, du hast verdammt noch mal auf mich geschossen!«

»Richtig. Und jetzt tu, was ich dir sage, oder der nächste Schuss landet weiter oben. Steh auf.«

»Ich kann verdammt noch mal nicht aufstehen. Du hast mich ins Bein geschossen!«

»Na gut. Dann kriech ins andere Zimmer.«

»Was?«

»Du hast mich schon verstanden! Kriech.« Ich gab ihm einen Tritt in sein gebrochenes Bein.

»Argh! Hör auf! Okay, ich mach's.« Er stützte sich auf Hände und Knie, hielt das verletzte Bein hoch, so gut er konnte, und robbte, krabbelte und hievte sich langsam durch den Flur in den angrenzenden Lagerraum.

»Das wird dir noch verdammt leidtun, Angie.«

Als er über die Türschwelle gekrochen war, half ich die letzten Meter mit dem Fuß auf seinem Hosenboden nach.

»Es tut mir leid«, sagte ich. »Es tut mir leid, dass ich dich leben lasse.«

Er rollte sich auf den Rücken und umklammerte sein verletztes Bein. Tränen rollten sein verschwitztes rotes Gesicht hinab.

»Fast hätte ich es vergessen«, fügte ich hinzu. »Gib mir die Schlüssel.«

Dieses Mal diskutierte er nicht, sondern griff nur in die Hosentasche, zog die Schlüssel hervor und legte sie auf den Boden. Ich kickte sie in den Flur, ging hinaus und schloss mühevoll die Tür, während ich die Pistole noch immer zwischen meinen gefesselten Händen hielt. Ich musste die Pistole ablegen, um die Tür abzusperren, und das erledigte ich so schnell ich konnte, während ich hörte, wie Barry dahinter stöhnte und heulte.

Ich kehrte zurück in den Raum, wo Eric lag, und eilte hinüber zum Sarkophag. Eric lag da wie zuvor, so ruhig und still wie der Sarg selbst, aber sein Herz schlug noch, also wusste ich, dass er lebte. Die Wunde auf seiner Brust hatte aufgehört zu rauchen. Sie blutete nicht wie eine menschliche Wunde, aber sie heilte auch nicht. Ich konnte nichts anderes tun als zu warten, bis Eric aufwachte, wenn die Nacht anbrach. Hoffentlich war er stark genug, um mit Barry fertigzuwerden. Aber nun musste ich erst einmal meine Hände von der Fessel befreien. Ich fand den Dolch am Boden und setzte mich daneben, dann hob ich ihn auf und klemmte ihn zwischen meine Füße.

»Jetzt bloß nicht die Handgelenke aufschlitzen«, murmelte ich.

Ich schob die rasiermesserscharfe Klinge zwischen meine Handgelenke. Das kalte Metall verbrannte mich nicht, wie ich erfreut feststellte. Ich bewegte meine Hände zwei oder drei Mal rauf und runter, und die Fesseln waren durchtrennt.

Ich durchsuchte die unglaublichen Schätze des Lagerraums und fand einen wunderschönen seidenen Wandteppich, mindestens drei Meter lang, bestickt mit dem Motiv einer mittelalterlichen Jungfrau mit spitzem Hut, die zusammen mit einem Löwen in einer grünen Wiese lag. Die Farben leuchteten immer noch herrlich. Ich versuchte, nicht daran zu denken, wie alt und vermutlich wertvoll der Teppich war, legte ihn mir um wie einen Schal und setzte mich ans Fußende des Sarkophags. Die Pistole behielt ich in der Hand, nur für den Fall, dass Barry es schaffte, aus seinem Gefängnis auszubrechen.

Es fiel mir schwer, wach zu bleiben, aber ich wusste, ich musste es zumindest versuchen. Das Doppeltsehen war vermutlich die Folge einer Gehirnerschütterung, und irgendwo hatte ich einmal gelesen, dass man möglicherweise niemals wieder aufwacht, wenn man sich mit einer Gehirnerschütterung schlafen legt. Wann immer ich also merkte, dass ich wegdämmerte, stand ich auf und ging im Zimmer auf und ab, bewunderte die Kunstgegenstände und sah nach Eric. Ich hatte keine Möglichkeit, nach der Uhrzeit zu sehen, aber jede Sekunde fühlte sich an wie eine Stunde. Ab und zu hörte ich ein Rumpeln aus dem Nebenraum, eilte hinüber und zielte mit der Waffe auf die Tür, doch dann wurde es stets wieder ruhig.

Schließlich hörte ich ein Rascheln aus dem Sarkophag. Noch bevor ich aufstehen konnte, nahm ich plötzlich eine heftige Bewegung wahr. Etwas flog durch die Luft. Aber es war nicht Eric, sondern eine wilde Kreatur mit flammenden Augen und glitzernden Vampirzähnen. Er sprang auf mich, seine Hände zerdrückten meine Arme wie Schraubstöcke. Er war erwacht, fühlte sich bedroht und hatte Schmerzen, und er war entschlossen, die Quelle dieser Bedrohung zu eliminieren. Sein Kopf beugte sich, bereit, die Zähne in meinen Hals zu stoßen.

»Eric, ich bin es!«

Ich schrie immer noch, als er die Arme um mich legte.

»Angela, es tut mir so leid. Zum Glück habe ich dich nicht umgebracht.«

»Ja, zum Glück.«

Eric stand auf, wunderschön in seiner Nacktheit. Er starrte auf die Wunde auf seiner Brust und dann auf den Dolch am Boden. Sein Gesichtsausdruck war eine Mischung aus Verwirrung und Schmerz.

»Was ist passiert?«, fragte er.

»Oh, Eric, du glaubst doch nicht, dass ich es war, oder?«

Er schüttelte den Kopf. »Natürlich nicht. Wo ist er? Hast du ihn getötet?«

»Nein, ich habe ihn im Nebenzimmer eingesperrt. Allerdings habe ich ihm ins Bein geschossen.«

Er lächelte, als er das hörte. »Bist du verletzt, Angela? Deine Augen sehen seltsam aus.«

»Ja, sicher, du siehst auch seltsam aus.«

»Hast du eine Kopfverletzung?«

Ich nickte ganz leicht. Ich hatte festgestellt, dass es weniger wehtat, wenn ich den Kopf ruhig hielt.

»Hast du den Schlüssel? Ich muss hineingehen und mir etwas zum Anziehen holen.«

»Was ist mit Barry?«

»Ich werde mich um ihn kümmern. Und dann bringen wir dich ins Krankenhaus.«

»Aber was ist mit dir? Du musst auch medizinisch versorgt werden.«

Eric tastete vorsichtig mit einem Finger nach der Wunde auf seiner Brust. »Hmm«, sagte er. »Ja, sieht so aus. Ich kenne einen Arzt, der mir helfen kann. Aber das Wichtigste zuerst.«

Er nahm mir den Schlüssel ab und verschwand im Flur.

Ich erwachte in einem fremden Raum, ich lag unter einem steifen Laken auf einem engen Bett. Es war dunkel und ruhig, abgesehen von einem Piepsen und Surren, das irgendwo hinter meinem Kopf seinen Ursprung hatte. Ein Schlauch schlängelte sich aus einem Verband auf meiner linken Hand. Ich hätte mir sofort Sorgen gemacht, aber Erics Aroma umhüllte das Bett und erfüllte mich mit solch euphorischen Glücksgefühlen, dass es unmöglich war, sich zu sorgen. Nach einem Moment erinnerte ich mich wieder, dass man mich im California General Hospital aufgenommen hatte, um meine Gehirnerschütterung zu behandeln.

»Eric?«

Er saß am anderen Ende des Raums und blickte aus dem Fenster auf die blinzelnden Lichter der Stadt. Ein neonfarbenes Leuchtschild verlieh seinem blassen Gesicht einen purpurfarbenen Schimmer. Er stand auf und kam herüber zu meinem Bett. Er trug eine lange Hose und einen dunklen Pullover mit V-Ausschnitt. Sein kurzes Haar war aus seiner hohen Stirn ordentlich zurückgekämmt. Er lächelte mich an.

»Ich glaube, ich schulde dir meinen Dank. Mehr noch, ich verdanke dir mein Leben.«

Selbst in dem dämmrigen Licht konnte ich sehen, wie sein Lächeln verblasste und einer tiefen Traurigkeit in seinen Gesichtszügen wich.

»Hätte ich dich vielleicht lieber sterben lassen sollen?« Ich konnte nicht verhindern, dass meine Stimme ärgerlich klang. Wie konnte er es wagen, so dreinzublicken, nachdem ich mein Leben für ihn riskiert hatte?

Er setzte sich vorsichtig, um meinen Infusionsschlauch nicht abzuknicken, und streichelte meine Wange. »Nein, natürlich nicht. Ich bin dir dankbar, wirklich und ehrlich dankbar. Und ich schäme mich, dass ich dir nicht zu Hilfe eilen konnte, als es so dringend nötig war.«

»Wie geht es deiner Brust?«, fragte ich.

Er hob seinen Pullover und entblößte seine fein gemeißelten Muskeln, die ich so sehr liebte. Der lange rote Messerschnitt wurde inzwischen mit Dutzenden schwarzen Stichen zusammengehalten.

»Du hast die Wunde nähen lassen?« Ich fuhr mit dem Finger über die kleinere, ältere Narbe und erinnerte mich an den Rauch, der daraus aufgestiegen war, und an meine Angst, Eric für immer zu verlieren.

Er lachte kläglich. »Es gibt für alles ein erstes Mal, vermute ich.«

»Werden die Narben jemals verschwinden?«

Er schüttelte den Kopf. »Nicht von diesem Dolch, nein. Sie werden mir für immer bleiben.«

»Was ist mit Barry passiert?«

Erics Blick schweifte zu den Maschinen an der Wand hinter mir. »Er war, ähm, sehr nützlich für meine Genesung.«

»Verstehe.«

»Es war zwar nicht das Ende, das ich für ihn vorgesehen hatte, aber er wird zumindest niemandem mehr Schaden zufügen.«

»Und was ist mit *Tangento*?«

Eric lächelte rätselhaft. »Die richtigen Dokumente wurden an die richtigen Leute geschickt. Ich bin guten Glaubens, dass einige ihre wohlverdiente Strafe bekommen werden.«

»Und wie geht es jetzt weiter?« Ich rieb meine Handgelenke, die von den Fesseln aufgeschürft und mit blauen Flecken übersät waren, und versuchte, Eric nicht anzusehen.

»Es ist vorbei, Angela. Du kannst nach Hause gehen und wieder ein ganz normales Leben führen.«

Ich nahm einen tiefen Atemzug. »Und was ist, wenn ich nicht nach Hause will? Und wenn ich nicht normal sein will?«

Er schüttelte den Kopf und wischte meine Worte weg. »Du weißt gar nicht, was du da sagst.«

Ich setzte mich auf und schlang die Arme um seinen Hals. »Aber ich will mit dir zusammen sein. Du hast gesagt, du liebst mich. War das denn nicht ernst gemeint?«

Er strich mir übers Haar und steckte eine Locke hinter mein Ohr. »Von ganzem Herzen.«

»Dann bring mich hinüber. Wir können für immer zusammen sein. Ich könnte meine Mutter von ihrem Krebs heilen.« Tränen traten mir in die Augen und drohten überzufließen.

»Angela, du und ich, wir wissen beide, dass die Bürde, die einem ein solches Leben auferlegt, ein viel zu hoher Preis für irgendeine Liebe ist.«

»Nein, du irrst dich!« Ich begann richtig zu weinen.

»Sieh mich an, Angela.« Er hielt mein Kinn hoch,

so dass ich gezwungen war, in seine unergründlichen blauen Augen zu blicken.

»Sag mir die Wahrheit, aus der Tiefe deines Herzens. Ich weiß, dass du mich liebst, aber willst du auch ich *sein*, so leben, wie ich lebe?«

»Ja!«

Er schüttelte fast unmerklich den Kopf. »Du kannst mich nicht belügen, Angela. Ich kann in dein Herz blicken.«

Er hatte Recht. Ich konnte mir nicht einfach nur die Vorteile herauspicken, die es hatte, ein Vampir zu sein – die Fähigkeit zu heilen, die Möglichkeit, für immer mit Eric zusammen zu sein –, ohne auch die Nachteile in Kauf zu nehmen. Eric war stark, stärker als jeder, den ich jemals kennengelernt hatte, und doch war ihm das Schicksal, die schattenerfüllte, schuldgeplagte Existenz eines Raubtiers zu führen, eine solche Last, dass er es kaum ertragen konnte. Bestimmt wäre es mehr, als ich ertragen konnte.

»Okay, du hast Recht. Ich kann mir nicht vorstellen, ein Vampir zu sein. Aber ich kann mir auch nicht vorstellen, ohne dich weiterzuleben.«

»Ich auch nicht.« Er gab mir einen leichten Kuss auf die Stirn. »Ich habe noch niemals für jemanden empfunden, was ich für dich empfinde.«

»Wow, das will wohl etwas heißen.«

Er lachte. »Ja, das ist wohl so.« Er zwängte sich neben mich in das schmale Bett und nahm die Hand, in der kein Infusionsschlauch steckte. Ich drehte mich herum, so dass unsere Gesichter nur noch

Zentimeter voneinander entfernt waren. Ich konnte mich immer noch nicht an die Klarheit von Erics Haut gewöhnen, so makellos und völlig frei von Unreinheiten, die menschliche Haut normalerweise verunzierten.

»Ich weiß ehrlich nicht, was ich dir anbieten kann, Angela«, sagte er traurig. »Ich kann dich nicht heiraten, ich kann keine Kinder mit dir zeugen. Ich kann nicht mit dir zusammen alt werden.«

»Ich wüsste etwas, das du für mich tun könntest.«

»Was denn?«

Ich fuhr mit dem Finger die Konturen seiner Lippen nach, dann küsste ich ihn langsam, sinnlich, bis ich beinahe vergaß, was ich sagen wollte.

»Du könntest mich reich machen.«

»Was?«

»Das war ein Scherz.« Ich lachte. »Oder eigentlich nicht wirklich. Es wäre für einen guten Zweck. Steve und ich wollen schon seit Ewigkeiten unsere eigene Firma gründen. Wir haben sogar schon einen Namen: *M&B Public Relations*. Wir würden uns nur um kleine Non-Profit-Organisationen kümmern, die wichtige Dinge für die Gesellschaft tun und Hilfe bei der Öffentlichkeitsarbeit brauchen. Wir könnten Großartiges vollbringen, wenn wir etwas Geld für den Anfang hätten.«

Eric nickte gedankenverloren. »Tja, das ist allerdings ziemlich einfach. Und ich kann mir noch etwas vorstellen, was ich für dich tun könnte.«

Ich hätte beinahe den Scherz gemacht, dass ich

mir schon ein paar Dinge vorstellen konnte, die er gleich jetzt mit mir tun könnte, aber ich spürte die Ernsthaftigkeit seiner Absichten, also wartete ich nur, bis er weitersprach.

»Ich könnte deine Mutter heilen.«

Ich schwieg eine Minute und dachte über sein Angebot nach. Ich musste ihn nicht fragen, wie er das machen wollte. Dass er Heilkräfte besaß, wusste ich bereits aus erster Hand. Doch eine ganz andere Frage beschäftigte mich.

»Dafür müsstest du sie beißen.«

Er seufzte. »Ja.«

»Und dann wüsste sie, was du bist.«

»Ich könnte es so einrichten, dass sie denkt, es sei nur ein Traum gewesen. Sie könnte danach vielleicht Schuldgefühle meinetwegen haben, aber sie würde es bestimmt für sich behalten. Das ist schließlich nichts, was man bei einem Familienessen erzählt.« Er lächelte leicht.

»Du kommst mit mir auf Familienessen?«

»Wenn du es erlaubst, ja. Solange sie nach Einbruch der Dunkelheit stattfinden.«

Wir küssten uns erneut. Ein Strudel der Gefühle und Empfindungen brach über mich herein. Die Maschine hinter mir piepste schneller. Ich löste mich von Eric, als eine Krankenschwester wegen meines beschleunigten Herzschlags herbeieilte.

»Ich muss dir trotzdem noch etwas sagen«, begann Eric mit zögerlicher Stimme.

»Nur zu, ich fühle mich stark.«

»Irgendwann werde ich fortgehen müssen.«

Wie um seiner Aussage mehr Gewicht zu verleihen, stand er auf und ging hinüber zum Fenster. Er sprach weiter, ohne mich anzusehen.

»Ich arbeite mit einem losen Netzwerk von Kollegen zusammen, Leute, die genauso fühlen wie ich.«

»Du meinst Vampire?«

Er nickte. »Wenn wir auf jemanden wie Barry stoßen, einen Übeltäter, der gestoppt werden muss, dann tritt das Netzwerk in Aktion. Jemand wird ausgewählt, um sich um den Fall zu kümmern. Es könnte irgendwo in der Welt sein, denn wir haben auf jedem Kontinent unsere Leute, die ihre Augen offen halten. Wenn ich gewählt werde, muss ich gehen.«

Ich strich das Betttuch über meinem Schoß glatt. »Gut. Wenn sie dich rufen, dann gehen wir.«

Er wandte sich um, als er diesen Satz hörte. »*Wir*?«

»Habe ich dir bei Barry geholfen oder nicht?«

»Natürlich, aber …«

»Kein Aber, ohne mich wärest du jetzt tot. Und umgekehrt. Wir können einander gegenseitig helfen. Du kannst mich stark machen, auch ohne mich in einen Vampir zu verwandeln, und dafür sorgen, dass es so bleibt.«

Das rote Neonlicht schimmerte in seinen Augen, und ich hätte schwören können, dass ich Tränen sah.

»Weinst du?«, fragte ich.

Er lächelte. »Ich habe noch nie zuvor einen Partner gehabt.«

»Möchtest du denn einen?«

»Ja, natürlich, wenn du es bist.« Mit einer Bewegung, die so schnell war, dass meine Augen sie nicht verfolgen konnten, durchquerte Eric den Raum und war zurück an meinem Bett.

»Gut, dann ist es ausgemacht. Und jetzt heile mich von dieser Gehirnerschütterung, damit ich hier rauskomme. Wir haben einiges an Arbeit vor uns.«

»Es wird mir ein Vergnügen sein.«

Eric beugte sich über mich. An diesem Punkt hörte ich auf zu denken und überließ mich nur noch dem reinen Gefühl.

Danksagung

Großen Dank schulde ich meinen Agenten Joanne MacKenzie und Danielle Egan-Miller sowie meinem Verleger John Scognamiglio dafür, dass sie mir meinen großen Traum erfüllt haben, ein Buch herauszubringen; außerdem meiner Schreibgruppe (Joe, Amy, Yang, Susan, John und Bill) für den sanften Druck, mit dem sie mich immer wieder zum Arbeiten getrieben haben; Mom und Dad dafür, dass sie mir die Lust zum Schreiben vererbt haben, und Vail für seine bedingungslose Unterstützung. Ich danke außerdem Kevin Collins und Jane Willis für ihre hilfreiche Beratung in allen werbetechnischen Fragen.